大风当歌

大风当歌

严如月 著

长江出版传媒

长江文艺出版社

图书在版编目（CIP）数据

大风当歌 / 严如月著. -- 武汉 ：长江文艺出版社，
2024. 11. -- ISBN 978-7-5702-3752-4

Ⅰ．I247.5

中国国家版本馆 CIP 数据核字第 2024ZP5760 号

大风当歌

DAFENG DANG GE

责任编辑：杜东辉 　　　　　　　责任校对：程华清
封面设计：回归线视觉传达 　　　　责任印制：邱　莉　王光兴

出版：长江出版传媒　长江文艺出版社
地址：武汉市雄楚大街 268 号 　　　邮编：430070
发行：长江文艺出版社
http://www.cjlap.com
印刷：武汉中科兴业印务有限公司

开本：640 毫米×970 毫米 　　　1/16 　印张：22.5
版次：2024 年 11 月第 1 版 　　　2024 年 11 月第 1 次印刷
字数：298 千字

定价：56.00 元

目录

历史小说的 37.2℃（序）

历史小说既别于其他类别的小说，只因其名前冠了"历史"二字，却不知是否巧合，这"历史"二字写来恰为九笔。"九"在中华文化中为阳数之极，上至九重之天下至九州万里，可谓地理空间，"九"意"恒久"，又可谓往来时间，这寥寥九笔，却是纵贯天地古今，实乃重逾千钧，因此每每落笔前，便该想一想，何为历史。

人常说，历史是一条长河，那它究竟是怎样一条长河？

雍正皇帝曾有句话："朕就是这样汉子，就是这样秉性，就是这样皇帝！"此刻，我便想借这句话来作个回答：历史，就是这样一条长河。

也许你会觉得，这不是一句废话吗？其实，这并非笔者刻意回避的敷衍，而是对于历史这条长河，我们实在无法去形容它，当我们绞尽脑汁选定了一个形容词时，就意味着失去了其他所有的形容，这一形容，即是顾此失彼，取涓滴而失汪洋。那或许，不形容便是最好的形容。

越来越多的人开始对历史着迷，因为历史与我们切身相关，却又总是蒙着一层神秘的面纱，这让我们不禁转身回头，追切希望掀开面纱去看清那背后的黑白妍媸。但历史真相往往比我们想象的要复杂，那被层层面纱所隔开的，并非咫尺间的隐约朦胧，而是不可跨越的岁月山河，即便是史笔所记，也免不了"难言之隐"与"未知之阙"。但或许，我们可以换个角度看历史。此时，你可以放下书，触摸一下手边的事物，它们或尖硬或圆滑，或温暖或冰凉，但每一件皆可照见过往。若此时手边什么都没有，那不妨看看我们自己，感受体内的血脉流动，追溯我们自身，便可追溯到筚路蓝缕的祖辈、茹毛饮血的族群、不断演化的有机生命，甚至宇宙大爆炸的那个奇点……将目光投向多远，便能看到多远，目之所及处，皆为历史。每一个当下与未来，都非无源之水、无本之木，它们源于历史，亦将成为历史。

历史的本真是什么样子？其实我们早已看过，那是曾经千万个夜晚洒落在肩上的微凉月光，是当下抬头天边一掠而过的飞鸟，是明日晨起时冉冉升起的和煦朝阳。这世间万物循着自然道法，春生、夏长、秋收、冬藏，因此云才是云，山才是山，雍正才是"这样皇帝"。

历史之河源起何处，又归向何方？这个问题显然太过浩瀚，浩瀚到可与宇宙时空融为一体，恐怕没有人能斩钉截铁做出回答，但无可置疑的是，我们每一个人都身处在这洪流之中。古往今来，这条滚滚长河承载了太多的文明、种族、帝王将相、是非成败……他们随浪势而起，又随浪势湮灭。罗振宇在《阅读的方法》一书中提到自己曾请教过一个问题：读历史读到什么程度就算是入门了？一位历史学者答道："当你不再认为谁是坏人、谁是蠢货的时候，当你能读出所有事件当事人的'不得已'的时候，当你看到事实的复杂性的时候，就算是跨过了入门的门槛。"

就如楚汉相争的两位主角刘邦与项羽，过往对于他们常常存在多番误解，例如，认为刘邦自年少时就对秦朝心怀怨恨誓要推翻秦统，在入关前便已有了争雄天下的帝王抱负；认为项羽放弃关中定都彭城仅凭个人喜好，十九王的分封不过是一场毫无公正与智谋可言的闹剧。可事实上，刘邦早年身为秦吏，也不过养家糊口，哪会管这天下谁坐江山？对于秦始皇，他还曾心怀景仰，后来的称帝道路又可谓充满了身不由己的无奈，颇有种"逼上梁山"的遭遇。而项羽无论定都彭城还是分封诸侯，都是一场历经深思熟虑的战略博弈，只是囿于种种情由，他当时的战略目标并非统一称帝而是制霸诸侯，也因此逐渐失却人心，于是，任这场博弈如何精打细算，都无法改变那注定无奈的结局。一切，都是历史的抉择。

历史并非什么波澜壮阔，而是每一个喜怒哀乐的鲜活生命，是每一个消息盈虚的具体事物，所有的浪潮、兴亡，皆由此而生。每一个身处其中的人，都被层层大网所裹挟，这网或名"出身"，或名"阅历"，或名"因果"……重重叠叠、错综复杂，以至于每一个看似偶然的抉择，实则都是河潮大势下千万涓滴细流导向的必然，于是，每一个人都有了他的无可奈何。正如嬴政有他身份的无奈，刘邦有他生存的无奈，项羽有他使命的无奈……

让历代史家封为圭臬的《史记》，是"史真"的最高代表。这种"真"不仅是史实之真，更是人情之真，人性之真，而这种"真"，来自《史记》的温度。余秋雨说司马迁的《史记》"除了虚构之外，其他文学要素他都酣畅地运用到了极致，但又不露痕迹，高明得好像没有运用"。诚然，文学与史实并非水火不融，历史小说正该求取这种"真"，这也是历史小说之所以名为"历史小说"的责任。

如果对于历史而言，史学研究是不偏不倚的0℃，文学演绎是血脉沸腾的100℃，那么历史小说就该是温情动容却又不至烧热病态的37.2℃。而对于这部小说，你大可以把它当作一个讲述历史的故事来读，也可以把它当作一个历史讲述的故事来读，怎样去读，决定于你。

现在，各位看官，请赶紧上座，且听我慢慢道来……

楔子

　　春秋战国，周室衰微，群雄逐鹿，烽烟四起，七国争雄旷日持久，终统于一秦。这其中详委，可谓跌宕起伏，一语难尽，别是一番波澜壮阔的传奇，今且按下不表，只从那大秦一统天下之年道起，此中开合翻覆，说来又是一部"小春秋"，且看这壮阔江山终是如何入了那汉家彀中，有诗曰：

　　　　春秋百战竞纷争，海岳川河看负赢。
　　　　山客弈枰待时至，归鸿引行望空晴。
　　　　秦关烈火荒烟尽，汉室扶摇茏郁生。
　　　　闻道兴亡千古事，且听大风当歌声。

第一回 大秦一统开帝业 御内四海潜暗潮

话说秦王政二十六年（公元前221年），眼见那最后一座齐国宫殿也被原样"搬到"了咸阳北坂之上。至此，原先六国宫殿、钟鼓器乐、珍宝美人一个不落，尽数在此齐集一堂，如众星拱辰般环绕着西面那雄伟恢弘的秦咸阳宫。

此时那秦宫大殿中，正是一片庄严肃穆。秦王嬴政首戴通天冠，身着一袭玄端朝服，威然端坐于九龙宝榻之上，傲然俯视朱陛下的文武公卿。

列位看官且留意，秦朝百官原有三公九卿之谓，三公曰"丞相""御史大夫""太尉"是也，九卿有"奉常""宗正""郎中令""卫尉""太仆""廷尉""典客""治粟内史""少府"之属，皆掌承枢要，各司其职。此刻，那三公九卿便尽立于殿阶之下。

此一众朝臣心中皆是了然，今日朝议意义之重大，即以开国壮举作比亦毫不逊色。秦国自西陲之蕞尔小族，奋六世之余烈，饱尝无数苦难，终成此一扫六合之统一大业，何其艰辛不易！只是，任那前事如何险难，今朝毕竟已扬眉吐气，苦尽甘来，此刻便是共定国计之时。那群臣胸中虽都藏有万般言语创见想要倾吐，却为这穆然庄重的氛围所慑，皆心照不宣屏息凝神，静待那座上之人率先发声。

只听一阵雄浑掷地之声，漫由大殿之上激荡开去，那声儿道："寡人赖宗庙之灵，执政至今二十余载，以眇眇之身，数兴兵诛乱，日夜未得安寐。方今一扫九州八方，六王咸伏其辜，终成我大秦一统天下之夙愿，然名号不更，无以配德位，今召众卿共议帝号、定国是，传之后世！"

那余音兀自于殿内盘旋萦绕，翻搅起此间一波波心潮势浪。满朝臣子强抑内心激越，暗把目光投向东首之端立着的两位丞相。右丞相隗状觉出那殷殷炽烈，却从容淡定并不发语，只朝左丞相王绾处略微颔首。

原道是，秦素以右为尊，这王绾虽为左相，却实乃"掌承天子，助理万机"之人，这些年来，为促成秦统之大计，其可谓宵衣旰食，殚精竭虑。而今，秦终成宏图伟业，那王绾心内自是激动难平，可与此同时，又不免心力交瘁。而这交瘁之感，究竟是因年老体迈，还是因其已跟不上这番鼎新气象，竟连他自家也难以分辨清楚。

那王绾略略凝神，朝殿中缓移两步，对殿上之人恭然拜曰："陛下，臣与右丞相、御史大夫、廷尉等皆以为，昔者五帝地方千里，然天子不能制，今陛下兴雄兵、灭六国、平天下，定四海为三十六郡[1]，法令一统，实乃上古以来未有之宏业，五帝者皆不及！臣等谨与博士议：'古有天皇、地皇、泰皇，而泰皇最贵。'是以臣等昧死上尊号，王为'泰皇'，命为'制'，令为'诏'，天子自称曰'朕'！"

座上嬴政双炬微敛，略一忖道："古有三皇五帝，今寡人德兼三皇，功过五帝，莫若采其'皇''帝'二字著号，其余'制''诏'之称皆如议！"

群臣忙伏阙拜曰："敬诺！"

待受令平身，王绾复道："今诸侯初破，燕、齐、楚地远，不置王难以镇抚，请陛下纷立诸子以安之！"

那秦皇却把眼看向右相隗状："老丞相以为如何？"

---

1. 秦统之初，定天下为三十六郡，此三十六郡之名，学界至今仍存争论。后经战争扩张与治策调整，到秦朝中后期，已远不止三十六之数。

陂状见问，便徐徐朝殿中踱去，众臣皆以目色缓缓相随。右相虽年高垂垂，言语却是厚实有力："老臣亦以为应重建分封！我大秦荡平纷扰，致四海一统，一如周天子君临天下之威，理当承其封邦建国之道，方可彰显我大秦昊昊威势！"

群臣眼见二相均力荐分封之制，便跟着纷纷附议。却不晓，那秦皇实则心若明镜，早知朝中主分封者繁，尤以二相为首，又兼得宗室贵戚授意，泰半臣子不过望风而行。只是，若欲堵彻悠悠众口，则必先尽发诸口，再兼一网收尽。故嬴政此时未发一言，安然端坐于上，且听阶下附和纷纷，嘈嘈扰扰，只待一人出列。

却道此人是谁？便是那廷尉李斯。

李斯耳听这四围嚣嚷，于众口行将汇于一辞时，伺机站出来道："臣以为，昔者周天子所封子弟甚众，数十百年而后世疏远，自相攻侵，王室亦弗能禁。今海内终成一家，置郡县而统于上，天下无异意，是安宁之术也，置诸侯实不便！"此犹逆风破浪之擘帆，将一众附和之声凛然截断。

秦皇定定看向那白首壮心之人，断然道了声"善"！

论及帝国政制，此君臣所虑相当，一拍即合。二人私下里原已有过数番交涉，又于暗中培植了一批新壮之吏以备改弦更张之用，筹划多时，只待今日这一出双簧戏成，便可大施拳脚之计。

果然，此"善"字一出，大殿之内瞬时鸦雀无声。

有了廷尉打这头阵，先前隐耐未发之主郡县者，便纷起陈言郡县制之善。

待殿内推崇郡县之论已渐次占据上风，秦皇方应机立断道："天下连年苦战，皆因诸侯纷争不休，今赖宗庙之灵而定天下。天下初定，又复分封，岂非树兵无休哉？此天下一统，周以来之未有也，此之'一'，乃上下统于'一'、宇内御于'一'，朕之帝国，乃千古一统，岂容分土异治？我大秦自当行郡县之制！"此言一出，阶下未敢再有窸窣论争之声。

李斯遂又提出"书同文"之策，众卿亦陆续奏上"车同轨""度同制""行同伦"等完善统一之制法。博士诸生则趁机推呈终始五德之说，言周为火德，以秦代周，胜火而为水德，色尚黑、数尚六，定十月为年朔以别于三代之岁端[1]。

秦皇皆一一准奏。

不觉时近晌午，群臣奏进已毕。秦皇遂道："朕闻太古有号无谥，中古有号，死则以行为谥。如此，则子议父、臣评君，甚无谓也，即日废止勿用。朕今为始皇帝，后世以数计，二世、三世至于万世，传之无穷……"

此"无穷"之声，响彻整座秦宫大殿，阶下一众臣子皆伏首山呼："皇帝万岁！大秦万岁……"这一声声"万岁"，悠悠荡出咸阳宫，随渭水向东，沿黄河自鸿沟而南，直荡至淮水北边的淮阳郡，由此牵动整个帝国之神经。

说起这淮阳郡[2]，原是楚国旧地，其郡治陈县春秋之时尚属陈国辖境，后被楚国吞并，成了楚魏交接之地，还曾一度担当楚都。至战国之末，竟已皇皇然成了各路反秦阵营之聚地。先是秦灭韩后，将韩王安迁居于此，由此生出韩人之反秦势力。继而，秦王遣楚公子昌平君熊启至此镇抚楚人，可谁料，那昌平君转眼便在楚将项燕扶持下拉起了反秦大旗。故于秦而言，此处可称是一片"不安分"的土地。

眼下秋收刚过，淮阳郡北阳城县郊，田间地头处处可见农人佃夫弯腰埋头，忙着抢种冬麦。

想只见一年轻后生手执耒耜，运力一铲，那耜头正磕上土中石块，

---

1. 三代之岁首各不相同，夏朝以正月为岁首，商朝以十二月为岁首，周朝以十一月为岁首。
2. 淮阳郡，秦初三十六郡之一，郡治陈县。近年出土的秦简、封泥中皆见淮阳郡，西汉初有以郡治县名替代郡名的习惯，故史书中多见称"陈郡"。

冷不防被磕了个跟跄。后生稳了稳身子，重新蓄力，与那土中石头较上了劲儿。哪知那石头这才只冒了个尖儿，其七八分还埋在土下，由是越挖越深，教那后生既累又恼，干脆将手中耒耜扔去一边，一屁股坐于垄上："日日在这翻土、耕作，有甚意思？想我陈胜，祖上好歹也是陈国贵族，目下却落得替人庸耕，直是可气、可恨！"

身后一人听其抱怨，便也停下活计，将手斜撑在木耒上，直起身子笑道："哟，陈大公子，你那'陈国'都是几百年前陈芝麻烂谷子的事儿了，若你那般说来，我这姜姓岂不更贵？哈哈哈……"周围人闻听此话，也都跟着哄笑起来。

再瞧陈胜，那鳏瘦面容上未见丝毫臊赧之态，反道："有何可笑？今日这潦倒不过是暂时的，方今世道暴虐，没得个好生活路，咱老楚人岂是甘居于人下的？"便越说越起劲儿，扬手向四周招呼："等来日富贵了，嘿，咱可先说好了，都不能忘了这帮兄弟啊！"

一旁有个较年长的实在听不过，便应声道："你小子，做的甚青天白日梦哟！且不说咱都是替人耕田的力夫，连块自个儿的地都没得，便是哪天祖坟冒了青烟，在这田里挖出块金子，那也得双手奉给地主，哪来的什么富贵嘞！"

听罢老佃夫之言，陈胜恼道："罢了罢了，与你们说也是白说，你们这群燕雀，哪里懂得什么鸿鹄之志！"

不知是谁在后说了句："行啦行啦，快别惦记你那富贵黄粱梦了，赶紧干吧，这活儿要干不完，今日的饭怕是都吃不上啰！"

陈胜这才悻悻站起，望向天际，彼处，一群南迁之雁，正渐次排成"人"字形状。陈胜叹了口气，弯腰拾起将才扔掉的耒耜，脑中不由浮现出一人身影，竟是那楚国大将项燕。

若问这项燕是谁，看官莫急，且听我慢慢道来。

话说楚王负刍三年（公元前 225 年），一威猛骁将横空而出，率楚军奋勇击破前来进犯的二十万秦国大军，一战斩获秦军七名都尉，致使其折损近半，此人便是项燕。自那一战后，这项燕就成了楚人心中的战神，亦是当时公认最后一位能与秦军抗衡的楚国大将。可谁料就在第二年，秦国又派出了老将王翦，统领六十万秦军复来攻楚。六十万大军，浩浩荡荡席卷而来，真可谓是吐气成雾，呼呐撼山。一场生死鏖战过后，项燕大军被围困于蕲县，终因不敌战败。秦军随之速破楚都寿春，俘获楚王负刍，楚国灭亡。

其后，那项燕拼死突围，引残部退至陈县，毅然扶立楚考烈王之子昌平君熊启为王，又带领楚人掀起了一场不小的反秦风波。只是，这场风波不久即被秦军镇压，最终昌平君战死、项燕自杀，唯有其子项梁在兄长项渠的拼死护佑下，带兵杀出了重围。

论及这项氏一族，楚地之中几乎无人不知，无人不晓。那项氏祖上是楚国王族，其分支一脉世代拜任楚国大将，因功封于颍水南边项地，故以"项"为氏，遂称项氏。战国末，楚国领土渐被东进之秦国所蚕食，原居项县的项氏一族被逼举族东迁，先是到了四川郡[1]西之相县，未居多时，又被迫迁至四水东岸之下相，这才算定居下来。

这项氏一族，世代忠王命、食朝禄，其家族命运亦随楚国气运起伏迁转。自楚怀王被秦昭襄王骗盟后一去不返，再到楚王被俘，楚将殒没，这些年来，楚人对秦之恨，可谓深及骨髓，而那复楚之念，也从来都只有增无减。项氏流着贵族武将之血，世代勇猛刚毅，又兼具组织号召之力，自然成了当之无愧的反秦复楚砥柱。

自项燕、项渠身死战场，那项梁便成了家中老大，顺理成章接替其父兄，成为项氏一族首领人物，同时亦成了秦廷明诏通缉之重犯。为了不牵累族人，更为能继续反秦之业，那项梁逃回家中后，只与三弟项伯

---

1. 四川郡，秦王政二十四年（公元前223年），秦灭楚后设立，秦初三十六郡之一，郡治沛县。汉代史书中常作"泗川郡""泗水郡"之称，然据近年出土秦简、封泥所见，秦时应为"四川郡"。

及族老族亲匆匆交代一番，便速携其侄儿项籍离家而去。

这位看官却问了，何以这项梁不带旁人，只独携这侄儿？

此中确有番缘故。那项籍原是项梁最为看重的族中后辈，加之项梁念及其父项渠为护己脱困而身死战场之义，便更将这项籍视如己出，悉心教导。

彼时那项籍尚只十来岁，年纪瞧着虽不大，却已是项氏族中佼佼者。他自小生得是虎背熊腰、孔武有力，那一双重瞳豹目，煞是慑人，得见之人莫不惊叹悚惧。甚而人都说，那项氏武将的血脉之精，尽都凝于这项籍身上。项梁见他之时，仿若总能觉出父亲项燕的影子。项梁尤记得此儿少时，自己欲测其志向，便先让他读书习字，那项籍却满是不愿，不过几日工夫便闹着不学了。后来又教他剑术，其于此天赋极高，学得倒是快，可没多久便厌烦了。项梁遂佯怒道："你这小儿，书既不愿读，剑也不再学，竟是想学什么？"谁知那项籍仰头望着项梁道："读书习字，寻常能认得写得便是，无甚用处。武艺剑术倒是有些意思，可终究只是一人敌，气魄不足，也无大用。侄儿以为，要学就该学那万人敌之术！如祖父一般，领兵征战，保家卫国！"项梁见他自小便有武将志向，心中颇感欣慰，便道："既如此，从今往后，叔父便教你兵论将法！"

却说项梁离家后，带着项籍四处行游，看似漫无目的，实则有心暗结各地豪杰志士为反秦蓄力。彼时，东方六国中唯余齐国未灭。齐为楚之邻国，亦是实力雄厚之濒海渔盐大国，项梁本欲前往齐地与田氏暗通抗秦之事，可谁料计划未及施展，齐王田建便已开城做了降虏。

闻知齐国国破，项梁做了个绝顶大胆之决定：去关中！

这关中乃秦之腹地，亦是其国都所在之地。那项梁身受通缉，关中之地于他而言，便是普天下之危极险极之地，却也是探听消息之便极利极之处。自秦灭六国后，嬴政便强将六国宗室往迁关中，这一则，是为将其与故地遗民分离，以便掌控其行踪；二则，也为充实关中之人口户数。只是，这六国宗室始终对秦心怀愤恨，面上安顺臣服，实则暗流涌动。

再说那叔侄二人，沿楚国故地往西行去后，一路系结故友新朋，仰仗众人之力疏通遮掩，终于进得关中，来到栎阳城内。

项梁于此新结交了一帮六国反秦遗士，众人相约，月逢十五之时，便至城外二十里秘宅之内交换消息。

转眼又到十五，众人如约而来，围坐一处。

项梁照例问道："众位近来都打了些什么新鲜鱼啊？"此为其约定之语，暗指"消息"，明称"鱼"。

中有人道："最近风大浪急，鱼儿警醒，不好下网啊！"

"何止是不好下网，这些时日，水中突生许多暗礁，恐怕连渔舟也有倾覆之险！"

"可不是，这继续打渔怕是不能了，只不知近时是该休渔，还是改换河道啊？"

"在下以为，自当是改换河道。"

"恐怕不妥，此河道已经营多时，若换河道，则非前功尽弃？"

"若只休渔，久而无食不说，亦不免倾身之险啊！"

众人悬而不决，纷纷把目光投向项梁。谁知此刻，项梁却一声惊呼："休言，快撤！"

众人不明就里，皆面面相觑。

原来就在众人论议之时，项梁于旁细细清查人数，惊觉有一紧要之人竟不在席间，遂心下一沉，自感大事不妙，这才急道"快撤快撤"！

正当此时，忽闻外间一声"轰隆"巨响，院门木闩撞裂，一支汹汹甲兵猛冲入内。那项籍原在室门边上望风，遂迅疾朝外一探，急道："是秦兵！"

众人惊慌失措，项梁指挥若定，即令众人速往后门分头遁走，随即操起手边长刀，猛然冲出，挡在最前，那项籍亦急急持剑护立其旁。

这叔侄二人，端的是骁勇难当，直把那刀剑舞得赫赫生风，滴水不漏。两人合力冲杀一阵后，却见院内秦兵越聚越多，眼见就要形成合围之势。值此千钧之际，项梁使出浑身气力，为侄儿杀开一条血路，催他快走。

项籍本不愿撇下叔父，却听项梁大喊："你在方能救我，快走！"

项籍听得如此，遂不再迟疑，边退边杀，又连番刺倒五六个秦兵。待项籍逃出不久，项梁旋即被捕，受押去往栎阳狱中。

那其先遁逃之人，中有二三心存恩义，不忍弃之远去，只在近处蛰伏静观，暗中跟随。眼见项梁入狱，几人贿通狱卒，与那项梁暗中传讯。项梁遂手书一封，托其转交侄儿项籍。项籍接信后，日夜奔驰，辗转送至蕲县曹咎之手。

这曹咎是何通天之人否？非也，其不过县中一小小狱掾，亦是那项氏同郡故人。但此人却有一关键之交，乃是栎阳县狱掾司马欣。

且说曹咎得信后，便急急修书一封寄予司马欣，直言：此人必保。

司马欣自知此事干系重大，却因曾受过曹咎重情，心念此恩不可不报。两相权衡过后，司马欣决定：救！于是暗中使了一招"偷天换日"，且用个形貌相似的死囚，将项梁换了出来。

那绝处逢生之人，再不便于此抛头露面，只得带了侄儿回故地下相暂避风头去了。

有道是：九层之台起垒土，千里之堤溃蚁穴。欲知秦统之后又生出哪些事端，诸君且听下回分解。

第二回 始皇首巡祭雍城 亭长回乡邂良缘

却说历经了一个春秋轮转，那秦帝国为统一所修定的纲制，自咸阳大殿内的九龙宝榻上发端，经由中央府寺官署，下发至各郡、县、乡、里之中，直通达至每一户人家。

无论前时如何争论不休，这郡县之制眼见得是推行了下来。这国中郡县，各置守、尉，守职掌治，尉典武事。其下分设乡、亭、里，约是十里一亭，亭有亭长，十亭一乡，乡有三老、啬夫、游徼，端的是各职其守，各安其民。

若论这秦制秦法，于那老秦人而言，是早已惯习的，甚而无不力行拥护。现今又倡行统一制式，使得平日间许多物事往来都变得愈发便利，更不必说这天下一统后，朝廷大刀阔斧，将各国所建川防、漕渠一一决通疏浚，原先许多淤堵之地竟变得水利兴通、农耕兴旺，受惠之人户可谓不计其数。回想自非子获封秦地到嬴政横扫六国，从偏居一隅到跻身中原，十几代老秦人在战场上奋力搏杀，不就是为着统一安定这日吗？如今没了诸般干戈纷扰，战士们都乐得解甲归田，甚而还带着战场上挣得的爵位，家中得了田宅，又增了劳力，想来日子也会越过越好，可不得个个儿铆足干劲，奋争那乡间年选的力田之户嘛！

只不过，这同一方疆土之上，总难免离心离德之人。众位看官可莫忘了，除了这帮老秦人外，还有那么些六国遗民，这同样一套秦制秦法，在他们眼中，可就是另当别论啰！

若说起来，韩、赵、魏、楚、燕、齐，哪一个没有百年国祚？这六国治下的国民，世代生活于不同土地之上，吃不同果蔬，穿不同衣裳，操不同口音，如今却要强行接受秦人那套制度风俗，任谁都没法子立时就受。这与生俱来的抵触自不必说，而况在那六国人心里，从来都是将秦国斥于中原正统文明之外的。可话又说回来，饶是心中再不情愿、不接受、不适应，甚而想要活吞了那嬴政，又能如何？为了活命也只能认下来。毕竟于诸多百姓平民而言：活着，是底线，也是奢求。

就这样，统一大势如流，漫卷至帝国每一处角落。那始皇嬴政早已迫不及待要乘着这股势浪，开启四方巡游之旅，他急欲亲眼去看一看，这统一治下的山河风貌，究竟是番如何景致。

但看官们若以为，那嬴政只是想去游山玩水，那便大错特错了，那秦始皇帝，实则更欲借此之行，宣扬其昊昊皇极之威，以镇抚帝国九州万民。

却说新年伊始，始皇召宫中太卜推择吉日，提前数月就开始大肆张罗巡行所需物事。终待到开春时节，宫内宫外一忽儿抽起新枝，萌出绿芽儿，满眼尽是鲜嫩清丽景致。鸟雀虫兽欢鸣啾唧，自林土间冒出，一扫冬日沉沉寂静，盎然春意于国都四野蔓延开去。

启耕大典过后，始皇率一众百官扈从，于一派春和景明中，浩浩荡荡自都城咸阳开出。此番巡行西去，意在返秦故地，宣示统一伟业，告慰祖宗灵庙。那车马辚辚，数里可闻，伞盖旌旗，蔽空遮日，宏大齐整的仪仗队伍，循着陇西旧道沿渭水向西，直往雍城开去。

那雍城又是何处？说来可了不得！其原是秦国旧都，驻都时长二百九十四年，为秦都之最，前后十九位秦王曾在此执政，二十二代先王陵寝宗庙都建在此处，是世代老秦人心中不可侵犯之圣地。

始皇西巡祭祖之事，已于数月前便在雍城内外传得沸沸扬扬，全城上下都好不欢欣。那可不，自秦献公二年迁都栎阳后，这雍城多少日子都没这么热闹过了，瞧着更是比那年节还热闹万分。为了迎接这帝国无比重大之盛事，满城吏民皆迅速动员起来，在当地官长带领下，将街道城垣翻修一新。那朝中奉常领着一帮属吏，先于御驾到达雍城，监察祭礼与祭品准备事宜。

这日，天刚擦亮，雍城官仓前便已排起了数条黑压压长龙，直是一眼望不到尽头。

一黢黑汉子望着前面不停攒动的人头，既惊又悔："哎哟，就来晚了一步，怎的就排了这么些人了！"汉子一面悔叹，一面喘着粗气走至队伍末端，自肩上卸下两个重重麻袋。

排在前头的年轻后生听见说话声，回头一瞧，乐道："嘿，王二哥，我听着声儿就知道是你，你怎的也来迟了？"

那汉子道："嗐，还不是怨我那糟娃子，一大早非缠着我要这要那，哪成想就晚了这么会儿，都已经排得望不到头了！"

那后生应道："可不是，这回这祭品挑得可够严，全得按那统一尺寸来量，肥一分瘦一厘都不行。官府的人都说了，不论哪家的五谷牲畜，只要能选上祭品，就有奖赏。那自是人人赶早，家家争先啦！不过，王二哥倒也不需急，那前头的人再多，未必就能选得上的。"

"说的也是，别的且不说，就我家这黍子，那是粒粒饱满、颗颗圆润，要是真能选上祭品啊，以后家里的余粮，我都要加价一倍卖出去，嘿嘿！"

后生遂笑道："要能选得上，莫说是一倍了，就是十倍我看都有人要啊！"

汉子微皱了眉："十倍？那也太黑良心了！"

"哈哈哈，还是王二哥为人厚道，你瞧城中那些客店，现下都是客满为患，客宿费直翻了四五倍不止，还有那么些人要抢着来住哩！"

"可不是嘛，这次皇上破例恩许万民前去观瞻，城中近日便多了不少异乡口音的人，想咱雍城啥时候这么热闹过！"

"是啊，就算这回没选上祭品，能看场如此隆重盛大的祭典，也算是不枉此生了！"那后生忽又凑近了些，压低声儿道，"我待到那日前夜便不睡了，提前一晚就去那儿等着，占他个好观位！"

汉子却"噗嗤"一声笑道："兄弟呀，你瞧今日这场面，只怕是你提前一日去等着，也未必排得上前嘞……"

虽说距祭祀大典还有段日子，人人心中早已迫不及待想一睹那空前盛况。众人是左等右盼，日叨夜念，好容易才盼来了始皇车驾。御驾抵达雍城当日，始皇便诏告臣民：告祭仪式于三日后正式举行。

此文告一出，果然不少黔首便计划着要提前一晚去彻夜等候，更有些机灵的小贩，还打起了贩卖观位的主意，甚而一见文告，便急忙备足了口粮，前去抢占最佳观位。

时历三日，平旦时分，雍城于曙光映照下，耀目生辉。里巷间一改往日晨喧而显得异常空寂，街道上放眼望去，竟难觅只形半影，只余流风轻扬，贯通街巷，直吹至城中央密匝匝人墙处，才被阻了下来。

那喧嚣欢嚷之声，彼伏此起，叠叠层层，笼罩于宗庙外围，人人皆兴跃难抑，个个抻长了脖子够望，只恨爹妈生短了这两条腿。

再看那宗庙四垣之内，却是一片庄严肃穆。正中祖庙坐北朝南，两边分列昭、穆，各以廊道相连。中庭场殿之内，玄甲郎卫已于东西两厢整肃侍列，百官群臣均身着大典祭服，按班次分立两旁待候。其余礼乐仪仗各就其位，祭品牺牲丰叠井然。

正当此时，只听庙门两旁，一声声洪亮的"迎——"透贯中庭，迭次穿空而来。众人知是御仗驾临，心中一凛，急忙凝神敛首。那"迎"字尾音才一落下，钟鼓之乐便倏然自四角而起，百官齐刷刷朝向正中朱道处行礼叩拜。

只见那始皇通体衸玄，神采奕奕，在仪仗簇拥之下端步行来。随着嬴政步点落定，胪传又不失时机喊道：

"起——"

"转——"

众人闻听即端然转身，面朝祖庙而立。

始皇已步至祭台之前，引领群臣三拜过后，亲自诵读告祭文书。书曰：

"大哉至德，於穆皇祖。肇禋弘基，圣被遐荒。维祖之祯，迄用兹成。八方朝归，河岳一统。式隆景命，万世其昌……"正诵时，那始皇却不禁忆起当年行冠礼时来此雍城祭祖之景，今昔对比，可谓百感交集。

话说那一年，嬴政已是二十有二，按秦时礼俗，男子最迟不过二十及冠，他却在太后与那娇头嫪毐的多重制压下，稽延至二十二岁方才行此冠礼亲政。亲政过后，又内遭嫪毐叛乱、权臣勾斗，外临六国虎视眈眈。宫楼殿阙之中，虽是富贵无穷，却又是冰冷残烈之极处，那嬴政十三岁登基，自坐上龙榻之时便知，唯有预先筹谋、杀伐果决，才能为自己挣得丝缕生机。这些年来，从茕茕一人到君临天下，其中何其壮烈，又何其艰辛，恐怕唯有他自身才能体会。

祭典过后，始皇特命人将祭品分予城中黔首，以示恩泽万民，随即率众离开雍城。此后，御驾沿汧水北上，越过陇山，进入陇西郡地界，接着又朝西南方向行进，直至西县。

这西县来头亦是不小，其乃秦国首座都城，亦即首代秦君襄公之陵墓宗庙所在，此番前来仍是为祭祖祠宗。那西县祭礼虽不比雍城，亦算得是隆重盛大，其间自有一番备细，不劳详叙。

却说祭礼过后，始皇一行继续北上，入了那北地郡。北地巡游，意在巡察匈奴动向。当年秦扫六国之时，那匈奴趁机于北境侵扰生事，彼时，秦国兵力尽数扑在了中原战场，自是无暇北顾，只能先任其折腾罢了。如今天下一统，帝制已定，自容不得国境侵乱，遂即加固北塞边防，备军严密监察，欲择时进击。

待此北巡过后，御驾即沿泾水河谷返程，沿途祭祀山川神祇。

刚抵咸阳宫，嬴政便一头扎进书房之中，对此番经遇之事做了梳理。即命人将随程所奏诸般大小事务汇总上疏，又连日召集丞相、廷尉、奉常、少府等公卿共商对策。最后拟定诏令数条，首要两则便是祖庙日常祭礼及治修各方驰道。

这祖庙祭礼繁琐碎细，想必看官也无甚兴趣，咱且单说说这驰道之事由何而来。秦统之初，秦廷大刀阔斧、雷厉风行，于六国旧地尽毁城郭、决川防、夷险阻，以绝其死灰复燃之患，此举尚属第一步。所谓先破后立，毁通六国险隘之后，即要对其原先大小道路整合贯通，欲以秦都咸阳为中心，建成通抵全国之高速行车驰道，以控御四方，尤以关东为要。

由是此令一发，全国各处便开始大兴土木。中有一条，最是远阔，其自咸阳而起，可直驱东海之滨。此道沿黄河南岸而行，经韩、魏、楚故地，贯彻关东腹地，横越众多河川，旁的暂可不议，唯那其中四水，却不可不提。

却说这四水，起于齐鲁薛郡境内，其名简明扼要，因"四源同发"之奇得称。那四水经西南流出薛郡，即入南面四川郡并通贯全郡，四川郡亦因此得名。此郡北有一沛县，四水恰环其东，县中便置一亭驿，名曰"四水亭"。

看官可要问了，秦朝亭驿数千，这般周周折折提起这无名小亭究竟是为了哪般？看官莫急，这四水亭驿虽小，却出了一位千古传奇人物，此为后话，且听我慢慢道来。

这日，四水亭中无甚要事，那亭长刘季便欲告假一日回家看看。说是回家看看，可谁不知他是又馋起自家乡里的那口酒了。一想起那丰乡酒，刘季口中就忍不住泛出馋涎，于是赶紧换上便服，戴好竹皮冠，这便准备出发。

其手下亭父，自是个有眼力的，已从驿厩中牵出刘季平日常骑的那匹马，套好了鞍辔。此马栗白交杂，马首为白，唯额上一抹栗色形似火焰之状，瞧着尚有几分特别，故深受刘季喜爱，为此还特取了个"赤炎"之名。

刘季遂顺手接过缰绳，对那亭父道："我至迟不过明日晡时便回，若有官事未决，待我回来再说。"随即打马向西，直往丰乡而去。

还未到家，老远就听得一声惯常戏谑："哟，亭长大人今日又衣锦还乡啦！"说话这人便是刘季那发小，名唤卢绾。不知是因了这自小一处长大的默契，还是那卢绾天生眼尖，每次刘季回来，他总能头个儿瞧见。

那刘季便在马上笑道："你小子这嘴，可又是欠收拾了，且等着，看待会儿把酒封不封得住！"

刘季回家拴好了马，便邀着卢绾一起上街寻酒去。两人正走着，刘季忽觉衣裳似被什么给扯住了，他低头一瞧，竟是个梳着俩羊角髻的小童。那小童正一手牵着他衣角，一手握着根细长竹筒朝他递来。未待刘季开口，小童却先怯声道："有个阿叔让我把这个交与你。"

刘季闻言向四周观望一阵，却未见有什么人，即拨开那竹盖，从里头掏出块残帛，抖开来看。那卢绾也凑近来道："上头写的什么？"

刘季迅疾扫了一眼，即收起残帛塞入怀中，对卢绾附耳道："是张耳大哥传信说，他与陈馀二人已避开追捕，转至陈县安顿下来，让咱们放心便是。"

那张耳、陈馀又是何人？刘季早年间曾有段游侠经历，起先自己在乡间聚集了帮兄弟，做起了"乡豪"，继而跟着那"县豪"王陵招摇了一段时日，后来又慕名去游归张耳、陈馀。两人原都是魏国大梁人，张耳较为年长，早年最是崇拜"窃符救赵"的信陵君，后来得了机会成了信陵君门下宾客，虽未曾崭露头角，却总算是得偿所愿。那陈馀又因仰慕张耳，从少时起便自愿随侍左右，以父长之礼敬待张耳，两人相与甚厚，由是结为忘年刎颈之交。信陵君去世后，门客随之四散，张耳便与陈馀一道，流落至外黄一带。因缘际会之下，张耳娶了当地一家富户人家的小姐，得了雄厚资财，还做上了外黄县令，由此干脆自己当了门主，与陈馀一起招揽游士宾客，久而久之，两人都成了闻名遐迩的一方名士。刘季便是在那时，屡次驱程数百里，自沛县游归张耳。直到秦灭魏国，秦军开至外黄一带，张耳、陈馀作为一方游侠之首，成了秦廷通缉要犯，不得不逃离魏国，隐姓埋名。自那以后，刘季便与之失去了联系。这些时日，他一直为其悬心挂怀，遂四下派人打问消息，如今这帛书传来，这颗心才算是落了地。

且说两人正欲离开，刘季突然一个趔趄，往后倒跌一步。回头一瞧，竟是那小童正死命扯住他衣裾，却不说话，只巴巴望着。那刘季瞬时会意，伸手摸了摸囊袋，空空如也，又将卢绾拉到一侧，挑个眼神，卢绾也只是无奈耸肩。

现下可如何是好？刘季抬眼四望，眼见葛老伯那蜜饯摊儿正支在街口，便回头用手拍了拍那小童脑袋："小儿，可想吃蜜饯？"小童一听蜜饯，口中泛涎，自是眉开眼笑。

刘季两步走至摊前，转而换了副涎皮赖脸，对着那葛老伯寒暄起来："哟呵，葛伯，瞧您这红光满面之貌，近来生意想是不错啊！"

葛老伯略略回笑："养家糊口而已。"

刘季指指那小童，凑近来道："今日出门急，身上没有傍身之物，想给这孩子拿包蜜饯解解馋儿，葛伯可否行个方便？"

葛老伯一听这话，脸便"唰"地冷下来："谁不知你刘老三已赊遍这街上酒肆，怎么，今儿又要来祸害我这小本买卖？"

刘季满脸堆笑道："看您说的，我刘季大小是个亭长，乡里乡亲的，还能昧您这一包蜜饯不成！"说着，又伸手搭过卢绾，"瞧，有我这兄弟担保，回家后立马给您送来，一分不少！"

葛老伯冷笑一声，敞开了声量："你让他担保？这乡里间谁不知你俩是同年同月同日生，同穿一条布裤长大的，他打小跟你混在一处，能有什么好？"顿了顿，又道，"亭长大人今日得闲来咱小街上转悠，明日就又回那四水亭公干去了，怕是十天半月再见不着人影，让我老汉何处寻来？"

刘季正待再说，不想那小童等得有些焦急，又被这两方争执给吓着了，"哇"的一声哭了出来。刘季一时不知该先去哄那小童，还是继续跟这葛老伯周旋，正踌躇间，迎面走来了两位姑娘，那目光便一下子被吸了过去。二位姑娘步态娉婷，身姿袅袅，一看便知是殷实人家教养出的闺秀。刘季不觉细细打量，见其中一位身着紫绀绮罗襦裙，髻上插着支珠翠步摇。另一位身量略高，着一袭薰色曲裾深衣，腰间佩着个锦玉绣囊，直朝着葛老伯摊前走来。姑娘从锦袋中拿出几枚半两钱递过："有劳这位老伯，两包蜜饯。"

葛老伯笑呵呵装好蜜饯，递送给那姑娘。姑娘道一声"多谢"，转身竟朝那小童走去。只见她蹲下身子，从怀中掏出一块丝绢帨巾，先给他擦干了泪，又将一包蜜饯塞到他怀里，笑盈盈摸了摸那小脑袋，柔声道："别哭啦，吃吧！"随即起身挽了身旁那姑娘，一同向前走去。

那刘季站在原地，愣愣看着，直到两人身影汇入人群中看不见了，才回过神来，猛一跺脚，想起自己还未道谢，但其实心中更想打问那姑娘名姓。本欲追上前去，但转念一想，又觉太过唐突，于是将卢绾叫到一旁："刚才那位姑娘，你可知是什么人家？"

卢绾道："这乡里间芳龄的姑娘，咱哪家不熟？那两位瞧着倒不像是咱这儿的人。"

刘季点点头道："托兄弟们去问问，务要打听出来。"

"哈哈，大哥莫不是瞧上人家姑娘了？"

"别废话，叫上周勃，咱喝酒去！"

却说次日，刘季正待收拾行装回四水亭，只听得门外传来一声："打听出来了，果然不是本地人家。"一听便知是那卢绾。

卢绾慌忙跑进来，弯着腰连喘了几口气，才道："那两位姑娘是吕公家的小女，这吕公一家本是西边邻县单父县人，在当地也是个有头有脸的人户，听说是与人结了仇怨，不久前举家迁到咱们县来的，那吕公……"

未待卢绾说完，刘季便迫不及待打断道："吕公之事，我也有所耳闻，你且快说说，那姑娘叫什么？"

卢绾嘿嘿一笑，故意慢腾腾道："这吕公啊，有二子三女，长子吕泽、次子吕释之，长女吕长姁……"

"那姑娘是吕长姁？"

见刘季这猴急的模样儿，卢绾不觉又乐了一回："大哥莫急，这不正要说到嘛！吕公这二女名为吕雉，三女名叫吕媭，上回咱在街上遇见的，就是这两位了。"说时，故意露出惹逗神色："大哥相中的，便是这位吕雉姑娘！"

刘季被他一说，顿生出些害臊气来，直向卢绾飞起一脚。卢绾一早料到，笑着躲开了，又道："大哥就不怕那姑娘是已许了人家的？"

怎料那刘季自信道："你没瞧见那日她梳的是少女髻，且手上拿的是未婚妇用的帨巾？"

"哈哈哈哈哈……可别说，大哥在这方面向来是观察入微，小弟我是望尘莫及啊！我可还听说，那吕公与咱县令是至交，这几日便准备在新居中大摆宴席，说是要酬谢全县父老。"略顿了顿，又道，"虽是这样说，但没点儿能耐可真吃不上这顿酒席。"

刘季奇道："怎么说？"

卢绾道："这可是我找萧何大哥磨了半日工夫才打问出来的。"说时，那脸上即露出神秘一笑，"你猜猜，这顿饭礼金多少？"

刘季急问："多少？"

卢绾比了个手势："至少这个数！"

刘季不禁惊呼："一千？！"

卢绾拍了拍刘季肩膀："这可不比你那曹妇，这姑娘身家清高，大哥怕是惦记不上啰！"

不知那话中曹妇是谁？原是那刘季早已过了而立之年，名义上虽打着光棍儿，可他好女色，这些年来没少有妍头，这个曹氏，便是其中关系最长久的一位。不仅如此，两人还偷偷诞下一子，名叫刘肥，此时尚随曹姓，养在曹家。

且说刘季暗自琢磨了一会儿，随即计上心来，对那卢绾道："辛苦兄弟，再去帮我问问这吕公脾性喜好如何，另外，找几位兄弟想法子往吕公耳中吹吹风造造势！"

"怎么，大哥竟还不死心？"

刘季嘿笑不语，转而继续收拾行囊去了。

有道是：良缘虽天定，佳偶当自成。欲知这姻缘如何匹配，诸君且听下回分解。

第三回 骊山壮士抱不平 四水亭长娶新妇

话说嬴政即位当年，便选定了骊山北麓修造陵寝。当此之时，那皇陵工造正自如火如荼，近百万徒工在此，日夜劳作，将那山土一点点辟成地宫。

端是此刻，这筑地之中正有个热闹可瞧，还请列位看官紧往这边来瞧。

原是那徒长又在耀武扬威，只见其手执藤鞭，正欲抽下之时，忽觉手腕处被只粗糙大手牢牢钳住，竟动弹不得半分，就这么顿在了半空当中。

"大人，您瞧他这病恹恹的样儿，哪里挨得住您这一鞭子，倒不如您大人大量，饶了他这一回！"说话那人声量虽不大，言语中气魄却是慑人心胆。

那徒长闻言更是气急，死命想要挣脱，却发现此人力道甚大，表面看着波澜不惊，内里却正暗暗使力，持鞭之手竟丝毫未能挣动。

周围徒众皆被眼前这幕给惊得呆呆愣愣，那鞭下伏跪的精瘦男子，本以为这回定躲不过一顿痛笞，却半天都未觉鞭子抽来，便勉强止住咳嗽，亦抬起头来惊望着。

说起这帮刑徒，大都是坐罪被罚来服劳役的，平日间被这些徒长肆意呼喝打骂惯了，只要是这皇陵工程不被耽搁，无论怎样打骂，官家并不理会，故素日里便都只有默默挨着的份儿，回一句嘴尚且不敢，哪里还想过直接和徒长对着干呐！今日这高头壮汉，属实是给众人心里解了气了。

再说那徒长，手臂青筋暴起，强挣数次挣不开，心头既羞又怒，正不知该如何是好之时，却见那壮汉用另一只手忽地将他手中长鞭抽了去。徒长倏然一怔，顾不得手心灼痛，正欲防备，但见那人并未动武，只双手将鞭子奉至他面前道："大人息怒，这位兄弟身上染疾，干活儿自然要慢些，还是饶了他这回吧！"

徒长见那人身形健硕，气势勇武，只得强忍怒火，从他手中抓过鞭子，狠狠抽向地上，喝道："都滚回去干活！"众人这才慢慢散了。

原本那地上跪着的男子，慢慢支起身子，直朝那壮汉背影处疾趋喊道："那位壮士，且等一等！"

壮汉闻声，停步回头来看。那男子慢慢走上前来，连咳数声方才缓下来道："多谢这位兄弟，我叫聂五，不知兄弟怎么称呼？"

"黥布。"

聂五奇道："黥？天下竟有如此姓氏？"

那黥布仰面朗笑两声，指了指脸上刺字，聂五方才恍然："咱这些人都对此避之不及，兄弟却要以此为姓，真乃豪士也！"

黥布大笑："既已黥面，有何可避？况且少时便有相士说我'当刑而王'，这便是那当王的印记，哈哈哈……"那聂五也一同笑起来，心中又增了几分敬仰。

两人没说几句，便已走至那凿石场，聂五遂挑起担筐道："今日多谢壮士出手相救，小弟以后愿以兄长之礼相待，还请大哥莫要嫌弃！"

"无妨无妨，我只是看不过那厮仗势欺人的模样，咱这命就该攥在自己手中，我虽未读过甚书，却也知士可杀，不可辱！"黥布说时抡起锤子，一把下去，碎石滚落纷纷。

话分两头，那吕公今日正在新居内大摆筵席，沛县县令亲来道贺，一时间，轰动全县。县中但凡有点儿头面的人物，哪里能错过这个巴结机会，礼金虽则不菲，前来敬贺之人，却是只多不少。县令命了主吏掾萧何亲自主持酒宴事宜，席中座次谨按随礼多少排列，不满千钱者，均排至堂下侧席，便只是凑个热闹而已。

且说萧何正在前厅忙着收纳礼金，安排座次，却见那四水亭长刘季两手空空，大摇大摆走了进来。

这萧何与刘季，往日间颇有些交情，两人性情南辕北辙，萧何稳重有礼，刘季洒脱有义，却正当互补，反而能相敬相惜。因那刘季浪荡不羁，时常惹出些麻烦，萧何自是没少替他遮掩。

那萧何一见刘季，心中疑惑，正欲问"你怎么来了"，未及开口，刘季便先掏出名谒，对旁边持笔小吏道："四水亭长刘季，礼金一万钱。"

小吏闻言一惊，望向萧何，萧何赶忙阻道："勿记勿记！"转而小声对刘季道："今日吕公宴请，县令正在内厅，可休要胡闹，速速离去！"

那刘季却对萧何拱手笑曰："刘某今日特地前来，诚心敬贺吕公乔迁新居，何有胡闹一说啊？"遂自顾自朝堂内大喊："沛人刘季，敬贺一万钱！"

话音才落，满堂皆惊，众人都朝这边望来。那吕公本自堂内与众寒暄，听这话时也不禁讶然，遂想起这几日间，总有意无意听到"刘季"之名，便当即朝着这边走来，欲一看究竟。

萧何见拦阻不及，立即趋步迎上，小声对那吕公道："刘季此子，素来不修边幅，当不得真，您大人雅量，千万不要与他计较。"吕公摆摆手，道了句"无妨"，遂径直走到刘季面前。

那刘季虽诳了个大谎，但此刻神情自若，未有丝毫局促不安之态。眼见得吕公一直上下打量，便就坦然随他去看。

这刘季早年间,曾偶遇一相面先生,那先生对其面相啧啧称奇,连连赞叹,又称自己一生相人无数,却是头一遭见到如此贵不可言之相,继而连算钱都不收,只说日后富贵勿忘。打那以后,刘季便对自家面相颇为自信。而那卢绾先前打问到,这吕公好替人相面,且素对面相之事十分崇信,这便正中其怀。

却说吕公正自细细打量,见此人衣着松垮、服色交杂,腰上布带皱皱折折,只在一侧随意系了个结,头上一顶竹皮冠子却是十分正挺。顺着那冠帽再往下瞧,只见其额面敞阔、眉骨耸立,鼻梁高矗、颔骨如削,外加一副美须髯,衬得是逸逸堂堂,端的是"天庭饱满,地阁方圆"之相。进而往深处相看,那郎当不羁的目光之后,又似潜着一股傲然威临的非凡气宇,越看越觉不同凡响。

半晌过后,吕公方回过神来,对刘季笑道:"老夫细观刘君之相,隆准而龙颜,确是贵人之相呐!"旁边熟识之人听闻,心中不禁暗暗发笑,这刘老三原不过一介布衣,在外混迹多年,只因能识得些文字,又有些勇力,才勉强混上个小亭长,平日里插科打诨,酒色均沾,何来什么贵人之相?

可瞧那吕公,抚须颔首,心中却是另有盘算,遂即请刘季入堂就席。刘季也不推迟,拱手一揖,抬眼往周遭扫视一圈,又回首对着萧何一笑,便随众一同往里走去。

席间,吕公屡屡望向刘季,宴末之时还特以眼神示意。那刘季当即会意,待席散时分,便借故留了下来。

眼见宾客纷纷散去,吕公便将刘季单独请入内室,做了一番深谈。刘季言行洒落,侃侃无拘,引得吕公愈加属意。在吕公看来,这刘季不仅面相卓贵,且举止非凡,虽诳言贺万钱,但两手空空坐至上席,也未有丝毫促狭之态。交谈过后,更觉此人非庸碌无能之辈,隐隐中还有些任侠之气,便一时心喜,当即与刘季约为婚姻,直言要将女儿许配给他,刘季自是欣然应允，喜不自胜。

回到家后，刘季即召来一众兄弟，帮着精心准备了一番，依礼完成了纳采、问名、纳吉、纳征，又请老父刘煓出面，与吕公约定迎亲吉日。

那刘太公自是欣喜非常，平日见此子游游荡荡不务正业，老大不小却未曾娶亲，心头便觉着慌，气不打一处来。如今可好，这浪荡子不仅娶着了新妇，还是富贵人家的小姐，刘太公一连几天，直乐得合不拢嘴。

迎亲那日的婚礼，虽说不上如何隆重华贵，但凭着吕公的家世背景，再加上刘季的人脉交际，自然也足够轰动县城了。前来相贺者，上自县中长吏，下至乡里四民，仿若搅动了整个沛县的五行八作。刘季当晚被那敬酒的、闹酒的，直灌得酩酊耳热、天昏地旋。

次日一早，刘季便引着那新妇吕雉去拜见公婆兄嫂。

去路途中，刘季向吕雉说起家中情形："我娘原去得早，留下我们姊弟四个，阿姊与长兄前些年染了疾，也相继去了。长兄家只剩了嫂子和大侄儿刘信，"说至此处，语气忽而转冷道："只这嫂子颇有些小气，早些年间，我引一帮兄弟前去就食，她却有意将那羹釜刮得嚓嚓刺响，不愿与我吃食，让我于兄弟面前大失颜面。你说这咨妇，浑身里外哪里见得个长嫂模样，直是个短浅的乡野粗儿，若她为难于你，你便也不必对她客气！"

那吕雉闻言甚是愕然，她自小受的是诗书礼教，耳畔听的都是尊老敬长之语，何曾听过这般浑话。心头由是顿生一股嫌恶，身子不自觉朝外撤去。

刘季瞧她这模样，非但未有介怀，反觉十分有趣，遂盯着吕雉哈哈大笑起来。那吕雉从未被人如此盯视，起先一直羞避，却发觉自己越是如此，刘季反而愈加调笑不止，便干脆不再躲闪，直直回望过去，问道："那二哥呢？"

刘季这才接着道："二哥刘仲，是个老实的庄稼汉子，嫂侄性情与他相仿，往后我若不在家时，你有事尽可去寻他们帮衬。"吕雉微点点头，刘季复道："我爹后来又续了个继室，生了弟弟刘交，那小子自小便爱读书，时常出外交友游学，颇有些我少时风范，这段时日正跟着荀子门徒浮丘伯学《诗》哩，你此番去时，怕是还见不着……"

那吕雉在旁静静听着，一一都记在心里。她自小性子便极有韧劲儿，外表看似柔弱，内心却是要强，有时甚而更胜男子。她对这丈夫虽则不甚满意，却在心中打定主意，既已嫁作人妇，往后日子必得操持周全才是。

刘季带着吕雉依次前去认了门户。那吕雉自小被严加教养，知书达礼，落落大方，刘季这一大家子见了，都只有喜欢与赞慕的份儿。就连那一向看不惯刘季的长嫂，都转脸换了副和煦颜色。

自嫁给这刘季之后，吕雉便在家中打理内事。虽知刘季心中一直记恨大嫂，但念在他们孤儿寡母不易，仍时不时暗中帮衬。虽说是富户人家出身的小姐，人都以为她娇生惯养，必难适应这繁杂劳事，可谁料，那吕雉不仅很快上手了家里大小事务，还样样都打理得井井有条，俨然一副主家人模样。家里兄嫂叔侄自是人人称道，个个心服。

转眼之间，春去秋来。那咸阳至东海的驰道已修建完毕，始皇得知，心情大好，即令准备东巡。

秦始皇二十八年（公元前219年）春，暖阳和煦，銮驾复启。

一众车马辚辚驶入驰道，眼前是宽广无际，两旁是青绿葱笼。这驰道阔面约五十步，两侧夯台微隆，三丈间植一株行道青松，前后绵延，亭亭如盖。始皇车驾于中央御道驰行，其余车马依次于两旁侧道扈从。

驰道如带，挥直朝东。此道起自函谷关口所对三川郡，贯穿帝国东西腹地，伸延至东海郡朐县，故称"三川东海道"。道中车马飞驰不息，龙旗伞盖腾空蔽日，借此一路西风驰骋，此番却并不往东海，而径往泰山行去。

那泰山自古便是众山所仰，象征着至高无上的势威。传说三皇五帝东巡之时，皆曾流连泰山，于此五岳首巅封禅祭祀。看官或要问了，这"封禅"是为何意？

便是于泰山之巅，聚土筑圆坛，增其高，以祭天表功，曰封；于泰山之下小丘，积土筑方坛，增其厚，以祭地报福，曰禅，此即为封禅之礼。始皇嬴政此番亲临泰山，正是为行此封禅祭典。

那泰山所在，原是六国之齐地，此处东临大海，渔盐富庶、商贾云集，昔时更有闻名海内的稷下学宫，引领了蔚为壮观的百家学术争鸣。只不过，于秦而言，此处却是极易产生偏安势力的所在，故自降齐之后，嬴政便对此地严监密控，一日未曾松懈。

且说始皇一行进入济北郡后，于博阳县中稍歇了数日，便启程前往泰山。车马行至山脚时，天色尚只蒙蒙亮，嬴政转乘由四个力夫所担的步辇，自山阳之道上行。

这一路颠簸，且走且歇，中途轮换了数不清的力夫，随行之人早已汗透襟衫，湿了干，干了又湿，待到山顶之时，日头正当悬顶。

始皇即率百官立石颂德，那颂德之辞，由左丞相李斯撰文书丹，辞曰：

皇帝临位，作制明法，臣下修饬。二十有六年初并天下，罔不宾服，亲巡远方黎民，登兹泰山，周览东极。从臣思迹，本原事业，祇诵功德。治道运行，诸产得宜，皆有法式，大义休明，垂于后世，顺承勿革。皇帝躬圣，既平天下，不懈于治。夙兴夜寐，建设长利，专隆教诲。训经宣达，远近毕理，咸承圣志。贵贱分明，男女礼顺，慎遵职事。昭隔内外，靡不清净。施于后嗣，化及无穷。遵奉遗诏，永承重戒。

封祭之典既毕，众人正欲转身下山，未料，一阵旋风突起，苍穹晦暗如暮，黑云沉沉，好似要坠下一般。侍卫百官急急护着那始皇，往旁边一棵大树下奔去。顷刻间，暴雨倾盆，山流如注，众人情急之下，纷纷举袂避雨，可哪有半点效用，不过须臾便已浇得透湿，唯有始皇幸得那大松荫蔽，尚不致狼狈淋漓。

这场暴雨势虽凶急，却是来去匆匆。风雨过后，山色复明，嬴政当即拟旨，命敕这避雨青松"五大夫"之爵，令遣专人日日养护。一行人遂不再逗留，仍按原定计划，预备自山阴下行禅祭梁父。

望那始皇一行往前去了，几位随行力夫便在后议论起来。其中一个是从咸阳随侍来的老秦人，此时最是激愤不已。

"老几位都来评评，就这么棵树，实连个畜生都不如，轻易便能封上这等高爵，是何道理啊？！就说这'五大夫'爵，若放在从前，便须得在战场上真刀真箭拿命拼，斩首十多级方能换得来啊，你们瞧我这身上……"说时一把狠力扯下湿衣，露出胸背大小伤疤，密密麻麻，几人见了，皆唏嘘不已。

那老秦人愤道："这还只是上身，下身的伤疤且密着哩！就这般模样，连个'大夫'爵都没拼得，更别说甚'五大夫'了！"

近旁一齐人道："唉，谁说不是呢？现今草木都成了高贵物事，只有人命草芥不如！你怎说也是秦人，至少还得了个爵位，咱齐人就更别提了，低人一等且不说，光是那苛法，就受不得！"

"苛法？我倒觉着甚好！"老秦人道，"秦法事事巨细分明，有迹可循，上不瞒下，下不欺上，这么些年，早已惯习。只这话且说转来，纵是有爵又如何，你瞧我，现下不仍是同你一般的力夫？"

"便是力夫，我们齐人又怎能与你们秦人相比？"

一年轻后生这会儿也凑过来道："便是秦人又如何？本以为这天下一统后就能在家好生耕种，过上安生日子，这番又加征力役，各处大修什么驰道，还不是一个样儿！如今没了战事，咱平头黔首再立不得军功爵位，生来是穷苦命，便一辈子逃不脱这穷苦命了！"后生越说越激动，不自觉抬高了声量。

旁边一力夫本自拧着衣服上雨水，听着几人抱怨，不免提醒道："可都小声着点儿，若是被前头官家的人听见，怕是连这条穷苦命都没了！"经他这么一说，众人都纷纷闭了嘴，只暗自叹息。

有道是：福祸互倚常相生，泰极之巅否自来。欲知始皇出巡将遇着什么凶险祸事，诸君且听下回分解。

第四回 嬴政巡游险遭刺 张良圯上受奇书

却说在骊山筑地的这些日子，每天除了干活，那黥布还在私下里结交些壮士豪杰，甚而与不少徒长也逐渐熟络起来，这些人明里暗里都将他视作头首。这黥布有意结交众人，自有一番打算。眼下估摸着时机已成熟，便预备实行那筹谋已久的秘密计划。

且说这日，天色阴沉，漫天蒙蒙一片，整日间都未见得一丝阳光。筑地里仍如往常一般，众人只是埋头干活儿，凿石声、翻土声、扁担吱呀与那号子声全都混杂一处。

聂五照例挑了两个空筐过来搬运石头，他走至黥布身边，低低叫了声"大哥"。

黥布应了一句，遂帮着聂五将石块搬入篓筐。待俩筐都装满后，黥布又将一旁的三块碎石摆在了最上头，帮他架起扁担："筐已满当，可要小心最上面的三块石头，千万不要泄落了！"说时，暗暗使了个眼色。

聂五回道："明白，大哥放心！"遂起身将石块挑往碎石场中。

这修建皇陵的徒工，手上各有固定的活儿，互相之间不得厮行，平日里又分住不同筑营，不能串通，只在相互搬运之时才有机会暗中交流几句。黥布便是瞧准了这点，遂与兄弟们约好，平日有事便经由凿山、挑石、碎石、取土、填土等各行兄弟互相传信。几日前，众人已用此法相约逃走，今日三更便是最佳时机。

傍晚时分，天边浓重阴云缓缓向山头处移来，瞧这样子，晚间必定得下场大雨。约摸戌时前后，天上果然落下瓢泼大雨，筑地守卫慌忙躲进棚屋避雨，忙累了一天的徒工，亦全都早早睡下。

三更天左右，雨仍在下。夜幕沉沉，漏不出一丝月色，四处黢黢一片，唯闻雨声淅淅沥沥。暗夜之中，陆续有黑影悄悄潜出筑地，于夜雨遮掩之下，聚往山脚一处。

那黥布已在此等候多时，见人到得差不多了，将人头清点了一遍，随即一声令下，众人趁着雨势，自往东南方向逃去。

连日间奔逃不休，百余人的吃食成了个大问题。那聂五望望队末，几个身负鞭伤的兄弟，步履迟缓，几日来几乎未曾吃过一顿饱饭，如今体力已渐渐有些不济。聂五顾向黥布道："兄弟们出来时所带干粮早就吃尽，现下光靠着野果子充饥，也不是长久之法啊！"

黥布略想了想，这些时日为躲避官府追缉，走的都是远离县城的山林小路，如今看看，暂且算是安全了，遂道："前面林深石险，叫兄弟们好生准备准备，砍磨些木棍石斧充作兵器，待我调训一番，今夜便可动手。"见聂五略有迟疑，黥布复道："我知你想说甚，避开布衣平民，只劫富户官宦便是。"

且说几回下来，这支七拼八凑的人马，倒也慢慢练就了些武力战法，看来竟像一支有模有样的队伍。那黥布率众一路且走且掠，直逃至江中一带才算暂定下来。

转眼之间，又是秋去春来，始皇车驾复自咸阳启跸。

数日行程下来，那嬴政略略有些疲累，正坐于车内闭目养神，便问距离大梁还有几程？身旁侍者唯唯答曰："回陛下，车马现已行至阳武县南之博浪沙，待过了阳武县，不日就到大梁了。"

那阳武县原是韩魏交界之地，亦是今三川郡与砀郡交接之处，过阳武向东便入到砀郡辖境，去岁封禅泰山时，走的便是此路。嬴政听得如此说，便在心中暗自计算时日。忽闻窗外一阵疾风骤起，嬴政猛然睁眼，正欲拉开车窗查看时，一股劲风裹挟黄沙迅速冲涌进来，嬴政被呛得连咳数声，即令严闭车窗，只透过窗间缝隙向外望去。只见那地上沙尘，霎时翻卷空中，漫天黄沙遮天蔽日，白昼顿时暗如黄昏。

两旁马队被这突如其来的风沙所惊，马匹不住嘶鸣，队伍皆乱了阵脚。就在此时，窗外忽然有人大喊："快护驾，有刺客！"

一片惊乱中，嬴政忽听到旁边副车一阵巨响，似是突遭重物猛击，随即一阵刀兵之声交杂而起。未过多久，风沙顿停，外间声响亦渐次止息。

只听得郎中令急声问道："禀陛下，刺客已遁逃，陛下可安然？"

那中车府令赵高赶紧拉开车门查看，嬴政顺势走下车，只见侍卫随从皆跪伏在地，齐声请罪："让陛下受惊，臣等罪该万死！"

嬴政心中却并未有许多惊乱，若论起来，这已是他生平第三遭遇刺，正所谓一回惊，二回乱，三番已平常。自始灭那韩国之日起，嬴政便已知道，这普天之下，什么都缺，独独不缺要他命的人。

只听嬴政厉声问道："刺客是什么人？"

郎中令闻声略显慌乱："禀、禀陛下，罪臣尚未知晓。方才突起一阵风沙，兵士皆被风沙吹得睁不开眼，隐约间有几道人影从道旁直往车驾冲来，罪臣立即带人在陛下御驾前布守。其中一个刺客手抡铁椎击中副车，待要再击时已被兵士拦下，刺客不敌，趁着风沙遮掩往东逃走了。"

"可看清刺客模样？"

"回陛下，风沙太大未曾看清，罪臣已命人前去追捕。"

"传令下去，各地严索，任何形似之人都不得放过，务必抓到逆贼！"

众人赶忙伏地曰"诺"。

却说于周边大索十日之后，竟是一无所获，各地只纷纷抓捕些身形近似之人交差塞责，嬴政下令一一处决，以泄余恨。又将其中几人屈打成招，枭首弃市，对外只称刺客已被明正典刑。而那刺客主使张良，此时早已逃之夭夭。

说了这半日，这胆大包天之人究竟是何由来？看官莫急，现下便就道来。

那张良原是韩国贵族之后，祖、父两代皆为国相，先后辅佐五世国君。却不料，到了张良这代，还未及荫袭封官，却先目睹了韩国破亡。战国之时，韩国地处四战之境，实力却当六国之末，故而首当其冲，最先灭国。怎奈亡国之后，尊荣一朝尽散，那张良从贵族公子沦为民间游士。国仇家恨日夜在这贵胄血液中冲涌激荡，端的是食难甘味，寝不能寐，张良便于心中暗暗立誓，定要报仇复国。但凭他一人，势单力薄，怎得与帝国势力相抗？这才想到要刺杀秦始皇帝。却当此时，其弟亡故，那张良失了唯一至亲，心中遂不再有任何牵挂。他不及安葬弟弟，即刻变卖了家中僮仆余财，广交天下豪杰，暗中找寻可担刺杀之任的勇士。那张良一直向东寻去，机缘之下结识了豪杰仓海君。仓海君为其推举一勇士，据说是力大无穷，可挥起百二十斤之铁椎，张良几将所有筹码尽数押注其上。

为行此刺杀之谋，张良密通原来国中贵族大夫，自国灭之后，其众皆被迁往咸阳看视起来，反倒有接近帝国中枢之便。经多番周折，张良买通宫中侍宦，得知此次东巡之大致路线，又借由此前对韩魏地理之通晓，选定了阳武县南之博浪沙作为刺杀行动之地。选择此地，还有个重要缘由，那博浪沙地势虽平阔，不便藏身隐遁，但时常会起风沙，甚而能遮天蔽日，待得那时，便是出手之最佳时机。

可那张良只料到风沙可蔽他人之眼，却未想到其亦能乱己之目，那勇士便因风沙过大视物不清，才一时情急误中副车，终致刺杀失败。好在几人借此风沙所掩，终得趁乱而逃。

却说那脱身后的张良，改名换姓，一路逃到东海郡下邳县隐居起来，预备另做打算。

这日，张良正伏案勾绘舆图，忽闻窗外不知何处飘来一阵桂子清香，他抬首向外望去，才惊觉原已入了金秋时节。一阵清风拂面，那香气愈发撩人，撩拨得他心中似长出了小脚，只想要循着这香气往外走。张良遂自语道："罢了罢了，在这屋中憋闷了许多时日，也该出去走走了。"于是小心收起图卷，起身向外走去。

张良在城中漫无目的游逛，不知不觉走至沂水桥处。才上桥行了两步，见桥上有一老者正朝他走来，张良正待行礼，却见那老者当其面前，将右脚鞋履在桥沿边上一磕，那布履就在两人眼前直直坠下桥去。老人回首直视张良，指指桥下："孺子，去将那履拾来。"

张良不觉惊怒交加，心想这老者不单呼喝无礼，行为举止还颇为怪异，心头顿时一股火起，但眼见其老迈之态，又为自小所受礼义之教所羁，终是强忍下来。张良遂重新打量这老者，见其虽着一袭粗褐布袍，发髻却梳束分明，上结一翎鹬冠，周身透着股清逸之气，似与那寻常庶民不同。略略迟疑一会儿，便下去将那布履拾来，交予老者。

可再瞧那老者，不单未有半句谢言，还毫不客气将脚直接伸到张良面前："给我穿上。"张良心想，既都拾来了，便与他穿上也无妨。于是掸了掸鞋上泥土，双膝着地，曲着身子恭恭敬敬为其穿上。老者见鞋已穿好，遂直起身来，朗然一笑，转身便走。

那张良望其背影渐行渐远，一时愣在原地。他细细回想老者方才言行，越发感觉不同寻常，尤其是那最后一笑，似有什么未尽之语不曾开口。张良且想且盼，觉得那老者仍会回返。果不其然，约摸一盏茶工夫后，那老者折返回来，见张良仍在原地，便微微颔首道："孺子可教也！五日后天明时分，来此等候！"说完即转身离去。

张良至此方如醍醐灌顶，原来老者这般举止，便是为了教其一字。列位看官可知，究竟是哪一个字？便是这当头"忍"字！

那张良遂毕恭毕敬，忙于老者身后行了一礼："谨遵先生之教！"

时满五日，张良如约前来，却不料老者早已立于桥头等候，见到张良直怒道："与老者约，却姗姗来迟，是何道理？五日后再来！"随即拂袖而去。

又五日，鸡鸣时分，张良匆匆起身，赶至桥头，未料老者仍比他早，见他复道："五日后再来！"

却说两次赴约都后于老者，张良心中已然明了，那老者此番是有意要教他一个"先"字！所谓不豫之先，则可制人。虽明了这道理，可老者次次都比他早至，如何才能稳保这不豫之先呢？张良在家闭门数日，冥思苦想，前思后想，终于悟出了其中关要。

四日后未及夜半，张良就已至那桥头等候。不过片时，老者亦缓步前来，见了张良，方才展颜道："果是孺子可教！"即自怀中掏出一粗布包裹递予张良，"此中之物乃老朽一生心血，细细参悟便可助成王佐之才！"说罢又欲离去。

那张良赶忙道："先生且请留步，不知先生为何助我？"

老者道："前日见你器宇不凡，便知你非池中之物，继而多次试炼，见你心有所敬，诺有所信，更有识人断事之明。老朽一世心血，若得后人所继，既是助你，又何尝不是助我呢？"

张良恍然："还未请教先生尊姓大名！"

老者摆摆手道："名姓不值一提，若当有缘，十三年后济北谷城山下，见那黄石便当是我了，哈哈哈哈……"张良遂久拜不止，目送老者离去。

且说张良赶忙回到家中，即刻点起灯烛，打开那包裹，见其中竟是一部兵法帛书，遂速速前后翻遍，却未见书名，继而想到老者所说"黄石"之语，便将此书称为"黄石公兵法"。自此以后，张良日日闭户，无论外间春秋寒暑换过几轮，只埋首屋内参研这《黄石公兵法》，不在话下。

却说近日，整个关中气氛凝重，石米竟自数十钱飙至千六百，街上人人重足侧目，战战兢兢，往来出入须经仔细盘问方可通过，若稍有答复不明，即被抓入官府严查。而咸阳宫中则更成了森森壁垒，就连应召入宫的丞相李斯，这一路行来，都再无平日畅行无阻的殊遇。

那李斯不由回想起数月前，始皇于咸阳城内微服夜行，竟在兰池逢盗，幸得当时身旁四位勇士武艺高强，死命相护，联合扑杀击退盗贼，这才最终化险为夷。此番李斯虽未亲随，但闻讯之时仍是汗透浃背。又由此忆及两年前，陪同始皇所经博浪沙之险，心下感到，这位陛下，一生数次遇刺，皆临危不惧、镇定自若，果具帝王气魄。一路想时，便不知不觉来到议事厅前，正巧碰见内史蒙恬，两人便一同入殿。

"臣李斯、臣蒙恬，拜见陛下！"

嬴政闻声将手中竹卷掩上，放至案前那一摞叠似小山的简堆之上，以手直指案前道："朕今日召卿等前来，便是看看这案上之物该如何处置。"

李斯道："臣敢问陛下，这案上乃是何物？"

蒙恬却抢先答道："陛下，可是边地急报？"这蒙恬作为累世秦将的将门之子，并不需展卷，单凭简册，便能认出军事奏报的制式风格，其刚入内时便已注意到，案前简册上头残留稚羽，自然是那紧急军事文书"羽檄"。况且于那帝国军事近况，恐怕也无人比他更为了解。

嬴政把眼看了眼蒙恬："不错，近来匈奴骑兵屡屡犯边，想来你二人必有耳闻。今南越皆已降服，北击之策也已筹谋多时，朕欲即遣大军前往，一举平寇，永除边患，卿等以为如何？"

蒙恬本欲答言，但想到丞相李斯尚在一旁，便待他先说。

那李斯道："回陛下，老臣以为匈奴乃蛮夷之俗，无城郭之居，逐水草而徙，得其地不足为利，御其民不可役守，此其一也；匈奴之民皆善骑射，游移迅疾，我军若轻兵深入，粮必短缺，踵粮以行，重不及事，难得而制，此其二也；况前征百越，又平南蛮，军以数十万计，转输粮草而耗百万之费，此又欲平北狄，耗费必过而倍之，且于国无利，此其三也。故还望陛下再思一二！"

蒙恬却道："臣以为丞相之言并不尽然。"

嬴政道："蒙卿且说来。"

"臣常驻边地，深知边民之困。匈奴之人屡来挑衅，缺食来犯，少衣来犯，更有甚者，掳抢少女百工，掠即还走。自匈奴头曼趁我大秦灭六国之际，越阴山、据河套，使边民日夜不得安寝，秋冬不得储积，人人惧悚，户户惊恐。久之，匈奴必以为我大秦外强中干，不堪一击，犯略益甚。若如此，则南越之人复叛，六国之人复叛矣！"蒙恬即匍匐长拜道，"臣请率军北征匈奴，不平匈奴，誓不还朝！"

李斯正待再说，却见座上嬴政摆了摆手。这北征匈奴之事，早已是蓄力多时，嬴政心中已打定主意，此番定要一举出击，扫除后患，遂起身步向厅中，亲自扶起蒙恬，顾对左右侍立长史道："即刻书令：即日起，命蒙恬为主将，王离为副将，领大军三十万北征匈奴！"

那李斯与蒙恬本都是始皇亲重之要臣，恰是一人长于文政，一人擅于武事，但奈何两人性情不同，政见亦时常不和。经此一事过后，二人嫌隙愈加深种。可那嬴政对此不仅了然，更可谓是刻意为之，其向来深谙法家术、势之道，而这天下，除了他自己，文臣武将皆不可一方独大，若能互斥互制，那便是最好不过。天下之人皆以为秦独尚法，实则秦更务实，只要利于治统，法、术、势皆可为我所用，而究其根本，是看守不守得住这平衡之道。

正是：唯见风沙起博浪，哪知暗礁潜海川。欲知后事如何，诸君且听下回分解。

第五回 刘季赊酒款夏侯 项羽纵马救虞姬

　　话说那成亲后的刘季有了自己家室，心中便也多了份担当，好色的习气现已收束不少，但好酒的脾性却仍改不了。在四水亭公干之时，仍是一有空就呼朋引伴直往酒肆里钻，最爱去的还是王大娘与武大妈那两家。王大娘酒肆在东，武大妈酒馆在西，恰好一首一尾，刘季常常走到哪儿，便就近去到哪家。

　　且说这日，县中司御夏侯婴驾车途经四水亭。刘季听得是夏侯婴来了，忙放下手中事务，兴冲冲出门去迎。

　　怎的刘季一见夏侯婴便如此高兴？那还得从这两人的过命之交说起。

　　却道早年间，二人一同舞剑戏耍，刘季不慎把那夏侯婴刺伤了，本来并非什么大事，却不知被哪个碎嘴的撞见，竟跑到县府偷告了一状。秦法向来严禁私斗，且两人都是公家吏使，此事又被捅上了台面，便断不能只照民间私法处理。官府即派人严审刘季，刘季坚称没有刺伤夏侯婴，夏侯婴也一口咬定哪有此事。却因有人密告在前，说得又是有板有眼，故此事并未就此了之，县中又将夏侯婴抓捕入狱，严加拷问。却说那夏侯婴，真个是条汉子，不论身受几多鞭笞，硬是挺了将近一年不曾松口。官府始终未得实证，又有那吏掾萧何与狱掾曹参于中斡旋，两人终得脱身囹圄。此事过后，刘季感念夏侯婴之义，誓要歃血结为生死之交。

言归正传，那刘季速将车中县丞及随从安顿好后，便拉着夏侯婴一道说话："可是有日子没见了，夏侯兄这趟是要去哪儿？"

夏侯婴道："朝廷急征徒役，此次派额太重，怕是一时交不上去，县丞大人要去与邻县县令商讨一番。等将大人送到，我这趟差便算是了了，明日回时咱兄弟好生聚一聚！"

刘季喜道："好好好，到时再叫上几个弟兄，定要好生痛饮一番！夏侯兄舟车劳顿，且先进去歇歇脚，我这便派人前去准备饮食。"言毕转身吩咐手下去了。

却说次日，夏侯婴如约而来。

刘季一把拉过他道："哎呀呀，快来快来！巴巴等了你半日光景，这肚里馋虫早都躁将起来啦！"即对手下求盗、亭父吩咐两句，便与夏侯婴一道走出门去。

两人路上呼朋引伴，直往东头王大娘"飘香酒肆"而来。

却说王大娘正在店内忙活，远远听得外头一阵说笑呼喝，便望见刘亭长领着五六人直朝这里走来，忙丢下手中物事，朝外迎去。

那王大娘满面灿笑："哎哟呵，我今日晨起便觉神清气爽，预感好事将至，原是亭长大人又来光顾咱小店啦！我可真是日日盼着您呐，几位快快里面请，那老地方给各位爷留着哩！"

刘季笑道："这王大娘是日日盼着咱们，咱也是日日都馋你家的酒啊！"众人哈哈大笑，一齐走至大堂最里间一张大案前坐下。

王大娘将席安置妥当，便笑问："各位爷，今儿想吃点啥？"

刘季道："老样子，菜便按六人份做，酒却是一定得喝痛快的，先上个十钟来！"

王大娘道："好嘞，您且放心，酒管够儿，自家酿的米酒，要多少有多少！各位先坐着，酒这就来啰！"说完招呼伙计，将酒端上案来。

霎时间，酒香四溢。

那刘季迫不及待拿起木枓，先舀了一勺给夏侯婴斟上，接着又将自家面前耳杯倒满，招呼众人道："夏侯大哥，各位兄弟，闲话少扯，来！喝！"说完兀自一仰头，咕咚咕咚几大口下了肚，顺手把袖抹了抹嘴，连称爽快。这才顾向夏侯婴道："昨日不便细问，征徭役那事儿可怎么说？"

夏侯婴重重叹了口气，将酒杯搁于案上："前些年为争雄，天下战火不断，民不聊生，这才消停没多时，又要开始修那什么长城、驰道。上头加征得急，前一班人还未回来，又要再招一班人去。这次县丞去邻县商讨，才知邻县派额竟比咱们县还重！"

听得如此说，席间几人皆愤然论议起来。

"照这么下去，年轻力壮的都去给那皇帝做了长工，往后各家里不就单剩些老弱妇孺了？"

"且不止呢，家里剩的这些，一年辛苦到头，不过供了那些长工衣食！"

"若单是如此，便算得万幸，听说今年咱县中已不止一人死在了那……"一句话未完，王大娘正领了两个伙计前来上菜，刘季便赶紧向说话那人暗使了个眼色止住了这话头。

只见王大娘爽利笑道："瞧瞧，每次只要几位爷来，咱小店呀，就客满盈门，生意好得都忙不过来啦！"说时将菜一一摆置上案，头三道是这"飘香酒肆"的招牌菜：小炙肝尖、金翠韭卵、脍鲜鲤，后三道便是那酱汁里脊、清熘脆蕹、甘瓠浆汤，再兼两碟小菜，一盘油煎鸭子饼。

上完菜后，王大娘于案前环视一周，直将人人都看顾到了："各位爷先吃着，有事儿随时招呼！"待其走后，席上那人便问刘季："大哥方才是何意？"

旁边一人道："头一年，皇帝下令北征匈奴，为了对付那胡儿，又说要将那原来燕赵长城连缀起来，这王大娘的儿子就是那时被征去北边修长城的，可谁料，那之后就再没回来。当时，乡里同去的几人与他并不在一处做工，只从工长那儿得了信才知，最后竟是连尸首都寻不到了，唉！"众人又是一阵唏嘘哀叹。

刘季怕兄弟们口不择言惹出祸端，便道："这上头的事儿，咱是管不了了，但这日子能快活一天便是一天，且休论那乌糟鸟事，先吃饱喝足再说！来来来！"

却说几个人喝着闹着，直至日头偏西方才准备散去。王大娘来送他们出门，那刘季熟练向她打了个手势，大娘笑道："放心，我自然知道，老规矩嘛，记您账上。几位爷走好，可要常来啊！"

且说这么些年，刘季在王大娘与武大妈处赊酒蹭食，早已是数不胜数，虽说是记账，但刘季可从未结过这账。那王大娘每次都认认真真记下账来，却在年末总账之时，就此将账册一把烧了。她原是个心思透亮之人，那刘亭长虽一直来此白吃白喝，却也常将过往行客带来，且平日里逢人就夸王大娘家酒好，武大妈家菜香，给店中引来了不少客人，便说成是店里的财神爷也不为过。且乡里亭间都知道，这亭长与王大娘熟识，便绝不敢有人在店内闹事或赊欠不还的。如今这世道，大伙儿的日子都不好过，她与儿媳两个妇道人家，既要拉扯几个孩子，又要经营这酒肆，若非刘季，这小店怕也是难以为继，不过几顿饭钱，王大娘自是不会计较。

话分两头，转眼间，那项梁带着侄儿来到会稽郡吴县已有数年。这位看官却问了，那项梁不是从栎阳狱脱身回到下相去了吗，怎的又来了这会稽郡中？看官好记性，原是那项梁才在故地待了不久，又险遭数名秦兵围捕，一怒之下尽斩秦兵，可如此一来，下相便又待不下去，只能带着项籍一起逃往江东吴越之地。

这吴越之地临近楚地，两地民风颇有相类，俱是悍勇不屈、意气好斗之人。而那项氏一族威名赫赫，早已远播江东，吴中之人素来仰慕已久。一听项梁到此，不少豪俊便争相归附门下。如此一来，便是那吴县县令都要借助其势，组织县中徭役、祭祀等要事。项氏叔侄便也借此之机，暗中观察搜寻奇能异士，组织调度宾客子弟，渐渐在此培植起自家势力，俨然成了一方领袖。

却说眼下正当春和景明，江东吴越水暖花香，四野披翠。

这日一早，项梁正欲出门，经过院中见侄儿正在练剑。经此数载历练，那项籍已长成了八尺有余、形貌伟岸的翩翩将子，此前一日，将将行过冠礼，得了表字。

那项梁见侄儿目光炯炯，步态游移有度，浑身上下皆透着锋芒与锐气，不觉欣慰而笑，招呼道："羽儿且来。"

项羽闻言，立时收住剑锋，三两步便走至近前："叔父可是有何事正要出门？"

项梁神秘一笑："你今日暂勿出府，待我回来便知。"

至午后时分，项梁方从外间回来，手中牵着匹马，才走至院中就朝屋内喊道："羽儿快来，瞧瞧叔父给你带回了什么？"

项羽放下手中兵书，向院中走来，一眼便见院中一马正昂首挺立，鬃毛烨烨随风。那项羽最是爱马，此时不觉眼中放光，心头雀跃，忙趋步马前细细察看。

只见这马通体玄乌，光亮如绸，肌臀健硕宽阔，四蹄皎白似雪。引得项羽连番赞道："好马，好马！"抚看良久，方对项梁道："叔父从何处来得这马，可真是难得一遇的宝驹啊！"

那项梁始终背手立于一侧，望着项羽，和颜笑道："为寻此良驹，可是着人物色了不少时日，终于楼烦之地相中了这匹。如何，可还喜欢？"

"喜欢，自是喜欢！"

"喜欢就好，这便是叔父与你的及冠之礼！"

项羽闻言，心中说不出的欣悦，即退后一步，恭恭敬敬朝项梁行了一礼："多谢叔父！"当下一步跨上马背，打马前驱，顾向项梁道，"叔父，侄儿去城外试马去了！"话音未落，人马就已消失不见，只余项梁在院中兀自笑叹："这孩子，终是没改了这莽冲性子。"

且说那项羽一口气策马奔出城门，城门守卫都认得他，便未作拦阻。既是爱马之人，他自然知晓，骏马良驹要在旷野平谷中驰骋，方可显其真态。项羽来至郊外，御马于谷中恣意穿行，山谷间只听得那马蹄奔踏之声。疾风自耳畔呼啸而过，偶有几只雄鹰在天空盘旋，却都不及胯下这马奔驰得快。

项羽心内越发欢喜畅快，不知过了多久，遇着一条小溪，遂停下来在溪边饮马。

此时天色渐暮，项羽正欲掉头返回，忽听得谷中荡起一群马蹄声，其间竟似杂有女子呼叫。项羽隐隐感觉不对，立时伏下身子，以手作筒，以地听之法细听了一阵，判断出大致方位与人马数量，随即决定骑马循声前去看看。

不消一刻，前方几骑人马便映入眼帘。隐约见得那打头的一骑白马上缚着一红衣女子，那赤红颜色在这满目苍翠中尤为显眼，便比之天边晚霞亦当有过之而无不及。待靠近之时，项羽方才听清，那女子口中所喊，却非"救命"之语，而是学着集市上百戏杂耍聚众的吆喝号子，想是欲以此来引人注意，只是那语气十分生涩，可那声气竟听不出一丝慌乱。料那匪人是觉得这旷野深谷之中不会有什么人，纵是有人也断无胆量敢来施救，便就由她兀自喊去。

项羽心中却不禁为那女子的聪慧镇定赞叹，遂即策马扬鞭，不多久便从侧方绕驰到那几骑人马之前，当路喝道："哒，哪里来的盗匪，白日间竟敢掳劫少女！"

为首之人哪料到会有人当路拦阻，倒被这一声突如其来的断喝惊到，立刻急拽缰绳。等略回过神来，看清眼前之人不过一个二十左右的少年，又不禁蔑笑一声："哪里来的野小子，乳臭未干，还想学人英雄救美？快给老子滚开！"

那项羽再不废话，右手抽出随身佩剑，两腿一夹马肚，直直朝那匪首冲去。只三两下便将匪首刺翻在地，其后匪众被此剑法气势所慑，皆不敢上前。项羽剑指匪众，大喝一声："还不快滚！"余下五六人皆打马四散逃去，那匪首亦挣扎站起，慌不择路就着两腿，跟在后头跑了。

项羽随即下马，将那姑娘抱了下来，又为她解开捆缚绳索，见她衣衫多处磨破，便解下披风替她披上。那姑娘自结好衿带，欠身一拜："多谢公子搭救之恩，妾感激不尽。"

项羽扶起那姑娘，正待细问，却恰好迎上她抬眼目光。这目光灵澈似水，柔柔漾漾，让人心中不觉宁静温软，竟一时忘了要说何话。姑娘被看得有些羞涩，略略敛首，脸上即泛起一抹绯红。项羽见此，这才收起目光，问道："姑、姑娘没事吧？"声音一出，才惊觉自己竟致结舌，端的有些手足无措。

那姑娘忆及他方才勇武模样，又见眼下这般，不禁"噗嗤"一笑，项羽便也跟着笑了。

有顷，那姑娘方道："我没事，多谢公子！尚不知恩公高姓大名？"

"高姓大名不敢，在下项籍。未知姑娘为何会被那伙匪人所掳，家又在何处，项籍可送姑娘回去。"

听得此问，那姑娘神色顿又黯淡下去，低声答道："妾身虞姬，已……已无家可归。妾之娘亲于数年前病故，父亲本是当朝一员武将，因得罪同僚将官在调派途中遭人追杀，妾得父亲拼死护佑，方才逃过一劫，可父亲却……"虞姬声音忽而哽咽，顿了半晌方道，"妾身变卖家财凑足盘缠，一直暗中探寻仇家踪迹，此番本欲西去为父报仇，谁料途中却遭此劫难，幸遇公子相救。"

项羽听得此言，不觉心痛怜惜。他细看虞姬，见她长相虽则柔美，眉眼间却透出淡淡英气，断不似寻常女子那般娇弱。回想刚才虞姬被掳，一直拼力挣扎，竟让那匪首御马也近乎失了准向，确有武将之后的风采。项羽出身于武将世家，自小崇武尚勇，对此类人事天生便有一分好感，而女子能似这般则更属难得，遂对虞姬道："如今这世道并不太平，姑娘若不嫌弃，可先随我回舍下安顿下来，再作打算。"

那虞姬眼中透出欣喜，复委身一拜道："多谢公子收留，虞姬愿随公子侍奉。"

项羽忙回了一礼，看看天色不早，遂将她引至自己马前。虞姬用手抚着那马，不觉赞道："公子这马，可真是匹宝驹呀！"

项羽面露惊讶："姑娘也识得马？"

虞姬粲然一笑："妾身父亲也是爱马之人，妾自小跟着父亲学了些相马之术，不过略懂皮毛而已，公子这马可有名字？"

"不瞒姑娘，这马是今日方得的，经姑娘一问才想起，这马还未曾有名字。"项羽由是略一思索，"这马通体乌黑，疾驰如风，便叫它'乌骓'如何？"

"真是个好名字！"

项羽道："瞧着天色渐暗，回去尚有一段路途，我先扶姑娘上马吧！"不料虞姬却笑指一旁匪首遗落的白马道："不劳公子，妾身自骑那匹便可。"言毕，径直走去，三两下便已翻身上马，手握缰绳。

项羽心中一惊，直觉眼前这姑娘确然非比寻常，由是好感便又添了几分。两人分骑一白一黑两匹骏马，踏着夕阳余晖，一前一后在山谷中奔驰而去。

正是：少年意气正当时，长者却待负重辛。毕竟那刘季将遇着什么大事，诸君且听下回分解。

第六回　赴咸阳役儿睹銮驾　信巧言"真人"匿行踪

　　却说这夜，始皇在宫中设酒大宴群臣。博士之属俱借机颂扬始皇威德，赞颂郡县一统，天下井然。

　　那博士仆射淳于越，向来力主儒礼周制，对郡县制常存腹议，今见众博士皆面颂郡县，其中不乏反对抨击者，一时激愤非常，遂借着这股酒劲儿，倏地起身道："臣听闻，殷周之王赖封子弟功臣为邦辅，方能延绵千岁。今海内一统，疆域辽阔，非向所能及，而子弟却无封国，若四方为患，则何以为救？事不师古而长久者，臣未以闻。今博士诸臣皆面从陛下，实重陛下之过，非忠臣也！"

　　自郡县制推行以来，朝野内外非议之声不在少数，但如此公然反对却属头遭。

　　始皇闻言未露声色，只将手中酒杯置于案上，杯中即荡起层层涟漪，待抬眼之时，便略往李斯座席方向瞥去。

　　那李斯随即会意，起身步入殿中。

　　"陛下，博士仆射之言是古非今，不过标异而立虚名，实乃乱国祸民之言！向之四海纷乱，诸侯并立，群雄争霸，皆由周之封国而起。今天下一统，郡县治而统之，海内安宁，目所共睹，愚鄙之人何所诬谤？臣以为，今之言乱，悉因私学并起相争之流弊，人所学不一，则必有乱言以非上所建立，入则心非，出则巷议，甚而率群下以造谤，今陛下并天下为一，而私学相杂，悖于法教，如此则主势难乎下，党羽成于上。"说时朝上恭然一拜，"臣主禁！"郡县制原是李斯力言所荐，亦是秦朝立国之基，于他看来，诸生只一味崇古却不辨时移事易，肆意抨击国本，既扰乱国治，亦是挑衅其威权，自不能容。

那始皇仍未置可否，只复端起酒杯向李斯道："丞相请入座同饮！"

座下众臣心照不宣，由是纷纷举杯："臣等恭贺六合一统，四海升平，陛下万岁！大秦万岁！陛下万岁！大秦万岁！……"

第二日，李斯便拟上焚书之策。策言除医药、卜筮、种树之书及官府各类典藏，各家若私藏《诗》《书》百家语等，一律上交或自行焚毁。三十日后，若发现有藏之不去者，皆黥面流为刑徒。从今往后，有欲学者，以官为教，以吏为师。

皇帝制曰：可。

于是朝野上下纷纷焚书毁著，坐罪之人无可胜计，不忍详表。

再说自秦朝立国后，始皇便将那六国贵族豪富迁至都城咸阳，咸阳城内人口日蕃，数年间，便成了天下首屈一指的百万人口大都。不唯如此，始皇还下令将各国宫中所掳诸侯、嫔妃、钟鼓器物等充入咸阳宫中，偌大的皇宫竟开始显得有些拥塞。于是，嬴政决定在渭水南岸上林苑中兴建一座天下朝宫，以南山作阙，樊川为池，东连骊山，北通咸阳，建造四周极庙、甘泉等离宫别苑，法星辰天象，以拱紫薇之尊。只是，如此宏伟瑰奇之宫殿，该以何为名，那嬴政尚未想好，只暂作"阿房宫"。

此项工程之巨，可堪比此前所修长城、驰道、骊山陵，国中数十万民众由各郡县新征，发往咸阳服役，那四水亭长刘季也成了这其中之一。

看官却问了，这亭长竟也要服役？那是自然。秦律规定，男子年满十七傅籍，傅籍后即为成年，始承担劳役与兵役。若无免役特权，成年男子每年都需在本县服役一月，是为短役，此外尚有两次为期一年之长役，一次在本郡之内，一次须赶往外地。却说这一年，正轮上那刘季要去外地服役，虽说他身为亭长，但仅是个地方小吏，且无封无爵，还远不具备免役之权。

这去外地服役，可算得一件要紧大事，背井离乡衣食物费不说，这全须全尾地去了，却不知能否安然无恙地回，想至此，那刘季心中亦是忐忑不安。县中为此特准了他三日假，让他提前回家做好准备。收拾行装的事儿，自无须刘季来操心，吕雉早已将一切整备齐全，他只依次去父兄各家打好招呼，再与县中熟识的弟兄们嘱托一番，让帮着多多看护家中老小。

出发头一日，刘季特意祭过祖神，以求路途平安顺遂。卢绾则为其准备了饯行酒宴，同僚友人纷纷前来送行。照着惯例，每人赠三百钱充作盘缠，那刘季留足路上所需，便将其余交给吕雉以贴补家用。

却说次日启程时，主吏掾萧何特向县署告假半日，亲来送刘季出城，一路上千叮万嘱，到得城外十里亭时，萧何将刘季拉至一旁，额外塞给他二百钱。那刘季嘴上虽未说什么，但心中动容，暗将此份情义记下了。

从沛县到咸阳，一路两千余里，沿途经过山林河泽、大小县城，这一路而来，刘季跟着服役队伍横穿了半片秦朝国土，饱览河山壮阔与民风各异，最大的感受便是敬畏与新奇，旅途中的颠簸劳顿反倒不觉了。

就此行了数月，一日，那领队尉长忽对大伙儿道："前边就到函谷关了，都将各自传信备好，入关时需仔细核验方能通关。待过了这函谷关，就入了关中地界，离咸阳就不远了。"

大伙儿一听纷纷来了精神，都等着一睹这"帝国雄关"的风采。同行乡人忍不住向刘季问道："刘大哥，以前只听说过这函谷关，人都说是险要无比，如国之咽喉，不过一个关口，怎的就作如此说？"听他这么一问，旁边几人也立时凑上前来，只等那刘季开口。

刘季面露得意之色，有意默了半晌。周围几人遂连连催促道："大哥平日最有识见，就给咱们说说呗！"

刘季这才捋须讲道："自古从关东入关中，有两处险要隘口，一处为南边武关，另一处便是这北边函谷关，那关东、关中之'关'，指的便是这'函谷关'。"众人纷纷点头，刘季又道，"要说这函谷关，须得知道它为何叫'函谷'，你们可有人知道？"众人又纷纷摇头。

刘季笑道："这函谷关啊，其关在谷中，深险如函，故名'函谷'，由此便可知其险要。函谷关扼守之谷道最西，是那通天的高原巨壁，其南便是那巨脉秦岭，北边又濒临黄河绝涧，因而只要守得这一道关口，便可保关中长久无虞。而这函谷关口偏生又狭隘易守，是以又有'一夫当关，万夫莫克'之说啊！"众人频频点头，不住称赞刘亭长见识广博。

说话间，便到了关城之下，守卫士兵依次核验每人传信，又细细询问数句，这才放了行。

起先至关口时，并不觉有甚奇特之处，待通过函谷关后，眼前豁然显现出关中八百里秦川沃野，众人不禁惊呼阵阵，直叹此关真乃天险要塞。

一行人遂沿渭水继续向西，又行了数日，方才抵达咸阳城中。当中一人忽问道："欸，你们说，这都已经到了城中，咱这一路行来却为何未见那城墙？"

另一人道："是呵，经你这么一提，还真是没见着啊！你们有谁瞧见的没？"

"没……没见啊……"

那刘季原忙着流观这城中街景，见这一个个懵然不解地干皱眉头，便道："这咸阳城啊，本就没有垣墙。"

众人一听，更是不明所以："这却是为何？咱一个县城里都有那四方城墙，为何这偌大的帝都咸阳竟没有一面城墙？"说时，又把那目光尽数投向刘季："大哥快讲讲，这竟是为啥啊？"

那刘季略略扫了众人一眼，此番却不是得意，而是肃然正色道："我早先便听萧何提过，这咸阳城四周俱是高山大川，乃是天然四塞之地，哪里还需什么人造的垣墙？"说时指了指远方那一道道高峻山脉。众人随其手指处，递次向四围望了一圈："哦，怪道如此呢！"

刘季复道："可话又说回来，这咸阳城也并非没有城墙，而是以这四方山川形胜为垣。你们且想想，古今之都城郡县，有哪一个敢舍却那城墙的？能做出如此奇思大胆之巧构，这是何等的气魄！"那刘季从前也只是听说，直至今日亲见才算是实实在在感受了一番，连他自家都忍不住惊叹重重，更别提其余人的震惊之感了。

刘季遂又将目光移回城内，只见那城中街道齐整宽阔，道中车水马龙，川流不息，街上行人衣着锦绣，面色雍容，沿街商铺鳞次栉比，目不暇接，不少酒楼竟建得比那沛县官府更加气派。刘季那眼珠子，上下左右忙个不停，生怕漏看了哪一处风景，口里自然也没闲着，啧啧赞叹不已，半天都没合拢过嘴。

再往前去，猛一抬头间，刘季却冷不丁被唬了一跳，那、那是什么？

只见六尊巨型铜像如天降神兵，巍然屹立于咸阳宫门之前，俯瞰这世间蝼蚁聚散。

刘季定了定神，细细打量去，见那铜像身长五丈、足约六尺，遂想起始皇统一之初，令将天下兵器运往咸阳熔铸成金人十二，不料今日竟能眼见为实。眼前这道便是东门，门前立有六尊，想来那余下六尊必是守列于西门前了。刘季震撼不已，想着回去以后，定要给乡里那帮兄弟好生说道说道，一想到那卢绾听了惊掉下巴的模样，便忍不住哈哈大笑。可等回过神来才发现，自己竟和众人走散了。

正四处寻望之时，却见宫门突然大开，左右开出两列长阵，兵士个个执金披甲，步履铿锵，一出来便将路中行人一一清往两边，即于街道两旁列阵警跸，禁止喧哗。

刘季还是头一遭见此阵势，不知发生了什么事，便向身边一位老伯打问。那老伯却道："别说话，快跪下，皇帝车驾要出行了。"

见身旁众人都纷纷跪下，刘季便也跟着跪在人群当中。片刻之后，当头传来一阵鼓声，那雄浑气势似要将整条街道都震颤起来。紧接着，一曲笙箫律起，一阵清萦长歌随之破开雄浑之势，伴着马蹄踢踏与车毂隆隆，由远及近，让人恍惚以为是仙界仪仗莅临人间。

再看那众人，皆是息声低首，唯刘季忍不住好奇，偷偷抬眼向道中望去，却只见马蹄杂沓掩映着朱轮重牙，遂又大着胆子略略往上抬了抬头，才见数百精锐步骑簇拥着一众参乘属车，辚辚而来。那三十六乘属车盘绕着青、赤、黄、白、黑漆成的五色立车与五色安车，共同拱卫着中央一辆华盖高敞的六马金根乘舆。那车前六匹马，均饰以金冠，挽龙首轭，托朱雀衡，车舆四周镶金龙云纹，车左竖牦牛尾大纛，中间一人头戴通天冠，玄衣绛裳，上饰锦绣十二华章，一手扶文虎轼，一手握宇宙锋，昂然威立，仿若烈日耀目。

刘季一时愣怔，不禁失声道："嗟乎！大丈夫当如此也！"说完顿觉失言，迅疾埋头，心内惶恐不安。幸而声量不大，又被车马乐声所掩，只是虚惊一场。

待那始皇仪仗开过之后，刘季便寻到了同行队伍，遂径往内史府中报到。众人被安排至阿房筑地，按各自所长分得不同工种。那刘季凭着插科打诨的一贯作风，又新结识了一帮兄弟，体力上虽不免劳苦，但也无甚大事，且按下不表。

却说这日，嬴政刚用完早膳，正在书房批阅奏报，突感一阵胸痛袭来，不由呻吟不止。身旁侍者察觉，一面急召太医，一面将他扶至寝殿休息。

近些年来，嬴政颇感体力精气日渐不济，回想昔日战场上叱咤风云的飒爽雄姿，内心不觉生出些许恐慌。自己如今虽坐拥天下四海，却又怎抵得过这人间韶华飞逝？为益寿延年，嬴政想方设法收罗天下方士养在身边，整日"寻仙访药"，以求长生之术，却始终未见其效。

且说太医闻讯急急赶来，诊看过后，照例开了些安神调养的方剂，遂一面让人下去熬煎，一面在始皇榻前逡巡犹疑。那太医作为医者，深知体脉调养非一日之功，而其间若有别物侵体妨害，便更是药石无灵了。虽知这话说了也无甚用，只念在医者仁心，终是忍不住道："臣斗胆，请陛下勿要再继续服用方士之剂……"

果然，还未待他说完，嬴政便有气无力摆了摆手，示意其退下。

太医暗叹了口气，道："陛下好生将养，臣告退！"

稍歇片刻过后，嬴政感觉精神体力逐渐恢复了些，便命人速去传唤方士卢生。

那卢生见召，心知始皇必是又要责问自己，遂在路上暗暗盘算说法。说起来，他同那一众方士数年间绞尽脑汁，想出不下数十种法子，哄得始皇一一试过，虽从未见得有何效验，但每次只要以长生之术不可急切，必要心静意诚之语来敷衍，又时而变着花样挑些乌有之事来造势，始皇倒也未有怀疑。只是近来眼见始皇身体频繁抱恙，且越发没了耐心，如此下去终归不是长久之法。那卢生正想时，便已来到了寝殿之中，果见始皇此时面露愠色。

卢生小心对那始皇道："臣近日闭关静察，恰有所得，正想着要禀报陛下，陛下便召臣前来，可见陛下与真人有缘啊！"

嬴政听他如此说，面色便稍稍和缓下来。

卢生见此心中稍安，目光略略扫过左右，嬴政即命周围侍者尽皆退下。卢生这才上前道："臣等为陛下求仙问药常常不得，隐隐察觉有暗中妨害之物。术书常言，人主需隐行而避恶，邪恶避，则真人至。如今，陛下所居所行，人臣尽知，是以奸邪之气常萦，故真人仙圣不得至。愿陛下隐匿行止，毋令人知，然后不死之药可得也！"

嬴政将信将疑："此话当真？"

卢生道："陛下切记'心静意诚'！陛下至尊之体，原就更近于太一，只要净心精诚，拭却杂疑，真人自会受感而临！"

嬴政遂道："好，吾素慕真人，此后自谓'真人'，不复称'朕'！"即令将咸阳宫方圆二百里内，二百七十所宫室各筑甬道相连，露天之处皆以帷帐相掩，又以大量钟鼓、美人充斥其中，以承欢愉。同时谕告众人，凡有胆敢透露其行踪者，皆以死论。

有道是：世间安有长生法，寻药求仙终枉然。欲知此谎言又当生出什么祸端，诸君且听下回分解。

第七回 韩信受辱立壮志 扶苏北遣意难平

话说那淮水以南的淮阴县，是个有名的水乡。此处之人皆临水而生，依水而居，不论男女，自小都是在这水中扑腾大的，水性极佳自不必说，长大后又倚着这河水过活，无论是耕田种地，还是打渔航运，日日都离不得这淮水，人人皆对这水是又亲又敬。

却说这日，鸡鸣三声过后，旭日缓缓东升。晨光柔柔，铺上粼粼水面，由东至西，渐次莹亮起来。那韩信又像往常一般，掐着饭点，独自前往南昌亭长家中寄食。路上，他仍自琢磨，今日要如何与那亭长来辩辩兵书之权威与权变之道。

那南昌亭长与他因同好而相识，两人皆熟读兵书，酷爱兵法，常邀于一起谈论兵道。这韩信说来也是个苦命人，此时尚未及冠，却已遭双亲亡故孑然一身，家中既无田地也无营生，常常是饥一顿又饱一顿，是饥是饱，全看时运。可自打结识这亭长之后，他便有几回刻意踩着饭点去家里寻他，想就便蹭顿饭食，见那亭长并无不悦之色，还叫他常来，韩信心头顿觉亲近，直将其当作是亲兄长一般，便越发去得勤了，近几月更是日日都去其家中寄食。

却说韩信近来已经惯熟，走至亭长家门前便直接推门而入。却不知怎的，今日入得屋后，四处皆未寻见亭长，但因肚中饥荒难耐，便径自来到厨房之中。谁知在此等他的，却不再是那热腾腾的饭菜，而是亭长妻子的冷眼。

那亭长之妻正在灶前刷洗，见了他便道："对不住了兄弟，今日咱家已经吃过了。"一想到这堂堂八尺男儿，年轻力壮却成日里不务正业，接连几月都到家中蹭饭，自家的米食也不是从天上平白掉下来的，这亭长之妻早已是忍无可忍。

韩信虽眼见如此，但摸了摸饥瘪的肚子，仍是问道："敢问大嫂，可还有些剩食？"

那妇人已事先将吃剩的饭食藏了起来，此刻故作阴阳怪气道："兄弟你瞧瞧，咱家这家徒四壁的模样，自家尚且吃不饱，哪里能有什么剩食？"

言已至此，韩信自然明白，遂道了句"叨扰嫂子了"，即转身而去。

那韩信饿着肚子，漫无目的地在街上游荡，身前忽而出现了几个少年，恶狠狠挡住了他的去路。

当中一个便道："嘿，这不是号称王族后裔那小子嘛！这又是要到谁家去'用膳'？"身旁几人都跟着哄笑起来。

那少年又道："堂堂男儿，游手好闲，不事生产，四处去人家里蹭吃蹭喝，我都替你害臊！"说着拿手拨了一下韩信的佩剑，"整日里挂着把破剑，还真当自己是什么贵族公子啦？"

韩信并未理会，想避开身前少年，从旁绕道过去。那少年却将韩信一把推了回去："想走？想走可以，用你那剑，一剑刺死我！"

见韩信站在原地不动，几人迅速凑过来将他紧紧围住。

少年更加张狂："怎样？敢不敢呀？不敢也行，乃爷我今日就多赏你一条道儿！"说时张开双腿，指指胯下，蔑色寻衅。

几个少年本已准备要大打一场，却见韩信竟慢慢解下佩剑，置于一旁，继而屈膝着地，微微低首，一步一步朝那少年胯下跪行过去。

众人先是一愣，继而爆发出阵阵蔑笑。

"真是个胆小鼠辈，就你这怂样，也配带剑？"

"要我说，趁早躲回娘胎里去吧！哈哈哈……"

任几人如何辱骂嗤笑，韩信皆置若罔闻，只缓缓站起，返身取回佩剑，端端正正系于腰间，在四围人众鄙夷之色中，默然向前走去。

韩信来至城外河边，用水抹了把脸，掸去身上灰尘，随后就地取材拼凑了根鱼竿，打算钓几尾鱼来充充饥。从昨日早食到现在，他粒米未进，此时腹中已止不住发出阵阵肠鸣。身旁几步外，一位年长漂母听见，便笑着从那竹筒中拿出几块蒸饼递来："这是我今日带的饭食，还未吃过，一起吃吧！"

韩信连忙接下："多谢这位阿母！"

漂母眼见他那狼吞虎咽的样儿，不觉生出些怜意："这孩子，这是饿了多少时日？家里人不给你饭吃啦？"

韩信道："我没有家人了。"

漂母闻言越发心酸："那你爹娘……"

"我从未见过我爹，我娘也早早去了，只听我娘说，我爹原是个王室将军，战死了，什么也没留下，只留下了一堆兵书。"

漂母听了心里很不是滋味儿："唉，这造化弄人哟！这样吧，我受雇替人浣衣，每日都会来此，你若是没有吃的，就到这河边寻我。"

于是接连数十天，韩信都来这河边钓鱼，漂母也依言将自家饭食分给他。韩信心中十分感动，对那漂母道："等来日发迹，我韩信必要重重酬谢阿母！"

不料那漂母听了这话却面露愠色："我分食与你，不过是可怜你王孙公子落到如此田地，我自己无儿，看你又机敏敦实，心里觉得亲近。可你瞧你，看着也已过了傅籍之年，堂堂男儿不能自食其力，我又怎会期望你什么酬报？"

韩信闻言羞惭不已，只在心中暗暗立誓，他日定要出人头地，衣锦还乡。自那以后，他愈加刻苦习练武技、研读兵法，不在话下。

自从那咸阳宫室间皆筑起甬道帷帐，终日里被这些帐幔屋宇所蔽，几不见阳光，嬴政愈感气窒，趁着这日天朗气清，便带了几名随侍自甬道穿行至梁山宫，登临山顶，观赏秋色。

山间正当秋高气爽，甚是喜人。一股清风袭来，嬴政顿觉心旷神怡，极目远眺而去，宫室殿阙连属环绕，四围远山如黛色晕染，云气笼郁于山间，河川穿流于峡谷，好一派帝国胜景啊！

嬴政正赏着佳景，忽听山脚传来一阵隆隆声，遂低首望去，见是一队车马仪仗，浩浩荡荡自山下开过。嬴政一眼望见当中乘舆，便知是那丞相李斯，顿时面露不悦之色。身旁侍者一看便知，丞相仪仗已然逾制。那侍者原是李斯安插于始皇身边之人，下去后便速将此事暗禀丞相。李斯闻言惊惶不已，即刻下令损减车骑。

数日后，待得再见李斯车驾之时，嬴政心中瞬时了然，当即怒道："此必侍宦所泄，即下廷尉，严查！"廷尉遂将当日在场之人悉数下狱严审，却未能查出泄密者，于是始皇下令尽数斩绝。

那卢生因常日在始皇身旁侍奉，得知此事愈加惶恐不安，急寻侯生等人暗地谋划："始皇为人专制暴戾，自以为千秋一统，古今皆莫如己。其手下博士近百，大臣千余，实则大小事务皆决于己，臣下只跪受笔录而已，又以刑罚为威，制衡为术，天下莫敢尽忠。如今年岁日久，长生之药弗得，而刑杀旦暮将至，不若遁走为上。"几人俱有此意，遂相约夜遁。

不久，嬴政得知此事，当即大发雷霆："竖子小儿，前受吾尊赐甚厚，今竟敢诽谤遁逃！"即命左右："传令下去，诸生方士在咸阳者，悉皆严刑拷问，倘有妖言惑众之人，立杀无赦！"

皇长子扶苏听闻，急急赶至宫中面见始皇。

"父皇，今天下初定，远方黔首未附，诸生纵然有过，然以重法刑之，恐天下不安。况此番严审牵连必广，已有无辜儒生受累，儿臣恳请父皇察之，慎之！"

始皇本自怒气正盛，一听这话愈加怒不可遏："哼！儒生言乱祸国，何有无辜？诸生诽谤于我，纵万戮难消心头之恨！吾意已决，尔不必多言！"

扶苏正欲再谏，却见始皇怒指其曰："小儿岂欲抗旨不尊？即刻退下！"

扶苏无法，只得先行退下。本欲待父皇怒气稍平后再行劝谏，却不料始皇当日便下诏：使公子扶苏北监蒙恬军于上郡。

说起这扶苏，其本是嬴政最为属意之子，只是嬴政常觉此子性格过于柔仁，未得其治国手腕，秦历来以法家治国，扶苏却时偏儒道，控御之力尚欠火候。且此间更有一桩隐秘心事：那扶苏母妃本是楚人，扶苏自有一半楚人血脉，一想到谋反的昌平君，嬴政心内总是隐隐难平。遂借此之机将其调离身边，却也非全然气怒之举，这其中自有一番打算。这一则，可使扶苏随蒙恬多加历练，磨磨脾性。二则，蒙恬所掌北部军中，留有不少老将嫡系旁支，时常予以掣肘，对军令多有搅扰，此番正可借其长公子之名监御北军。而这一去，岁长日久，也让嬴政自己能得以再冷静思酌思酌。这筹划说来虽好，只不知最终是否皆能如人所愿。

且说当夜，李斯正在丞相府中批示公文，忽听下人报称，公子扶苏来访。

李斯赶忙搁置笔简，起身去迎。未及施礼，不想那扶苏却当先一揖："丞相公务繁冗，深夜搅扰，扶苏先自赔罪！"

李斯赶紧躬身一拜："不敢不敢，公子真折煞老臣，公子幸临，臣尊荣之至，何来搅扰之说！"即将扶苏引至上座，扶苏便请李斯一同入座。

待李斯坐定，扶苏方道："今日之事，想必丞相已有所耳闻，如此，扶苏便直言不讳了。明日我便要启程赶赴上郡，今夜匆匆前来，实乃有事相求。"

即便扶苏不说，李斯心中也已猜知八九，其今夜来访，必同日间行谏一事有关。李斯遂道："公子有何吩咐，但说无妨，老臣必当尽心竭力！"

扶苏道："我今晨入殿面圣，本意劝说父皇宽纵诸生，不想父皇盛怒之下，直言儒生非有无辜之人，必诛无赦。怎奈我明日便要离宫，怕是再无当面劝谏之机，扶苏走后，还望老丞相能代为劝谏。"

那李斯原以为扶苏是不愿远赴北地，故而让他代为说情，不想他竟是为此，由是面露难色道："若是此事，只怕……"

"老丞相乃国之重臣，亦是父皇最为倚信之臣，丞相之言，父皇必会慎重思量，故扶苏今日特来请求丞相。"

李斯避席拜道："公子恕罪，非老臣不愿尽力，实不能也。"

扶苏复请李斯入座："为何不能，但请老丞相直言相告。"

"公子既坦诚相待，老臣便觍颜点说一二。公子以为，儒生为何无辜？"

"欺君诽谤者乃方士，非为诸儒生，诸生不过为此牵连，自当无辜。"

"公子宅心仁厚，老臣自愧不如。然秦统以来，六国复辟之心迭起，诸生之言论屡被利用，其后所藏乃六国祸乱之心，此事虽加于诸生，却早已非诸生之事！"李斯复道，"臣再请问公子，以为焚书之策如何？"

扶苏叹曰："诸子百家各兼所长，皆可借而用之，焚之一炬，实痛惜也！"

"公子只知其一，却未知其二。秦自孝公以来，独尊一法，罢除诸余，故能上下一统，举国一心，合扫六国而为一，方成今天下大统之势。一法，乃国之根本，固其根本方能枝繁叶茂。诸生诸术言论不定，乱其根本，四民黔首莫衷一是，扰其民心，故而断不能容也！"

扶苏挺身而前道："治国虽则尊法，却可兼以施仁，且六国之民，兼习百家，若尽黜诸子，则何以保民而聚心？"

李斯并未直接答言，而是起身捧起案前一尊青铜獬豸："公子且看！此獬豸乃老臣担任廷尉之时陛下所赐，此后臣便将其摆于案前，日日警身诚己，不敢懈怠。公子可知獬豸为何独为一角？"

"请老丞相赐教！"

"獬豸乃古之神兽，天性知罪恶。古时皋陶断狱，若遇疑罪不决，即令其以角触有罪者，故是非曲直，一目了然也。法之本相，实唯一也，獬豸之角，独一也，故可辨直去扰，如法家治国，上下统于一，内外归于同，无得容它之纷纭也！"

扶苏默然良久道："丞相当真不能有所转圜？"

"臣心余力绌，实不堪用，请公子恕罪！公子若为离京之事，老臣倒是可连夜代为上表。"

"多谢丞相，既是父皇之命，人子自不当有所违逆。"

"公子仁孝聪慧，必能体恤陛下一番苦心，北上监军实乃重任，唯公子可堪此大任啊！"

"多谢丞相宽慰！"

扶苏言毕即欲起身告辞，李斯见状，转身吩咐家仆将事先备好之物搬上前来："公子此番北去，一路奔波劳累，臣老残之躯，恨不能相随，只能为公子备些食用器物，略尽绵薄之力，还请公子笑纳！"

扶苏推辞道："丞相客气，此去路远，途中一应物事以清简为宜，不敢奢繁，丞相之意，扶苏感铭于心，就此告辞！"说完便转身离去。李斯紧随其后，将扶苏送出府门，目送其远去，直至车马俱消失于沉沉暗夜之中。

不久后，犯禁方士儒生四百六十余人，皆被坑之咸阳示众。

正是：以刑止口未止念，人心思怨不思归。毕竟这帝统之下民心如何，诸君且听下回分解。

第八回 咸阳筑地人心暖 江东道旁发冠冲

却说仲夏时节，荧惑守心。东方有陨星夜坠于东郡，火光划破暗夜长空。

周围人户还在睡梦之中，皆被这一声突如其来的"轰隆"巨响惊醒，房屋随之猛烈震颤，户中鸡犬啼吠不止，众人还当是地震，都慌忙扶老携幼跑出屋。不消一会儿，震动消歇，大地重回静寂。

最末一个踉跄跑出的老翁，气喘吁吁朝邻家那后生道："这、这咋回事儿啊？张家后生，你知道不？"

那后生赶紧上前扶住他："许伯，我也才跑出来不久，正纳闷哩！"

"我倒是看着了一点儿，"旁边一中年汉子边说边揉着两眼，"当时睡着迷糊，正翻身呢，隐约觉到似有团亮光在窗外头忽闪起来，就记着那光可亮了，闭着眼都给它耀得生疼。"

大伙儿听得如此说，纷纷围拢来问："那后来呢？你还看见啥了？"

"后来便觉着地在震，屋在动，就赶紧拉着妻儿跑出来了……"

众人正七嘴八舌议论着，忽闻一声惊呼："嘿，大伙儿快看那儿！"

众人不约而同朝着说话那人手指方向望去，借着月光，隐约可见一块巨石横亘在郊野之中。

年轻力壮的几个汉子迅速率先跑在了前头，老弱妇孺紧紧跟在后头，都想去看看那究竟是个什么物什。大伙儿就着月光，围看了几圈儿，发现这石头除了石型特别巨大之外，似乎也无甚特别之处。乡里稍有些见识的老人却说，这是天上落下的天石。一些后生从未听说过，只听得有个"天"字，便赶紧上前拜了几拜。

因是三更时分，众人只稍稍议论一会儿便各自散去，打算明日再报知官府。

第二日卯时刚过，县府派人前来查看，远远便望见那巨石周边已围了好几圈人指指点点。打头的令史命几个小吏前去驱开人群，自己走近一瞧，只见众人手指的那一面，赫然刻着"始皇帝死而地分"几个大字！几个小吏见了，顿时惊得腿肚子发软。

那令史当即道："你们两个留下，立即封锁现场，不得让任何人靠近，其余两个跟我回去报告县令！"

一时间，这消息如同长了翅膀，飞遍了整座县城。这事儿闹得如此之大，县令便也不敢隐瞒，只能照实上报郡守，再由东郡郡守上奏至朝廷。

始皇得知，自是免不了一场雷霆暴怒，即令御史来此乡中对周边住户逐个严审。囫囵折腾了一番，却是什么都没有审问出来。那始皇全没了耐性，下令将这巨石立时销毁，方圆十里内人户以连坐而论，悉数诛灭。

却说时已入秋，眼看一年之役还有一月就要期满，刘季近日格外高兴，干活时都显得分外有劲儿。

自去岁来此，他就再未出过这阿房筑地。每日睁眼便要做工，除去两顿饭食间的小憩，须得一直干到晚间收工才能止歇，其间但凡稍偷个懒，徒长的长鞭就要挥来。常常忙累一整天后，再无精力去想其他，倒入通榻便睡，一觉睁眼又得接着干活。这一年间，刘季瞧见不少役工在他眼前猝然倒下就再未起来，那其中有一些是不堪劳役累死的，一些是得了病没法医治病死的，甚而还有被徒长活活打死的。

刘季想着，若非自己做了这许多年亭长，常做些迎送转输的力气活儿，时而还缉捕些盗匪，武力没有荒废，体格也尚属强健，倒还真不敢说是否能熬得过。正想时，那一旁夯土的王猴儿忽道："嘿，你们听说了吗？"

说起这王猴儿，可是个公认的机灵头儿，平日跟各管事间关系都处得极好，那消息也是最灵通的，是以大伙儿都戏称他为"猴儿"。整日在这筑地中干活儿，人都盼着能有些新鲜话头解解闷儿，一听他这话，周围几人便赶紧问道："又有啥新奇事儿啦，快说来听听！"

王猴儿有意卖关子道："嘿嘿，这回这事儿可真是奇了，我这可算是独门消息，你们听了可别外传啊！"

"别废话，快说快说！"

王猴儿压低了些声音道："听说前段儿啊，有使者从关东来，经过华阴县时，忽遇一人怀抱玉璧，当路拦住了他的道儿。那人让使者将那玉璧交给皇帝，还说了句摸不着头脑的话，说什么'今年祖龙死'，这一说完啊，就消失不见啦！"

"啊？那这人是妖是仙？"

王猴儿道："要我说，那自然是神仙啦！不过这事儿可还没完，真正离奇的还在后头呢！你们道怎的，后来那使者将玉璧送入宫中，御府中的人一眼便识出，那就是当今皇上八年前巡游渡江时，沉到江中祭水伯的那块呀！"

这回就连刘季也不禁跟着惊呼："啊？竟有这等事？！"

"可不是嘛！只不过啊，现如今都无人知道那句'今年祖龙死'究竟是甚意思。要我说啊，这话……"王猴儿一句未了，竟被刘季一把捂住了嘴。

原是那刘季一眼瞧见徒长正往这边走来，想到自己马上就能回家了，可不想在这节骨眼上再平白生出些什么枝节来。

那徒长老远便喊："欸欸欸，都嘀咕什么呢，是不是身上又痒了？

都好好干活儿啊！"众人见此赶忙闭口，各自埋头干活去了。

刘季今日也不知怎的，许是干活时用力过猛，又或是吃进了什么不干净的东西，到黄昏时分忽而上吐下泻，直冒冷汗。一旁的老郭头见了，硬扯着他坐到一边休息，又帮他做完了余下的活儿。刘季心中十分感激，想来这一年的日子虽说是既累又苦，但有这一帮朴实热忱的老少兄弟，倒是从未觉得孤凉。

好容易挨到收工，刘季整个人已近虚脱，一回去便瘫在榻上，呻吟不止。此时，白日里吃进去的东西一点儿没剩，肚子里空空如也，胃里一边泛酸一边抽搐。眼下大伙儿都已睡下了，他却辗转反侧怎么也睡不着，翻身的动静惊醒了旁边的薛抠子。

那薛抠子本名自然不叫"抠子"，只因他太过抠门儿，身上的衣裳早已穿成了百衲布还舍不得扔，平日但凡在地上发现点儿什么破布头啊，碎木块的，他都得赶紧去收捡起来，说是积少成多，日后定能用得上的。大伙儿都笑他从来只进不出，这世上怕是没人能从他手中讨得一丝儿便宜。他却是浑不介意，反倒觉得能抠是勤俭，会抠是智慧，这平头黔首过日子，不抠俭抠俭，日子咋能过得下去嘛！

却说那醒来的薛抠子看到刘季这副模样，知道他是因日间害了些疾，这时怕是已虚饿到不行，便悄悄伸手将自己木枕中间藏的布头先掏出来，再往里掏出一个粗布包，慢慢掀开上面裹的一层层布，最后摸出一块糗饼，又握在手中轻轻摩挲了好一会儿，才悄悄递向身旁的刘季道："吃吧。"

刘季却是一愣："你……这是从哪儿来的？"

薛抠子道："上个月初，家里内兄正好要往咸阳运货，我家细内怕我在此吃不饱饭，特地托他给我捎了些吃食，就剩这一块了，快吃吧！"

刘季有些犹疑，半天都没伸手，实是有点儿不敢相信，这鼎鼎大名的抠子还能给他递吃的？

薛抠子忽笑道："怎的，你是觉得奇怪是不？我薛抠子啊，抠是抠，可抠是为了啥，还不是为了能活下去，若是人都快没了，还要那些东西作甚！"

刘季这才伸手接过糗饼，一把塞进嘴里，细细咀嚼起来，直感到一股温热自胃中蔓延至心里。

却说这一年来恶兆连连，那嬴政实在烦闷不过，便召来太卜占了一卦，卦象显示：游徙为吉。

嬴政一看，正合心意。算起来，上次巡游已是四年前了，整日里闷在这宫中，时常感到胸闷气短，此番正好借此卦象所示，去关外游览巡视一番，许能有所好转。想至此，他即召来丞相李斯与中车府令赵高，商议准备巡游事宜，一面又发出诏令迁内地三万户往北河、榆中实边垦殖，各拜爵一级。商讨过后，嬴政将出游之日定于年首，欲借其辞旧迎新的好兆头。

始皇三十七年（公元前 210 年），年初十月。待举国上下进行完贺岁庆典后，年近知命的嬴政开始了他的第五次巡游。临行前，其令右丞相冯去疾、御史大夫冯劫留守咸阳，使左丞相李斯、郎中令蒙毅与中车府令赵高等近臣随同，少子胡亥亦请从随行。

出行这日，天清气爽，嬴政心情大好，连日来的疲惫沉闷随之一扫而尽。伴着西北那习习凉风，清越疏朗的金色枝叶在殿阁檐角前瑟瑟曳动，中车府令驾着御车，向东缓缓驶出金碧辉映的秦咸阳宫。

此番出游，计划先从咸阳东郊沿霸河东南行，过蓝田，出武关，走南阳南郡道，至会稽山勒石记功。御驾遂经南阳郡南下，穿越江汉平原，过江陵，沿湘水而下，至九嶷山祭拜舜帝，再沿长江顺流东下，直抵江东会稽郡。

那车驾行经吴县之时，县中黔首闻讯，纷纷前来围观銮驾仪仗，端的是万人空巷。看官或还记得，那项氏叔侄此时正在吴县之中，此番这围观阵里，又怎会少了他二人。只是，与他人赶热闹凑趣不同，项梁带项羽前来，是要他牢牢记住这灭国暴君的模样。

却说那项羽，远远望着开赴而来的浩大仪仗阵列，一股血气直冲脑门，指着当中那车驾便道："彼可取而代之也！"项梁惊得忙一手捂住他的嘴，又一手按住他的头："小儿勿要妄言，当心祸从口出！"

因怕项羽会做出意气之举，项梁当下急急拉着他，自后头穿过人群速速离开。

回去后，项梁便狠斥项羽："如此沉不住气，日后莫说复国，便是带兵又焉能服众？你且去将《六韬》之《论将》与《选将》篇各抄百遍，否则不准歇息、不准饮食！"

那项羽遂回屋直抄至深夜。三更时分，忽闻有人在外小声叩门，轻声道："公子。"项羽听出是虞姬的声音，便开门让她进来。

虞姬将手中托盘置于案边："公子一日未曾饮食，我从厨房拿了些茶食过来，公子快些垫垫肚子吧！"

项羽道："多谢虞儿，你且拿回去吧，我并不饿，也不渴。"

虞姬却调皮地眨了眨眼："公子放心，他们都睡下了，没有人瞧见的。"

项羽笑道："并非为此，只是既答应了叔父要抄完这百篇方得饮食歇息，项籍就得守信。"转而面色肃然，"叔父之苦心，我亦从中有所体悟。为将之道，不光勇、智、仁、信、忠，亦切忌急而心速躁而不稳，予人可趁之机，我今日便是犯了此条。"

虞姬道："既如此，那便先放在一旁，等公子抄完再吃。妾在此陪着公子，给公子添油研墨。"

项羽遂道："虞儿为我端来吃食，又陪我罚抄兵书，如此，我该如何谢你？"

虞姬略想了想道："公子若得空时，便教我剑术吧！"

项羽笑道："好，那便一言为定！"

却说那始皇车驾经过吴县后，继续往南行至会稽山，在此祭过大禹庙，照例于山上刻石颂德。再过吴县，走辽西会稽道，沿海途经东海、琅琊二郡，又北至临淄、济北。这一路行来，尚算顺遂，却待行至平原津时，嬴政忽感身体不适，遂急召太卜以占吉凶，卦象显示：北方山鬼作祟。始皇遂遣郎中令蒙毅前往代郡祭祀山川，以求禳病解灾，一面让车驾继续向西缓行，直至抵达巨鹿沙丘宫。

说起这沙丘宫，原是商纣王避暑之离宫，此间曾有那臭名昭著的"酒池肉林"，至战国之时，赵国又在此修建行宫，一代雄主赵武灵王，终因一场兵变饿死于此。

这沙丘森森，似是不祥之兆。踏入此地之时，嬴政心中忽感到一丝心悸。

有道是：夷险怎赖风水地，安危从来由己生。欲知这始皇命数如何，诸君且听下回分解。

第九回 始皇崩驾逝沙丘 赵高变政乱秦廷

却说那始皇行至沙丘宫后，病情加剧，无法继续前行。随行太医皆使出浑身解数，试尽各种方法，却始终不见好转。那嬴政也已隐隐察觉，自己恐怕大限将至。

时正七月，嬴政连日瘫卧于床，且昏且醒。这日却忽觉身子返了些气力，便急传赵高速至内室榻前。

那赵高来时，见始皇气色转佳，正待开口称贺，却听嬴政道："上笔墨，录朕遗诏。"

赵高大惊，忙不迭伏拜叩曰："陛下千秋万岁，怎……"嬴政摆了摆手，声气虚弱却仍具威厉："传朕诏令：命公子扶苏以兵属蒙恬，与丧会咸阳而葬。"赵高闻言不敢再多语，赶紧跪录遗诏。

待录诏毕，嬴政复道："即遣人秘将此诏送至北地军中，务必交于扶苏手上。"一语才了，忽觉身子一软，再难支力，侍者见状慌忙将其扶躺下来。

那赵高遂悄声退出内室，速将遗诏藏入怀中。他本兼行玺符令事，那印玺符信皆在执掌，又日日候于始皇左右，时时刻刻留心观察，今日眼见此景，便料定始皇已是命数无多。这方寸遗诏，便是此世间权势之极，赵高将手放于胸口，虽隔着衣襟，仍能感到那浑如鬼魅般的吸引力，久久不愿放开。思虑再三，赵高终做了个大胆决定，暗将遗诏扣下未发。

未得几日，始皇崩于沙丘平台。

此前为防生乱，嬴政不欲众人知晓其身体状况，故身旁仅留少子胡亥、左丞相李斯、中车府令赵高及几位亲近侍宦。时下始皇溘然崩逝，便只此数人知晓。几人虽手握帝国要密，却不知该如何措置，这其中关键，只在胡亥、李斯、赵高三人之心。那胡亥身为皇子，代表皇室贵亲；李斯作为丞相，代表官僚政派；相形之下，那赵高看似最弱一方，然则能搅动这全盘局势之人，却唯有赵高。

看官不免要问，这赵高不过一御车掌玺之人，竟能翻云覆雨不成？看官莫急，此中因由，且听我慢慢道来。

那赵高祖上原是赵国王族，早年入质于秦，又以秦女为妻，便就此定居下来。赵高之父，为秦国文法吏，其母因触秦法被充没隐官[1]，赵高便生于这隐官之中。那隐官内尽是些苦役囚徒，一旦没入其间，笞罟劳作便成了家常便饭。彼时，赵高年岁尚小，随母相依为命，终日受这欺辱残虐之压，遂渐养成戒备冷绝之性，亦逼出其对权势之极度渴念。不过数载，其母终不堪重负，撒手人寰。其父遂以秦律有言，隐官之子仍是庶人为由，将其接回家中抚养。

受父亲影响，那赵高自小便对秦律耳熟能详，却对孩童玩耍之物事一概不理，一心专意于官学课业。待得十七傅籍之年，赵高以官宦子弟身份入得官家学室，文武课业皆出类拔萃，继而连登试榜之首，由是进入秦宫，担任秦王尚书卒史。彼时，赵高不过二十来岁，此般成绩已是多少人都望尘莫及。

凭着那文武兼济之能，赵高得了秦王赏识，被嬴政亲选为中车府令。中车府令是职掌乘舆之官，实为武职。秦吏法对国君车御要求十分严苛：

1.《史记·蒙恬列传》称"赵高兄弟皆生隐官"，但据近年出土《睡虎地秦墓竹简》《张家山汉墓竹简》所示，此"隐官"应为"隐宫"之误。据学者研究，隐官即为刑余之人工作之地，亦可代指刑余之人，与官刑去势则无关联。

作为国君近身车士，须得身手矫健，能追逐奔马；强壮有力，能引开八石强弩；车技娴熟，能御车四方周旋。中车府令为众御之首，自当是有过之而无不及。那赵高于一众近侍中十分出挑，嬴政渐对其宠信有加，遂将其任为公子胡亥之师，授秦律、书法。这些年来，赵高非但尽心尽力，更知投其所好，渐成胡亥身边最为亲重之人。

再说这几日间，赵高心内思虑再三，其手上握有遗诏，若是将此诏发出，那公子扶苏便顺理成章继承皇位，之后一切再与自己了无干系，自己仍是那偌大咸阳宫中的小小中车府令……不，怕是连这中车府令也保不住了！赵高脑中忽闪现出蒙氏兄弟的身影，这让他不禁忆及早年之事。

早前，赵高曾因事触犯秦法，嬴政便命蒙毅审理此案，蒙毅谨据律法将其定为死罪，并削官职。可当卷宗上呈之时，嬴政因念及赵高才能，兼及数年侍奉之情，心内终有不忍，遂令赦免其罪恢复原职。那赵高在鬼门关前险历一遭，由此与蒙毅结下深怨。而蒙毅之兄蒙恬，素来与那公子扶苏交好，又执掌帝国北军之权。若待来日扶苏继位，自己可还有活路？想至此，赵高决定，那便干脆搏一把！

身为胡亥之师多年，对于那胡亥，赵高最是了解不过，甚而比那始皇更加了解。这皇少子，天性逸乐畏祸，此时刚过及冠之年，未得甚大志手腕，又对自己颇为倚重，甚而可谓言听计从。对于说服那胡亥，赵高己是成竹在胸。

那赵高遂一刻都不愿再等，即至胡亥处，明言晦言，句句不离皇统帝位。胡亥听完，连连摆手，直道"万万不可"。毕竟那胡亥尚有几分自知之明，知晓自己才能处境，倒也从未想过要争什么帝位皇权。

可赵高却是不慌不忙，他早已将胡亥心思摸得透彻，知其此番推拒，一来不过担心名不正言不顺，二来便是耽于享乐不愿生事，只需自己稍加点拨便是。赵高遂道："公子请细想，陛下素来笃爱公子，前遣长公子扶苏至北地，今又使公子相随同游，岂不为属意公子哉？此为其一。公子与长公子性情颇异，素日未有交谊，若长公子继位，则公子受制于人，恐无尺寸之立，公子不可不为己打算，此为其二。方今天下之权，唯在公子与臣及丞相耳，臣下陪侍公子多年，知公子慈爱仁德，日后必为贤君，故望公子思虑再三，切不可辜负陛下与臣等之殷切期望！"

胡亥沉思片刻，心中果有些动摇，随即叹道："只是如今父皇仙逝，新皇犹未登基，大小之事皆决于丞相，吾属该如何为丞相分忧呢？"

一听此话，赵高便知，那胡亥是担心李斯不能支持，遂道："臣愿替公子先行，将公子悯劳之意转言丞相！"便有意将遗诏与符玺都留在胡亥处，只身前往丞相处所。

朝堂共事这些年，赵高自是了解李斯的。那李斯天生便是个不甘平庸之人，朝野间对他早年的"厕鼠仓鼠"之论，向来是津津乐道。因不甘做那"厕中之鼠"，李斯曾毅然辞去楚国吏职，千里迢迢由上蔡奔赴兰陵，成为荀子座下高弟。学成之后，又以独到眼光于众国中择了秦国来实现其名利抱负。其后便以一篇雄辩滔滔的《谏逐客书》，驳回了嬴政那逐客之令，自此扬名内外，一路高升。如今那李斯，早已站上了人臣极位，进无可进，而他最为在意的，便是如何能保住眼下这名利富贵。

却说此时的李斯，亦是有些六神无主。始皇突然驾崩在外，公子扶苏又不在身边，若是此时发丧，恐会引致内外大乱，不若暂时秘而不发，先回咸阳再论。正想时，忽听门外通报，中车府令求见。

李斯心思全不在此，未作细想，只道了声"请"。

那赵高进来时，正见李斯斜倚案前，愁眉不展，便知其定是为此烦忧，遂心下一喜，上前拜道："臣受公子胡亥之命，特来与老丞相分忧！"李斯只听得"胡亥"二字，觉出其话中所指，便命左右尽皆退下。

赵高遂向前迈近几步，压低声音道："陛下临终前，命臣赐长公子书，曰：'与丧会咸阳。'书未及行而上崩，今人皆未知。现所赐遗诏及符玺俱在公子胡亥处，继统之事全在丞相，是以公子特命臣前来，与丞相分忧。"

李斯未料赵高竟是打的如此主意，遂挺身而前，怒斥道："安得此亡国之言？此非人臣所当议也！"

赵高却浑不在意，继续道："不知君侯自度与将军蒙恬计如何，能过乎蒙恬？功高乎蒙恬？谋远乎蒙恬？无怨于天下甚于蒙恬？或与长公子交信甚于蒙恬？"语气由缓至急，近乎逼问。

李斯听得此问，心中一颤，却以其惯见朝堂风云之气度，尽力保持平静："余自料此五者皆不及也，然不知君何以问责之切？"

赵高心知，他已拿住李斯命门，遂道："君侯与我皆知，秦未见所罢之丞相功臣有复起之贵者。陛下之长子，毅勇而信人，素与蒙恬交好，朝堂上下支持者甚众，然前此与君侯于焚书等事政见不一，即位则必拜蒙恬为相，而君侯终不怀彻侯[1]相印衣锦还乡，臣为君侯憾矣！然臣不才，忝为公子胡亥之师，授之以律法数年，未见有过，其仁慈笃厚，崇礼敬士，明于心而讷于言，诸子未及，可以为嗣，望君侯计而定之！"

李斯不得不承认，那赵高所言句句切理，只是碍于道义，仍过不了情理一关，遂道："老朽本为闾巷布衣，拜丞相、封彻侯，子孙位尊禄重，俱赖陛下恩擢。今陛下又将存亡安危系属于臣，臣岂可负哉？君勿要复言！"说时，起身便欲送客。

那赵高抓住机会道："法家常言'法后王'，以通权达变之道，循名责实而选贤任能。今天下之权系于公子胡亥，则谓上，丞相与臣得其枢要，则为下，如此上下合同，内外于一，便是顺天承命，事可成也。今君侯若听臣之计，则封赐长久，子孙富贵，臣为君贺！若释此不从，身罹祸患，殃及子孙，臣为君哀！还望君侯三思！"

李斯闻言默然愣怔，本欲迈出之脚却似被什么缠住般，前进不得。

---

1. 秦、汉二十等爵之最高级，后因避汉武帝刘彻名讳，更为"通侯"，亦称"列侯"。

便在此刻，其耳畔忽响起数语盘旋不去。李斯忆起，那是他当日辞别恩师荀子时，对恩师所言之语："诟莫大于卑贱，而悲莫胜于穷困。久处卑贱之位，困苦之地，非世而恶利，自托于无为，此非士之情也，故斯将西说秦王矣……"

良久，李斯仰天长叹。继而，整衣理冠，朝着始皇行宫方向伏拜："呜呼！臣有负陛下！"言毕，潸然泪下，久久不能自持。

再说那郎中令蒙毅，此时仍在代郡祭祷，对此间发生之事尚不清楚，这便予了那赵、李二人可趁之机。两人暗将原赐扶苏之遗诏擅更为："朕巡天下，祷祠名山诸神以延寿命。今扶苏与将军蒙恬将师数十万以屯边，十有余年矣，不能进而前，士卒多耗，无尺寸之功，乃反数上书直言诽谤我所为，以不得罢归为太子，日夜怨望。扶苏为人子不孝，其赐剑以自裁！将军恬与扶苏居外，不匡正，宜知其谋。为人臣不忠，其赐死，以兵属裨将王离。"遂命使者带上符玺，快马赶往上郡传书，余众则自沙丘启程，继续巡行。

诏书不久便至上郡，那扶苏跪受诏书之时，端的是悲郁难抑，其回想过往种种，不觉以手掩面，泣涕不止。良久，方才木然起身，解下印绶交予使者，又望了眼蒙恬，似是作别之意，遂径往内室方向而去。

蒙恬眼见此景，急忙紧随其后，低声道："臣知公子性情刚烈，不可折辱，然公子细思，陛下使臣将三十万众戍边，又命公子监军，此天下之重任也。今一使者奉书，言陛下欲公子自裁，事起蹊跷，内恐有诈。臣请公子复请，复请而后死，未为迟也！"

那蒙恬所言入情入理，可扶苏心中却另有番思量。他心知自己早前一直为父皇所看重，亦有立为太子之意，可近些年来，父皇性情大变，愈益暴戾而捉摸不定。自两年前被遣来此，自己再未见得父皇一面，又听闻少弟胡亥多得恩宠，一直随侍身边。少弟自小习学律法，自己却时称儒道，个中隔膜自是难以弥合。又不觉忆起自己临行前夜，丞相李斯那番言语。他也曾反复思量，亦试图洗心涤虑专意于法治之道，可这几年来，非但未能有所悟解，反而切身体会到法术之限。这国中，表面上人人尊法，可暗地里钻营取巧、结私相护之事层出不穷，便连此如山军法也常于那派系权贵前止步妥协，更遑论民间法治。秦法若如此下去，是否当真能窦除诸扰，做到独一公直，不偏不倚？那扶苏心中愈益动摇。

咱们前书曾说，还有一事，许多年来直似插入这父子心间之刺，看官若有留心，必能猜得，此根刺便是扶苏那已故之舅父昌平君。扶苏母系一脉皆为楚人，舅父尚在宫中之时，同他关系最为亲密，后来却意外反秦复楚，而扶苏亦是半个楚人，谁又能保证他不是下一个昌平君？此事虽从未明言，但父子二人只稍一念及，便有如钻心之痛。那扶苏心中却极为理解，其父皇身处至尊之位，不胜孤寒，需要戒备之人实在太多，尤其是这身边之人。

那使者在旁再三催促，打断了扶苏思绪。扶苏心意已决，只对蒙恬道："父赐子死，子焉复请？"遂抽出使者那剑，旋即自刎。

蒙恬阻拦不及，大惊失措，但心中以为，始皇于己恩信有加，断不肯相信这诏命出自始皇本意。只是公子扶苏现已自裁，自己由此陷入被动之境，只能无奈将兵权交与副将王离，却坚持拒绝自杀。

怎么说那蒙恬也是数十万秦军将帅，兵权虽失，威信尚存，那使者自是无奈得他何，只能命人将其缚囚于阳周，便先回去复命了。

再说赵高三人得知扶苏自尽，皆喜不自胜。时值炎夏，几人一番掩饰，将始皇尸身置于辒辌车中，以急疾畏风之说，紧闭车上门窗，另用数车满载咸鱼百斤，环绕其周，以掩盖尸体腐烂臭味。每日百官奏事奉食如常，批文亦按时自车中送出，周围人众未有察觉。

车驾经由北边道至九原郡，再自九原入直道还返咸阳。抵达皇城之后，宫中才正式发丧，并昭告天下：遵先皇遗诏，立少子胡亥为二世皇帝。

朝野上下，议论纷纷。

那胡亥是如何得了这皇位，他自己心中再是明白不过，甚而明白得有些虚怯。那新晋郎中令赵高，何等精明贪残之人，便死死抓住二世这虚怯敏感之神经，有意无意撩拨一下，又于私下进言，教其如何巩固皇位，清除异口闲言，实则是借刀杀人，为自家清剿宿敌。

胡亥本与蒙氏兄弟素无仇怨，未想置其于死地，却架不住赵高与李斯轮番唬说。那赵高声称，蒙氏兄弟素来以忠信著称，蒙恬与公子扶苏交谊深厚，扶苏死时，蒙恬心内已有怀疑，倘若此番放过，日后必不会善罢甘休，若再与蒙毅二人内外联手，则更是后患无穷。胡亥听得他此番"高论"，连连称善，自以为那蒙氏兄弟是自己眼下最大威胁，便再不犹豫，即令以抗旨谋逆之罪赐死蒙氏兄弟。

此消息传出，胡亥那从兄嬴婴 [1] 却坐不住了，他即命人备好车马，进宫面见二世。

嬴婴进殿之时，正见两个侍女一左一右给二世喂橘子。那橘子鲜黄灿亮，汁水丰足，胡亥一口咬下，汁液立时自口中迸出，溅污了案前奏章。二世见了嬴婴，口中仍自咀嚼不止，含含糊糊道："朕可是好久未见兄长了，来来来，来尝尝这淮南刚进贡的蜜橘，甜着哩！"

嬴婴见他如此，一阵激愤自胸腔上涌："臣今日非为来尝橘，乃是为这大秦江山社稷！"

胡亥漫不经心道："哦？兄长素来不问政事，不知今日所为何来？"

嬴婴语气含怒："臣闻故赵王迁信谗，弃良臣李牧而用颜聚，燕王喜背秦之约，而用荆轲之谋，齐王建杀其累世忠臣，而用后胜之议，此三王俱失其道，故能为我大秦所灭，此乃天下共知之事，想来陛下定然知晓！"

胡亥闻言，心中已知其来意，却对此番慷慨陈词无法辩驳，自然也

---

1. 关于嬴婴之身份姓名，仍有多种说法，在此谨择马非百与李开元先生之论，认为嬴婴为胡亥之堂兄。

不能承认，只能明知故问道："不知兄长此言何意？"

嬴婴道："听闻陛下欲诛蒙氏，臣以为，蒙氏世代为我大秦忠臣良将，其忠信可鉴，满朝皆知。其先自齐归秦，三代均为我朝重臣，氏族子弟遍及中枢边防，而今先皇驾崩未久，奸邪佞臣却日夜煽惑陛下，欲诛先皇信重之良臣。自古弃诛忠臣良将，有道之君不为也！陛下今若行此事，则与那三王何异？万望陛下三思，明辨忠奸良邪！"

那胡亥心中虚怯，无物可倚，便随手抓住案上奏章，佯怒道："蒙氏兄弟深藏祸心，私下结党，居心叵测，已为先皇所察，故先皇遗诏赐死蒙恬，那蒙恬却胆敢抗旨不遵，如此逆臣，谈何忠信。蒙毅乃蒙恬胞弟，两人早已内外勾连，图谋不轨之事，朕已握其罪证数条，今日定要为社稷消灾除患。兄长久处朝外，不知者不罪，朕便不同你计较，且自退下吧！"

嬴婴见二世搬出先皇遗诏塞口，心头虽知此诏真假存疑，却无可驳对，只能暗叹一声，转身离去。

待嬴婴走后，那二世愈恐夜长梦多，即令人催促两路使者，日夜快马加鞭，务要眼见蒙氏兄弟气绝身亡再行复命。

御史曲宫首先到达代县，即当面宣读二世诏谕。那蒙毅对其所织乌有之罪，一一慷慨辩驳，不愿自杀。曲宫却不管这许多，当下命人强行围诛蒙毅。此后不久，另一路使者也抵至阳周。

那使者对蒙恬道："传陛下旨意：'蒙恬所犯众多，丞相以卿之罪连及宗族，朕念卿族数世为将，于国有功，心有不忍，唯赐卿及弟毅死，其余不论。'"

蒙恬闻言仰天大啸："我何罪于天，无过而死乎？"

使者道："卿弟蒙毅自知有罪，今已伏法，还请君自便。"

蒙恬得知弟弟已死，顿觉心如死灰，又忆及公子扶苏，生念已去了大半。可他自觉生性坦荡，俯仰无愧，不甘含恨而终，遂默思良久，兀自呢喃道："是矣，恬罪当死也。一将功成万骨枯，我主修长城、通直道，而绝地脉、苦黔首，此罪无可赦，蒙恬可以去了！"言毕，拒了使者所携之剑，自行服药而亡。

消息传至咸阳，赵高喜不自禁，两个心头大患皆已除去，距其所谋"大业"又近了一步。赵高遂自案前起身，穿过屏风，走至书房角里一木柜前，自右向左数至九列，又由上而下数至五行，伸手进去转动旋钮。便听"吱呀"一声，以此柜格为中心，周围十余暗格一齐徐徐展开，每格间尽堆满了简册帛书。

看官却问这是何物？便是那赵高处心积虑所网罗，朝中重臣要臣之资料秘辛。

原先每格之中都放有一块木牌，如今却只剩了六块。赵高又伸手取出其中两块，顺势瞥了一眼余下四块，分别是两"冯"、一"李"、一"嬴"。随即关上暗格，转身走至书房中央，那地上火盆烧得正旺。这赵高自小出生隐官，其住所常年阴湿不堪，身子便落下这畏寒的毛病，每年只一入秋，屋里便要点上火盆。他最后瞧了眼手中两块"蒙"字木牌，一抬手，扔进了那火盆当中。

此后，赵高变本加厉，日日煽动，时时挑拨，使那胡亥一面游行享乐，一面大开杀戒，把十二公子戮死咸阳，公主十人矺死杜县，其余连坐之人不计其数。

一时间，端的是近侍悚惧，百官自危。

有道是：暴虐之行无由止，迫得青苹生大风。欲知这风起何处，诸君且听下回分解。

第十回 纵役工亭长落草 解棋局大风骤起

　　话说那刘季自咸阳服役归来，日日在这四水亭中迎来送往，东一耳朵西一耳朵地听着那往来过客带来的消息，听至兴起之时，也不时插嘴论上几句。有些打西边来的人说，当今二世皇位来路有些蹊跷，有说他与丞相等人暗地谋划弑父篡位的，有说二世杀了兄长扶苏，抢了皇位的，也有说先帝本就是要将皇位传继给他的，总之众说纷纭，莫衷一是。刘季听得多了，孰是孰非倒辨不清楚，只是隐隐感觉似有什么大事要发生。

　　不久，有诏令下达沛县，说是要加派长年外出的役工，完成骊山皇陵与阿房宫殿的修筑工事。许是因刘季有过咸阳服役的经历，人又会来事儿，县里指派他来负责此次役工的押解差事。

　　役民皆是从当地征发，什么农夫、商贩、工匠、小吏……各类都有，其中不少还是刘季熟识之人。百十来号人上路，送行的更有三四倍之多，大都是妻子扶老携幼来送别丈夫，一时间妻儿洒泪，父母叹息，将城门围了个水泄不通。

　　看着乡亲们离妻别子，悲恸不已，刘季自己又何尝不是呢，想到这一年他喜得贵子，小儿尚在襁褓之中，却又要背井离乡，一股怨愤便充斥胸膛。怨便只怨这世道，一人生则万人养，一人死便万人供。

　　那送别耽误了不少时辰，纵然再怎么无奈不舍，也该启程了。刘季一面向各位乡亲保证，路上定多加照顾担待，一面引着一行人往西边去了。

谁料，就在当天途中休息之时，有几人借故解手偷跑了。紧接着这一路上，只稍不留意就有人开溜，实在防不胜防。待走到丰乡之时，那刘季心头便犯起嘀咕，这还没出沛县呢，往后的路还那么长，照这么个跑法，等到了咸阳不知还能剩下几个？且不说剩下几个，当今法刑严酷，单是跑了一个，都够自己受的。刘季不禁想起，自己曾在咸阳服役那苦累日子，随即一狠心、一跺脚，既如此，去他娘的什么骊山陵、阿房宫，与其送乡亲们受苦，不如干脆都散了去！

心里将主意打定后，当晚在丰乡亭舍，刘季先接连灌了四五杯酒下肚，遂借着酒劲儿对众人道："如今的情形，各位也都看到了，日日都有人逃走，咱剩下的即便走到咸阳，也少不了重罚。乡里乡亲一场，我刘季也不为难大伙儿，且各自散去吧！"

众人听完这话，先是惊讶，继而纷纷感激不已，都称刘季是侠义之人。

正在这时，一粗壮大汉腾地一下站起道："我樊哙本自一介屠夫，孑然一身，无家室所累，别的本事没有，一把子力气有的是，刘大哥既如此仗义，樊哙日后愿随大哥左右！"

"我也愿追随刘大哥！"又一人道，"如今家也回不去了，与其四处流荡逃亡，不如跟着大哥开出条活路来。"

"也算上我一个！如今这赋税一日重似一日，家里眼看就要交不出粮，便能回去又如何？最后不一样要饿死？"

"再算我一个！"

"还有我！"

……

被樊哙挑头这么一激，在座十几个年轻力壮的后生纷纷附和，皆表示愿意跟随刘季。

这么一来，刘季心头那豪勇之气也被激了出来，更觉自己此举颇具侠士风范，现下便与这十数人商议去处。众人都说沛县地界是待不了了，也不愿离乡太远，推说让刘大哥来决定。

刘季年轻时曾有段游侠经历，在外的见识总要多些，他记起四川郡与西边砀郡间有片山地，其中丛林沼泽遍布，是个暂避的好去处，于是便提议往那里去，众人都说好。

刘季当先举杯道："来！兄弟们此番尽情吃喝，眼下情形不比往日，这一顿吃完，下一顿饱饭还不知在哪里。"

众人纷纷举杯："敬大哥！"

大伙儿个个意气激昂，都喝了不少酒，尤其是那刘季。酒足饭饱之后，刘季也顾不得头晕脚轻，带着大伙儿摸黑穿行，连夜赶往芒砀山去。

正走时，打头那人忽后退数步，连连惊道："蛇！有蛇！大蛇！"

刘季听闻，用手握住佩剑，拨开那人一看，眼见前方水泽间果有条通体雪白的巨蟒，挡住了前行道路。刘季借着酒劲儿，壮着胆子独自往前走去，正在此时，那巨蟒倏地一下跃起，张开利齿，口吐毒信，直向他迎面袭来。刘季以迅雷不及掩耳之速抽出佩剑，身子一侧，双手握剑朝蟒身七寸处挥去，当下将其劈成两截。众人见了都惊呼不已，由是更对刘季心生畏服。

却说那私纵役工之事，没几日便传至沛县，官府即刻发令通缉，并派人把那吕雉拘捕入狱。幸得萧何与狱吏任敖在内活动，又有乡民父老在外请命，没过多久，吕雉就被安然放了出来。经此一事，吕雉非但没有埋怨刘季，反对其暗生了几分敬慕。那吕雉心中曾不止一回责怨父亲，何以要将她许给这浪荡俗子，直至此时，方才明白吕公那识人慧眼。

吕雉归家之时，预备先去邻家接回儿女。只因拘捕那日情急之下，她将一双儿女托付给隔壁王婶。

那王婶见她回来，顿时喜笑颜开："呀，妹子可算回了，真是谢天谢地！快让婶子好生瞧瞧，这些天可吃了不少苦头吧！"说时拉着吕雉上下左右细细看了一通。

吕雉笑道："婶子瞧，我这不好好的嘛，没少块儿肉，也没脱块儿皮，多亏了乡亲们帮着说情，这才能安生回来。"

王婶握住吕雉的手道："哎呀，这是说的啥外道话，应当的呀！刘兄弟如今可成了咱心里的侠士了，平素就对乡里乡亲的关照有加，这一番，整个县里不知多少人都受了他的惠哩！啧啧，那些个人啊，说是去做工，可谁知这一去还有没有命回了。这回不光是这刘兄弟，你呀，也成了咱女中豪杰啦！"

吕雉听着这话，心中隐隐有些自豪，脸上却只谦谦笑着："王婶快别夸了，说得我都害臊了。不过就是去那狱中囹圄走了一遭，哪里就成了什么女中豪杰了？如今既已回来，想顺便将我那一双儿女接了回去，在婶子家叨扰多日，给婶子添了不少麻烦。"

"不麻烦不麻烦，那俩娃儿讨喜着哩！不过现下那俩小娃儿不在我这儿，你走后第二日，两个娃儿便教他二伯母接家里去了。"

吕雉想着，这样也好，自己这几日在狱中精神疲累，气色不佳，不愿让儿女瞧见她这般模样，不如先歇了一日，隔日再备些薄礼，去二哥家接了回来。

吕雉又同那王婶攀谈了几句，便道了谢回家去了。刚走进院，转身正待把院门掩上，忽觉脚下似踩着了什么。她俯身挪步一瞧，只见地上躺着个巴掌大小的穿线布囊，吕雉一眼认出，这是刘季平日随身所佩的那个。于是赶紧关好大门，弯腰拾起那布囊，打开一看，里头是块残布，瞧着是从衣带上撕下的一块儿，上头似用木炭灰写了几行字，看着虽不甚清晰，仍能认出是刘季的笔迹。

信上那刘季告诉吕雉，自己目下与几位兄弟深藏于芒砀山中，一切安好，让她与孩子好自保重。

吕雉见信，心中遂安定下来，也顾不得疲累，开始张罗着要给刘季他们送点儿什么衣食器用过去。暗中积蓄了好些日子，只觉这也紧要，那也需要，满满堆了一小车还嫌不够，却实在装不下了，这才打算动身。

那日一早，吕雉先将两个孩子送到二哥家，只说自己娘家有些急事，要赶着回去。回来后，立马换了身刘季的旧衣裳，束起高椎髻，系上巾帻，拔了几根猪鬃毛充作胡须，拿糨糊仔细粘上，随即套好一辆辎车，用油布罩住，系牢四角，伪装成卖货小贩便上路了。

此去芒砀山，路途虽算不得太远，但她一个闺门女儿家，哪里经历过这番周折，一路上坎坷万难，所幸终是到了。

那刘季听手下望风的弟兄来报，说山下有一人推着车朝这边来了。刘季亲自出来查看，吕雉一眼便认出了丈夫，连忙招呼。刘季见她这副打扮，一时竟不敢认，愣怔了好一会儿才赶紧跑去接引，心中是五味杂陈，连道："我刘季此生有妻如此，夫复何求啊！"

瞧着吕雉脸上身上刮蹭的道道血痕，刘季心疼道："哎呀呀，可是苦了你了，快跟我上去歇歇，日后可莫要再来了，我这边虽无甚山珍海味，但这山林子大，总归是饿不死的。"

吕雉笑笑说："我夫如此豪迈仗义，为妻的也想尽些心力，这点苦算不得什么！"

刘季知她性子强韧，便道："日后你若执意要来，切不可如此劳累，我在乡间还有些可靠兄弟，稍后我将他们名姓住处告与你知，你只需暗里唤上他们便是。"吕雉笑着点了点头。

自此以后，每隔段时日，吕雉便捎些吃用之物过来。刘季手下弟兄见吕雉回回都能找到他们藏身之处，甚是好奇。吕雉便指着天道："你们大哥居停之处，上方总有五彩云气，我每次便是依这云气所指寻来。"众人惊奇不已，都纳闷自己怎么看不到。那刘季随即会意，与吕雉两人相视一笑。

那众人自然不知，自在这芒砀山间隐匿下来，刘季便让樊哙时常去外间活动，探听些消息，而那樊哙每隔段时日，便将这藏身之处暗中传信吕雉，是以吕雉总能知道。

却说午后间，悠悠春晖洒落进一片山间竹林，几声清脆鸟鸣，伴随着清泉淙淙，静谧安然，仿佛隔绝了尘世。那林间深处，幽立一方竹间小亭，亭中一老者正缓缓于石案上摆置黑白两色棋子，旁边小炉上，一壶清茗溢出阵阵香气。

一阵脚步声忽自身后传来，由远而近。那老者却并不回头，继续摆放棋子，只道声："来啦！"

来人笑道："老友怎知我今日会来，连棋局与茶水都已备好。"

"我只知，范兄该来了。"老者说时，做个"请"的手势。

那范增于席上坐定后，细细观察着桌上残局："今日这局，莫不是一出'十面埋伏'？"忖思良久，复道："怕是不好解啊！"

老者捋了捋颔长白须："常言道，'置之死地而后生'。安危相克相生，生机往往蕴于危局之中。看似坚不可摧之物，实则外强中干，一击即溃啊！"遂笑道："范兄，请执白！"

那范增静思半晌，落下了第一子。

老者赞道："此子落得好啊，这颗白子可是解局之关键呐！"继而也下出了一枚黑子。

却说这双方一路下去，那白子渐入佳境，竟大有破局之势。约摸两三盏茶工夫后，白子一方明显占了上风，那范增略有得意之色，抬首看了眼老者。

老者却笑道："范兄莫急，此局且只过半。"

未料，又两三盏茶工夫后，局面赫然现出反转。之前那气势如虹的白子一方，竟开始有些捉襟见肘，首尾难顾，勉力对峙一番，终于落败。面对这大起大落之势，那范增不禁有些悻悻然。

老者见他如此，便道："范兄战略强劲，只选错了突围方向，你且看……"说完于棋盘右面拾起一枚白子，点落至左边一处，盘中局势豁然反转，"突围之处不在东，而在西啊！"

范增连连叹道："唉，可惜了，只是棋差一着而已啊！"

老者将范增面前茶盏斟满："方今天下，便如这棋局，看似不可解，实则只需一颗白子，便足以搅动全盘之势。"

范增闻言，不自主向老者凑近道："那老友以为，当今天下，谁能担当这颗白子？"

老者道："我虽不知这白子为何人，却知此人必定在楚！想当年怀王被掳，宁死不愿割地侍秦，楚人皆怜之至今。秦统以后，六国皆难顺适秦治秦法，楚人尤是。然六国之中，楚疆最是辽阔，楚力最为强劲，楚人亦好勇有谋，既不曾服周，更不甘于服此暴秦，是故楚虽三户，亡秦必楚也！"

范增倏然起身，郑重一拜："南公可愿与我共同出山，推翻暴秦，复我敖楚？"

那南公淡然一笑，缓缓道："吾老矣，神思不清，力有不逮，不能成大事也，只在这山间了此残生，余愿足矣！"说时亦起身，缓步踱至亭前。

忽而一阵风过，林间竹叶皆簌簌摇曳。

"你听，起风了。"遂顾向范增道，"该出山了！"

正是：心聚豪侠义，手把天下棋。毕竟这一颗白子如何搅动全局，诸君且听下回分解。

第十一回 淫雨逼出王侯种 布衣创立张楚国

却说转眼又到炎夏时节，一支前往北边渔阳郡戍守的队伍，被连日来的滂沱大雨困在了四川郡蕲县大泽乡中。这原是淮阳郡所征戍卒，共九百余人，依照秦法，此番要去完成一年的戍外兵役。那陈胜也在这队伍当中，如今再不是那田头发怨的佃夫，却成了统领五十人的屯长，军中似这般屯长，尚有十余，其中还有他新结识的好兄弟吴广。

且说众人被困于此，已有数天，眼见队伍无法按期到达，两位统领将尉均心焦不已。可那大雨渍涝阻路，实在无法行进，只能是眼巴巴看着干着急。

这日夜间，待众人睡下，那陈胜悄悄叫醒吴广，拉着他来到一隐蔽无人处。

"兄弟，如今这情形，大伙儿都心知肚明，耽误了这些时日，此去怕是凶多吉少。"说时以手在脖颈处比了个"砍"的动作。

吴广闻言道："不错，这几日我也在琢磨这事儿。依你之见，该如何？"

陈胜道："天下苦秦日久，咱楚人更是与之不共戴天。既然横竖都是一死，倒不如……"遂环视四周，即对吴广耳语数句。

那吴广听完，重重点头道："干！"

陈胜又道："如今这二世即位，便是个好由头。天下人皆以为当立扶苏而不当立二世，公子扶苏贤仁，因忠谏被遣出宫，近来更是听说二世已将其冤杀，但坊间流言纷纷，寻常人大多不辨真伪。再来，楚将项燕爱护士卒，屡屡誓死拒秦，楚人皆敬而怜之，民间亦不知其死生。今若以扶苏、项燕之名来号召，天下必定响应！"

"好，一不做，二不休！"

如此说定后，二人次日便偷偷寻到军中卜者，请他占了一卦。那卜者从两人言谈间便已猜得几分，遂道："足下所问之人事可成，但鬼事却需再斟酌一二。"陈胜、吴广立时会意，知是要以鬼神之事来造势之意，遂暗自行动起来。

且说晡食时分，几名炊养卒正在厨室内烹煮食物。其中一人正清鳞剖鱼，其手法娴熟，一刀划开鱼腹，正欲清理鱼肚内脏，却觉里头似有什么异物。他赶忙掏出一瞧，见是一块方布，上面已沾了不少血污，但依稀可辨出字迹。那人遂举起方布，向周围展示道："诶，你们快来瞧瞧，这上头写的啥？"

几人忙凑到一处，其中一人能识得些字，便一把扯过来看。这不看不打紧，一看不觉倒吸了口气，惊得"啊"出了声。

旁边几人见他这样，不觉有些着急："嘿，你别光'啊'呀，快说说，究竟写的啥？"

待几人听到他口中说出的三个字后，有惊怔莫名的，却也有付之一笑的。原来，那布上所书，即是三个朱色大字：陈胜王。

此事一时在军中传开，多数人却只是将信将疑。

第二日夜半时分，守夜士兵听到草丛间传来阵阵怪声，似狐鸣，又像人声。侧耳细听一阵，好似是"大楚兴，陈胜王"。有两个胆大的，端着戈矛往丛中一扫，那声儿便立时无了踪迹，可才一走开，便重又响起，一些被叫声吵醒的士卒也相继听见了。次日一早，凡陈胜过处，皆有不少士卒侧目私语，那陈胜却只装作什么都不知，径过如常。

却说两三日后，将尉首领二人因失期之事烦闷不已，日间竟喝得酩酊大醉。吴广趁此之机，有意于众人面前高喊："今吾属俱已失期，既是失期当斩，不若就此散去！"一番话道出了众人心声，只是无人敢应。那两个将尉听闻，迅疾冲出营帐，命人当众鞭笞吴广。一鞭子下去，伤口处瞬时绽出血来，那血水混杂雨水，将整个人浸得透湿。吴广素来与士卒亲善，众人见他被笞，心中隐有悯怒之意。

　　吴广身受鞭笞，口中却仍滔滔不止，一将尉见此，怒而拔剑，欲斩吴广。吴广看准时机，倏一腾身，径直冲去夺了那将尉手中之剑。将尉还未及作何反应，便已成了他剑下亡魂。便在此时，陈胜也自一旁冲出，把那另一个将尉也杀死了。

　　正在众人惊乱之时，陈胜、吴广二人站上高台，振臂一呼："吾属遇雨失期，失期按律当斩，即幸能逃得一劫，戍死者亦十有六七。眼下将尉已死，吾壮士必难逃一刑，然壮士不死则已，死即举大名耳！王侯将相宁有种乎？"

　　众人慷慨激昂，纷纷附和："王侯将相宁有种乎！"

　　在二人鼓动之下，大伙儿纷纷袒露右臂，宣称拥护公子扶苏与楚将项燕，号为"大楚"，即以陈胜为将军，吴广为都尉，将两名将尉首级砍下，设坛歃血而盟。

　　九百人在雨中高誓："伐无道！诛暴秦！复敖楚……"雄浑壮阔之声直冲霄汉，破开天际，那雨水顿时止歇，云缝间泻出道道金光，熠熠生辉。

　　不过旬日，这"大楚"旗帜便已插遍了大泽乡中。乡既拿下，便要趁势夺县，陈胜遂以符离人葛婴为将，一举攻下蕲县城，以此为据，扩编部署。

　　当此之时，帝国主要军力皆集于上郡以北、五岭以南及关中之地，大部内郡兵防空虚，援力难至，若能取得地方吏民响应，一扫而下却非难事。那陈胜、吴广便乘间抵隙，一面布兵攻城，一面沿途呼吁，对于顽抗不降之地，克后一律劫掠洗城。

大军由此分了东西两路，东路以葛婴为将，往蕲东推进，专攻周边之城，以保固蕲县据地；西路主力由陈胜、吴广亲率进击，欲打回淮阳郡去。主力军势如破竹，先下铚县，自西北入砀，继而拿下酂县、谯县，随之进入淮阳，一路攻下苦县、柘县。

这一路而来，陈胜军广受各方支持，短短一月，兵力大大扩充，已拥有战车六七百、骑兵千余、步兵数万之众。而此时，东西两路大军已于陈县附近会合扎营，准备大举攻陈。

那陈县是淮阳郡治所在，亦是中原地理交通枢要，更是楚国旧都。此处沟通南北，连接东西，通连黄淮之鸿沟便于此贯通全城。若欲在此关东扎根，陈县即为不二之选。

忽听一人入帐报曰："已探得郡守、县令俱不在城中，唯有县丞组聚数千军民守城。"

陈胜喜道："好，真乃天助我也！传令下去，即日整军，三日后攻城。"

一旁葛婴却道："自古守城之卒，一人可当数十，陈县乃旧都，城防坚固，其守城之兵皆训练有素，切不可轻敌大意。"

陈胜道："葛将军有何计策？"

"末将以为，应围三阙一，主攻东门，南北两面分兵数千只作佯攻，以分散布守兵力。" 陈胜允诺称善。

葛婴复道："只如此，仍未够。将军可还记得，旬日前汝阴人邓宗遣使而来，称其因受将军勇义感召，在乡间聚众万人，今欲率这万人投效将军。"

陈胜闻此，略显得色："自然记得，我当时便已应允。"

葛婴道："算算日子，邓宗之军也快到了，将军不如即遣人传信，与他约定战场上见……"

却说陈县东门数里外，数万大军分前、中、后三军集结已毕，此时旭日还未升起，那巍巍军势却已穿透蒙蒙雾色，直逼城上。

城头谯楼上，县丞默然而立，面上虑色顿起。听闻眼前这军队，虽戎装异色，干戈不一，却仅用一月时间便自蕲县打到陈县，这一路上，不少黔首自发里应外合，杀县官起事响应。虽说陈县城防坚固，又有郡中最大武库，但能否守住此城，县丞心中并没有十分把握，只死死盯住前方动向，随时准备下令攻击。

时逢晨光正攀城垣，战鼓声声迎面催至，破开此寂寂朝晖。纵目望去，那远处军阵正踏鼓疾进。县丞细细观察那行军尘土，只见扬尘虽乱却高而广，此谓阵列虽则不整，士气却异常激昂。县丞心中一凛，即传令道："投石、弓弩预备！"话音才落，四方角楼同时升起备战令旗，角声响彻全城。

另一边，葛婴率前军一马当先，距城角数百步处摆开阵势，那传令兵先至城下喊阵："我军兵多势众，不日即能下城，若速速开城投降，可饶尔等不死！"

那城上应道："哼，逆反之贼，口气不小，今日便让尔等有来无回！"

见那县丞没有丝毫愿降之意，葛婴即令准备攻城。他甫一扬旗，各部纷纷应帜。持盾之士率先冲至阵前，各色盾牌，大小不一，将将拼架起一道防护屏障，弓箭手夹杂弩手于后搭箭引弓，几辆投车陆续装填待发。将士们个个整装蓄势，只待一声号令。

只听城上城下同时一声："放！"

刹那间，巨石轰砸，箭矢弥天。

那城上箭雨似山头洪流，滚滚而下，士兵冒着矢石艰难前行，倒扑之卒如波波伏浪，冲锋阵列亦连番破乱，却见指挥令旗彼伏此起，进击鼓号隆鸣不绝。士兵前仆后继勇冲上前，眼见快要接近城池，却又遭城上火箭接连遏退。如此来回多番，眼看士气渐衰，葛婴一声怒喝，以一骑破开万阵，带头冲锋在前。将士们顿感振奋，个个拼尽全力掩护冲锋阵队。

阵首那大纛旌旗，借破风之势，劈开道道箭墙，以迅雷之速开至护城河前。葛婴即令："搭飞桥，渡河！"

烈日当空，城头县丞额上已渗出数颗汗珠，眼见过河兵卒越聚越多，急道："快，上叉竿，准备滚木礌石！"

城头守军得令，即进入顶级防御，全员自分为三部：一部手持叉竿，推倒攀墙云梯；一部投放滚木礌石，专攻攀城士兵；其余一部以箭矢继续攻击城下军队。双方以城墙为界，攻守拉锯，守军防守严密，几无隙可乘，攻城军前赴后继，愈战愈勇。

忽而，一守卒紧急报曰："禀大人，叛军正在撞击城门！"

县丞道："赶紧去调城中丁壮，拼死守住城门！"话音刚落，一传信兵惶急而来："大人快走，南门突遭叛军袭击，已经失守！"

县丞大惊："什么？南门不是只有千人佯攻吗？"

"原只数千，忽有一支大军不知从何处袭来，我军增调不及，城头已被攻占，叛军正往此处杀来，请大人速速离开！"

县丞却道："身为城守，只有战死，何来偷生？"即抽出佩刀，"走，随我去南门杀敌！"

那攻破南门之兵从何而来？原是那邓宗所率之军。邓宗接到陈胜驰书后，日夜加紧行军，事先伏于陈县南门附近，只待东门之战胶着之际，再一举突袭，顺利攻城。

那入城士兵，个个猛如虎狼，势不可当，即把南城守军制住，将县丞斩于刀下。

残阳似血，遍洒城头，陈胜大军踏着血色，攻进城中。

入城后，陈胜便带队直入宫城。这楚王旧宫，如今殿室虽空，那巍峨气势却是一如往昔。陈胜即令将沿路所掠府库器藏，尽数充塞殿阁，并在宫中大宴三日，犒赏军士，宴款地方豪杰。远近豪杰闻知，皆连踵而至，其中便有那张耳、陈馀。

对于这张、陈二人，陈胜亦是久闻其名，今见两人来归，十分高兴。自攻下陈县后，县中豪杰父老便欲拥陈胜为王，陈胜便就此事一询张耳、陈馀，实欲借其威望以壮声势。

那张耳道："秦无道，破国绝嗣，聚财疲民，将军不顾死生，奋起而为天下除暴，是为公也，故豪杰并起云集以待将军。今若自立为王，则示私也，天下俊杰贤士恐顿生离心，六国之民亦难同协力，还请将军慎思慎虑！"张耳实则自有番打算，不愿见这一介布衣坐大为王。

陈胜未料张耳竟张口反对，遂默然不应，便将目光转向陈馀。不想陈馀却更为直接："臣以为，将军可即刻引兵而西，立六国之后，以众吾之友、树秦之敌。友众则兵强，敌多则力分，继而一举破秦，据咸阳而号令诸侯，大业可成。今若独王于陈，则天下之人散懈而不可复聚也！"

却说陈胜此前，以扶苏、项燕为名举事反秦，不过欲以楚力为号召，一举代秦而王，这一城一土，莫不是搏命拼来，哪愿白白拱手与人？今见两人皆作此说，便再不愿听，只道："二位先生之言，我自当认真思量，先生远赴劳苦，还请先下去好生歇息！"那张耳、陈馀对望一眼，便不再多语。

其实张、陈二人赞成与否，并不能影响那陈胜丝毫，他与吴广暗中商定好，又探了探麾下将领口气，便欣然预备称王。

秦二世元年（公元前 209 年）七月，陈胜以陈县为都，正式建立"张楚"政权，是为"张大楚国"之意，众人因陈胜复楚有功，拥其为楚王。陈胜遂以楚王身份，大封将相功臣，以吴广为假王，拜蔡赐为上柱国，总领政事，另任朱房为中正、胡武为司过，专督群臣过失。

张楚立国，以先河滥觞之势席卷天下。一时间，郡县豪杰纷起，诛杀其吏，以应张楚。

正是：斩木为兵竿为旗，天下云集赢粮从。毕竟张楚之势如何发展，诸君且听下回分解。

第十二回 破僵局周章入函谷 生异心武臣立赵国

却说时已入夏，楚王车驾辚辚驶入田郊，巡察农事。

眼望那田间耒耜交错，挥汗如雨，陈胜不觉忆及过往庸耕之事。再看看如今，大军在手，王权在握，也算实现了年少时许下的"鸿鹄之志"。一想起当年笑话自己的那伙短浅鄙夫，陈胜心底便涌起股傲怒之气，恨不得将其尽数召来面前，撑开那鼠目寸眼，好生瞧瞧自己今日这造化！陈胜越想越来劲儿，遂唤来身旁随侍，描说出那几人名姓样貌，着人前去寻寻看。

未几日，陈胜巡视驻防归来，眼看车马就要入城，忽自道旁窜出几个人影，嘴里"荆秆儿，荆秆儿"不住叫着。那陈胜自小生得精瘦，便得了个"荆秆儿"的诨号，与他熟识之人，便常以此谑称。

护卫刚要上前拦阻，那陈胜闻声自车内探头一看，嘿，这不是原来一起耕田那几个却还有谁？原是几人听说陈胜称了王，念着他当年一句"苟富贵，勿相忘"，便相约一起前来投奔。

陈胜十分高兴，当下便邀了他们同乘，几人路上说说笑笑，不知不觉就进了宫城。陈胜亲领着几人在宫中逛了一遭，一路炫耀那琳琅殿阁与粮食宝器，言下之意，自己已是万人之主，兄弟们日后可跟着同享富贵。

那几人此生何曾见过这般富丽荣华，自踏入宫门起，直惊得是合不拢嘴，不住讶叹。庄稼人想不出什么形容言语，嘴里便只有"嚯呀，娘耶，天老爷"之类，又杂着些下里巴人的秽语，引得一旁侍者偷笑不止。那陈胜听着，心里颇感别扭，不知自己这竟是得了体面，还是失了颜面。

待参观完宫室，陈胜便将几人暂且安置在宫中。这头几日倒还算安生，等适应了这奢华富贵过后，几人便对宫中侍者呼来喝去，每日变着花样挥霍享乐。非但如此，其中一人原是陈胜那光屁股发小，知晓他许多秘闻糗事，也一并拿来跟宫人谈笑说闹。这话传到陈胜耳中，陈王哪里能忍得，登时勃然大怒，下令将此人推出斩首。其余几人见状，赶紧告辞离去。此后未敢再有人找那陈王攀亲沾故，且按下不表。

却说暮色渐起，函谷关那四座角楼之上，依次响起闭关号角。片晌之间，天幕沉沉落下，一人身披戎装，背插军旗，手举符节，快马加鞭朝关口急驰而来。那人远远便喊道："关东急报，速速让行！"

关前守卫听闻，一齐朝马上望去。天色虽已昏暗，那使者手中符节却是分外显眼，竟是那特等军报持节，明曰：见此符节，速速退让。

众守卫心中一凛，片刻不敢耽搁，赶忙移开路障开门放行。那使者遂收起符节，回手紧握缰绳，打马疾趋，一路扬尘而去，只余其后尘土纷嚣，呛得守卫们连咳数声，不觉抬手扇了半晌。

次日清晨，朝中收到军情急报：关东叛反！

二世闻讯大怒，不由分说，先将那传信使者下了狱，又召集博士诸生问询。

诸生多道：人臣逆乱，罪无可赦，宜发兵速击。唯那待诏博士叔孙通，察出二世面色有变，遂上前一步道："诸生所言谬也！今明主在上，法令俱下，天下合为一家，人人奉职，四方咸朝，安敢有反者？此不过鼠窃狗盗之属，何足劳动大军，以郡县守尉捕之即可，实不足忧也！"

二世瞬间转怒为喜："先生所言实善！"即令御史，将诸生中言反者下狱，言盗者罢职，唯赐叔孙通帛二十匹、衣一袭，并拜为博士。

自大殿退出后，那叔孙通便急匆匆赶回馆舍，预备收拾行装速速离去。才一入馆舍，其门下数弟子便围了上来："先生今日何以进此谬妄之言？"

叔孙通叹曰："不如此，吾今几不脱于虎口也！"

一弟子上前切切责问："先生素日常言守礼守正，这便是先生的为臣之道吗？"

那叔孙通面对众弟子，正色缓言道："君臣之间，各有其道，君守明仁之道，臣守忠直之道，忠直只对明仁之君，君子从道不从君。诸位只学到儒家之皮相，却未悟到儒家之精髓。"

"那何为儒家之髓？"

"通权达变是也！"叔孙通言毕，即转身收拾行装，"吾今日速去，不然大祸将至，诸君若愿同往，吾等可共谋前程，不愿同去者，也请诸君早作打算！"其中二三人表示愿意跟从，几人遂连夜逋往其故地薛县去了。

再说张楚国中，众人筹谋议定做出战略部署，即主力攻秦、四面分兵、六路行进。首路主力由假王吴广率领，沿三川东海道西进，直驱军事重地荥阳，伺取函谷关；二路以宋留为将，领兵西南攻取南阳郡，伺夺武关，势逼咸阳；三路以武臣为将，领兵北上渡河，进攻燕赵旧地；四路以周市为将，率兵北徇魏国故地；五路以邓宗为将，率兵南攻九江一带；六路以召平为将，率兵东南进取广陵。

部署已毕，陈王即命人占卜择日。约期一至，六路大军共祭祝融、唱九歌，同往四方开赴。

先说首路吴广，其所率主力很快抵至三川郡中，欲一举拿下荥阳。若论这荥阳之地，实可谓举足轻重之枢要。由此出发，西经函谷可直驱关中，东沿三川东海道可至齐鲁，向北可抵燕赵，向南可通荆楚，是向来兵家必争之咽喉要地。此外，荥阳东北尚有"帝国第一粮仓"——敖仓，那仓中粮垛，敦实丰足，密匝匝列布于敖山平台之上，抬眼望去，高杳无际，犹如一块巨型磁石，吸引着过往军队。

说来也巧，看官可知这三川郡守是谁？正是那当朝丞相李斯长子李由。那李由得知大军来袭，即刻自洛阳东赴荥阳，统领驻军死守，致吴广军久攻不下，双方便在此对峙。

再说那二路宋留军，进军亦属不利，进抵南阳郡后，即遭秦军强烈阻击，无法逼近武关。这西向两路大军，各陷僵局，相继遣人速回陈县禀报，请求陈王示下。

陈胜急召群臣谋士会商，众人若非支支吾吾，便说要派兵增援，没有一个能提出良言善策，急得那陈胜几次击案摔杯。正当此一筹莫展之际，一人走至中央，众人不觉纷纷将目光投向其处。

但见此人面容精瘦，身姿高挺，两手一揖，足显其双臂紧实有力，其对陈胜拜道："大王，如今西进两路大军看似陷入僵局，实则正是攻关良机啊！"

陈胜瞧着他眼生，便问："你是何人？"

那人道："臣周章，早年曾为楚国春申君门客，后于项燕将军麾下做过视日，负责军中占候、参谋等事。自项将军去后，臣便一直隐于这陈县之中，直至大王到来。"周章嗓音低沉，中气十足，振振有威。

陈胜顿感此人必有些谋略，遂问道："你有何良策，尽可说来听听。"

"回大王，秦军主力本不在关东之地，各郡县驻军兵散力弱，而眼下我方两路大军又将关前秦军牵制于此，入关一线正当兵力薄弱，必然不堪一击。趁此援军未至之际，若能再遣一军绕过荥阳，直袭函谷，则关中之地旦暮可入！"

陈胜喜道："你可有把握率军入关？"

周章道："臣定当誓死破关！"

"好！周章听令，寡人现任你为将军，即刻率军西进攻关！"

那陈胜几将破关希望尽数寄托于周章身上，遂将驻都守军拨出一部交予周章统领，并令人快马驰书吴广，全力配合周章攻关。

周章领兵日夜兼程，速抵荥阳一带，得吴广一部兵力相助后，顺利绕过荥阳，以破竹之势突破洛阳、新安、渑池一带，迅速击溃秦军防线，直趋函谷要塞，竟一举破关而入！

那函谷关是秦扼守关中之咽喉要隘，自战国以来，一直隶属秦域，从未失守，秦国据此长保后方稳定，力破六国雄兵。却不想，此次周章所率之军，竟得长驱直入函谷，仿若一把天降利刃，直插帝国心脏！

周章军这方形势一片大好，咱们暂且不叙，且说说那武臣军正当如何。

此时，将军武臣所率第三路楚军，早已渡过黄河，入了旧赵邯郸郡内。自战国末年长平战后，四十万赵军被秦将白起尽数坑杀，那赵人对秦人之恨，已是入骨三分，无以复加。武臣遂看准这点，命左右校尉张耳、陈馀鼓动赵人加入反秦阵营，几是一呼百应，连下了十余城。怎奈那武臣带有张楚军固来习气，一路凡遇秦朝官吏，立杀无赦，郡县守令为了活命，皆殊死顽抗，拒不投降。

武臣军眼下正围攻范阳，县令徐公害怕被诛，下令城中军民拼死抵抗。

适才县丞带来消息，说是城中粮食就要见底。徐公听闻，正自焦急无措，忽闻手下吏掾来报："禀大人，府外有一布衣求见，自称有脱困妙计献上。"徐公眼下全无主意，心道，死马只当活马医，见见也无妨。便命人将他请了进来。

来人一袭素白麻衣，一见徐公当下竟行了个振动之礼[1]，连连跳脚击手，哭天抢地，边喊边道："在下范阳人士蒯彻，听闻大人将不久于

1.振动礼是古代丧礼中最为隆重的拜礼，关于此礼之拜法，古人亦有不同说法，大略概括为以两手相击，振动身体而拜，有捶胸顿足之意，以示极度悲哀之情。

世，特来凭吊，呜呼哀哉！"

徐公看得火冒三丈，正欲发作，却见那人又挺身当庭脱下外衣，露出内里红色衣袍，正色稽首道："虽然如此，在下更为公贺！"

那徐公惊愕半晌，心中渐感此人非同一般，遂强自镇定道："请问先生，吊自何来，贺又从何而生？"

蒯彻道："大人为令十余载，刑杀甚重，虽为秦守法，然慈父孝子实所难宥。今天下大乱，秦政不施，内，则黔首欲诛之报怨，外，则大军破城而屠戮，是故公内亦死，外亦死也！由是来吊。"稍顿了顿，又笑曰，"然公今得在下，便可脱危转安，是以来贺！"

徐公肃然起身，忙向蒯彻施了一礼："还请先生赐教！"

"大人若信得过，在下愿为大人往说武臣，使其受降范阳，而保大人富贵、上下平安，不知大人意下如何？"

徐公赶紧道："但凭先生做主！先生若需任何物事，尽管说来。"

"无他，一方使者印信，一副车驾即可。"

徐公即为蒯彻备好车驾，临行前又殷殷嘱托。不日，蒯彻便来到武臣军营之中。

一见武臣，蒯彻便拜道："将军骁勇善战，今日得见，真乃至幸哉！"随即话锋一转，"只是入赵以来，将军必战胜而略地，攻得而下城，在下以为殆矣！"

那武臣打量眼前此人，语气轻忽道："哦？你倒是说说，如何个殆法？"

"兵法有云：'不战而屈人之兵，善之善者也。'今将军下一城，必全力而围，竭力而攻，然城下即属将军，此不若自斗自耗耶？若能得传檄而定千里之计，不亦善哉？"

武臣闻言，忙请蒯彻入座，问道："若以先生之见，该当如何？"

蒯彻道："今范阳令徐公，臣知矣，其整兵守战，不为尽忠，实则

102

畏祸而已。其非不欲属将军,不过惧城降而身死,是以拼力相守。若将军愿以朱轮华车恭迎范阳令,使其佩侯印而游走于燕赵之间,则人皆知降而能得富贵,降者必如阪上走丸,无不争相归从。此即臣所谓传檄而定千里之计也!"

武臣喜道:"好,先生高见,我即刻命人刻印。请先生今日暂留我营中欢宴,待明日带上我手书一封,交予那徐公如何?"

"多谢将军!"

第二日,徐公接到那印绶与书信,当即兴冲冲开城恭迎武臣,随后佩印乘车出使各地,一路不战而降之城,三十有余。至此,武臣军自初起之三千兵卒已然扩增至数万。

眼见武臣军力大增,张耳、陈馀转向其陈说复立六国、联合抗秦之略。那武臣本就有独当一方之心,加上两人连日鼓动,便顺势自立,以张耳为右丞相、护军邵骚为左丞相、陈馀为大将军,定都邯郸,自称赵王。

正是:千豪百杰难一聚,各人自有各人心。欲知尚有何方势力正隐隐欲动,诸君且听下回分解。

第十三回 翁婿共谋反秦策 叔侄杀吏聚兵威

上回书说道，那张楚大军旗开得胜、势破函谷。此消息不胫而走，很快于帝国四方散布开去，比之当初起兵举义之时，更加激荡人心，各地闻讯响应成风。此风由是浩浩扬扬，越江而过，吹至那庐江郡番县县令吴芮耳中，亦吹动了他举兵的心思。

话说这吴芮，亦是个非凡人物。其族之先乃吴王夫差之后，吴灭国时，其祖上辗转流落楚国，数世均为寂寂无名之辈，直至芮父吴申才重又崭露头角，做了楚考烈王司马，却又因直言进谏，被贬至番邑一带，便于此定居下来。那吴芮生于馀干，受其父影响，自少时便颇爱研习兵法，当世之兵法战书，可谓无一不熟。战国末年，天下战乱不休，各地流寇四起，吴芮召集家丁与豪杰游勇，日夜操练阵法，抗击盗匪流寇、护卫乡民，甚得民心，又兼兴农兴商以储积给养。那吴芮年方十八之时，便已统御兵马逾万，布控各处水陆要道。父子二人在江南声望日盛，远近英杰豪勇附归不绝。秦统之后，当地三老豪杰均荐其为令，朝廷便顺势许了他这番县县令之职。

自月前陈王起事至今，吴芮一直派人四处探听消息，近来更是得知，那周章大军已破了函谷。此讯一至吴芮便知，天下改旗易帜的时候怕是到了。听闻周边不少郡县已有所行动，多是豪杰少年杀县吏起事，目下

104

为止，却未得一个秦吏敢主动举事的，那吴芮便想做这头一人。

现下，吴芮正自沉吟思索，欲成就此番大事，人马干将自是缺一不可，眼下尚有何人可用呢？那吴芮瞧着一旁漆杯上的水纹，若有所思。半晌，以手蘸了几滴茶水，于案上写下一个"布"字。

却问这"布"字何意，看官可还记得那壮士黥布？

自逃出骊山筑地，黥布便领着众人在这江中一带隐匿为盗。可这为盗却非长久之计，那黥布亦是有心之人，时于暗中紧盯动势。尤自陈胜、吴广起事以来，黥布便一面把眼看着四方动向，一面着手扩充自家队伍。这江南一带，以那吴芮势力独大，且又是秦吏官身，黥布在此为盗数载，自当时时关注。近来听闻吴芮正大肆扩兵聚粮，黥布便敏锐觉出吴芮心思所想，随即派人前往吴芮府邸，表明自己欲共同反秦之意。

吴芮未料黥布竟会主动来附，由是对其胆魄又生了几分敬佩。对于那盗首黥布，他亦已观察多时，深知此人猛武有胆略，手下集聚数千人马，虽为盗匪却从未伤及民众，确是可以合盟之人。于是吴芮当下遣人送去回礼，并手书一封，邀黥布前往府中密商，信中再三嘱咐，务必只身前来。吴芮此般行事，自有其一番道理：一来，欲试试这黥布胆气究竟如何；二来，对于其手下兄弟，吴芮尚未能完全信任。

却说这夜，黥布果真独身一人前来赴约。

"在下黥布，见过番君！"

吴芮屏退左右，起身相迎："将军无须多礼，快请入座！"

黥布道："番君过誉，在下不过江中流盗，岂敢妄称将军？"

吴芮大笑："有独聚千军之气魄，又有骁猛善战之勇力，何以不是将军？将军前日遣人送信予我，今日又如约孤身应邀，此等胆魄过于常人，令在下感佩不已！"

那黥布心中动容，即道："并非在下胆魄过人，只因我知番君乃真心相待，更是同道之人。番君曾在信中问我，为何敢与同约反秦，今日我便坦诚相告。一来，我知番君仁义勇武、心有远志，非寻常庸碌之吏可比，今天下大势如流，豪杰之士定不会坐以待毙；二来，我黥布本戴罪之徒，一路逃亡而来，唯有番君为在下与兄弟留有一方活命之地，在下一直感恩戴德，愿入麾下效力！"

吴芮听罢拊掌而笑："好好好！有勇有略，见识高远，我吴芮当真未得错看！今便以茶代酒，敬将军一杯！"

黥布见此，只觉心中似有股热浪涌起。他自小便是穷苦命，向来都是低人一等，凭着股勇力做了盗首，这天下人对他，便只有除之后快与避之尤恐不及，哪里受过如此礼待与信重？遂双手郑重举杯，一字一顿道："多谢番君！"即把这茶真当烈酒一般，一口豪饮而尽。

吴芮放下茶盏道："我有一小女，正待字闺中，此女性情随我，素来敬仰豪杰志士，发愿日后非雄杰不嫁，如若将军不嫌弃，我今日便为小女做主，与将军结此秦晋之好如何？"

黥布忙喜道："岳丈在上，请受小婿一拜！"

"哈哈哈，贤婿快快请起！"说时，便将黥布召来身旁坐定，继而端然正色道，"这张楚陈王揭竿而起，已搅起了第一波浪，可仅以此浪势，要掀翻海中巨舶，只怕为时尚早。譬如我这彭蠡泽中之水，以你我二人之力，尚可使其汇入江水，却难以汇入河水啊！"

黥布闻听，即晓其所言之意："不知岳丈以为梅鋗如何？听闻那梅鋗今已是百越之长，其麾下勇士众多，有一呼百应之威，是反秦合盟之不二人选。"

吴芮道："那梅鋗之族原是越人，越国亡后因避祸而更姓，流落至此。他与我本是同乡，听闻其自小生得魁梧英朗，膂力过人，秦统不久便率军至岭南一带，集聚大批壮士，由此雄踞一方，若能得此悍将，自当是如虎添翼！"

"岳丈若以同乡之谊、反秦之志相说，那梅鋗必然来附。"

"嗯，贤婿与我所想不谋而合！既如此，我即刻手书一封，遣人送往岭南，望与那梅鋗结志而行！"

未多久，吴芮便收到回信。那梅鋗于信中称，自己对番君心怀仰慕，早有归附之心，今幸得之手书，愿即刻集结部下往赴番县。吴芮见此，自是欣喜不已，遂日日相盼。

数月后，梅鋗率众如约抵达，吴芮亲自出城十里相迎，当即委任梅鋗为部将，让他与黥布一同操练军士。

却说自番县令吴芮开了这先河后，不少地方秦吏受此感奋，接连举起反秦大旗。此时，江东会稽郡假守殷通，亦嗅出秦势已去之气息，也欲加入这反秦阵营当中。

那殷通便想，这会稽一带最有名望者，当属项梁与桓楚，若得将此二人笼络麾下，事情便可成一半，而桓楚又向来与项氏叔侄交好，故关键还在于项梁之意。那项梁这些年明里暗里所为所行，殷通皆看在眼里，若论这反秦之心，只怕无人再比其坚，只不知这项梁是否甘愿为己效力。殷通思虑再三，决定将项梁邀至府中一探口风，若此事不成，便立时以逆反之名围诛项梁，顺势将其人马资财并入囊中。

夜色渐暮，项梁驱马至郡府赴邀。守卫如往常一般，先行入内通报后，便开门让他进去，似未有何不同。可那项梁是何等人物，一眼便瞧出，今日郡府之戒备，更甚平常。在去往后厅路上，项梁觉出府内巡行侍卫多了不少，两边廊道末端隐约可见弓弩手埋伏其间，心中便有了几分主意，面上却是不露声色。

项梁从容来至后厅，见到殷通。两人照例寒暄数句，接着饮了回茶，殷通便开门见山道："如足下所知，今江西之地已纷纷举大旗，常言道'先发制人，后发而制于人'，吾欲以足下与桓楚为将，共举大事，不知项公意下如何啊？"

项梁心道，这殷通终也是坐不住了。近来，民间大小武装势力蜂起，会稽郡内亦是蠢蠢欲动，其与侄儿早为此做好了万全之备。而眼下正是个绝好时机，自己蛰伏筹谋十余岁之久，等的便是此刻，如今这机会自寻着送上门来，当然不能推拒，只不过这个机会，却不是要与那殷通共享，而得全然握于自家手中，断不容旁人掣肘。

那项梁胸中已有计谋，遂极力显出附和之态，直言愿于殷通麾下马首是瞻，继而又道："只是，那桓楚现下正隐遁山泽，不知所踪，吾侄儿项羽与他暗有往来，大人可使项羽前来一问。"

殷通见项梁如此顺服，遂喜道："那便速请贤侄前来，我在此备好酒宴，共迎二位！"

项梁即退出府中，回家找到项羽，两人迅速议定，即令府内死士秘往郡府周边埋伏。而后，叔侄二人一同前往郡府。

入府后，项梁见此前隐伏之人尽被撤去，便知那殷通现已放下戒备，心知今日之事，已成十之八九。项梁遂先行入室拜见，殷通又传令让项羽入内，项羽亦随之施礼入座。

酒过三巡，殷通便向项羽询问那桓楚的情况。正在答问间，只见项梁目光陡然一凝，直视项羽，项羽遂迅起拔剑，三步并作两步，一剑劈下座上殷通首级，又将其印绶取下，一并交予叔父。

府中侍卫见此情形，顿时乱作一团，为首十数人冲进室内，欲要擒杀二人，却被项羽与府中内应协力斩杀。此时，府外事先埋伏之人亦冲杀进来，将郡府团团围住，余众看清形势，皆恐惧畏服，忙不迭伏首称附。

拿下郡府后，项梁便在吴县令郑昌协助下，联络郡中各县官吏及地方豪杰，得到各方鼎力支持。众人皆推举项梁为会稽郡守，项羽为郡都尉。那项羽直欲就此引兵西进，项梁却以名实皆还未至之说诫止，遂一面征兵动员，一面安抚各县人事，不在话下。

再说那身在九江的将军葛婴，此时正深陷踌躇当中。

自攻下陈县后，葛婴即受命南征九江。南征途中，他一直暗访楚王族之后，其意图甚为明确，便是要扶立王室正统以复兴楚国。就在不久之前，葛婴如愿寻到那流落民间的襄强，并速将其立为楚王。这葛婴并非不知陈胜的心思，自那一句"王侯将相宁有种乎"，他便看出陈胜实有称王之意。是以，葛婴有意先行而后闻，预备先立楚王再行回报，以为如此一来，陈胜等人便不得不承认既成事实。可巧的是，葛婴派出的使者将将上路不久，陈胜称王的消息便已传至九江。

这下可好，这西边一个楚王，东边又是一个楚王，同一片楚地之上，还能有两位楚王不成？葛婴由是踟蹰未决，可此时传信的使者已在路上，再无多少时间可以犹豫，要么保住这楚王，与陈胜决裂，要么诛杀襄强，向陈王请罪。葛婴一番慎思细索后，自度如今实力尚无法与那陈胜相抗，遂诛杀襄强，并欲亲自北上向陈王谢罪。

便在此时，其副将出来劝阻道："将军既已知陈王之心，为何还要亲往回报？依臣所见，将军此番擅立楚王之事，陈王必不会容，此去恐有危身之险！"

葛婴却道："如今罅隙既成，唯有尽力弥补。我与陈王政见虽异，但反秦之志相同，那陈王念及当初共同举义，加之如今张楚政权未稳，正当用人之际，其必有投鼠忌器之虑，应不会与我为难。"

"即便如此，将军若执意前往，却不可不预先作些防备啊！"

"来不及了，此番时间紧迫，我必得即刻动身，若陈王从别处得到消息，则反陷我于被动之地。你且命人快马加鞭，务要追回那传信使者。"葛婴言毕，即命人备马，只携了百余亲随，日夜赶至陈县。

却说陈胜坐于那殿内高榻之上，俯望面前匍匐谢罪的葛婴，心头怒火翻涌，眼角微微抽搐。那葛婴"非我族类"之心，已是昭然若揭，纵然他时下愿奉我为王，也难保日后不会叛离，陈胜想至此处，杀意顿起。只是，这葛婴勇力非凡，未免殿上直起冲突伤及自身，唯有先行安抚下来，容后再作详谋。

于是，陈胜强压心中怒火，亲自上前扶起葛婴："将军快快请起！都说是不知者不罪，葛将军一心复楚，且南徇有功，寡人自当不会怪罪于将军。将军此番却来得正好，寡人正愁无人可共商攻秦之策。只是眼下将军远道而来，舟车劳顿，不如先回馆舍好好休息，待晚间备好酒宴，寡人再同将军把酒言欢！"

　　"谢大王体恤！"葛婴闻言，心中顿觉松了口气，却不知，此刻满面堆笑之人，心内正暗自盘算着要如何动手才能将其一击毙命。

　　待葛婴退下，陈胜便召来朱房、胡武二人，秘密做了番筹划。

　　晚间夜宴之时，陈胜有意将葛婴一行灌得酩酊大醉。众人直喝到三更时分，那葛婴醉得昏昏沉沉，几不省人事。陈王特意叮嘱谒者，务将其送回馆舍。

　　至馆舍门前，两名侍者一左一右将葛婴搀下马车。众人刚一入院，只听大门砰的一声被封上，冷箭嗖嗖自耳畔掠过，便在此时，埋伏于草丛中的精锐甲兵一拥而上，将葛婴一众就地围诛。

　　正是：星火渐成燎原势，惊起芒砀山间人。未知那山中之人如何借势出山，诸君且听下回分解。

第十四回 刘季举事称沛公 田儋复国封齐王

却说芒砀山中，此时秋意正浓，一行者踩着地上"沙沙"落叶，于山林间疾趋穿行。

山间望风的兄弟忽报："大哥，樊哙回了！"

那刘季闻言，急急走出营帐，赶下山去迎接樊哙。此一年来，多亏这樊哙常在两地间走动，深山中的这群兄弟才能时时掌握外间消息。

樊哙远远望见刘季，扯着嗓子便喊："大哥，好消息，好消息啊！"

刘季趋步迎上前道："兄弟辛苦啦！"

那樊哙顾不上平息，连喘着粗气道："大、大哥，好消息！咱们能、能回家啦！"

刘季闻言既惊又喜，却生怕自己听错，忙又问道："什么？你再说一遍！"

"萧何大哥和曹参大哥传信说，沛县县令已同意将咱召回共同举事，咱们能回家啦！"

"哈哈哈，总算等到这天啦！走，赶紧告诉兄弟们去！"

此前那陈胜、吴广率九百戍卒于大泽乡起事之事，迅速便传至这同郡沛县，刘季等人很早便由樊哙得知此消息，当时兄弟们个个振奋异常，只想立马冲出去大干一场，但刘季虑及局势尚不明朗，遂安抚众人先于此观望一阵，又暗中与那萧何等人保持联络。而今这等喜讯传来，众人终于不必再等，皆可以正大光明回去参加起事。

一时间，山林中一片欢腾雀跃。

眼下刘季这伙儿人，早已不止当初那十数个。这一年里，他们收容了好些流荡在外、衣食无着之人，还有些原来沛县中的弟兄，也闻讯前来投奔，甚而另有不少慕名来归的，到今日此时，说多不多说少不少，已有近百人规模。

刘季立即召集了所有弟兄，吩咐他们前去抓鱼捕兔，准备饭食，待吃饱喝足睡好后，一起上路回家。

日间得了这喜讯，大伙儿都分外有干劲，打了好多野味儿，又把先前储藏的粮食尽数拿了出来，夜里就地架起火堆来烹食烤肉。火光熊烈闪烁，映照出一张张红光喜面。

"等了这么些时候，可算是能回家啦！"

"可不是，也不知我家那娃儿如今长到多高，还认不认得我？"

"嘻，我便是个无父无儿的孤汉子，没得你们这些牵绊，这番回去，只想跟着好好大干一场……"

众人七嘴八舌，兴奋不已。那刘季顺手打了个火把，大步跨上面前土堆，扬手一挥，招呼大伙儿道："各位弟兄们，咱生来便是楚人，对国覆家丧有切身之痛，那暴秦灭我家国，还不给咱留活路，逼得咱们上不得奉高堂，下不能聚妻儿。算起来，兄弟们逃到这深山野林间也有一年了，这忍饥挨寒，牵肠挂肚的日子，可还有谁没过够的？"

"这鸟日子早都过够了！"那樊哙带头喊了句。

大伙儿纷纷跟着附和："就是，早过够了！"

"我刘季知道，各位心中都憋着一股子气，眼下时机已至，兄弟们尽可把这股气撒将出来，咱以后便跟着那张楚陈王，轰轰烈烈干一场！若败了，横竖不过再过一回这鸟日子，若是胜了，日后便吃香喝辣，有福共享！"

底下一时群情激昂，齐声应道："好！好！好！"

刘季自土堆上走了下来，抽出剑，劈下丛旁荆条，扎成一捆，从衣服上撕下布条一裹，伸进火堆燃着。遂举起这荆炬，面向众人喊道："荆火起，暴秦灭！"

大伙儿纷纷依样，砍下荆条扎起火把，跟着喊道："荆火起，暴秦灭！荆火起，暴秦灭……"喊声震彻山谷，惊起林中飞鸟。

翌日，晨光熹微，山中薄雾还未尽散，刘季便带着这上百号兄弟上路了。

距那沛县城还有段路时，忽望见两个熟悉身影迎面匆匆赶来。刘季定睛一看，竟是萧何、曹参二人，顿觉欣喜，遂速速迎上前去。

本以为二人是来迎接自己，一碰面才知，原来事情有变，那沛令竟临时改了主意！眼下，不仅将城门关闭，拒召刘季一行，还怀疑萧、曹有意与刘季串通，下令要拘捕二人。只因两人在县署中熟人不少，事先得信后便匆忙逃出城，来寻刘季。

眼看就要到沛县，大伙儿谁都不愿回头，只好沿路走，沿路商量对策。萧何与曹参最是了解县中情形，遂同众人好生分析了一番，建议由刘季拟封檄书，分抄数份，从不同方向射往城中，以鼓动县中吏民共起反抗。

刘季认为此法可行，于是先在城外寻了户人家，借了笔墨，再由自己口述，萧何执笔。书中敬告守城吏卒与城中父老：楚人性烈，本自在纵意，然秦统以来，酷刑重役，朝暮连坐，旬日来扰，以致民不聊生。今各地纷起反秦，大势如流，无可逆也。沛令职事为秦，本自异乡来客，其性反复无常，未可信赖。吾父老切切不可枉顾性命，误信他人。望父老乡党谨思慎计，翦除异己，自择德高望重之能士，率众反秦，以保桑梓、护家小。

随后命人前往县城四方，分射其中。大街上有识字少年拾到此书，一边走一边念诵，一时间传遍全城。县中吏民多是萧曹故旧，而城中乡亲亦有不少是见过听过刘季义举之人，如此一来，人众越聚越多，大伙儿里应外合，冲入县府，杀死了那沛县县令。

且说那城门值守中，一个名唤秋彭祖的小士卒，抢先打开城门，将刘季一行迎了进来。

县令已被诛除，县主之位空缺，群人不能无首，眼下最紧要的，便是商讨由谁来担当这首领。以公信名望来说，那萧何、曹参作为县府官吏，又是当地大族，自然最先被推举出来。可萧、曹族中都本着避祸保身的想法，不愿承头起事，其余几家豪族亦有同样顾虑。再就民间势力而言，县豪王陵、雍齿倒是有意一试，却又不具官方威信，无法使一众县吏信服。为平衡各方，众人商讨议定，把那刘季推为首领，主持一县之政。

这首领之位何以就能落到刘季身上？只因那刘季曾做过游侠，芒砀山这几年又割据一方，在民间社会吃得开，还曾任过四水亭长，与县府官吏颇有些交情，再加上他那敢做敢干的性子，各方都能得到协调，是以最合适不过。

遂于例行辞让后，刘季便坦然接受了县主之位。这头一件事，即恢复楚制，重组沛县政权，以县长为公，自称"沛公"，明确表示跟随张楚举事反秦。

原先那些兄弟卢绾、周勃、奚涓等人，还有曾经僚友曹参、夏侯婴、任敖一众，皆誓言追随刘季，萧何则更是几乎举族相随。有了这帮兄弟鼎力支持，刘季便敞开了手脚，开始在县中广泛征兵，正式建起一支三千丰沛子弟军。

再说此前那第四路张楚军，由周市率领，计划攻略旧魏地，遂一路往东北上，竟一口气开赴到旧齐境内狄县，并包围了整座县城。

那田齐王室之后田儋，此时正身在狄城之中。眼见狄城被围，田儋便再坐不住，赶紧派人叫来从弟田荣与田横。

两人来时，见田儋正自立于刀架前背对他们，只用那布帕，细细擦拭架上刀鞘。二人遂齐唤了声"大哥"。

田儋只略应了句，却并不转身。田荣见他如此，上前几步道："大哥这把宝刀，该是有多少年未曾出鞘了？"

"自先王降秦后，便再未见过天日。"田儋道，"想当年，先王被俘之耻，国破家亡之痛，如今仍是历历在目。一想到方今仍苟延于秦治之下，便日夜坐卧不宁！"

田荣、田横闻言，亦是唏嘘不已："我二人似大哥一般，也是日日寝食难安，无一刻不想复国报仇啊！"

"如此，眼下便是个机会！"田儋忽一把撇开手中布帕，遽然转身直视二人，"前日关东已率先举事，各地反秦之势蠢蠢欲动，如今那张楚军兵临城下，不战则为之虏。若我田氏之族被一田间佃夫所虏，岂非辱没先世、贻笑大方？倒不若举县拼死一战，胜即自立为王，复齐灭秦，大仇可得报也！"

田横慷慨激昂道："大哥此言正是我二人之志！想我兄弟三人在此蛰居数载，不就为了有朝一日能等到复国报仇之机吗？今朝若得一搏，虽死无憾！"

两人说话间，那田荣暗自在旁沉吟思索："我有一计，不知大哥与贤弟意下如何？"说时邀两人围坐一处，如此这般商讨了一番。

三人说定之后，田儋蓦地起身，又走至那刀架面前，右手握住刀柄，迅即抽出，霎时间，一道寒光，破鞘而来。

当晚，田荣、田横回府后秘密集结护院家丁，命于次日朝食过后，换上常服，混迹于县署附近人群当中。

这几日间，因周市军连番攻城，县中人手多被派出守城，县府中留守吏役寥寥无几。正当未时，只见那田儋手缚一家奴前往县署，状告其奴性顽劣窃取主家财物，扬言要当庭杖毙。那家奴却抵死不认，两相争执不下，眼看就要动起手来，两旁役吏赶忙往堂中拉扯。田儋看准时机，大喝一声，径往那堂上冲去，一把挟住了县令。就在这满堂惊状莫名之时，田荣、田横带人直冲进来，合力杀死县令，把控住整个县署。

三人借田氏族望，迅速会集县中豪吏兵士，号召反秦复齐，田儋自称齐王。之后，齐王田儋火速整编军队，亲自率众出城，以"复国御辱"为号，调动军民士气，一举击退了周市军。继而以临淄为都，将陈胜那张楚摒斥在外，自诩为六国复国之先，并向天下宣告：六国首霸齐国复国。

话分两头，那数十万张楚大军，在周章统率下乘胜西进，一路长驱，直杀到咸阳东郊骊山脚下。这巍巍气势似在向长眠于此的始皇帝宣告：那大秦传之万世的幻梦即将破灭。

忽闻一军士来报："将军，前面就是戏水了，等渡过戏水，很快就能到咸阳了。"

"好！传令下去，全军开赴！"周章难抑内心激动，却也不断提醒自己，越是接近咸阳，便越需慎重。

果然，眼见就要抵达戏水之畔，前方探子却报："将军，戏水西岸出现了大批秦军！"

周章闻言，即领一众人马，打马前驱来到岸边，远远望见西岸已有一支秦军，临水陈兵，严阵以待。细察之下发现，对方戎服有赤、青、蓝、紫、褐五色，每色分列不同阵队，似为标识不同兵属。一眼望去，车兵、骑兵、步兵皆备，整军上下自冠履至兵甲，全数统一装配，于那夕阳映照之下，闪出淡淡银光。

看样子，是支精锐部队，莫非是秦中尉军？那周章不觉心中一惊，不敢轻易冒进，即令全军离岸十里扎营，待探明敌情后再作行动。

这秦中尉军有什么神通之处，竟引得那周章如此惊惶？这话还要从头讲起。

战国之时，秦军横扫六国，这百万虎狼之师，便是秦国中央主力，统一后，这主力兵团便被分往三地驻守。这头一路，便是南征百越的南路军，号称五十万余，征服南越后便驻守于岭南一带，渐成一方割据势力。再一路，便是蒙恬统率北征匈奴的北部军，号称三十万余，蒙恬死后即由王离统领，一直驻于上郡。最后一路，便是拱卫关中的京师军，约有十万众，其中又分三部：一部为郎中令军，职护皇宫；一部为卫尉军，职卫都城；一部为中尉军，驻守咸阳附近。那周章猜得没错，此时陈兵戏水西岸的，就是这支中尉军。

这中尉军是帝国训练有素的精锐部队，主力驻扎于戏水及霸水一带，其最先得知楚军破关，随即紧急调兵布阵，在戏水以西列阵以待。这一路中尉军，约有五万，分为五军，每军各一万，面对戏水分前后两阵，前重后轻，呈倒三角摆开，为典型防守御敌之势。前阵由左、中、右三军组成，左军依渭水，右军靠骊山；后阵则由左、右两军筑成，排布于前阵三军两道中缝之后，既为后部依托，也可适时增员补充。

虽说这楚军数量倍于秦军，可这数月间集结的散卒游勇，又从未经过正规军事训练，就连戎服兵器也都是东拼西凑而来，是否能战胜这训练有素、整齐划一的秦军兵团，那周章心里也是毫无把握。但既已到此，凭着这人数优势，周章欲先遣一支部队渡过戏水，试试那秦军深浅。

很快，这支先头部队便败下阵来，几乎全军覆没，唯余数百人逃回营中。周章即命人将逃返士兵召至帐前询问，中有一名校长道："我军渡过戏水，迎面便遇上那秦军左、中、右三军阵列，我部将士正居当中，直面中军一部，却哪知，还未待看清阵形，当头便是一阵劲弩扫射，人人皆拼力前攻，死伤无数才将那中军前部数排弩队杀散。还没等缓过来，那后方车兵阵队就冲至近前，步兵也紧跟在后，我部将士鼓起士气拼死冲杀，无奈秦军攻势太过刚猛，我军眼见不敌，那死的死，逃的逃，已所剩无多。谁料，就在这时，秦军左军阵中那骑兵部队，突然奔袭而来，先前逃散的前部弩队也联合侧翼弩队，在外渐成合围之势，将我军逼往骊山脚下。谁知山腰处也早已设下了埋伏，那巨石、滚木、箭雨一时纷纷而下，当真是避无可避，再扭头一看，秦军右军也奋起围击，我部都尉只得急令撤退，将士们一面抵挡一面撤返，九死一生才有这么几个人逃了回来。"

周章又接连问了数人，所述情况也都大致类同，还说隐约可见秦军前阵后还布列有后阵军，一直待命未出，周章由是不敢再轻举妄动。

眼瞧这张楚大军被阻于戏水之畔不能动弹，那秦军如此勇猛，是否已是稳操胜券？非也非也，毕竟此处已是秦都前最后一道屏障，一旦失守，楚军便能直驱咸阳，此胜败系于这一水之间，那秦军又哪能不战战兢兢，焦心如焚？故那秦将下令，只守不攻，欲在此尽量拖住楚军，同时派人快马加鞭，去向朝中请援。

正是：一带川流断疾势，两路军将各焦忧。毕竟此战胜负如何，诸君且听下回分解。

第十五回 聚刑徒章邯退楚军 祭枌榆刘季起沛兵

却说军情刻不容缓，少府章邯决定亲自奔赴咸阳。

那章邯本是军士出身，在秦统之战中曾立下不少军功，进而步步迁至将作少府之位，专职宫殿、宗庙、陵寝之营建事。论理来说，这军战之事本不在其职权之内，可那楚军破函谷关后，如神兵天降突袭至骊山脚下，那章邯恰于皇陵筑地监工，得此军情，怎能罔顾，遂即挑了批强壮徒役，主动率众加入抵御队伍之中。打退了楚军首番进攻后，两岸大军且转入相持对峙，章邯便决定快马赶回咸阳，向朝中报告战事情况。

再说朝中，自从上回处决了那传报使者，二世便再未听见过有关叛乱的消息。他目盲耳塞，日日匿于后宫，沉浸在酒色歌舞当中，全然不知毁灭之险正步步逼近。直至周章破关，这军情再掩不过，方才被呈报上来，二世这才如梦初醒，不觉慌了手脚。一时间，朝堂中上下震恐，都城内人人自危。

此时朝中实际主事，仍是那丞相李斯与郎中令赵高。若论权谋争斗，赵高可谓数一数二，可要说这军国大事，他却是一无所能。再说李斯，虽则年长更有阅历，但也是全无行军打仗之经验，更不懂得如何调兵遣将。而这秦廷中能领兵打仗的老帅勇将，不是已经故去，就是遭致边缘排挤。眼下情势危急，迫在眉睫，精兵干将却都尚在远方，即使这朝中仍有善战之将，也不过是"将军难打无兵之仗"。整驾帝国马车，便如同无头苍蝇一般，全然失却了准向。

直至少府章邯到来，众人才似看见了些许希望。

且说章邯才一下马，便应召来至议事殿内拜见二世。

"陛下，如今张楚叛军已抵达戏水以东。日前，臣率骊山守卫及徒役，随中尉军一道打退叛军首攻。据臣观察，叛军多为乌合游勇，实不堪一击，只是其人数众多，尚不可轻视，而中尉军职守皇城，不便随意出击，眼下各方兵力亦无法迅速调集，臣以为，为今之计，唯有赦免骊山刑徒整编参战，迅速击退叛军为宜。"那章邯早在出发前，便已想好应对之策，只是启用这大批刑徒尚未有先例，实属无奈之举，却不知二世会否允准。

二世自然拿不下主意，只道："众卿以为如何？"面上似在问众臣，实则目光已不自觉看向李斯。

那李斯自是如今最避不过此事之人，却不仅因这丞相身份，还因那皇陵修建工事，名义上原是由他主持，这将作少府说来，实为其属下。故章邯此提议，无论结果如何，李斯都得担上最重之责。

好在李斯信任章邯，抑或说是不得不信了，其遂道："老臣以为，少府之策可行。今叛军援军不知何时将至，若待集结兵力而后击，恐日久生变，唯有先发制之。陛下不若下令赦免骊山刑徒，组制新军，先将叛军驱逐出关，同时紧急调集南部及北部兵力，再一举将关东叛军尽数剿灭！"

大将军冯劫站出来道："陛下，丞相与少府所言甚是。只是据臣所知，如今驻于岭南之军，早已封锁五岭边界，与朝中失去联系，恐一时无法调动。臣以为，应当紧急征调北部军与蜀汉、关中兵力进行驰援。"

二世对于军务既未曾关注，更是一窍不通，只任凭群臣议定后拟旨即可。而其余诸臣面对此存亡要事，既不敢妄言，又怕秋后担责，也只是附议居多。

最终，二世决定任章邯为大将，统领秦军，负责平叛事宜。同时，派人分往上郡、汉中、巴蜀之地传旨，限期迅速征调军队前往支援。

那章邯受命后，一刻未作耽搁，火速返回骊山挑选刑徒，整编为二十万新军，配合中尉军对楚军发动突袭。张楚军入关不过一月，却在秦军此番强势进攻下被迫退出关中，直退至关外曹阳一带。

秦中尉军随后亦退回关内驻守，只余章邯率军追击。如今没了中尉军，章邯也不敢急击冒进，他心中清楚，这支新军本自情急中集结而来，战力不强，无法对楚军造成持续打击，唯有先在关前固守待援，方是稳妥之策。

再说那陈县宫中，陈王已知武臣擅立为王之事，正谋划该如何对付他。虽说那武臣远在赵地，一时奈何他不得，但其家眷都在张楚国中。于是，陈胜一怒之下，便命人抓捕武臣家室亲族，欲灭其满门以泄愤恨。

上柱国蔡赐闻知，急来劝阻道："大王请三思，武臣叛楚自立，罪无可恕，但若此时诛其家室，此不为一秦未灭而复生一秦哉？倒不如因而立之，借其力而攻秦。"

陈胜怒道："那逆臣已有贰心，寡人此番若是轻易放过，谁能保他真心与我戮力攻秦？"

那蔡赐正待再劝，忽闻有人来报："禀大王，周章所部遭秦军力攻，现已败退出关！"

陈胜惊怒交加："什么？！"

蔡赐遂道："大王，如今情形有变，非树敌之时，臣以为，那武臣之事理应妥善处置，不若姑且容之，命其急速发兵协同攻关。"

事至如今，陈胜亦不得不无奈默许，遂令将武臣亲眷接来宫中，名为礼遇，实则控制，又将张耳之子张敖封为成都君，亦接往宫中。随后遣使入赵礼贺，并催促赵王急速发兵增援。

却说那赵王武臣，亦得知周章已退出关中。可今既已别立一国，自

121

当有番利弊要计较，秦军势头正是劲猛，自己又立国未稳，怎能做那以身投虎、枉为人刀之事？遂召来国中将相大臣商讨议定，欲脱离原定援楚攻秦计划，只专注扩大自家地盘。面上却仍备礼遣使安抚陈胜，言称必速发兵援助攻关，实则却将手下军队分为三路，以李良为将北攻恒山郡，张黡为将西取上党郡，此两军负责收复旧赵余地，又遣韩广领兵北上，攻取旧燕之地。

那韩广本是燕人，一入故地就受到四民拥护，很快收复了蓟县一带，又在当地豪杰贵族劝说之下，依样儿立都称王。继而他便给赵王武臣去书一封，宣示燕国复国，并自称燕王。

武臣得知，直是恨怒交加。其本欲借韩广燕人身份之利，一举收复燕地，却不想，如今不单为他人作了嫁衣，反倒还贴上了份儿嫁妆！这武臣可没有陈胜那般顾虑，自是不会就此善罢甘休，遂即召右丞相张耳、大将军陈馀，迅速调集军队，一同北上燕地征伐韩广。

却说那日，赵王武臣私出军营探查周边地情，身边未带多少随从，竟不慎被驻扎附近的燕军所捕。

那燕军中本无人认得赵王，可谁料，武臣身边一个近侍却将他出卖了。燕军将领得知所捕乃是赵王，惊喜之余，立即命人给赵营送信：分赵地之半，乃归赵王。

张耳、陈馀接到信后，数遣使者前去交涉，均被那燕将一律斩杀，那燕将申明：只要赵地，其余毋论。

正当二人愁眉不展，冥思苦想该如何接回赵王之时，营外却忽而传来兵卒呼贺之声："大王回来啦，大王回来啦！"两人闻言，迅即出帐查看。

只见那赵王当真回了，此时正由一御者搀扶，自车中走了下来。张耳、陈馀顾不得惊诧，即伏地叩首："臣等罪死，让大王受惊了！"

"起来吧。"

那张耳满腹狐疑："敢问大王是如何脱身的？"

"多亏了这位小兄弟！"赵王以赞许之色看向身旁那御者，"日后你便跟在寡人身边吧！"继而向张耳道："寡人累了，命人无事勿来搅扰！"

张耳即命人为赵王沐浴更衣准备膳食，自己则与陈馀两人将那御者召至帐中详询。

不料那御者一上来便先朝着两人叩拜下去："小人向丞相、将军请罪！"

张耳俯身扶起他道："快快请起，你接回赵王，保住赵土，又解了我二人燃眉之急，是大功一件，何来这请罪之说啊？"

御者道："小人原是军中负责杂役的厮养卒，因那日听闻大王被掳，便想尽份心力，但又恐人微言轻，怕不得二位大人允准，便未经请示私下前往燕军交涉。"说至此处却顿了顿，面露愧色道，"再者，小人游说那燕将时，自编排了些有关二位大人的不当之言，故当请罪！"

"哈哈哈哈……"张耳朗声笑道，"当年信陵君'窃符救赵'不也未作请示？事急从权，不拘小节。你且与吾等说说，竟是如何说服那燕将的？"

"小人去后只对那燕将道：'将军可知，赵相张耳、大将军陈馀为何许人也？'

"那燕将道：'吾知其为贤人也。'

"我道：'将军可知其志为何？'

"那燕将道：'不过欲得其王归耳。'

"我道：'非也，将军只知其表，却未知其里也！其先，赵相、大将军与赵王共徇赵地，其志其贤何止于卿相？不过因赵王略长，敬而立之，以抚众民。今赵地既服，将军又弑赵王，二人乐欲自分其地而王，况燕得杀王之罪，赵灭燕愈易也！'如此，那燕将便同意将赵王送归，条件是将身居赵地的燕王亲属送返，并保证不再前去侵扰。"那厮养卒一口气讲完，复又添了句："二位大人请放心，此番话小人并未对赵王言及。"

张耳与陈馀对视了一眼，"吾等早年门客亦众，却鲜有此胆识智谋超群之人！"陈馀亦点头称是。

张耳遂笑着上前一步，与那人抵肩而立："不知这位小兄弟如何称呼？"

"小人张仲。"

"哦？不想竟是我本家之人！"张耳随之将手搭于张仲肩上，低声道，"今后，可愿跟随吾等？"却在说到"吾"字之时，特以指暗暗用力。

那张仲即刻心领神会："臣誓必尽心竭力！"

且说受此之挫后，赵王武臣便再无心气对付燕王，随即班师回朝去了。

话分两头，那刘季自入主沛县后，迅速安抚好当地吏民，又将家里老小都接至县中安顿，遣了舍人审食其，帮着二哥刘仲照顾太公妻儿。幼弟刘交一心要随军跟从，刘季知此儿天性聪敏，才学出众，便将其带在身边随行。

诸事已备，但在正式起兵之前，刘季还有两件事要完成。一是着人将他在四水亭时常骑的那匹赤焰马送来，另一件最是紧要，便是要前往那丰乡祭祷枌榆社。刘季命人提前几日备好诸般祭品，遂召来卢绾、萧何、樊哙、夏侯婴、曹参、周勃等近从，与他一同前往。

时当金秋九月，水田中铺满层层稻穗，金风徐浪，谷香翻腾，道旁树木挺郁苍茂，累累硕果。

那曹参、周勃一左一右在前开路，卢绾、萧何在刘季身旁随从，刘季骑着赤焰在中，边行边看，远远便望见社前所立的参天枌榆，不由感慨道："想当年，乡中四时社祭，哪一次缺过？自去了芒砀山后，可有日子没来了。"

卢绾道："大哥可还记得小时，每年一到暮春时节，咱就邀兄弟们来此爬树，摘了榆钱拿回去做蒸饼，那蒸饼做出来，喷喷……那叫一个香咧！"说时便咽了咽口水，"只可惜这时节，榆钱都落了，不然……"

刘季笑骂道："你小子，就记得吃！当年为这事儿，乡里三老还特意跑到咱两个家中，训诫了不止一次。"

"可不是，我还记得三老当年那模样。"卢绾遂学着三老摸须点杖的样子，"'这可是五百年的神树，五百年啊，冒犯不得，冒犯了神树，那可了不得，是要遭天灾的！'"一旁萧何也被他那模样逗笑了。

卢绾遂望向萧何："萧大哥，你道后来怎的？大哥说这神树结的果子，吃了必定长寿，后来啊，反倒摘得更起劲儿了，哈哈哈哈……"

萧何无奈笑着摇头，那刘季随即干咳两声，欲掩过这臊糠之事。

循着这笑声儿往后不远，夏侯婴正领着队拖运祭品的马车，樊哙则独自一人，在队伍最后护持。不多时，一行人便抵至枌榆社前。

刘季自立于枌榆树下，萧何带人入内摆置祭品，周勃领一队乐人在社门两旁列定。待诸般物事齐备后，刘季便带领众人进行祠祭。

这祠祭的两位人神，一是德祖黄帝，二是战神蚩尤。祭礼十分简单，先是刘季磕磕巴巴读完了萧何手撰的祭辞，继而众人行了大礼，最后以牲血衅鼓，所有人同唱祭歌。歌声虽不怎么齐整，但人人都铆足了劲儿，似是要将这豪气直送往九霄云天。

三日后，沛公即以沛县为据点，打起一面"张楚"旗，一面"沛"字旗，正式向周边展开攻势。

刘季自守沛县，命曹参、周勃率部沿四水北上，进攻水路要冲胡陵、方与。此时，郡内秦军由郡监带领，迅速集结兵力反攻沛县。刘季所率守军初战不利，无奈由县城还守丰乡。那郡监看准时机，率部围攻丰乡，沛公紧急着人向曹参发去援报。

曹参现已拿下胡陵、方与，接此急报，火速引军赶往丰乡，即与沛公里应外合，击退了郡监军。刘季随之拨出一队人马，命部下雍齿留守丰乡，自己则携主力东追那秦军去了。

郡监所部一路退回沛县城中布守，那樊哙领兵一马当先，攀梯夺城，将城中秦军逼出，趁势夺回了沛县。郡监由此北撤，沛公自领兵前去追击，却在薛县以西又遭遇郡守之军。郡守军首战未敌，即向南溃逃，刘季率兵在后紧追不舍，追至戚县之时，沛公部下左司马曹无伤怒斩郡守，秦军由是大败。

就在刘季所部抗击郡守军时，那胡陵、方与又被北撤的郡监军攻下，曹参、樊哙马不停蹄，再次率部赶往胡陵，沛公自领兵至方与、亢父，欲与之联合首尾夹击秦军。

却在这时，萧何、夏侯婴二人主动提出愿去说服郡监。二人原与这四川郡监有些公务往来，彼此尚算熟识，如今沛公军已占据优势，若此时前去游说，十之八九可不战而屈人之兵。那刘季自是欣然应允。

郡监见两位故人来说，果然表示愿降，其部下兵士尽数归了沛公。再次拿下胡陵、方与后，沛公分兵屯守方与，自引军北驻亢父。

正是：攻守之向瞬息转，一方势起一方衰。毕竟那张楚命数如何，诸君且听下回分解。

第十六回 心不甘李良叛赵国 目难瞑陈胜殁城父

却说那赵王派出的将军李良，时已攻下恒山郡，张靥也攻下了上党郡，继而，两军分往太原与河东进军。

可就在李良军欲西进太原郡时，却发现通太原之井陉道，已被南下增援的王离军封锁！李良曾是秦朝武官，焉能不知这王离之名，甚而一听"王离"二字，几欲闻之色变。

那王离的祖父，便是战国叱咤风云的四大名将之一王翦，其父王贲亦是秦国威名赫赫的大将，王离出身名将之门，曾随父参与荡灭六国之战，其征战经验丰富，作战风格又颇类老练稳重的祖父王翦，尤擅统率大部队作战。数年前，王离以副将随蒙恬北伐匈奴，后接替蒙恬职掌北军大将帅旗。月前，朝廷急令其率军南下配合章邯平叛，王离遂将一部军队留下继续驻守北疆，自己则亲率主力，马不停蹄赶往河东地区。途中，其与章邯通过文书军报往来，已大致将作战策略商讨分定。两军相约以黄河为界，分驻一南一北，由王离率北军控御黄河以北之北部战场，收复叛军所占河北郡县。

这王离之名，果真是名不虚传，不出数日，便将那李良锁死在井陉道东，继而又击退张靥部，重新收复上党郡。随后，王离军亦兵分两路，一路东进攻打恒山郡赵军，一路继续南下支援章邯。

127

且说不知不觉间，函谷关又迎来新冬，谷口寒风愈加凛冽凄冷。那章邯驻军关前，已两月有余，眼下终等来了北部军与蜀汉关中援军，也终等来了这场冰雪严冬。

　　章邯立于望楼之上，见营间呼气凝霜，冷雾弥漫，心下知道，进攻时机就在眼前！

　　三日后，秦军率先发起总攻。将领章邯亲擂战鼓，鼓点如片片飞雪，又似冰刀寒箭，尽朝周章军汹涌扑来。那楚军大多为南方人，受不了这酷寒冻雪，御寒衣物还未及送达，猛虎凶狼却已逼至眼前。

　　楚军无奈仓皇应战，士兵四肢都几乎冻僵，没有厚服棉靴，只有麻衣布履，不少鞋履甚而破洞穿风，那刺骨寒风，风寒彻骨，每一脚都似踏入冰窟，步步艰难，行动迟缓，握兵之手亦满是血瘀冻疮，几毫无觉知，只能拿布带系于掌腕之间，勉强固定柄杆。反观秦军，却似虎狼扑食，迅疾狠准，四处冲杀围剿，打得楚军毫无招架还手之力。楚军士兵拼死抵御，却撑不过多时，便现出山倒之势，眼见已是无力回天。楚军节节败退，直退至渑池，秦军却步步紧逼，愈杀愈猛。

　　朔风凛凛，席卷至整个战场。一股浓烈血腥充斥鼻腔，和着冷风，直灌肺肠。看着眼前将士片片扑地，鲜血喷涌而凉，凉至冰坚，不知是冰中融血，还是血凝成冰。周章心知，败局已定。

　　四周金鼓之声，渐次消歇，几不可闻，只听得张楚大旗"轰然"倒下，那周章脱去甲胄，以寒剑贯穿胸腔……

　　楚军败亡之讯，不久便传至李良军中，李良心内已生动摇。他本是秦朝县尉，在那范阳令徐公佩印招降之时，与众多秦吏一起归附赵王麾下，任为大将。彼时，起事形势正当一片大好，可谁料，战场局势瞬息万变，周章军败覆没，眼下又逢王离大军压境，李良端的是坐卧不宁，寝食难安。

　　便在此时，王离假借二世之名，遣使给李良送了封招抚信，欲扰其

128

心绪使之自乱阵脚。

果然，李良收到信时，见信未封缄，以为信中内容遭泄，恐被暗探告知赵王，又不敢轻信秦军是否真心招抚，内心愈加彷徨犹疑。几番踟蹰过后，李良决定亲回邯郸向赵王请兵，兼探其口吻。

且说人马行至邯郸郊外，却见一队百骑簇拥的驷马辎车当路缓缓驶来。李良认得这车驾是王室规格，便以为是赵王，当即与随从纷纷下马避让，在路旁跪谒礼呼。可车中却不见半分动静，只那扈从侍者依礼让李良一行起身，李良正欲上前向赵王禀告军情，却被拦下告知，马车中并非赵王，而是赵王之姊。

若依理说来，将军行礼，便是赵王也要有所回应，可车内之人此时正因醉酒而昏昏睡去，对外间发生之事浑然不觉，故自始至终也未回礼。

那李良望着车驾渐行渐远，不禁羞愤难当，整个儿僵在了原地。想到自己从前大小也是个县尉，虽说不得在县中呼风唤雨，也称得是备受尊崇，如今虽归附了武臣，还是统率万人的将军，何时受过此等屈辱？

正想时，一旁亲信亦愤愤道："此女如此粗野无礼，属下为将军不平！若非将军在外浴血奋战，此等小儿怎会有如此安逸生活？今只要将军一声令下，属下愿为将军击杀之！"

李良被这么一激，不由怒从心起，当下便带着部下前去追杀赵王之姊。斩杀王姊后，李良便知再无回头余地，干脆直冲入城，突袭王宫，杀了赵王武臣与左丞相邵骚。那张耳、陈馀因国中耳目众多，及时得到消息，遂趁乱逃出邯郸，避过一劫。

再说回章邯那方，自大败周章军，解除关中威胁后，章邯便立即点齐兵马，率部将章平、司马夷等径往荥阳方向去了。

那荥阳已被吴广军围困四月有余，城中军民在郡守李由带领下，一直坚守抵抗，等待援军。此时城中存粮已所剩无几，吴广军却因占了北边敖仓，粮草且自充足。

有道是"兵马未动，粮草先行"，那章邯是稳重谨细之人，领军尤为看重粮草后备。至抵荥阳西边成皋后，他并未直奔荥阳县城，而是先绕至北面敖仓，欲给吴广军来个措手不及。

此计果真奏效，秦军由是顺利夺回敖仓，致楚军断粮不说，更将其逼入内外夹击之境。那楚将吴广，本自贫苦人户出身，原未得什么行军作战经验，更无甚经天纬地之才略，又素来体恤士卒，不忍使之贸然出战而无端送命，便只能勒令军队固守城池，保存生力。

可军中将士眼见秦军攻势愈加猛烈，而将军吴广束手无策。如此一来，士气愈益低落，众人皆对吴广指挥之能颇有微辞，甚而出现大批士兵逃遁。

却说这夜，部将田臧找来李归及几位将军，与众密谋曰："眼下我军粮道断绝，内外交困，若再不想出办法，全军身首异处，不过是迟早而已。"

那李归心中不满已久，遂愤道："哼！他吴广不过一介匹夫，懂什么行军打仗之事？我原三番两次劝其先发制人，可他却怕了那秦军，畏畏缩缩，迟迟不肯出击，以致如今陷入此等困境。在座各位都是明白之人，与其同他一起等死，倒不如……"李归说时眼望那几位将军，以手按了按剑。

几人心中皆有此意，遂点头应允。

第二日，田臧私下收买了吴广帐前守卫。待翌夜三更时分，吴广处理完军务，准备就寝。帐内灯火才熄灭不久，如雷鼾声便阵阵传出，那守卫听见，即举灯三次以示意。田臧早于附近埋伏多时，此时一见示信，便带几人悄悄潜入帐中，合力将吴广杀死。可怜那吴广，尚在睡梦当中，还不知怎样情形，便已魂归天外。

随后，那田臧提着吴广首级走出大帐，命人连夜擂响军鼓，吹集结号，对全军将士传令："我等接楚王密令，假王吴广指挥不力，立时诛

130

之。即日起，以田臧为上将军，统领全军！"

将士们皆心知肚明，统军之帅深夜被杀，自然不会是什么奉王命而行，只是面对当前困境，换将易帅也未尝不是一份希望，只要能走出条活路，谁人领军又有什么干系呢？

此后不久，吴广首级便被快马送至陈县宫中。陈胜不虞收到田臧这份"大礼"，先是惊了一跳，继而悲怒交加，不能自已，恨不能将那田臧碎尸万段。但两处毕竟远隔百里，鞭不及腹，况且大军如今深陷险境，万般无奈之下，也只能默认田臧之行，并使人传送令尹印绶至营中，封田臧为上将。

却说那田臧得了楚王封诏，即刻转守为攻。眼下粮草是重中之重，当务之急便是要重夺敖仓。田臧遂命李归领一部人马，继续包围荥阳，自己亲率主力前往敖仓，预备一举突袭秦军。

可那章邯岂是泛泛之辈，他对此早有预备，已先将敖仓周围布置得铜墙铁壁一般，只待那楚军自投罗网。田臧所部兵力虽不算少，但面对秦军兵多将强，直如碎石投海，不久便溃败而逃。秦军顺势追击，直将其逼至荥阳城外，再与城内守军里应外合，将楚军尽数围剿，田臧与李归，双双战死阵中。

却说秦军连战连捷，士气大涨，只稍加整顿便继续出击，又连番击溃郏县、许县一带张楚军，夺回了颍川郡。随后兵分两路，一路人马沿郏县继续南下南阳，追击宋留所率楚军，另一路主力军由章邯亲统，直驱张楚都城而来。

这夜子时，张楚宫中惊获急报：章邯大军连战连捷，正往陈县袭来！

陈胜自梦中惊起，连夜召来上柱国："眼下秦军压境，已是火烧眉毛，可你瞧这满朝之中，走的走，叛的叛，哪里还有将可用，有兵可守？"

上柱国蔡赐道："大王何不急召周将军前来？"

说起周市，陈胜却有些犹疑不定，若召周市前来增援，就必得送返魏咎，如此，便又要于赵、燕之外，再多生出一个魏国来。

原是那周市早前受命自引一军，北上攻略，自被齐王田儋打退之后，便撤回东郡一带，专注营建魏地。彼时，齐、赵两地都已相继称王，周市部下亦怂恿其称王独立。其时，复兴六国王政，已渐成共识，可周市自家无意称王，却欲扶立故魏王室公子魏咎。自魏国被灭，那魏咎便隐落民间，直至听闻陈胜建立张楚，才与从弟魏豹一同往附。周市由此多次遣使而来，请求陈胜将魏咎送回魏地拥立为王。陈胜自不愿看到各部纷纷独立于己，此前那武臣自立就已够让他搓火，更不说后来又无端生出个韩广。是以，陈胜果断拒绝周市所请，一直强留魏咎于身边。可那周市并未就此放弃，而是连番派人前来请说。此时，周市所遣的第四位使臣，正在陈县之中。

见陈胜仍是踌躇不决，蔡赐急道："大王，如今军情紧急，已无暇再犹豫了，目下保住国都为要啊！国都若失，何谈其它？"

陈胜无奈叹了口气道："就依你说的办吧！"于是令将魏咎、魏豹送往魏地，以此换取周市援军。

只是陈胜万没有料到，那秦军远比自己所预想的来得更快。情急之下，陈胜只能将上柱国蔡赐派去前方迎敌。可陈胜心里清楚，蔡赐素以谋略见长，却未有兵戈经验，派他迎战，实则并不寄望能得胜，不过期望尽量多拖得一时，能拖至援军到来。

谁知事与愿违，那上柱国军很快就被秦军吞没，蔡赐亦身死战场。陈胜闻知，即刻下令紧闭城门，速遣张贺率兵赶往西门外迎击秦军，自己亲往监军。

两方正面交兵后，眼见楚军疲软无力，抵抗不了多时，陈胜忙率余部往东南方弃城而逃，秦军就此攻下陈县。章邯留下一队兵马驻守陈县，自引一军往新蔡赶去，余部则紧追陈王。

那陈胜车马在队伍最前疾驰，后头跟着一众护卫。车夫庄贾御车如飞，陈胜双手死死抓住车轼，一路只听得风自耳畔呼啸而过。一行人马不停蹄，朝着城父县方向奔去。

刚入县境不久，车夫庄贾忽回头道："大王请安心，后面追兵已被臣甩掉了。"

陈胜闻言正欲稍松口气，却忽觉马车一个急刹，身子不自主向前猛撞去，还未及作何反应，胸口就直直插向迎面而来的利刃之中。陈胜顺着那握柄之手抬眼一看，竟是那车夫庄贾！

庄贾避开陈胜目光，低声道："对不住了，大王。"说时抽回持匕之手，不顾腥血满面，迅速急转马头向后，一面驱驰一面高喊："陈王已死，无关人等自散……"

那随从护卫见陈胜已死，知道眼下局势已回天乏术，都赶紧四下逃命去了。庄贾则带着陈胜尸首，转而投降秦军。

与此同时，另一边的宋留军因遭南下一路秦军攻击，被迫放弃南阳郡，调头径往陈县方向撤退。不想，章邯早已料到宋留撤退意图，事先在其返程必经的新蔡一带伏兵等候。宋留军遭遇突袭，将士们弃兵曳甲，纷纷作鸟兽散去，走投无路之下，宋留只好降了秦军。

章邯命人将宋留并几位将领押往咸阳，二世下令，将其车裂示众。

趁那秦军主力南下追击的当口，故陈王麾下涓人将军吕臣，带领其在新阳一带组建的一支"苍头军"，竟一鼓作气又夺回了陈县。吕臣拿下陈县头一件事，便是将庄贾处死，并夺回陈王尸首，谥为"隐王"，安葬在芒砀山中。

有道是，史事从无孤断处。这楚王陈胜的人生终点，便是那沛公刘季的举事起点。张楚虽亡，却以一簇星火之光，燎燃了足以焚毁整片秦土大地的漫原荆火，从此之后，这片烈焰已势无可挡。

正是：一波既平一波起，长路迢遥坎坷多。欲知那沛公又遇着什么曲折，诸君且听下回分解。

第十七回 初战未捷失丰乡 江东起兵从如流

　　却说那魏咎甫一归国，便听闻陈县已被秦军攻占，陈王亦失了音讯。眼看张楚回天无望，魏咎也就安心在故地做起了他的魏王，遂将国都定于旧都大梁以北之临济，又将周市拜为国相，命其继续南下略地。魏相周市的兵马，很快便开至魏楚之间，直抵沛公军驻守的方与一带。

　　那方与向来是块纷争之地。春秋时原属宋邑，后被灭宋三国之魏国瓜分，继而又归于楚。此地长期处于魏楚交境，以风俗习性而言，方与之民却更偏于魏。是以周市军一来，这城中民众竟自发组织起来，控制了驻守队伍，转而降了魏军。

　　这教那刘季如何不大为光火，整整骂了一日。可恼归恼，怒归怒，骂完后还得冷静思酌。刘季遂道："说到底，是这帮人心里头向着魏。我祖上也曾是魏人，大父做过魏国丰公，归楚后也仍当自己是魏人。"

　　萧何道："不错，民心归属之力，实可胜千军万马啊！"

　　"哼，话虽如此说，老子心头可咽不下这口鸟气！"

　　"不知沛公此番预备何为？"

　　刘季道："命曹参、周勃火速进攻，势要夺回那方与！"

　　不日，曹参、周勃即率兵出击，周市见其这般来势汹汹，不想正面开战，遂避其锋芒率部暂时离开方与，继续南下去了。

却说沛公原想趁胜向周边扩进，奈何这段时日，各地军情接踵而至，什么周章军已被秦军尽数剿灭，什么假王吴广被部下诛杀，军队大败，什么秦军攻占陈县，楚王下落不明等。这么一来，继续进军怕是不成了，想想还是先回沛县再作打算。可怎料，军队还未至沛县，探子便急急来报：雍齿叛变了！

却道这是怎的？原是那南下的周市，此前虽不战而走，却打了另一番主意。他派人给驻守丰乡的雍齿传了话，软硬兼施，说动他改旗易帜。那周市也不知从何处打听得，雍齿原在县中尚有些名气，也算豪族之流，本就不屑居于刘季之下，早有离心。故此番只是稍加挑拨，又以封侯爵位相引诱，那雍齿便自然转为魏国守丰乡、拒沛公。

雍齿叛变之事，犹如一道晴天霹雳，让刘季招架不及，可这却非最使其意外的，最使之惊诧的是，这故地的乡民怎会也跟着一起背叛自己？想到不久前，那方与之民自发降魏之事，刘季越发百思不解，甚而感到一股前所未有的挫败之感。他强抑怒气，心中仍存一丝希冀，遂派人前往劝说，却见怎么都说不动雍齿，便只能下令强攻。

几日急攻不下，这时日间，四野又渐生寒风，随军粮草也已不足，刘季便只得带兵回到沛县城中稍事休整。

岂料，未过多久，又一噩耗传来：魏军趁势偷袭，胡陵、方与尽皆失守！

这连番打击之下，刘季心中便如这天寒地冻的时节般，雪上加霜。起兵至此，辛苦数月打下的地盘，转瞬成空，忙活了一圈竟又回至原点。他急急找来萧何、曹参等人商议对策，一句话还未完，竟因急火攻心"扑通"一声栽倒在地。

几人见状大惊失色，一时间慌了手脚，赶忙去唤军医。此病症来得突然，就连军医都有些束手无策，只将药剂与针灸轮番施用，直至第三日午后，刘季方才醒转，众人这才长舒了口气。

都说是祸福相倚，这场大病来得倒也非全是祸事。病中，那刘季头昏脑涨，浑身乏力，直是动弹不得，又何来焦思的气力？原先那躁灼之感便随之消退，取而代之的，是求生的欲念。这求生欲一旦占了主位，旁的得失之心便不再重要，甚而就在那一瞬间，刘季心中突然透彻，说起来，无论方与之民还是丰乡之民，皆同天下万民一样，所求不过安生活命而已，自己又凭什么让他们去以肉身搏兵甲呢？这么一想，那身体也似畅透了一般。旬日后，大病退去，刘季整个人也似焕然重生，心境已是豁然通朗，只觉来日方长，要能忍得眼前之失，毕竟留得青山在，不怕没柴烧。

眼见刘季身体大好，萧何即携众来见：“前时沛公尚在病中，不便多予伤神，故有一事，一直未曾告知。”

“何事？但说无妨。”

萧何道：“派往陈县打探消息之人回报，陈王被其车夫所弑，现已被部下敛尸厚葬。吾众起事之初，明言跟随张楚，今张楚已亡，接下来该如何行事，全凭沛公决断。”

刘季闻言却是极为镇定，沉吟片刻便做出决定：“听闻东阳宁君与陈王旧部秦嘉，现已拥立旧贵族景驹为楚王，此时就在沛县以南那留县中。若前往投归景驹，诸位可有什么意见？”

众人道：“但听沛公定夺。”

“好，传令我部将士，即刻整装待发，三日后前往留县。”

在去往留县途中，刘季一行又偶遇一支百余人的队伍，两相一交谈才知，来人竟是那张良。张良亦听闻楚王景驹在此立都，特意携一众门客，自下邳前来投奔。

如今这张良，却早已不是原来那行刺始皇的莽撞少年，在下邳隐居多年，其潜心钻研《黄石公兵法》，又暗中集结豪杰门客，逐渐变得沉稳内敛而智谋超群。

此往留县一路，双方遂结伴而行，张良颇爱刘季身上那不拘小节的侠气，此间更有番不虞之喜，便是那刘季竟对其兵法论道颇为赞赏。

这些年来，张良并不常将其兵论言于他人，仅示予心中略为属意者，可那些人不是听不懂，便是与其意见相左。这刘季却不同，他不单能听懂其中精妙，甚而能与之探讨，这一来一往间，两人皆感相见恨晚。张良便改了主意，决定就此跟随刘季。那刘季正巴不得，当下就拜张良为军中厩将，一路相谈甚欢。

且说众人才抵留县，刘季即前往拜见楚王景驹。

"在下刘季，素闻大王英明贤圣，今自领本部兵马慕名而来，愿拜于大王麾下，听候差遣。"

那景驹道："沛公不必多礼，请入座！寡人亦久闻沛公之名，公率百余之众蛰伏于芒砀之间，继而一举拿下沛县，又组织县中子弟，击败秦郡军，真乃豪杰英雄人物！"

刘季道："大王过奖，臣实有愧于大王！"

景驹怪道："哦？沛公此话从何说起呀？"

"大王今居留县，臣却未能为大王守好沛县，让丰乡为那叛将所据，实有负于大王！"刘季遂朝上长拜道，"臣请大王增兵相助，臣必尽心竭力，肝脑涂地，誓为大王拿下丰乡，扫却西去障碍！"

景驹把眼看向东阳宁君，两人即暗通目色，景驹道："快快请起，沛公如此忠勇，寡人深受感动。只是，今楚国周遭强敌环伺，秦军又正当南面逼近，恐不日将至，寡人分兵四散应守，实未有多余兵力遣派沛公啊！"

东阳宁君立即接道："沛公赤胆忠心，臣亦为之动容。大王得此良将，臣为大王贺！"遂顾向刘季道，"日前哨探来报，秦军司马夷部，现已占据相县、抵达萧县，即欲向留县攻来。沛公如此忠勇，不若与我领兵同去萧县阻击秦军，以解留县之危！"

刘季未料自己请兵不成，反被其君臣联手利用，但事已至此，骑虎难下，只好领命道："臣愿为大王冲锋陷阵，万死不辞！"

数日后，东阳宁君与刘季所率之部，与秦军于萧县以西交战，怎奈出师不利，只好又退还留县。

话分两头，那张耳、陈馀前因赵将李良叛乱被迫出逃，却并未就此甘休，二人一面收集赵军残部，一面派人向齐国求援。齐国作为旧贵族复国之先，一直倡导王政复兴、共同反秦之略，听闻张耳、陈馀将赵王室后裔赵歇扶立为王，田儋便同意派将军田间率兵驰援。

其时，旧都邯郸仍被李良叛军所据，这新赵政权由是定都于北面信都。李良听闻，亲自率兵来攻，张耳、陈馀借齐国援军，迅速击退李良。那李良无奈之下，只能转投章邯去了。

可叹这赵国国运着实多舛，才击退了叛军，未待稍事喘息，王离军又大举进逼而来。

却说那王离，自占据太原与上党郡后，便继续东进，最先面对的便是赵国。王离即召麾下众将，详析当前战局地理情势，忆及祖父王翦灭赵时所用南北夹击战术，便也将军队分作南北两军：北军通过井陉口，由恒山郡南下压境；南军经河内郡北渡漳水，进攻邯郸。

不过，时移世易，今日非同往日，眼见赵国势危，北方燕国与东边齐国皆率兵来救。有了这两国襄助，赵军暂时抵住了秦军攻势，将南下秦军阻于井陉关一带，又将北上秦军阻在了漳水以南。自此，秦军与三国联军陷入僵持，且按下不表。

便说此前召平所率那第六路张楚军，本受命自往东南略地，在进攻广陵县时得知张楚败亡。早在东海郡行军略地时，召平便听闻邻郡项梁诛杀会稽郡守取而代之，并于江东之地广泛征兵。召平此时并不知陈胜已死，却知秦军正大肆东进反攻，单凭自己兵力，绝不足以与其对抗，遂放弃广陵，预备南渡长江前往会稽吴县寻求项梁支援。只是，两手空

138

空前去，自然不妥，得先为项梁备上份"大礼"才行。

再说那项梁，经此数月征集整训，已得江东子弟精兵八千。项梁素来老练沉稳，并不急切，只一面安顿江东，一面密观局势，欲择时而动。

正听有人来报："禀大人，召将军已被接至府内，此时正在偏厅等候。"项梁闻言，即整肃衣冠，亲自出门迎接召平。

不久前，召平已命人事先来信，说是奉张楚陈王之令，拜项梁为楚上柱国，两军合兵共同西进。对于这份"任命"，项梁心内始终存疑，未知真假，但想到眼下正缺个进军名分，再者说来，张楚之名也可借为便宜之用，遂答应让召平领兵进入会稽。

召平一见项梁，便躬身拜道："拜见上柱国！"

项梁快步上前扶起他道："召将军不必多礼，快快请进！"

召平随项梁入室，遂命人奉上"上柱国"印绶及"楚王手谕"。项梁双手接过，展开手谕至末端，一眼便识出这诏谕是假。那召平以为项梁未曾见过楚王印玺，便着人随意仿制了个，可项氏世代于楚国为官，自对玺印形制了如指掌，岂是那好糊弄的？

但项梁并不在意，这名头是真是假，实则无关紧要，一则只要他人相信便可，二则自己手中有兵，便自然能坐实了这名头。遂欣然接过印绶佩于腰间，又邀召平对坐，共商起兵之事并约定时日。

起兵前夜，项羽来找虞姬。对酌数觞后，虞姬脸上便漾起两朵红云，于烛光映照下，愈发晔晔动人。项羽不觉呆看半晌，方道："虞儿，项籍所行之事，想必你已知晓，你若愿意，则与我同往，若不愿，则在此候我，待事成归来，项籍定替你报杀父之仇！"

那虞姬自来到项府，项羽便一直对她爱护有加，她对项羽也是十分仰慕，心中遂早已打定跟随项羽，只是一想起父仇未报，又不知该如何是好。如今听项羽如此说，自是感动非常，遂曳曳起身，对着项羽施了一礼："自公子搭救妾身那日起，妾便已心属公子。虞姬心知，公子绝

139

非等闲之辈，自有大事要成，虞姬愿随公子，生死不离！"

项羽遂起身上前，一把将虞姬揽入怀中。

次日，晨光微曦，角声如虹，驱散浓雾。项梁披挂上马在前，项羽、召平随行在侧。只听一声令下，全军将士昂然奋进，直朝江边开赴而去。

项梁此番起兵，胸中已有大略，仍于稳中求进，欲先巩固后方，积蓄力量。具体言之，即先渡江，北上东海郡，一路收蓄流亡栖居之反秦人马，再返故地下相，以项氏族望集结故乡子弟一同西进。

军队渡江后，即欲抵东阳。项梁早听闻，东阳一带已为陈婴所据。那陈婴本为东阳县令史，为人素来诚信持重，在县中颇受尊敬。早前为响应张楚起事，县中少年杀县令而拥陈婴为首，陈婴便就势接管了东阳县，经营至此，已聚有两万人马，势力显赫一方。项梁还未过江之时，便已遣使前去与陈婴沟通联合，至此仍未有来使，故尚不知其作何想法。

再说那陈婴，思虑数日仍自踌躇未决，遂决定回去请教母亲意见。

陈婴是当地有名的孝子，其父早丧，家中唯奉一母，凡遇大小事，必先问过母亲方行抉择。此前，县中少年欲立其为王，也是在其母劝阻下方才作罢。

今日天气尤好，陈母正在院中晒着太阳，忽听得一声"娘"，心中一喜，知是陈婴回了，遂忙放下手中针线，起身去迎。

陈婴见状，一把上前将母亲扶住，搀回坐下，一旁侍女赶紧将茶奉了来。

陈婴一眼瞧见席边搁置的针线，遂道："您如今只需自在安享便是，怎又做上这些劳累活儿了？"

陈母眼中满是慈爱："我儿最是孝顺，平日衣食用度从未短过，还着了这丫头来照料，为母从前何曾想过这般日子，早已是心满意足，这心中跟抹了蜜似的！只是日日这般闲着，便也闲得难受，做点儿活计松快松快罢了，不会累着的。倒是你啊，这一向诸事繁忙，可是更要注意身体才是！"陈婴点了点头。陈母又道："此番回来，可是有事要与我说？"

陈婴道："正是！"遂将事情来龙去脉向母亲细细说明。

陈母一把握起陈婴的手道："儿啊，自我嫁与汝父，未尝听闻陈家祖上有何富贵之人，如今咱暴得大名已是不祥，老话说'树大招风'，我也是时刻为你担着心呐！倒不如趁此之机，弃了这承头之名，归倚名族。若事成呢，还能得封个侯，若不成，便是保住一条性命也容易些！"

陈婴忖思良久，道："母亲所言为是，儿明白了！"遂"扑通"一声跪倒在母亲面前，"儿此番恐要远行，不能时时在您身边侍奉，还请您务要保重身体，有事便遣那侍儿代行，千万莫要劳累了，待我走后便让媳孙搬来与您同住！"

陈母笑道："好，好，为母知道你胸中有志，你且只管做你的大事去，我这边有这伶俐丫头看顾，自无须挂心！"

陈婴忽有些哽咽，一时说不出话来，只重重"嗯"了一声。正待起身欲去，忽又听母亲道："且稍等等！"

陈母转而拿起席上针线："你瞧，我给你做了双鞋，马上就缝好了，出门在外可费鞋，你且先坐会儿，把这鞋给捎带上。"陈婴心头一酸，眼中泛出泪来。

且说两日后，项梁军抵东阳，陈婴即率两万大军加入项梁。项梁十分高兴，当日便在军中为其举行了接风盛宴。

有道是：但见江东兵势劲，莫忘困顿局中人。未知那沛公将如何脱困，诸君且听下回分解。

第十八回 解困局沛公定良策 拓新面柱国汇英豪

话说那项梁大军，一路向北，不久便来到淮阴县中。

这项梁起兵之事，前时已传遍淮阴一带，那韩信听闻，便生了加入之心，遂日日为此备候。如今这大军已然到来，并于全城广发布告征兵，韩信自然不能错过，征兵拔选头一日，他便起了个大早，独自一人前去参加募选。

还未走至营前，远远便见那应征之人已排起数列长龙。韩信顺那长龙往前瞧去，隐约望见最前头几张大案与数名征募卒吏，那卒吏两人一组，一坐一立，正于案前一一登录信息。韩信选了列队伍，站至末端，等了好半日，直至时近晌午，这才轮到。

卒吏依例问道："姓名？"

"韩信。"

"年龄？"

"二十一。"

"身高？"

"八尺五寸。"

······

渐次登录完毕，韩信便随众人一同至旁等候。约摸半个时辰过去，一戎装士兵将众人领入营中校场，聚于一座台前。台子四角分列四位执戟护卫，台上两面大鼓，几束令旗。俄顷，一将官大步迈至台中，其甲胄劲挺，面色威严，厉声对下道："现进行入营考核，此次考核结果将判定各位去留及兵级。"说时以手指往左前方，"场中由前至后，分列有一至三层之甲，强弓及箭矢三十、四十、五十之数，兼三日、五日、七日之粮，每人必先冠胄持戈，再由甲、矢、粮中分选自身可承受之重量负上，由此出发向东，十五里外有一座山头，取其上赤帜返回即可。一个时辰内，可往返者留，其余者去，留者据其负重情况，评定上、中、下三等，规则可都听明白了？"

底下一人问道："若是途中有人私卸兵甲，或是抢夺赤旗该如何？"

那将官道："此去一路，自有士卒守列两旁，若有违规者，立时驱逐裁汰！现再问一遍，规则可都听明白了？"

众人道："明白！"

鼓响三通，将官一挥令旗："考核开始！"

众人一时蜂拥至右边，却又站在甲矢前逡巡不进。人人皆在心中暗自琢磨，若是选得过重，怕不能在限时之内赶回，若选得过轻，便可能被评为下等，却不知该如何取舍才好。可那韩信却无此般顾虑，他撇开场中众人，大步流星，径上前选了三层甲衣、五十箭矢与七日之粮，迅速装备好后，即出校场门向东行去。

一个时辰过后，校场内响起三声号角，沿途一路皆应起角声，直传至十五里开外。那将官站在台上一挥令旗，宣布考核结束。

仍在返程途中之人，闻听此号，知是时限已至，便干脆放缓脚步，有些甚而在原地休息起来。其余按时赶回者，则被引至另一处等待评定结果。

又半个时辰后，一军吏终于走了出来，当众宣读结果："周昭，入中兵营。丁生，入下兵营。韩信，入上兵营……"听到自己被评为上兵，那韩信丝毫未感惊喜，于他而言，此番结果既为意料之中，亦不过只是个开始而已。

正式入伍后，韩信与一众白徒一同参与军中新卒训练。训练内容分"耳、目、手、脚、心"，谓之"五教"。"耳"为审金鼓，"目"为辨旗帜，"手"为持兵弩，"脚"为行军程，"心"为练胆魄，具体内容皆由项梁亲选安排，诸般要求严格且细致。

营中每日操练课程铺排得十分满当，开头数日，不少新卒皆感应接不暇，极难适从。唯有那韩信，因自小熟读兵书，于军中一应训练事项都了如指掌，平日见他虽无个正经营生，但习武练剑却是必备功课，这许多年来从未落下，是以此番训练时，丝毫不觉吃力，每次考核也都名列前茅。

历经月余严训，综合考校后，众人各据所长，分至不同兵种，那韩信成了步卒中一名执戟士兵。

此番征兵整训已然完成，项梁遂率军离开淮阴，欲折往西北，经凌县至下相。借着那"上柱国"之衔与项氏累世威望，这一路行来，投名之豪勇可谓络绎不绝，且与看官单列几位瞧瞧：先说那黥布，自受吴芮之命领军北上，便于清波击败秦左、右校军，遂渡江而西前来归附项梁；继而，那骁将钟离眛、蒲将军也纷纷率部来归；再说那吕臣，其收复陈县未久，即被秦军击退再失陈县，便随父吕青携余众远道而来。

未得多时，这数万大军便开进了四川郡内，直朝下相而去。时隔多年，那项梁与项羽终得返归故里，路上，项羽难抑欣悦，不住向虞姬讲述故乡各类风物人情，项梁心中虽则百感交集，面上却不露声色，仍秉持平素那镇定从容。

待距下相城约摸十里处，远远便望见项伯携了族中老幼当道相迎。那项伯今日尤为高兴，一则自然是为与兄侄重逢之喜，二则是为项氏如今已走出反秦复国之关键一步。在项梁携项羽隐居江东这些年间，项伯

144

谨遵兄长之意，率项氏宗族于当地暗自蓄力等待时机。如今，这天终于来到，项氏一族韬光养晦数十载，总算等来施展之机，这教他如何能不高兴？

那项梁一回府中，即同项伯议定，要以宗族子弟为参军先导，号召家乡子弟共同从军。此言一出，响应之声蔚然成风。

二世二年（公元前 208 年）春三月，项氏兄弟择日祭祖告庙，整个宗族子弟一个不少，皆齐聚宗庙，庄严誓师。待举行完犒军宴后，项梁即率七万大军正式开拔，直奔下邳而去。

再说另一边，自随东阳宁君退还留县后，那沛公刘季便知，若再于此待下去，非但无法得到兵力增援，反会被白白消耗自身军力。经此一事，刘季不再寄望楚王景驹，他已想得清楚，要扩充兵力，只能靠自家。只是，除了那沛县，如今还有何处能为自己提供兵源？

刘季闷头忖思良久，忽而拊掌大笑：“哈哈哈，糊涂啊，糊涂，我怎将此地给忘了！”

萧何见他如此，亦突然想到：“沛公莫不是指那砀郡？”

刘季拉起萧何笑曰：“知我者，萧何是也！”

却说刘季早年为追随张耳，曾游走过大半个砀郡，后来落草芒砀一带，对砀县周边环境更是了若指掌，再加上岳丈吕公一家原就是砀郡中人，平日间也没少听吕雉说起。这种种牵连叠于一处，可以说，除了故乡沛县，那里就是他刘季的第二后方了。

如此想定后，刘季即刻稍作整顿，趁此时章邯军主力尚在淮阳周边，还未深入砀郡，便带着这三千丰沛子弟兵直驱砀县去了。

既是故地，自然无须硬攻。刘季利用此前结交的兄弟，加之萧何、曹参等在官署的吏友，多方联络沟通，不过三日便顺利拿下了砀县。之后，刘季仍以沛公之名，于此广泛征兵。

听闻沛公在砀县广纳兵士，原在齐地的曲城户将虫达携三十七名壮士远道而来。与此同时，陈濞、陈贺、丁礼、戴野等一批豪勇，亦纷纷前来投军。刘季大喜过望，将其尽数任为亲随。如此一来，前后不过月余时间，竟聚合了人马六千，大大扩充了本部兵力。

刘季心头一直惦着那丰乡，才一整编完军队，即率这近万之众再次回攻丰乡。本以为这回定能手到擒来，可那雍齿本部兵力虽不多，却能就食粮草，且借助对周边地形之了解，下令兵民深挖壕沟、高垒城墙，由是变得愈加难以对付。沛公所部虽众，但粮草所需亦众，不便久攻，再念及乡中都是亲故，也不好硬来，只得再次作罢。

再说回项梁处，那项梁大军此时已于下邳顺利驻下了脚，却把目光盯住西边的楚国旧都——彭城。

这彭城自战国起，便是可比咸阳、荥阳之水陆枢纽，其东西毗连楚魏，南北联结楚齐，加上沟通淮河的四水于此贯通全城，历来便是兵家必争之地。这彭城如此重要，自不会是个无主之处，眼下那彭城，便已插上了景驹的楚旗。

这项梁，是张楚名下的上柱国，而那景驹，则是陈胜部下秦嘉新立的楚王，两套政权都打着"楚国"名号，生死一战在所难免。

项梁此时已知陈胜死讯，却有意秘而不发，仍对手下将士们道："如今陈王生死不明，秦嘉公然叛楚拥立景驹为楚王，实乃大逆不道之举。今日我项梁便要率领众位卫楚道、诛逆臣！"

项军个个士气激昂，赫然竖起了"张楚"旗帜，人人高喊"卫楚道，诛逆臣"，奋然往彭城开去。

却说秦嘉这边，无论兵力、战术皆非项梁敌手，见大军袭来，只得急急出城迎战。项梁于彭城之东，迅速击退秦嘉，继而步步紧逼穷追不舍，直追至北部薛郡胡陵。秦嘉遂战死阵中，楚王景驹亦死于逃亡途中。

项梁收降了秦嘉余部，本欲引兵向西，却于栗县遭遇章邯别部当头拦阻，即遣别将朱鸡石、余樊君率部出战。没过多久，却收到朱鸡石败走、余樊君战死的消息。项梁闻讯大怒，此番是其起兵以来所遭首次败绩，为激励士气，项梁当即决定将朱鸡石斩首示众。

眼见这西路不通，项梁决定暂且引兵东回薛县休整，并驰书项羽速至薛县会合。那项羽此前自领别部分头攻略，此时已拿下相县，接到项梁传书，便于相县烧杀掠尽后，方率军前去与大军会合。

时至四月，项梁在薛县正式为楚王陈胜发丧祭祀，并以上柱国名义，召集楚国各路起事军到薛县集会。

刘季二攻丰乡不下，正愁不知往何处去，此番闻讯，便与张良等人一同赶赴薛县；隐居多时的范增得此消息，亦应声而来；前时自秦廷逃归薛县的博士叔孙通，已在此又集聚了帮儒士弟子，此时听闻，便也携众弟子前来归附……

待各路人马集结已毕，项梁便在薛县主持了一场重要会议，旨在与众共商重建楚国政权之事。众人先是达成了复兴六国王政、建立共同反秦联盟的战略目标，接着，便有人提出要拥立项梁为楚王，座下不少人皆相与附和，项梁却未置可否。

就在众人异口几要合为同声之时，那范增站出来道："上柱国，请容老朽一言。"

项梁道："范公但说无妨。"

范增遂道："方今天下，复六国、诛暴秦，乃大势所趋。臣故友南公曾言，'楚虽三户，亡秦必楚'。然陈王之失，在于其不立楚后而自立，欲以一己之力谋天下之利，势难持久。秦灭六国，楚何其无辜，自怀王入秦不返，楚人皆怜之至今。今楚地义军追随者众，只因将军之族，世为国将，若就势扶立楚王之后，众必信然！"

项梁认为范增此言与己不谋而合，遂问道："范公以为，该立何人？"

"前日，臣已命人私下打探，故怀王之孙熊心，目下正流落民间，上柱国可派人前去将其请回，拥立为楚王。"

"范公之言，实乃至善！"项梁道，"承蒙诸位抬爱，拥我为首，但在下只知治军，却无治国之才，恐有负于人。梁之父祖，世代为辅君之臣，梁自当承继其志，与众位通力合作，一心辅佐我楚国君王！"众人由是纷纷称善。项梁便顺势将寻回熊心之事交予范增。

此时，张良亦起身上前道："上柱国明鉴，眼下六国之中，唯韩国未复，臣以为，既有意合六国之势而攻秦，则韩国亦不可不复！"

"嗯，足下之言，我亦知同，不知足下可有合适人选？"

"臣此前已遣人于韩地秘密找寻，前日手下传信，已寻到韩室公子横阳君韩成，是诸公子中之贤者，臣斗胆请立韩成为韩王！"

项梁遂向四座环视一眼："在座诸位以为如何？"

"既言复兴六国，自是该当如此！"

见众人未有异议，项梁顾向张良道："如此，此事便交与足下！"

"臣谨受命！"

待众人已说得差不多了，那刘季亦瞅准时机趁便请兵。项梁麾下兵马皆是训练有素的精兵，以一敌二不在话下，刘季自来时便已眼馋许久，遂信誓旦旦称，只要项梁同意增兵，此番便能收回丰乡，以稳定彭城之西。

项梁道："五千兵马可足够？"

刘季喜道："足矣，多谢上柱国！"

有了这五千精兵的加持，刘季终于一雪前耻，一举攻下丰乡，直逼得叛将雍齿狼狈弃城，逃往魏地去了。

正是：前尘烽烟皆过眼，易略重立新楚王。未知那熊心如何坐得王座，诸君且听下回分解。

第十九回 牧儿变身楚怀王 章邯初败定陶城

却说眼下正当仲春时节，郊野处处生机盎然，田间青苗，梗上繁花，尽皆和风轻摇。把眼眺去，远山如披了件翠色衣袍，将耳听去，坡头隐隐传来牧笛之曲，牛羊哞哞咩咩，随之交和起伏。

范增并几位随从为寻熊心，一路打听至此，正向一耕作老农问询。

那老农道："哦？老丈是要打问那个放羊的后生？"说时看了眼面前发问这老者，见是须发净白，颇有气度，看着不似坏人，便直起身子道："若是问别人，我老汉未必知晓，若是问他，这片却没有人不知的。"

范增怪道："哦？老人家此话怎讲？"

老汉笑笑，随即道："这放羊娃子，嗐，如今也不该叫娃子了。早前也不知从何而来，算起来也有些年头了，平日里虽不常与人交谈，但却行止有礼，不似那寻常人家出身的，说的话也与咱乡间粗语不同……"范增见那老汉一直喋喋不休，无奈打断了他："既如此，还劳烦老人家给我指上一指，去何处可寻见他？"

老汉顺手往身后那山一指道："喏，那片山头就是！他呀，每日都在那儿放羊哩！找他不难，循着那箫声就能寻到，这后生说来也怪，人家牧牛羊时吹笛，他却是吹箫。"

范增遂向那老农道过谢，带上几人向山那边去了。走近时，果听见一阵箫声，那箫音沉郁悠长，婉转悲凉。再循声往前，没走多久便见一个三四十岁的牧羊人，竖握洞箫，背坡而立。范增见其头冠正挺，衣衫陈旧却极整洁，心下知道，这就是那王孙熊心了。

熊心忽见前头几人径朝他走来，顿停了箫声，略略往后退道："几位这是……"话还未及问出口，却见面前几人竟朝他肃然稽首，口中称臣。

熊心大为讶异，更兼慨然。自楚国灭后，再未有人对他行过如此大礼，昔日那王族尊荣忽又重现于心头，遂不觉脱口而出："诸位请平身！"

几位随从慢慢扶起范增，那范增即向熊心言明了来意。

这熊心流落民间十余载，从万人尊仰的王室贵胄，沦落成衣食无着的山间牧羊儿，其中折辱已非言语可以说得尽的，可这不是最让他痛苦的。最痛心之处，莫过于眼睁睁看着故国沦丧、亲族离散却无能为力。这痛楚挣扎，日夜萦绕其周，挥之不去，只赖着心中死力攥住的一丝虚无执念，才不至于枯槁成灰，此外其余，皆是无可奈何。可如今这范增一行到来，却似携了团火光，瞬时点燃了那缕执念，仿若一簇火苗正自心中腾起，渐渐注满血液、脾脏、四肢，竟使这副枯朽残躯一时变得透亮起来。

那熊心对于范增的提议，几是不假思索便应了下来，遂二话不说，即刻将羊群赶回雇主家中，只带了随身那竹箫，便孤身一人随范增回到薛县。

范增即同项梁商定，为笼络民心，激起楚人当年对秦之痛恨，及对怀王之悲悯，依旧将熊心立为"楚怀王"。至此，由怀王熊心为代表的楚国政权，正式接替张楚，组建起了新的楚廷。

项梁遂将薛县集会中人，一一量才授职，让项伯担任左尹，其自号"武信君"，掌御整部楚军。又将"上柱国"之名转封陈婴，命其护送怀王南下盱台定都。项梁作此安排，自有多番考量。一则，盱台与陈婴故里东阳相邻，隶属其势力范围，将怀王置于此处，是眼下较为安妥之策。二则，楚国实柄现虽握于其手，可那陈婴之势力却是不可小觑，此番将陈婴封为"上柱国"与怀王一同调离此处，亦是明尊暗抑之举。

对于项梁此意，陈婴心中并非不明，但他一直谨遵母教，又无争权野心，况盱台至东阳更为近便，亦能照看故里亲族，故并未有何异议。

却说那熊心，直至薛县才发觉，自己似乎将事情想得太过简单。眼前这满朝文臣武将，大半都是项氏族人，其余也是归属项氏之人，这众臣面上虽恭恭敬敬，口中山呼万岁，心头却没有一丝臣服之意。群臣都似约好了般，任是奏报进策，还是朝官任免，都要先呈报武信君项梁，待送至自己手中时，便只有签准盖印的份儿。熊心这才知道，范增将他带回，不过是要他做尊老老实实的木傀儡，只需随线而动，并不需有何心思行止。可纵是如此，那熊心却并不气馁，目下这情形，怎么说都比在山中牧羊好上太多，于是愈加留心内外局势，暗自等待机会。

常言道"唇亡齿寒"。那魏国才复国不久，剿灭了张楚主力的秦军便立刻掉头北上，将兵锋对准新建的魏国。魏王咎急急遣使向各方求助，魏相周市驰至齐国求援，王弟魏豹亦赶往项梁处请兵。

可就在求援令发出后不久，章邯便率军包围了魏都，临济城岌岌可危。

眼下，魏王正自殿中来回踱步，焦切不已，能商讨的都已商讨，群臣至今没有一人能想出御敌之策。魏咎心中清楚，这原也怪不得他们，只是这魏国复国未久，尚无能与秦军一战的兵力，眼下唯一能做的，只有坚守待援。可是数天过去，竟还是一点消息都没传来，魏咎不禁又忆起了当年之景。

话说当年，魏都大梁被秦国大军团团围住，城内君民苦苦坚守三个月后，那秦军掘开黄河河堤，霎时间，大水滔天，势挟泥沙漫灌入城，城中物无巨细，皆被卷入洪流。不过眨眼之间，人畜浮尸杂相漂泛，哀号之声此落彼长。那一场大水去后，曾经繁华热闹的大梁城，就此成了片废墟。每念及此，魏咎便如鲠在喉，难道魏国之国命今日要在自己手中重演吗？

正想时，只听一军探来报："禀大王，齐王田儋亲率齐军前来支援！"

惊闻此报，魏咎似有些不敢相信，正待确认之时，又一军探来报："禀大王，楚国命项佗率部前来支援，不日便可赶赴城下！"

魏咎大喜："好好好！传令下去，魏军迅速整军，全力配合！"

本以为援军既至，魏国之运终将迎来一线生机，却不想如今这一切，已全在那章邯预料当中。

围攻临济城之时，章邯一刻没有闲着，他速速弄清周边地理状况，即命人分兵埋伏在东来必经的几个险要道口，等待围点打援。那前来支援的两路人马，接连遭受秦军突袭，损失惨重。齐王田儋与魏相周市双双战死，齐相田荣遂率残部往齐国方向退走，项佗则领楚军与魏豹一同向楚国撤去。

如此一来，魏军彻底失去援军，便也就此失去了最后一线希望。

这几日来，魏咎寝食难安，勉强睡下时，梦中便一直重复水淹大梁的情形，醒来时，脑海里又不断萦绕魏国子民临死前那绝望嘶吼。得知援军败亡，魏咎不再犹豫，毅然拟下作为魏王的最后一道旨令：开城投降！条件是秦军必须保证全城吏民安全。

当日，章邯便派人来到宫中，表示接受魏王提出的条件。那魏咎与朝臣们做了最后一番交代，便褪下华服，换上一袭素衫，从容步行出城，与秦军签下降约，随后，自焚而死。

魏国既已拿下，章邯即分兵两路，追击败走援军。他亲领一路，加紧东追，把齐相田荣逼至东郡东阿，速将其军尽数围困城中。另一路则急追楚军。

项佗率残部一路奔逃，眼看就要被秦军追上，不得不列阵应战之时，忽见前方扬尘塞路，旌旗蔽空，原是项梁亲率大军前来增援。项佗由是大喜，两方迅速合兵，打退了秦军追兵。项梁得知秦军主力正追往东阿，便率大军即朝东阿方向奔去。

急赶数日，秦楚两军终于东阿对阵。一边是令人闻风丧胆的章邯大军，出关后几无败绩，一边则是有备而来的项梁大军，其自起兵之初便以秦军军制风格为标的，量身设定征兵整训之法。此一战，尚不知胜负。

那项梁亲率主力当头进击，章邯亦一马当先前驱应战。秦军仍如猛虎出动，凛凛生威，楚军却似那骁狼结群，行止有法，严整划一，仿佛不是千军万马之庞然大阵，反像一人如臂使指，灵活有度。

章邯未料项梁军竟如此训练有素，与此前所遇叛军皆不在等量之中，当真是猝不及防。见此战事不利，章邯便欲避其锋芒，往西南撤往濮阳。

待章邯一撤军，东阿之围便迎刃而解。这对城中齐军来说，本是件绝处逢生的大喜事，可那刚于虎口脱身的齐相田荣，却未得丝毫松快之感。此番齐军突遭大败，其大哥田儋战死阵中，国中大臣田角等人听闻齐王已死，遂趁机发动政变，拥立故齐王田建之弟田假为王，那田角甚而已代其出任了齐相一职。这一桩桩，一件件，教田荣如何能高兴得起来？一想到田角那群逆臣贼子欲趁乱夺取自家兄弟三人辛苦复立之齐，田荣便恨不能将其碎尸万段，以泄心中余恨，由此更觉一刻不能耽搁，遂立即告别项梁，马不停蹄赶回国中清扫逆乱。

却说项梁在东阿城中略作调整后，即令全力追击秦军。楚军将士刚刚经历首战告捷，正是士气高涨、锐不可当之时，直跟在秦军身后穷追猛打。眼看秦军向着濮阳城方向遁去，项梁同范增商议，秦军人数众多，一旦入城怕是更加难以对付，应在其入城之前实行截击。

项梁遂从军中抽调一队精骑，日夜兼程，抄小路赶上秦军，事先埋伏于濮阳之东，继而找准时机趁势突袭，当下将秦军断成两截。秦军尾部一支与主力失去联系，又临后方楚兵追击，只得单独退至成阳县内，主力残部则由章邯率领，加紧退往濮阳城中。

此番是章邯统军以来，所经首次重大失利。遭此重挫，寻常将领多少有些灰心丧气，可那章邯毕竟是虎狼师中磨砺出来的，争战多年，他已看得清楚，战场本自波诡云谲，瞬息万变，胜败更是兵家常事，怎能因一战胜负而乱了方寸？自退守濮阳后，章邯更加持重审慎，其命人迅速守住黄河渡口白马津，以保证粮食物资转运畅通，同时围城堑壕，将北边黄河水引入壕沟之中，做长期坚守的战备。

随着秦军被迫分成两支，那项梁也将军队分作两路，主力部队由自己亲统，就地围攻濮阳，另一路由项羽、刘季率领，往东追击退守成阳的秦军。同时，又向赵、齐两国派出使者，请兵共同作战。

且说那赵国方面，正深陷王离军南北攻势之中，自是无力支援，不仅如此，赵国也正向齐国方面求援。再说齐国，田荣自归国后，即以雷厉风行之势迅速击退田假与田角，重新拥立田儋之子田市为齐王，遂将大权紧握于自己手中。

田假、田角政变失败，各自分头逃亡。田假逃往楚国，向怀王求助，田角则逃往赵国，投靠援赵的弟弟田间。于是，田荣据此开出条件：楚杀田假，赵杀田角、田间，方出援兵。可楚、赵两方皆未答应，因而齐国之兵也迟迟未至。

却说另一边，项、刘所率楚军已顺利攻破成阳。大军进城后，项羽照旧下令屠城。那刘季随之入城，只听得城内四周抢杀哀号之声遍布。虽说是头一次来到这成阳，可街上那男女老幼，看着同沛县城中父老又有何差别？眼见士兵在街上大肆搜刮，先抢财物，再屠民众，刘季心中隐有不忍。

那城中之人见了戎装干戈的士兵，便似见了夺命阎王，都拼了命四处逃窜，但凡腿脚稍慢一点儿，迅即就做了刀下冤魂，拥挤推搡遭踩踏者，更兼不计其数。

却在这时，一垂髫孩童被逃窜人群冲散，茫然跌坐在地，将身子瑟

154

缩进撞倒的货摊后面，四处寻望着自家爹娘。便在此时，一士兵忽盯上了那孩童颈上的长命金锁，遂一把推开货柜，朝那孩童举起长刀……

这一幕恰巧教那刘季撞见，其眼前忽现出自家小儿的模样，为父的爱怜之情油然而生，遂不及多想，迅速打马前驱，持戟"铿"的一声格开那长刀，继而翻身下马，一把将孩童护在身后，斥退士兵。孩童死死扯住刘季甲衣，刘季牵起那小手，返身走到项羽马前道："项兄，胜者强食，历来天经地义，只是你瞧这满街百姓，手无寸铁，屠之无益，倒不如纵之，以成楚师仁义之名！"

项羽自小生于贵族之家，待人接物都只在高处，何曾俯视过庶民苦乐，遂不屑道："呵，刘兄可真是仁善长者啊！自古只有成王败寇，何来仁义之师？这成阳百姓据死守城，可见其心并不在我，若是今日纵之，待我军去后其必旋踵而反，如此，我众多攻城兵士岂非白白牺牲了？"

刘季道："百姓守城，不过为活命而已，若将军能宽纵他们，令其安耕乐业，其必感将军之仁德，何人又愿再起兵戈？"

项羽略略作色道："我军远道而来，正需给养补充，我既已允诺将士占取城中财物，那失却钱粮之户，又怎会感我仁德？还请沛公教我！"

刘季见项羽态度强硬，遂退了一步道："将军所言甚是，可那老弱妇孺既未参战，又无缚鸡之力，刘季恳请将军手下留情！"

"沛公既开了这口……"项羽也不好当众驳了刘季的脸面，遂转向一旁侍从道，"传令下去，勿伤城中老弱妇孺。"

"诺！"

攻下这成阳不久，项羽与刘季又收到攻取定陶的军令，两人遂集合部队迅速南下。

那项梁围城多日，渐感城中章邯守军已日益恢复士气，并做好长期固守之备，难以在短时内攻下。加之又收到项羽战报，得知定陶未能拿下，便决定留一队人马继续围城，自己亲率主力前去攻打定陶，同时，急命项羽率部沿西南而下，以阻击三川郡方向赶来的秦援军。

正是：前方苦对累卵危，后廷自乱弄权儿。未知秦廷中又掀起了什么风浪，诸君且听下回分解。

第二十回 秦宫再无劝谏语 东门几时复逐兔

却说关东战场此时正是烽火连天，可那咸阳宫中，却显出另一番景象。

自那章邯顺利收复函谷、剿灭张楚，二世便以为自己江山稳固，又可高枕无忧了。非但如此，经此一事，二世反而更加信奉及时行乐，唯恐时不我待。那寝殿内笙歌纵酒之声日夜不息，便是相隔数里之外都可闻见。每有臣子欲行劝谏之事，皆被这荒淫之声拒于门外，只能徒自叹息。

怎么说那李斯也是大秦立朝元勋，对于二世如此荒唐行径，实在是有些看不下去了。他私下便与右丞相冯去疾、大将军冯劫等一干大臣商议，欲联名向二世上书行谏，众人当即表示支持。

说起这李斯的书法、文才，实乃一绝，堪称国朝典范，执笔行书之事自是当仁不让。与那右丞相略谦让了后，李斯当下蘸墨挥毫，以标准小篆行文，笔力遒劲，一气呵成。

此呈情书，书法、文脉融于一体，以铿锵字意发恳切之辞，以犀利笔锋剖利害之端，这疏阔气度，一如曾经那《谏逐客书》。众人看时，皆是赞不绝口。

却说二世接到这上书时，正与怀中几位美人调笑玩闹，略略瞥过一眼便知又是来扫兴的，随手就给扔到一旁。几日后，忽记起此事来，心

157

中才开始惶惶不安，想着其他大臣皆可不顾，但丞相李斯的面子，却无论如何是要顾念的。且话又说回来，若能就此一举堵住丞相之口，即能堵住众臣悠悠之口，岂不为今后纵乐省却诸多麻烦？可如何才能堵住李斯之口呢？二世即遣人去请赵高。

谒者传车开至赵高府时，那赵高正与其弟赵成在后院投壶游戏，听见下人通报，并不出去相迎，只道："去将谒者请来此处。"

谒者来到院中，正巧赵成刚投入一箭，计分司射高呼："中！"即在其计中内又插上了支算筹。

谒者见状忙连声喝彩，略瞟了眼那计中，见双方当下胜数相同，此一局，赵成手中八箭已尽，赵高则尚余一箭。

赵高顾向那谒者道："上次请人给令尊送去的紫灵芝，用着还可？"

谒者道："如此贵重之物，自是最好的药引，如今家翁身子已大好，日夜感戴大人恩德！"

"都是自家人，切莫客气，正好我这府上还有些强身健体的御贡药材，是今年各地呈贡上来的，也请谒者稍后顺带上，拿回去给令尊好好调养调养。"

"在下替家翁多谢大人！"

赵高道："谒者今日到访，可是陛下有何诏令？"

"正是。传陛下口谕，请郎中令大人入殿一叙！"

赵高自侍女手中拿起最后一支投矢，把眼瞄向前方黑瓷壶口："陛下此时召我，可是为众大臣谏书之事？"

谒者笑道："大人真神算也！今日陛下忽忆起此事，心中烦闷，不知该如何是好，特命臣来请大人解忧。"

赵高亦笑曰："非我神算，你只瞧这投壶之戏，耳意、目意、心意缺一不可。如今耳目皆有，独缺心意。都说投壶之道与心相通，心意至则手顺，手顺则投矢准。"遂又转向那赵成道："看来丞相是见你我二人在此相持不下，特来送我一矢。既是天意如此，那便承让了！"话音落时，手中投矢即一跃而出，正中壶内。

一旁谒者与赵成皆不禁拍手叫好。赵成遂道："如此耳、目、心俱至，下一轮投壶大戏，兄长亦必胜券在握，愚弟先在此恭贺兄长了！"

"哈哈哈……更衣，入宫！"

且说二世自忆起那谏书后，心中愈益焦躁难安，连舞乐也无心再赏，便将一干歌姬乐师都遣退下去，只待赵高。一听得通报"郎中令到"，二世便急忙起身去迎。

赵高入殿拜道："臣手中公务缠扰，耽搁了时辰，让陛下等候多时，臣罪该万死！"

"老师为国操劳，何罪之有啊，快快请起！"二世扶起赵高，急命人将那谏书拿给赵高，"老师请看，丞相众臣所言貌似恳切，实则句句苛责，朕只是不想将这韶华春光尽埋没于奏章琐事之中，哪里就值得他们如此兴师动众？再者，朝中能臣干将众多，只需各尽职守、各忠其事，便可保国运安顺，又何须朕来操劳？"

"陛下自无须烦忧，待臣代陛下回书一封予丞相，保准丞相不再以此事搅扰陛下！"

二世喜道："如此甚好！那便劳烦老师代笔！来人，快上笔墨！"

那赵高对李斯之命门早已是了如指掌，从前既能利用这点让其与之共立胡亥，如今也一样能利用这点使其闭声噤言。不唯如此，趁此之机来离间这君臣关系，便是他扳倒李斯的第一步，谓之离心。

那赵高遂提笔蘸墨，开头照例写了些寒暄官话，中间忽而笔锋一转，提起了关东叛乱之事："朕自承继大统以来，尊先皇之意，信重倚仗丞相，故袖手而治，任凭丞相掌执。日前关东叛反，楚盗陈胜等皆丞相邻县之贼，而丞相之子三川郡守由，竟恣纵贼子直逼咸阳，震惊朝野，大臣皆以丞相之职失矣，唯朕一排众议，力保丞相，何也？念卿为先帝重

159

臣，劳苦功高，寄命而托孤也！今叛贼流窜，天下未息，愿丞相无念其他，全力平叛，方不负先帝重托，亦不负朕倚信！戒之，慎之！"

书毕，赵高将笔置于玉搁，又从头到尾细细咀嚼了一遍，随后呈给二世过目。二世看过甚为满意，即命书吏誊抄后送去丞相府。

听闻二世回书已至，冯去疾与冯劫等人也相继赶来丞相府中。众人来到议事厅时，只见李斯正对空门呆立，双眼寡然无神，犹如失魂。

众人喊了几声"丞相"，皆不见应答，冯去疾便上前拍了拍李斯肩膀，李斯这才略略回过神来。

冯去疾问道："如何？陛下怎么说？"

李斯却仍是不语，只无力扬了扬手中帛书，连连叹息摇头。冯去疾赶忙接过帛书，几人瞬时围拢一处，从头到尾读了一遍，不由纷纷倒吸一口凉气："这、这这……"

这是封赤裸裸的警告书。众人心中明白，当今二世荒淫昏聩，已到了无以复加之地，明君一时糊涂，臣子尚可劝谏，若君昏臣直，则死谏无益。众人默然无言，只待了一会儿便各自散去了。

却说那李斯手握帛书，辗转反侧，直想至深夜。这一时，似又回到沙丘密谋那一晚。同样的抉择再次摆在面前，是该谨守圣贤道义，或是逢迎现实利弊？那李斯反复挣扎权衡，心内委实难安，遂披衣起身，召来侍女点灯研墨，连夜写下了《奏请二世行督责书》。文中洋洋洒洒，为二世荒淫行径极力开脱，甚至引经据典，陈列其利，恍然间竟连他自己都以为，只有天子纵情享乐，帝国才能繁盛久安。

就着火光，李斯端起竹简，只见其上写道："凡贤主者，必将能拂世磨俗，而废其所恶，立其所欲，故生则有尊重之势，死则有贤明之谥也……"那墨迹还未尽干，一眼看去，字法、墨法、章法俱是上乘，但就笔法而言，力道虚浮，字字委顿无骨，李斯轻叹一声，便掩上不忍再看。

隔日，那胡亥收到李斯上书，当真是喜不自胜，如此谏言才是他乐于所见。自此以后，不仅再无人干涉其莺歌燕舞，丞相甚而还贴心地替他寻出玩乐的正当理由。胡亥心下喜道，得此堂皇之言，看那些老臣日后还怎么与朕辩驳！遂越想越是高兴，当下又命人往乐府召来一支舞伎，要请赵高来开宴同赏。

往后，二世更是一直溺于深宫，群臣再无法得见，如要奏事，只能经由赵高传话，就是左、右丞相也概莫能外。如此一来，赵高所待之时机已然成熟，遂走出了第二步，谓之掩目。

此后每遇李斯奏事，赵高就专挑二世玩兴正浓时让其前来觐见，自然回回不是碰壁，就是扫了二世兴头。时日一久，二世便对那李斯心生厌恶，赵高则趁机进言道："臣下近日听闻，丞相有意图谋乱之心，陛下不可不防啊！"

二世听了却有些不以为然："丞相其人，朕知矣，此言怕是奸臣离间之语。"

赵高遂道："陛下英睿圣明，实是众臣之福！臣之初闻，亦是不信，但请陛下细思，丞相之位，本已极人臣，况沙丘之事，丞相共与扶立陛下，然自陛下登基以来，臣蒙圣恩浩荡，荣擢郎中令，幸得侍奉左右，丞相却是进无可进，不免生怨。"

那胡亥听得其间"沙丘"二字，已是冷汗渗出。赵高遂有意顿了顿，又道："陛下请再想，丞相之子李由，本该为国固守三川郡，却放盗贼长驱直入，朝野间尽传李由与叛匪交盟，而丞相今手握大权，若真当如此，则内外勾连绝非难事，陛下岂不危矣？人道'枳句来巢，空穴来风'，陛下可以不信，却不可不防啊！臣日夜为陛下之安危忧惶不已，今自请为陛下彻查此事！"言毕，稽首长拜。

胡亥闻言又惊又恐，随即步下朱陛，伸手扶起赵高："老师快快请起，若非老师提醒，朕实危矣！如此，便请老师暗中探查此事！"

赵高暗喜："臣必当尽心竭力守护陛下！"

且说李斯在宫中亦留有不少耳目，赵高此番暗中运作，不日也传至其耳中。那李斯不觉惊怒交加，回想自己纵横朝堂数十载，却至此时方才看透，前此种种，不过是那奸人布设之局。今事已至此，便顾不得许多，索性与其拼个鱼死网破！

　　李斯不得已动用安插于二世身边最为隐秘之人，绕过赵高向二世上书，直言赵高意图篡国谋反，接着又联系几位大臣联名上书，向二世施压，请求罢免赵高。

　　二世面对群臣劾表，非惊亦非怒，反深陷忧惧担心李斯会对赵高下死手。毕竟那赵高是他最为信赖之人，这些年来，赵高于他既有教导之恩，又有扶立之功，还常为之出谋划策使其得以纵情享乐，若是自己身边没了赵高，只怕会举步维艰不知所处。一想到此，胡亥便再等不得，即将此事告知赵高。

　　赵高乍闻之下，自感一阵寒气由脊背渗出。李斯之言一针见底，剥开了他最为隐秘之欲念。但随即，赵高便冷静下来，他知道，若其与李斯两相角斗，胡亥必然会站在自己这边。于是赵高"扑通"一声跪倒在地，声泪俱下："臣对陛下之忠心赤诚，天地可昭！丞相必是得知臣为陛下暗中察访其父子谋逆秘事，故欲先发制人置臣于死地，待臣死后，其便可公然行田恒弑主篡国之事啊！"

　　二世即道："老师快快请起，朕亦是此想。老师前已屡屡提醒，又多番以实据呈示，朕自当有所防备，况老师待朕之心，朕怎会不知？"

　　赵高遂伏地高呼："臣叩谢陛下信重之恩！陛下圣明神武，洞察其奸，国有明君如此，实乃社稷之大福啊！"

　　二世闻言甚是受用，即面露得色道："丞相既已有所察觉，便该尽速决断，不可与留生乱之机。传令下去，将李斯交由郎中令查审！"

　　赵高喜道："陛下圣明，臣定不辱命！"

　　那赵高遂加紧捏造证据，又将右丞相冯去疾、大将军冯劫等人尽数牵连进来，二世便命将此一干人等，一同下狱问罪。

冯去疾与冯劫父子二人，因不堪忍受牢狱折辱，先后自尽。唯李斯选择下狱就审，连并其宗族门客一道被捕入狱。赵高为防李斯与外间联系，便将其单独收押，严禁任何探视。

李斯在狱中思虑多日，决定给二世上书一封，书曰：

臣为丞相治民，三十余年矣。先皇之时，秦地不过千里，兵数十万。臣尽薄材，谨奉法令，阴行谋臣，资之金玉，使游说诸侯，阴修甲兵、饰政教、官斗士、尊功臣，盛其爵禄，故终以胁韩弱魏，破燕、赵，夷齐、楚，卒兼六国，虏其王，立秦为天子，罪一矣；地非不广，又北逐胡、貉，南定百越，以见秦之强，罪二矣；尊大臣，盛其爵位，以固亲，罪三矣；立社稷，修宗庙，以明主之贤，罪四矣；更克画，平斗斛度量文章，布之天下，以树秦之名，罪五矣；治驰道，兴游观，以见主之得意，罪六矣；缓刑罚，薄赋敛，以遂主得众之心，万民戴主，死而不忘，罪七矣。若斯之为臣者，罪足以死固久矣。上幸尽其能力，乃得至今，愿陛下察之！

好个李斯！不愧是笔墨见长的老谋权臣。这书中洋洋列举了"七大宗罪"，名为认罪，实则彰功，其寄望二世念在自己年老功高，能就此恩赦宽免。

然而，道高虽一尺，魔高却一丈。那李斯狱中行止又怎会瞒得过赵高双眼，李斯自以为买通的那狱卒，转身便将书信扣下，呈到了赵高面前。赵高见书，直感到李斯在狱中尤有余力可以翻腾，未免夜长梦多，终走出了那最后一步，谓之塞耳。

赵高让自己亲信伪装成御史与谒者，轮番到狱中审讯李斯。那李斯起先还力陈事实为己喊冤，但每次喊冤皆换来一顿惨厉鞭笞。李斯毕竟年迈，熬不住这些鞭子，最后只能勉强认下罪来。

连日的刑讯逼供，使得李斯心生苍凉，反复叩问，难道其与始皇努力多年所建立之法统，竟已到了这般肆意生杀予夺的地步吗？一想到始皇，李斯不禁又愧又悔，泣涕涟涟。泪水横来纵去，灌入大小伤口裂处，一阵阵蚀骨锥心之痛，蔓袭全身。

却说这日，狱中又有谒者前来问询，李斯早已心如死灰，连眼都懒得抬一下，只随口木然将那认罪之辞照旧说了一遍。谁想，这番虚言竟比之真话说得更加顺熟，李斯不禁在心中讪笑一声。而更令其意想不到的是，这位谒者当真是二世派来的！

时至七月，夏蝉栖树而鸣，从宫里一直噪到了宫外。百余骑士护卫数十辆囚车自宫门内辚辚驶出，街道两旁早已挤满前来看热闹的咸阳黔首。

"听说今日处刑的，是当朝丞相啊！"

"可不是，前日已贴出了告示，丞相李斯谋逆，行腰斩之刑，夷三族！"

"嗐，谁能想到，这样的大官竟也会落得如此田地。"

"这又算得什么！不记得两年前那些公子公主了吗？"

"嘘，可别乱说话！咱就只是来看个热闹，你们快瞧，那囚车来啦！"

众人异目同向，朝最前面那辆囚车望去，那囚车中的李斯，破衣烂衫，满身血污，瘫坐于一角。若换了从前，无论何时，冠必正、衣必整，可现下的李斯，不过一具空壳，哪里还有半分心思去关心仪容仪态？

那李斯已记不得自己有多久未见着阳光了，好似有半生那么长！他缓缓抬起头，烈日有些刺目，遂微微闭了眼，复又睁开，余光忽瞥见街边人群中一只黄犬。那黄犬长得极像他曾豢养过的一只猎犬，遂想起彼时少子极爱那猎犬，说它毛色似金，奔猛如枭，便取名作"金枭"，那时自己还未入得秦宫，只是楚国上蔡一名小吏。

李斯遂将目光转向对面槛车，对车中儿子道："吾欲与若复牵黄犬，俱出上蔡东门逐狡兔，岂可得乎？"语未尽而哽咽不能自已。

父子二人遂相望而泣。

有道是：作茧欲为缚外客，终是因果局中人。未知那关东战局又起了怎样波澜，诸君且听下回分解。

第二十一回 恃勇轻敌楚军觞 破釜沉舟威名扬

前回说到，项羽、刘季领命自定陶往雍丘阻击秦军。此部援军将领正是那三川郡守李由。两方人马对阵交锋，秦军不敌，大败溃散，李由即被斩于马下，李氏三族终未得一人幸免。

却说此时，项梁已攻下定陶，又收到项、刘军捷报，不觉大喜。这数月来，楚军几乎连战连捷无往不利，秦军主力则被死死困于濮阳，灭秦看似近在咫尺，楚国也似将一复往日雄风。就连一向沉稳持重的项梁，亦不禁显出骄色，开始连日与军士欢宴城中。

胜负之局未定，骄狂之色却显，那项梁部下宋义见此心中忧虑，遂前来提醒道："将军，属下以为，眼下还未到庆贺之时，章邯此人不可小觑，秦军现下虽被围困，但其手握白马要津，粮道未绝，援军旦暮可至，务要谨防其军突袭才是啊！"

项梁闻言，顿觉扫兴："宋公未免过于谨小慎微，行军打仗确应稳步为营，但长他人之志，却也有损自己士气！"那宋义已是三番四次前来，项梁再不愿听他多言，遂道："宋公若实在担心秦军援兵一事，不如请宋公即刻前往齐国交涉，说服齐王尽快发兵来助！"

宋义一听此话，便知项梁这是要将他打发出去，知道再说无益，转而收拾行装，准备前往齐国。

166

在去齐途经亭舍之中，宋义恰遇着齐国来使高陵君。那高陵君受齐相田荣所遣，正欲前往定陶交涉援兵一事。宋义与之一见如故，遂倾吐衷肠，直言项梁败局已显，力劝高陵君此时切勿前去定陶。高陵君见宋义言辞恳切，遂接受其建议，改道南下去见怀王。

那宋义预估得不错，就在项梁军懈怠轻敌之时，章邯却一直于暗中积极筹调。此时，河内、河东与王离三方援军正秘密渡河集结。

是夜，月朗星稀，楚营中一片安宁祥和，守夜兵士围着篝火，哼起了家乡楚调。忽然间，大地震动，喊杀声自四面传来。值夜卫兵最先反应，急急于营帐间奔走相告："是秦军，秦军来袭了！快！"

士兵赶忙敲起刁斗传讯，不过片刻工夫，整个军营便充斥金鸣呼喊之声。项梁急忙下令全军整队备战，却已然太迟了。那秦军有备而来，阵列井然，将楚军击得溃如散沙。

刀兵、鼓号、砍杀之声于寂寂夜间，分外刺耳。混乱之中，一秦军将士一刀斩下了项梁首级……

楚军溃败之讯，很快便传至楚都盱台，怀王心中是五味杂陈。楚军主力大败固然令其痛心，可那项梁身死，却给了他一个期待已久的机会。熊心当机立断，携文武众臣即刻自盱台北迁彭城，预备先行稳定局势，再重新部署战力。

楚王熊心的头道旨令，便是让各路楚军速往彭城方向集结，命吕臣驻军彭城东，项羽驻军彭城西。继而，又下达一应任命：任吕青为令尹，总领国政，其子吕臣为司徒，籍民协理；任共敖为柱国，佐上柱国陈婴共掌军事；封项羽为长安侯，赐以鲁县为食邑，号"鲁公"。熊心欲以此晋号封爵之法，收编吕、项两军，统归于自己名下指挥。项梁虽死，但对于项氏势力，怀王依旧心存忌惮。在夺取项羽军队之时，又封刘季为武安侯，任砀郡长，许其自领本部兵马，屯驻砀县。

经月余整顿商议，楚王与群臣重定战略计划，凭借楚国反秦盟主地位与众诸侯订立了"怀王之约"。

誓约称：先入关中者王！

只是话虽如此，众人皆心知肚明，以目前形势来看，入关绝非易事。自周章军被打退出关，章邯率军一路进击，又与王离配合横扫黄河南北，步步进逼，将诸侯军向东遏退。当下形势最危急者，当属赵国。

章邯击败项梁军后，转而北上与王离所部相协，迅速渡漳水击退赵齐联军，攻占了赵都邯郸，形势急转直下！

赵王急令大将军陈馀北上恒山郡集结军队，自己则领张耳、田间一干人等，自信都撤往西边巨鹿城中，却不料很快就遭王离军围困。赵国命悬一线，遂源源不断遣使往各国求救。

且说怀王正手握赵使送来的请援书，忽听殿外通报"长安侯求见"。

那长安侯项羽，自得知叔父战死，便悲恸难以自抑。他早年丧父，项梁就似其父一般，自小教他、护他，严厉却慈爱。若照着他的秉性，哪管三七二十一，早该直冲至秦军营中血战一场，只是念及叔父屡屡训诫要稳重行事，谋定而后动，这才强自忍了下来。可如今实在等不了了，怀王既已与天下立约，他便自来请缨。

只见那项羽大步流星走入殿中，略一拱手道："臣愿带兵西进攻关，虏贼首、灭暴秦，请大王恩准！"语音铿锵，掷地有声。

望着这眼前之人，血气方刚，胆魄有余，座上怀王也不禁动容，但他提醒自己，断不可因一时心软而乱了大计。若要复兴王室，这项氏，虽不得不倚仗，却更得要控抑。熊心虽不确信项羽能否入得了关，但若一旦入关，其势便非自己可以掌控，故绝不能准其西进。只是，该利用何人来压制项羽呢？熊心实则已为此思虑多时，刚好前日齐国使臣高陵君向他述及宋义之事，遂私下与宋义进行了番彻谈。那宋义原是楚国令尹，政治韬略绝非一般，后跟随项梁，在军中具备相当威信，尤其此次他所显出的战略眼光，实非常人可及，可见此人亦属将帅之才。

168

怀王遂道："今赵国危急，屡来求援，寡人已决定命鲁公为副将，辅佐将军宋义迅速北上救赵！"

项羽闻言自不甘愿，正待再说时，怀王又道："鲁公无须多言，赵国若破，楚国实危，救赵为今头等要事，非鲁公不能担此重任，至于西进攻关，寡人自有决断。鲁公若无他事，便先行退下吧！"

项羽直直看了眼座上之人，强压心头怒火，振衣而去。

却说那怀王口中西进攻关之人是谁？正是武安侯刘季。日前，怀王召集众臣商议入关人选，不少臣子皆以为，项羽为人太过剽悍残暴，所下之城多行屠戮，而关中之民亦苦秦日久，日夜盼望长者仁政解脱，驱其入关实在不妥。而那沛公，为人宽厚雅量，倒是十分符合。怀王亦自有番考量，他以为，依刘季为人，若其日后真当破关称王，倒也不至于太难把控。

于是，楚军就此兵分两路。以宋义为上将军，项羽为次将、范增为末将，黥布、蒲将军为随军将领，率楚军主力北上救赵。同时，由刘季领一路人马，奉约西进攻秦。

且说那宋义大军，浩浩荡荡自彭城出发，走沛县、胡陵、亢父一线，起先一直正常行军，及北至薛郡安阳[1]之时却忽然下令停军扎营，一连月余也不见再有任何行军指令。

此地离巨鹿城尚有段距离，项羽心内焦急，屡屡催促宋义。宋义却以为，若作战略来看，此番最终目的非为救赵，而在灭秦。时下秦军攻势正猛，若其胜，则楚军可作黄雀之势，趁其疲敝而击之；若其败，则楚军正可一举追击穷寇，西进入关。

那宋义端坐帐内，笑对项羽道："若论披坚执锐，吾不如公，但论坐运筹策，则公不如义！"随即向全军下令：军中若有猛如虎，狠如羊，

---

1. 据辛德勇先生的《巨鹿之战地理新解》一文，结合新出土陶文来看，此安阳非河南之安阳，而在山东东平一带。

贪如狼，强不可使之人，皆斩之。

项羽自然知道，这军令实是针对自己，便也明白那怀王所有部署，皆是针对自己，遂不再试图劝说宋义，而开始另一番筹划。

再说赵国那边，现已是火烧眉头，刻不容缓！

眼下，章邯驻军于南边临河之河内、邯郸一带，已在敖仓与巨鹿间建起一条甬道，专为围城的王离军运送军备粮草，而巨鹿城中却正面临断粮威胁。

却说那陈馀受命北上集结军队，此时正领一路赵军停驻在巨鹿城北，打算伺机而动。可赵王君臣困于城中，心急如焚，哪能等得他伺机？遂不断派人前往催促发兵。尤其是那张耳，他与陈馀本是生死之交，两人多年形影不离情同手足，却见陈馀此刻一直按兵不动枉顾其生死，心中不免由怨生疑。

其实陈馀又怎会不急，只是秦军军势太盛，根本无法靠近，自己手上这点兵马几乎是赵国最后的希望，绝不能白白牺牲掉。陈馀正想着该如何给张耳回信说明，忽听属下来报："张黡、陈泽两位将军在外求见！"

陈馀闻言心中一沉，他知张耳派这两位将军夤夜前来，必是已急不可耐了。

果然，两人进帐后匆匆行了军礼，张黡便开口道："大将军，此时巨鹿城中几乎粮尽，怕是支撑不了几日了，丞相命我二人率队拼死突围前来，让大将军即刻发兵，切勿延迟！"

陈馀面露难色道："两位将军有所不知，我又何尝不想发兵解围，只是如今秦军兵众势盛，我军兵寡势弱，此时发兵便如以卵投石，到头来不过白白损兵折将，又有何益？"

陈泽道："若发兵，则尚有一线希望，若大将军执意不愿发兵，则巨鹿城中之人便只有等死了！"

张黡亦道："此番我二人前来之时，丞相一再叮嘱，无论如何，务必要请大将军发兵攻秦。丞相向来深信大将军，故遣大将军北上调军来救，可大将军却迟迟拥兵不救，只怕丞相……"

陈馀闻言，随即心一横道："罢了！姑且分兵五千为前锋，由你二人统率进击秦军，先去探探虚实！"

"属下领命！"

不出所料，这五千将士连同两位将军，全都如羊入虎口，无一生还。此后任凭那君臣如何催促，陈馀再不敢轻举妄动。

未过多时，张耳之子张敖北收代地兵马赶来，燕国亦派了将军臧荼前来。那魏豹已在楚国援助下重夺魏地自立为王，此时也在赶来援赵途中。各路援军纷纷抵达，眼瞧着声势虽壮，却没有哪一路敢直接进攻秦军，都只驻扎于巨鹿周边，远远观望。

巨鹿这头已是刻不容缓，武安侯刘季那边却正当行止从容。临行前，那刘季得怀王密旨，命其暂且不要急于西进，待保证赵国形势稳定后再作行动。

樊哙对此却大为不解道："我实是想不明白，这怀王在大殿上明明说了，让咱速速西进攻关，如今为何又说要等？"

瞧着那樊哙百思不得其解的模样，刘季不禁笑了起来，卢绾便在一旁搭话道："樊兄弟几时也开始思量得如此周细啦？"

樊哙道："嘻，原以为行军打仗靠的就是勇力武力，谁知其中竟还有不少弯弯绕绕，既如此，多少都得懂点儿不是？总不能打糊涂仗吧！"

"哈哈哈，就冲着樊兄弟这份觉悟，我今日就来好好跟你讲讲这其中的机巧。"卢绾道，"那怀王命咱们不要急于西进，一来，是赵国如今情势危急，若局面失控，则彭城便会首当其冲，在此稍待便是为防不测。二来，是想让咱们在暗中协助宋义大军，为其扫除周边障碍。"

"那前时为何又要说速速西进？"

"前时大殿上那话，是说给众人听的，尤其是说给那鲁公听的，而今这话才是真要说给咱们听的。"

"这么说来，怀王怕那鲁公？"

"怀王怕的不是那鲁公，而是他项氏一族。"

樊哙这才恍然："哦，原是如此！这绕来绕去，直绕得我脑仁疼！"

卢绾有意打趣儿道："看来樊兄弟若要学会这一套，还得再多琢磨些日子呐！"

樊哙道："嘻，我学这作甚！那都是你们聪明人的手段，我虽则学不会，但至少不能让人不明不白给生吞了去不是？"几人听后，皆大笑不止。

刘季同众人议定，自砀郡出发北上东郡，一路收集散卒并清除周边障碍。

在两郡间的成武县南，刘季所部遭遇东郡郡尉及王离军别部，双方不免一场交锋，秦军不敌败走，刘季遂引军退回砀郡休整，不在话下。

却说隆冬时节，安阳一带雨雪不断，道路湿滑难行，御寒衣物还未送至，军中屯粮却已见底。为延长支撑时间，将军宋义命将士每日仅以芋头与大豆充饥，军中怨言渐生。

正当此时，那高陵君回国向齐王大赞宋义，齐王与田荣商议后决定，延请宋义之子宋襄出任上职。宋义得知十分高兴，此可谓其联齐之关键一步。他亲将宋襄送至北边齐楚边境无盐，并在此大肆饮酒高会，招待迎送宾客。

送子归来的次日清晨，项羽等将照例至其帐中谒见。因昨晚夜深才赶回军营，宋义此时仍有些困倦，他坐在帐中，并未抬头，只照常与诸将寒暄两句，便想将其打发退下。

可就在诸将预备离开之时，宋义忽感耳畔闪过一阵利剑出鞘之声，随即一股凌厉剑意扑面而至，他猛地抬头，只见眼前寒光一掠，随着一阵破风之声，宋义首级应声而落。

172

那项羽提着宋义首级，大步跨出营帐，一路来到军中校训场。见此情形，除几位先与密商的将领外，军中上下皆是一片惊惶。

项羽浑然不顾士兵在下议论纷说，径自站上高土垒台，左手按剑，右手举着那淋漓头颅，高声道："众将士听令！宋义不顾王命，有意延误军时，今又暗中通齐叛楚，楚王阴令吾属斩之，即刻行军援赵！"

军中项氏族人与几位亲信将军带头喊道："好！我等愿拥护项将军！"全军上下遂纷纷跟着应和，一致推举项羽代行大将军之职。

项羽当下派人赶至齐境，追杀宋襄，并任桓楚为使，命其速回彭城，向怀王报告此事。

那怀王得知消息，心下一沉，目泛隐忧，这日夜所患之事，终是未能避过。纵然万般不愿，可军将在外鞭长莫及，现下也只能无奈默许。为稳定军心，怀王下令任项羽为上将军，统领楚军进击巨鹿。

五万楚军遂正式自安阳开拔。此去北上，要途经齐国济北，项羽本已做好与齐军一战的准备，却收到齐将田安与田都来信。信上称，他二人愿助楚军一臂之力。

只因田安原是故齐王田建之孙，为齐国王室嫡系正统，对那田荣驱逐田假、专断跋扈之行颇为不满，于是联合田都反抗田荣之令，自愿协助楚军通过济北并参与援赵。

有此两位齐将相助，楚军便顺利通过济北郡，直抵平原郡，准备渡河。

项羽首先分兵两万，以黥布与蒲将军为帅，率先渡河，直插棘原与巨鹿间的后勤甬道，向护道秦军猛烈进击，迅速断其运粮通道。与此同时，全军疾速渡河，直抵漳水。项羽遂命黥布与蒲将军原地待守，谨防章邯军背后突袭，自己亲率主力乘船渡水。

渡漳后，项羽即下了道震惊全军之令。他命人将渡船悉数凿沉，又将军中釜甑炊器尽毁，人人只备三日口粮，誓与秦军决一死战！

巨鹿城外原野之上，百草偃伏，凄冷萧瑟，天地间只剩了楚旗赤烈与秦帜玄幽。战鼓声自平原四野骤起，一时间，楚箭秦弩齐放，飞矢如白昼流星蔽空遮日，喊杀声、嘶吼声，不绝于耳。前方将士排排倒下，后方兵卒相继前赴，战车隆隆交杂，战马奔驰如电，骑士的楚戈划破了秦铠，秦兵的长矛又刺穿了楚士盾甲。

诚既勇兮又以武，终刚强兮不可凌。

身既死兮神以灵，魂魄毅兮为鬼雄！

……

这一战，整整持续了三日三夜，原在巨鹿城周作壁上观的各路援军，也陆续加入战斗之中。秦楚之军九战九决，直杀得暗无天光、赤地千里，最终，以楚军为首的诸侯联军，大败二十万秦军，生俘主将王离。

不过数日，巨鹿郊外尸横遍野，满目疮痍，道路亦为之断绝。此一战，楚军虽则大胜，但面对这血污覆盖的累累遗骸，主帅项羽心头不免泛起阵阵哀痛。其以楚地风俗，为阵亡将士主持招魂仪式，亲诵招魂祭辞，以最烈的楚酒祭奠英灵，其后，命人把亡士名牌一一收回，待灭秦凯旋后带回楚国。

这巨鹿之战，摧毁了不可一世的秦北部军，亦成就了举世无双的战神项羽。此一战后，各路诸侯军将面对项羽，皆莫敢仰视，军中人人心服口服，共推其为联军之首。

正是：绝地逢生逆势局，万骨堆出一将功。未知那刘季西进如何，诸君且听下回分解。

第二十二回 郎中献策遭冷遇 沛公西进收狂徒

却说巨鹿城刚一解围，那张耳便去找陈馀兴师问罪。纵然陈馀百般解释，张耳只是不听，甚而一口咬定，是陈馀暗中将张黡、陈泽两位将军杀害了。

那陈馀也是气不打一处来，两人曾结拜同生共死，怎的他张耳心下竟是如此看他？一气之下，陈馀解了将军印绶，硬塞给张耳。

事发突然，张耳未作细想，只觉接也不是，不接也不是。将士们见此情形，皆于一旁纷纷劝解，陈馀转念一想，也觉此举似乎过于冲动，于是借口出恭，好给双方留个台阶下。

待陈馀离开，张耳便将那印绶置于案上，正不知如何是好时，一旁张仲对其私语道："此乃天赐之礼，丞相若不收，恐日后反受其害啊！"

经此一事，张耳心中本已对陈馀生了疑隙，又闻听此言，只略微犹豫片刻，便拿起了案上印绶。

那陈馀本想着，回去之后张耳若将帅印还他，这事儿也就过了，却怎料，这才离了半盏茶工夫不到，再回来时，竟发现张耳已将帅印赫然佩在了腰间！陈馀一时怒上心头，当下什么都不顾，只带了数百亲信，径直驰出城门去了。

话分两头，那刘季已率部于砀郡屯驻了数月之久。此间，一直严密注视北边战局，并严遵怀王指令，只在周边南北线上徘徊，未向西跨进一步。

转眼便至二月，刘季正欲北上进攻昌邑县。待穿越一处山谷之时，远远便听到前方喊杀声漫天，遂下令停止前进，即遣斥候前去查探。

斥候探明回报："前方秦军正与一队人马交锋，那队人皆身着粗葛布衣，看样子是民间聚集的队伍。"

刘季略思片刻，问道："秦军人数几何？"

"不多，千余左右。"

"传令下去，全军备战，迎击秦军！"即率部上前，与那民间队伍一道，击退了秦军。

那队伍首领十分感激，前来拜会刘季。只见那人模样精干，四体健壮，眼珠却一直滴溜转个不停，上下左右打量着刘季的军队。凭着此前落草芒砀的经历，刘季一眼便看出，此人是个山林莽头儿。

那人朝刘季一拱手道："在下彭越，方才多谢将军出手相助，敢问将军尊姓大名？"

"在下刘季，不知兄弟是何方英杰？"

那彭越一听，眼中忽透出惊喜："啊，竟是武安侯啊，失敬了！在下原为本地一渔民，因朝廷徭役繁重，安生日子过不下去了，便带着兄弟们逃到巨野泽中落了草。前日间听闻项将军一举击败了秦军，好不大快人心，跟着就领了这帮弟兄从泽中出来了。"

"哈哈哈，好，也是条汉子啊！"刘季道，"彭兄弟是本地人，想必对昌邑县颇为熟悉，可愿行个方便为我等带个路？"

"自是愿意，沛公请！"

两人遂边走边聊，刘季看出，这彭越为人机敏头脑活络，手下这队伍虽来路参差，军纪却极为严明，遂问道："彭将军，我见你这军队整训严明，不知有何治军要诀，可否指教一二？"

彭越道："不敢不敢，乡野散卒，何谈严明，沛公实是抬举了！不过说来倒是也有些缘故。陈王初起之时，承蒙各位兄弟抬爱，强推在下为首。吾属本为乡人，素日嬉笑惯了，固难约束，我便与兄弟们立约：'旦日日出相会，后至者斩。'次日日出之时，尚有十余人未至，最末一人竟至日中方才徐徐前来。迟者众多，不能尽斩，我便令校长斩了那最后一人祭军，此后军中号令便字字如山，再无人敢违抗。"

刘季听后不禁赞道："彭将军可谓深谙治军之道啊！"

"沛公谬赞了！在下一介草莽，哪懂什么治人治军之道，只知凡事先立信与威，威信立则人心齐，人心齐则事可成！"

刘季闻言愈加赞赏，心生了要收编这队伍的想法，但彭越直言兄弟们不愿离家太远，也不好强留，便只得作罢。

且说这两支队伍，至昌邑城外驻扎了数天。其间，樊哙多次带人攻城，可城内秦军防守严密，城头箭矢如雨，门前壕沟似渊，那攻城先遣队还未接近城墙便已损失大半，好容易攀上了云梯，又被城头滚木、火油迅速击退。如此三番下来，刘季料想这昌邑城一时无法攻下，便欲掉头折返，遂告别彭越回转往东。

走至栗县时，恰遇着将军柴武，遂并其兵马四千，又与魏将皇欣、魏申徒武蒲相协，一同再攻那昌邑，却仍是未能攻下。正在此时，刘季收到项羽进攻章邯的消息，料想那章邯必已无暇他顾，遂一面遣人向怀王请示，一面预备正式西进。

刘季与萧何等人思量数日，打算循着当年周章入关路线，由陈留—启封[1]—荥阳—洛阳—渑池一线逼近函谷关。在得怀王授意后，当下便先朝着陈留去了。

却说自巨鹿一战王离军败，章邯便迅速率部往漳水一带作战略收缩，直退至棘原。那棘原在漳水以南，章邯曾利用此处山河天险构建金城汤

1. 即开封。秦置启封县，汉景帝（公元前 157 年—公元前 141 年）时，为避景帝刘启讳，更名为开封县。

177

池，并以此为据，为王离提供后勤军备。大军退守至此，便可经西面河内、河东两郡与关中保持联络，又可借南边黄河漕运就食敖仓，顺势等待反攻之机。

再说那项羽，于巨鹿稍事休整过后，便率联军往漳水追逼而来。渡水后，项羽仍以黥布、蒲将军为先锋，前与章邯部挑战。

章邯十分清楚当下双方兵力士气，遂决定避其锋芒坚守待援，故任凭项羽军如何挑战，只是固守不出。项羽却因担心大军粮草供给不及，恐无法作长久之战，急命先锋部队一刻不停连番猛力进攻。一方竭力挑战，一方死守不出，双方一时僵持于此。

不知各位看官是否还记得那韩信，其前因巨鹿战中表现勇武，现已擢升为项羽近卫郎中。这郎中职位虽则不高，却能常于将军左右护卫，故自有番特殊便利。韩信过去便常自思索战局应对之策，却因位卑言轻而递述无门，如今眼见这两方对峙，便又起了心思，遂潜心琢磨数日，渐生一策，预备献与项羽。

恰逢今夜当值，韩信便打算趁此之机递上此策。那项羽批议军报，常至夜半，营中伙房每日都备好饮食定时送来，估摸着今日这时辰也差不多了，韩信便时时把眼瞧着伙房那头动静。

未多久，一伙卒端了食案朝将军大帐处行来。韩信一眼瞧见，忙抢在其余值守前进帐禀道："将军，伙房派人送吃的来了。"

项羽道："拿进来吧。"

韩信遂出帐，一把接过那伙卒手上食案，返身入帐时，趁机于怀中掏出预备好的简策，置于食案左侧显眼处，上前几步来至项羽案前。

"将军，是否现在进食？"

项羽略抬头看了眼，注意到那简册，便问："这是何物？"

"禀将军，臣有一计，可逼秦军就范，不知可否，遂斗胆献与将军！"

项羽拿起简策，展开略扫了眼道："你之意是遣人截断秦军与河东郡联系，继而攻取三川郡包抄秦军？"

"正是！如今秦军主力皆聚于漳水以南并河内郡之中，且就食三川郡之敖仓，若能同时截断关中援道与其粮道，必使秦军陷入孤立无援之……"

"嗯，先放下吧。"

韩信见项羽不再言语，已开始进食，便只能先默默退了出去。

此后数日，韩信一直盼着项羽能有所回应，故每回值守之时都刻意早到迟退。直至那日军中处理废简，才惊觉自己当日献策赫然其中，遂渐渐断了这念想。

再说刘季一行，刚入得陈留不久，正于附近高阳驿内休整。听闻军中一骑士恰是陈留高阳乡人士，便唤来跟前询问这县中有什么能人异士可收入麾下的。此乃刘季惯常做派，每至一地，便要于当地搜罗些能士带在身边。

那骑士心内思亲正切，想着既到了家乡地界，便迫不及待想回去看上一眼，于是回道："属下离乡日久，未能尽知，恐误了将军大事，属下愿为先遣，细细打听来，再报知将军。"刘季遂遣他回乡去打听。

刚一入乡里，便碰到里监门郦食其。

那郦食其是他同乡故旧，曾眼见他破衣烂衫去参军，今日高马戎装而归，还带了两名随从，心知定是又有路军队来到了县中，遂走上前招呼道："哎，这不是王家后生吗？这一向可是许久未见啊！"

王骑士见郦食其招呼他，便独自下马走了过来。想起这郦食其是县中有名的狂生，自小熟读儒家与纵横家之书，巧舌如簧，恃才傲物，不常把人放在眼中，故而也不大受人待见。六十好几的人了，也没份儿正经营生，乡里乡亲不忍看他穷苦潦倒，便给他安排了份里监门的活儿，尚能勉强果腹，不至于饿死。记得自己离乡之时，郦食其便已做了这里监门。想时，王骑士已走至跟前，略一拱手道："郦老，别来无恙啊！"

郦食其还礼道："我老儿是别来无恙，贤侄却是士别数载，当刮目相看呐！"遂细细打量了几眼道："不知贤侄现下在哪位将军麾下高就啊？"

提起这个，那王骑士便来了几分劲头，略显得色道："现下正跟着武安侯呢！"这在狭乡僻壤间，大小也算得个风光话头了。

郦食其心中一动，遂道："可是那沛公刘季？"

"正是！"

这郦食其向来自视甚高，这许多年间，虽没积聚什么声名富贵，却一直默默关注时局，冀望有所作为。自大泽乡起事后，来往陈留的大小队伍也算不少，可那些首领在其眼中尽是些龌龊促狭之辈，他意欲投效之人，必得是眼光卓绝、有大气度者。对于这刘季，他自然也有耳闻，只是众说纷纭莫衷一是，有说那就是个乡间粗俗痞夫，又有说此人颇有些识人容人之量，只因未曾亲眼见过，不知究竟如何，这下里听王骑士说是沛公的队伍到了，便立马来了些兴趣。

郦食其遂向王骑士略略凑近了些："听闻这位武安侯，待人轻亵却有度量，还烦请贤侄为我引荐，我愿与他见上一见。"

王骑士闻言略显难色："这引荐一事倒好说，只是沛公向来不喜儒生苛礼，常对着儒生破口大骂。"说时又凑近了些，压着声儿道："我听说，曾有个儒生高冠博带来见，被他一把扯下冠帽，溺尿其中，臊得那儒生是又惊又怒！"

郦食其却反笑了起来："无妨无妨，贤侄见了那沛公，只需说：'臣里中有一郦生，人皆谓之狂生，生自谓我非狂生，只未得贤者识。'"末了，又补了句："'郦生之弟商，为人勇武有谋，亦聚数千豪杰以待贤者。'此番便有劳贤侄了，若他日能得效命于沛公，必当重酬！"

王骑士应道："好说好说。"遂告别郦食其，继续带着两名随从往前去了。

待回到高阳驿，那王骑士便将郦食其原话转述给了刘季。刘季听了，不觉哈哈大笑："哦？不知是何等贤者才能收得了这'非狂生之狂生'呐！我倒要见识见识，这老匹夫究竟能有多狂！"

王骑士遂又提起其弟郦商手中握有数千兵马一事，引得那刘季兴致愈浓，若真是什么怀才之人，这一文一武收入麾下，岂不大有助益！刘季想着，便让王骑士赶紧把人带来。

刘季辨才纳贤的路数，向来与常人不同，其以为，大才之人往往异乎寻常，故既不拘什么身份门第，也不喜什么礼贤下士的正经法子。这方今天下，本就一团乱麻，若以惯常手段，自然无法开解，只能寻摸出其不意之法，而能想出这般法子的人，必也是出其不意之人。

刘季先在后室悠悠然用了顿饭食，又召来侍女伺候他泡脚。正泡时，门外通报郦食其已经引到，正在前厅等候。刘季便让人将他直接带到这里来见。

那郦食其刚一进门，一股酸臭之气便直冲入鼻，险些将其熏倒，不由皱了皱眉，定神一瞧，发现刘季竟坐在床边，大敞着衣襟正在洗脚，见他进来，却连头也未抬一下。

郦食其心里虽早有准备，但亲眼见此无礼之举，还是忍不住有些着恼。他便也不拜，只一揖道："足下欲率诸侯破秦，抑或助秦攻诸侯耶？"言语中略带几分挑衅。

刘季本知此生狂放，心中已有料备，却不意劈头盖脸便是这么一句，遂不由破口大骂道："无知竖儒！天下苦秦日久，诸侯争相攻秦，何污我助秦攻诸侯？！"说时，一只脚不自觉使力往前一蹬，将一旁侍女给惊了一跳，盆中带起的水花险些溅到郦食其身上。

见刘季怒急，郦食其反倒镇定从容："足下谬矣！足下自称聚义兵伐无道，然面见长者袒胸露足，即为有道乎？又自诩行仁兵诛暴秦，却无礼咒骂长者，即为仁爱乎？故非我污足下，乃足下自污也！再者，吾非儒者，乃高阳酒徒，此为足下方才之大谬也！"

那刘季本意激恼郦食其，欲先来个下马威看他作何反应，此时听他如此说，便明白郦食其亦是有意要激怒于他，两相比较下来，竟是自己落了下风，不觉纵声大笑起来。

刘季看出，这郦食其虽则一身儒服冠带，却非一般腐儒可比，于是立即起身整衣，将他延请至堂中上座，又命人速备酒食来。

刘季当先举杯道："来，丰沛酒徒敬高阳酒徒一杯！"

郦食其端起酒杯，哈哈大笑，心中已有几分属意。

两人推杯换盏间，郦食其纵谈六国时势，剖析入微。刘季心中甚是欢喜，连番举杯向他请教目下之策。那郦食其饮下杯中之酒，将其置于案上："足下集乌合之众，收散乱之卒，不过万人而已，以弱兵攻强秦，莫若以肉身投猛虎，足下以为然否？"

刘季道："然也。"遂放下手中杯盏，侧身倾听。

郦食其复道："故其要在于积也！陈留之地，四通八达，天下要冲，城中所储甚多。老夫与其令相善，愿为沛公往说，若守令听，则受其城，若不听，沛公举兵而攻，老夫与舍弟内应，不日亦可得！"

刘季闻言大为欣喜，连道："此计甚妙，甚妙，先生请再饮一杯！"

隔日，郦食其便去游说那陈留令，县令果愿开城迎军。降下陈留后，刘季封郦食其为广野君，拜其弟郦商为将军，又将陈留所受降兵交付郦商让其领兵跟从。至此，那郦食其已全然以心相与，遂让其子郦疥一同跟随刘季。

按原定计划，陈留过后便是启封。前往启封途中，军队遭遇秦军赵贲部阻击，刘季遂以曹参为先锋，大破秦军，随后，赵贲率部退入启封城中死守不出。

眼见猛攻不下，刘季下令军队绕道启封以北。岂料，刚至黄河边，又在白马津遭遇秦将杨熊。双方且走且战，直战至曲遇，曹参再次率部于曲遇东大败杨熊，将其逼退至荥阳城中，秦军由是据城顽抗。荥阳城防坚固，难以攻下，刘季只得暂且放弃原定路线，转而南下入颍川郡。

颍川旧属韩地，韩王韩成与那司徒张良正在此间略地。刘季想起自薛县一别，两人至今未见，便迫不及待先带兵去寻张良。

阔别一载重逢，两人都分外欣悦，韩王为刘季一行置办了接风盛宴，刘季与张良自于宴上痛饮长谈。

听闻韩国复国后，行军略地之事并不顺利，二人便商议合兵一处，共于颍川郡内攻城徇地。其间，又闻赵将司马卬领兵自上党郡南下，直抵黄河北岸平阴县，大有渡河走三川东海道入关之势。为防患未然，刘季率队直奔平阴，封锁黄河渡口，即欲趁便南下攻取洛阳，遂命曹参、周勃率军攻洛，不想，途中又遭那赵贲追击。曹、周二人领兵迎击，于洛阳东破赵贲军，赵贲即率残部退入城中坚守。

可如此一来，启封、荥阳、洛阳三地均未攻下，那刘季无法，只能被迫放弃原先计划，舍却函谷关，转与张良一道商议夺取武关线路。

正是：得胜既有千般法，落败怎缘一出由。欲知那秦楚战局如何转折，诸君且听下回分解。

第二十三回 洹水岸项羽受降秦军 武关前刘季赚得人心

却说项羽军攻势日益劲猛,章邯部则深陷退守之中。偏此时,朝廷得知败讯,大为震怒,多番遣人来军中责问,赵高亦下了死令,命章邯不顾一切,务必击退叛军。

可自丞相李斯问斩,章邯在朝中的支柱便轰然倒塌,明知此时朝廷几无增援可能,章邯却实在别无他法,只能强顶着巨大压力派出长史司马欣,尽力一试。

动身前夜,司马欣正于帐内收拾行装,忽听"咚"的一声,一节竹筒自帐外掷了进来。司马欣扔下手中物什,迅速掀帐往四周查看,却未发现任何可疑行迹,遂返身回到帐中,拾起地上竹筒,拔盖一看,当中乃是一卷帛书。司马欣取出帛书,平铺于案前,就着火光,一眼便识出,那上面竟是曹咎笔迹。

那曹咎这时正身在楚营之中,项羽因感念其曾救过项梁一命,便将他留于身边任用。曹咎此时写信过来,自然也是得了项羽授意。项羽欲借曹咎与司马欣往日交谊,使其说服司马欣劝章邯投降,并许诺司马欣待破秦之后封其为王。

司马欣阅罢书信,想着眼前局势,已有几分心动,却又有几分犹豫。此时,朝中情形还未知如何,且那章邯本性忠直,绝非三言两语可以动摇的。既然明日就要赶赴咸阳，不如先看看朝中形势再论。如此思定后，司马欣速将那书信焚毁，理好行装便呼呼睡去了。

值此之夜，收到密信之人，却不止司马欣一个，还有那秦军都尉董翳。为何是这董翳？只因范增安插于秦军中那暗探回报，董翳已生降心。项羽遂亦以封王为约，让董翳从旁劝降章邯。

翌日天光未明，司马欣便带上数名护卫，急急朝咸阳奔去。

且说那朝中，自李斯被刑，赵高便顺理成章接替其丞相之位，与此同时，自然也接过了李斯肩上所担的烂摊。此时关东战局已显出不利态势，那赵高自是无能处理这棘手局面，二世亦全然不懂军国之事，也不知秦军如今面临怎样难解的困局，可他却不管这许多，只管责让训斥，昨日又召了赵高前去，催促其赶紧想办法解决叛军。

那赵高忆起二世昨日言语间频频眨眼，想到他从前随自己学习秦律之时，只要一不耐烦就会如此，这般看来，胡亥的耐性怕是不多了。正想时，手下人来报："禀丞相，秦军长史司马欣求见，现正在皇宫司马门外等候。"

赵高略有些烦焦，二世那边还未想好应付之策，这边司马欣却又亲自回了。司马欣这一来，说明章邯那儿恐怕支撑不了多久，此番必是向朝廷请兵求援来的。眼下情形，若是章邯打了胜仗，便立下不世之功，只怕今后权位要越过自己，此必不能容，可若是章邯败了，那叛军由此径入关中，则又该如何自处？赵高一时还未有决断，但脑中有一个念头，便是此事绝不能让二世知晓，遂下令道："先命人暗中监看，未得我令，不许任何人放司马欣入宫！"

且说那司马欣，在宫门外焦急候了三日，却也并未白等，他利用这三日时间，探明了朝中近来政局变动，得知赵高弟弟赵成如今已是郎中令，女婿阎乐为咸阳令，朝堂已完全被其所掌控。司马欣遂于心中反复默念，没救了，没救了。他这才终于下定决心。

185

那司马欣最后望了眼黄昏中的司马门，随即掉头便走。附近监视之人见状，先是秘密跟着，见他回到驿馆迅速带上所有护卫离开，便知大事不妙，赶忙回去禀告赵高。

"禀丞相，不知为何，司马欣与随从突然间全都离开了！"

赵高惊道："什么？他们往何处去了？"

"回丞相，看样子应是准备折返军中。"

"快，赶紧派人去追，追上后格杀勿论！切记，暗中进行，务必做得干净利落！"赵高心中惴惴难安，他虽不知那司马欣究竟觉察到了什么，但其不告而别无疑昭示着，事态极可能就要失控。

司马欣亦很清楚，自己突然离去必会让赵高心生疑窦，随即派人追捕，可他要的就是这赵高的追兵。唯有如此，才能让章邯彻底断绝此念。

那赵高所派之人，皆未料到司马欣返程时刻意走了小路，最后只能两手空空回去复命。赵高一怒之下，将其尽数斩绝。

司马欣顺利返营，即向章邯报告了朝中情况。其称如今赵高出任丞相，宫中大权集于一手，处处排斥异己，嫉贤妒能。此番前去咸阳，不但被其强阻于司马门外，还遭其追杀险些殒命。当下看来，若军队战胜，则功高震其位，赵高必不会容，若是战败，又难免斩将塞责之殃，既然横竖皆难逃一祸，倒不如降了诸侯联军，同他们一道铲了这腐树烂根。

司马欣之言让那章邯不觉想起不久前，陈馀遣人送来的劝降书。那书中分析今天下之势，甚而条分缕析明述利弊得失。章邯明白，此二人之言皆不无道理，可内心却仍是犹豫。他曾随始皇征战天下，无论对先主抑或这秦朝，自有份深恩厚义难以割舍，况秦军所杀六国军民，诚如黄河之沙不可计数，即便那诸侯接受秦军约降，往后这将士们的日子，怕也不会好过，毕竟手中握着二十万秦军性命，绝不能轻易冒险。

可奈何时势不待人，那项羽派出的蒲将军，昼夜引兵渡三户津，于漳南再破秦军。章邯遂率部撤逃，项羽亲率主力追至汙水岸边，大破其

186

军。战局瞬时呈现山倒之势。

那秦军仿若末路群羊，被诸侯军联手逼入为其量身所制的圈栏之中。这圈栏北栅乃赵国上党郡，东栅是魏国东郡，东南是楚国砀郡，西栅倒是有个门，可此门所通河内、河东之道，已被南下的赵将司马卬所截断。再说此去关中必经之洛阳、荥阳，其东南为韩国颍川郡，西南是刘季军所在南阳郡，唯一破口只余了洛阳以西。可就在两军相持之际，那赵将申阳别领一军由孟津渡河，奇袭洛西河南县，断绝了秦军后方通道。章邯军至此，尽失返还关中之路，四方皆被联军包围，彻底陷入孤立无援之境！

在此期间，长史司马欣与都尉董翳不断轮番于章邯耳边劝说，终使章邯决定正式请降。而联军一方，因虑及粮草供应不足，亦答应接受秦军降约。

二世三年七月，受降仪式于洹水南岸进行。

章邯领一众将官随从，沿洹水岸边缓缓行来，只觉步履沉重，犹灌了千斤巨铅一般。时值洹水汛期，水势大涨，那章邯往河中深望了一眼，看不清河底波涛翻涌，只见水面依旧悠然静淌。

此去沿路皆布列楚军，密密整整，夹成两面人墙、一条甬道。左右人墙中射出道道厉光，或傲鄙，或恨怒，其之锋锐，不啻利剑流矢。此甬道仿若无尽无止，不知走了多久，一行人才走至殷墟废址。

此处原是昊昊商都，行人如织，商贾云集，如今却已成了一片荒原，却不知来日秦都是否也会如此，想至此，章邯不觉浑身一颤。

那旷地中央已备好了祭坛，项羽等一众将领也已等候于此，章邯长叹一声，稍自加快脚步，往祭坛方向行去。

双方将领照例一阵寒暄，继而，对祭坛歃血而盟，誓曰：共结和同，永不叛盟。

盟誓过后，按例要签署盟书，双方互保一份。项羽代联军一方，寥寥几笔便已落成，遂将毛笔递予章邯。那章邯接过笔，落笔之手却不住颤抖，字迹歪斜不整，轻重失度，泪水潸澜，又洇湿了大片墨迹。项羽见此，正欲命人再取一份，章邯道："不必，此份我自留下！"

盟书已签，二十万秦军遂成降卒。项羽允诺，入关之后，敕封章邯、司马欣、董翳三人为王。随后便开始整编降军，任司马欣与董翳为上将，暂领秦军，不在话下。

虽说刘季已身在南阳郡内，那武关就在郡西，可沿路时有秦军阻截，前又因进取函谷计划施行不利，耽误了不少时日，此时不得不加紧行军。刘季知道王陵正在南阳徇地，遂遣人与之联络，欲让其协从西进攻关。

说起这王陵，曾也是沛县"县豪"，其素来与雍齿交好，亦是刘季早年所追随之人。起兵之初，王陵也想坐上"沛公"之位，但县中众人却推举刘季，是以其心中一直不服。刘季后来拜王陵为厩将，让他随同起兵，可王陵不愿屈居其下，一直单独行动，一路自往西略地。那王陵毕竟是豪族，见过世面，人脉也广，对组织调度之事亦颇具经验，未多久手下就聚集了数千兵力，又于这南阳占据一方地盘，自成一势。

见到刘季所遣来使时，王陵正于南阳南部徘徊，对于是否与之合作，起先略犹豫了数日，最终决定暂且搁置个人恩怨，以大局为重。遂驰书回明愿率部北向推进，与南向行军的刘季相互呼应，共同扫却入关障碍。

刘季得信时，正自领兵与南阳郡守所率秦军交战，那秦军不敌，掉头便撤，刘季顺势追至郡治宛城，秦军则先行一步退入城中据守不出。

那刘季急于攻关，本欲再次绕行，却遭张良劝阻。

"沛公若弃宛城而西向攻关，定会陷入前临守关强兵，后随宛城追兵之境，那时我军便岌岌可危了！"

未待刘季开口，一旁樊哙先急道："秦军死守宛城，时间紧迫，我军怎能在此久耗？"

刘季却摆摆手先安抚下樊哙，转而对张良道："子房既如此说，可是有何对策？"

张良道："沛公倒不若先佯装离去，让秦军放松戒备，继而再折返突袭，如此或可一举拿下宛城。"

刘季忖思片刻，便答应一试，遂于日间带兵大张旗鼓离开宛城，夜里又钳马衔枚偷偷潜回，于守备最为松懈之黎明时分，一举发动奇袭。

城中军民见大军突然折返，一时毫无准备，惊惶大乱。此番军队虽未得直接破城，但宛城防守明显已抵敌不住。

此时那郡府中，南阳郡守已几近绝望。念及此前各路诸侯军克城多行掠杀，那郡守料定，此战败后必逃不过屠城命运，便想干脆事先自杀，还能落得个清正，想时，便已摸出了随身匕首。一旁舍人陈恢见状，赶忙冲去拦了下来。

"目下还未至绝境，大人切不可如此行事啊！"陈恢将抢下的匕首交予一旁小吏。

郡守方才那股决绝之气，经其这么一阻，几已散尽，瞬时瘫软在地，勉力凭案支撑。

"先生不必劝慰，大军即刻便要破城，还能有何转机可言？"

陈恢遂俯身道："在下听闻陈留令降楚军，全城上下俱得保全，府君不如遣臣前去游说，事若不成，再行决断不迟。"那郡守只得点头应允。

陈恢遂以使者身份，出城面见刘季。

"臣闻沛公与怀王有约，故急入关中。然宛城乃大郡之都，民众粮广，今军民皆恐城破遭屠，势必拼死而守。若强攻，则日久而足下自损亦多，若不攻，则宛兵必随其后，沛公不免腹背受敌，危矣！"见那刘季并不言语，陈恢又道，"天下黔首苦兵日久，日夜所盼，不过安平和顺，无兵无战。奈何有攻必有守，攻则当兴兵而攻，守亦当兴兵而守，皆非民心所愿。臣闻沛公降陈留之时，未伤分毫，正是吏民所望仁义之师。今为足下计，不若与宛约降，收其兵而西，大肆宣扬此仁义之名，则一路所经之城，必闻声而竞相争附也！"

虽说这宛城已是势在必得，但若能不战而下，总归是上上之策，况正如陈恢所言，往后西进一路，若得此声望，亦将大有助益，岂有不应之理？刘季遂展颜道："若宛城愿降，吾即令收兵，绝不再伤一草一木！"

陈恢喜道："沛公仁德，天下终归于仁！"即回城告知郡守，郡守亦大喜，遂下令开城迎军。

刘季为表陈恢之功，遂赐其食邑千户，又封南阳郡守为殷侯，收编其兵，于南阳一带徇地。此后果如陈恢所言，一路所经县城，纷纷不战而下。刘季大喜过望，就势下了道军令：军队所过之处，一律不得欺民掳掠。由是，前来归附者益众。

且说此时，襄侯王陵与高武侯戚鳃之军刚刚击退秦军，拿下西陵，准备进攻胡阳县。攻打胡阳之时，恰遇番君吴芮别将梅鋗，两军遂通力合作，又接连降下郦、析二县，与刘季所部于丹水附近会师，预备共同攻关。

那王陵与刘季虽是久别重逢，却也谈不上什么重逢之喜。王陵此人，秉性豪直不会绕弯，心头的不服都赫然写在脸上，对于刘季，除表面客套之外，始终未曾信服。那刘季虽想收服王陵，但又深知其性，知道此事急切不来，眼见王陵心中仍有芥蒂，便也不勉强，始终对其敬让有加。

那日，军中处决一批人犯，刘季便让王陵监斩。

士兵将人犯上衣剥掉，一一列队，押往刑场就戮。那王陵坐于监斩台上，望着人犯被押解而来，瞧见中有一身影，颀长白皙，甚是夺人眼目。待那人被押至近处，王陵眼前忽地一亮，只见那人肤质白润如雪，在前后一众黝黑粗汉映衬下，竟似那去皮瓠瓜瓤般白耀，心中不觉暗叹不止。由是又细细瞧了瞧，发现其貌更是面如冠玉，丰神俊朗。

王陵也曾有过不少门客，各般家世，各具性格，见得多了，也略能感些面相风质之事，只觉此人这般风貌气度，绝非寻庸之辈。遂不自觉朝那人走了过去，问道："你是何人？因何犯刑？"

那人道："回大人，罪臣张苍，本为秦廷御史，主柱下方书之事，后因……"说至此处，那张苍忽顿了顿，其曾因犯过被迫逃离秦宫，可面前这人似乎有意救他，此事自不能明言，遂即以一声轻咳掩过道："后因不满秦政虐乱，愤然返归故地阳武。前时，沛公带兵经阳武县，罪臣有幸慕名追随，此后便在军中主文书之事。只是怎料，罪臣一介文吏，来日未久，尚不明军中密语，错录了文书，触犯军禁，这才惹来杀身之祸。"说时又赶忙拜道："大人如此气度不凡，想来定是宽宏有识之人，罪臣斗胆恳请大人宽恕，罪臣此后定当不遗余力，为大人鞠躬尽瘁，死而后已！"

王陵道："如此说来，也不是甚十恶不赦之罪，况且你能提早与那暴秦划清界限，也算深明大义之人。"遂转头对行刑官道："先将此人留下。"

"这……"行刑官面露虑色，"主帅那边怕是不好交代啊！"

王陵一听此话，心中遂赌了口气，更是决意要救张苍，怒道："怕什么？本将军还保不得一个人犯不成？有何责罚，自有本将军一人承担！"那行刑官见此，只得应诺遵命。

待监斩结束，王陵便往刘季处回禀：

"军中死囚共八人，今已处决七人，余下一人，我想向将军讨个赦令。"

刘季未料王陵竟会为个死囚向自己开口，颇有些讶异："且不知是何人？"

王陵道："此人张苍，原为秦廷御史，颇精于历算、图籍，我见他相貌堂堂，气宇不凡，料定其非庸人，且此人所犯之事，尚在可宥之中，若能留下，日后必当大用！"

刘季一直想拉拢王陵，见眼下即是个做人情的机会，倒不妨顺势送了他。心里虽打定主意，面上却仍要做做样子，遂有意迟疑半晌，面露难色道："此人犯禁之事，我亦有所闻。军中律令如山，本不当枉法徇情，不过……既是大哥亲口所求，我下令赦免了他便是。只是此例一开，军中不平之声必定不少啊！"见那王陵正自犹疑不知该如何接这话，刘季便又适时接下来道："此等小事，大哥不必挂心，我自来善后就是！"

虽知那刘季多少有些装腔作势，王陵心中也算承了这情，遂拱手道："那便多谢将军了！"

"哈哈哈，大哥客气，你我之间，何需言谢！"

有道是：威武虽得千军破，强力何堪一心服。毕竟那刘季能否夺下武关，诸君且听下回分解。

第二十四回 指鹿为马赵高杀二世 广厦坍倾大秦归堙墟

却说武关前，夜幕侵袭，浓云遮月，树上蝉噪一时静了下来。远处忽传来阵阵马蹄急踏，于此寂暗之间尤为分明，守卫兵士皆抖擞惕警，握紧了手中长矛。就在那人马将要逼近之时，关前两名守卫前驱数步，横矛阻道："来者何人？"

那骑士速速勒马，自怀中掏出块铜符递去。守卫向掌灯士兵招呼一声，士兵立马过去接过铜符，提起风灯细细照看，有顷，回身对那守卫耳语一番。守卫点了点头，即令身后士兵开门放行，骑士即纵马而去。

看官心中定要问了，此人是谁？此人名叫宁昌，是那刘季所遣密使，此番正肩负一项重要任务——前去咸阳与赵高密约。双方前时早已暗通书信，许诺定约，赵高遂将其密符寄去以作通关之凭，那宁昌手中所持，即是这道密符。

眼下刘季虽兵临武关，却惊然获悉，那二十万秦军已尽数降了项羽。怎奈项羽如今兵众军广，行进速度虽缓，可有这降军充作先导，入关之道自当一番坦途，更不说，那函谷距离咸阳本就比武关更为近便，剩余时间已然无多。为早一步入关，刘季这才与那赵高暗中联络，欲劝其杀二世、开武关，叛秦降楚。自然，给予赵高的条件，也是颇为诱人。刘季称，一旦自己入关封王，便分关内秦地为两国，与赵高称王共治。

眼前形势，除了那深居宫中耳塞目昏的二世，所有人皆心知肚明。以楚军为首的数十万诸侯大军，已完全控制了局势，秦朝再没有可与之抗衡的兵力，眼下的问题只在于，哪一支楚军会率先入关破秦。

赵高心中当然清楚，若是那项羽率军入关，自己这些年苦心经营的权势富贵，顷刻间化了尘灰不说，就连小命怕都难保。而那刘季所抛之诱饵，与其说是个选择，不如说是其最后生机。眼前情势明朗，如何抉择一目了然，那赵高并未过多犹疑，便接受了来使条件。只是，要诛杀二世，还差最后一步。

转眼便至八月，这日，赵高专程携礼入宫面见二世。那二世听得是有宝驹要献上，顿时来了兴致，忙道："快快，快牵上殿来给朕瞧瞧！"

可当侍者将那"宝驹"牵上殿时，座上二世却"噗嗤"一声笑了出来，指着那"宝驹"道："这哪里是马，分明是一头鹿嘛！"

赵高却是不慌不忙："陛下请仔细辨辨，此确乃北域良驹！"

二世走至殿中，围着那"马"细细看了一遭，只见其身形略矮，短尾长耳，脖颈颀长，是鹿无疑！二世笑言："丞相莫不是连日公务繁劳，眼目昏花了？朕猎苑之中亦有鹿，此为母鹿，无角，若是有角公鹿，丞相恐就不易辨错了，哈哈哈！"

可那赵高却坚称是马，二世不禁有些着恼，便让身边侍臣都来辨辨看。不想，有几个竟上来就说是马，还有些推说不识，唯有两三个说是鹿的。

二世一时惊默无语，心道，难道真是朕认错了不成？

那赵高则在旁暗暗观察，记下几位明说是鹿之人，下去后即派人将其暗中处死。

这几日间，胡亥都有些怏怏不乐，心中仍念着那"马"。日有所思，夜间便得了一梦。他梦见自己在林中独行，面前忽而现出头鹿，正当他要上前看时，那鹿却瞬间化成了一匹高头骏马，还未等晃过神来，那马便直直朝他冲来,他心下一惊,不由往后一退,却被碎石绊倒在地,马蹄倏忽间便扬至眼前,眼看就要踩踏下来……

便在此时,二世猛然惊醒,冷汗湿透薄衫,遂一夜再未合眼。天还未亮,便急召宫中占梦博士与太卜二人。

前日"指鹿为马"之事,早已传遍宫中,那占梦博士自然也听说了,依例向二世详询了梦境景象与入梦时辰,却又不敢据实解梦,只与太卜略望了眼,遂道:"陛下,依臣之见,此梦本是凶兆,但大凶之处又蕴有转机,若能寻出作祟之源,便可得解法。"

二世急问:"如何解凶?"

占梦博士道:"还得烦请太卜占上一卦。"

太卜遂速取出龟甲,卜了一卦道:"禀陛下,这卦上显示,此乃泾水作祟,须得以白马献祭方可解煞。"

二世听闻,决定亲往祭祀泾水河神,当日便匆忙离开咸阳宫,搬至泾水岸边望夷宫暂住。其间,还不忘遣使责让赵高,认为是关东盗贼之事触怒泾水河伯,才惹出这番祸事。

二世屡屡责让,直引得赵高心中惧意陡增。无论心念所驱,抑或时局所迫,赵高知道,自己须得动手了。眼下这二世搬离咸阳宫,正是个绝佳时机。那赵高立即召来其弟郎中令赵成、女婿咸阳令阎乐,与之暗中谋划,欲发动政变诛除二世。为防万一,赵高还将阎乐之母接至府中,以便掌控阎乐。

当晚,咸阳令阎乐谎称宫中有盗贼潜入,强行带兵突破望夷宫守备。入宫后,即与郎中令侍卫队会合,一路凡遇些许抵挡者,皆清杀弑净,直杀至二世居室。此两队人马,气势汹汹破门而入,当头一队弩兵,不断朝向帷内放箭。

事出突然,二世既惊且惧,一面躲闪,一面直呼左右侍卫。众人皆不敢阻拦,唯有一名侍宦上前,护拥其往内室逃去。那胡亥惊慌问道:

"事竟已至此，为何不早告知朕？"

侍宦道："若臣早言，必已遭其毒手，陛下今日便也见不到臣了！"

二世道："此幕后谋划究竟是谁？"

"是……赵高。"

二世惊道："竟已是人尽皆知！"遂潸然叹息，痛悔不迭。

此时阎乐一行已冲进内室，将那二世逼至角隅，退无可退。阎乐遂以剑直抵其颈道："足下昏暴无道，天下皆叛，为顾皇室颜面，还请足下好自为之！"说时示意手下将剑递上。

胡亥急道："可否请见丞相一面？"

"不可！"

"吾愿得一郡为王。"胡亥瑟瑟道。

"愿为万户之侯。"见阎乐沉默不应，胡亥又道。

"愿与妻子为咸阳街市一黔首，可乎？"声气几近哀求。

阎乐冷哼一声，又将剑抵近寸许："大局已定，多言无益！"

胡亥无奈，颤巍巍接过剑，却仍是畏畏缩缩不肯自杀。阎乐见此，骤然一剑划过其脖颈，对外只说二世已谢罪自刎。

二世死后，阎乐即回宫禀报赵高。赵高兴奋难抑，连夜于咸阳宫中召集王公群臣，当庭宣告："二世即位以来，暴虐无道，引至天下叛反，今自感其罪无可恕，遂谢罪于臣民。而今，六国复立分秦，秦地益小，宜去帝号，复而为王！"上下皆未敢有违抗之声。

赵高继而宣布，立二世从兄嬴婴为秦王，斋戒五日后行即位之礼。遂把胡亥以黔首之礼，草草葬于杜县南边宜春苑中。

那嬴婴为人向来低敛，从不干涉政事，赵高以为其庸弱可控，遂立其为王。可嬴婴绝非赵高所想之辈，早先二世诛杀蒙氏之时，嬴婴便曾挺身力谏。其后，二世屠灭嫡系亲族，嬴婴因属旁系而避过一劫。这些年来，眼见朝局糜乱，他自有心无力，虽不涉政、不干政，却非不知政。

嬴婴明白，赵高扶立自己，不过是个幌子，只因其苦于无名又不想受人攻讦，便欲拿自己做这挡箭盾牌。若自己听之任之，结局必同二世一般无二，故绝不可束手待毙，必要先发制人。

是夜，嬴婴突然不住呻吟，称是疾痛难忍。一旁侍者见状，忙要前去传唤太医，嬴婴却阻道："斋宫清净之处，勿要声张。此乃痼疾，原为府中医官诊视，你且使人速传吾子，让他携杜医官入宫！"

未得多时，嬴婴之子便携了府中医官来至斋宫内室。杜医官为嬴婴诊断过后便退至一旁开列药方，嬴婴趁机将其子召至榻边，悄声道："赵高名义上立我为王，实欲操控朝局等待时机，一旦时机成熟，我族必然不保。此事宜速不宜迟，你且听好，此番出去后，暗集府中兵卫，登基那日，我将赵高引至此处，你与我里应外合，将其秘密伏杀。事关举族安危，务要慎重而行！"

"儿明白，请君父放心！"

且说那赵高，既已履约杀了胡亥，便遣人前去与关外刘季交涉。刘季见信哈哈大笑，手指那使者道："左右，将此人拉出去斩了！"使者惊诧莫名，大骂刘季。

刘季遂冷哼一声："无知蠢儿，吾怎可与那奸人共治关中！传令下去，全军备战，明日攻关！"

翌日，刘季以曹参、周勃为先锋，率军趁乱袭破武关，随后，即沿丹水直驱蓝田而去。

五日已过，赵高遂派人至斋宫，请嬴婴前往宗庙受玺。嬴婴却坚持称病不出，赵高只好亲来催问。

刚走入斋宫见到嬴婴，赵高正欲开口责问，却不想那侍者韩谈从旁蹿出，一剑朝其后背刺去，利刃瞬时贯穿心胸。赵高还未及反应，韩谈便猛一下抽出剑来，鲜血霎时喷薄而出，赵高面目狰狞，拼尽全力欲转身看那刺客模样，身子才一扭动，一阵剧痛随即袭来，当即直直扑地而亡。

嬴婴这才走出斋宫，于兵卫护从下坦然前往宗庙，受玺称王，礼成，即令诛灭赵高三族。

　　秦王嬴婴得知那刘季已攻破武关正朝王都袭来，便迅速征调部署，出动京师军，紧急前去防守峣关。

　　那峣关位于蓝田之南，若自东南方进入咸阳，此关便是都城前最后一处关防，亦是秦廷眼下最后一道命脉。峣关虽比不得函谷关那般雄奇险峻，却也是地形险要，易守难攻之处。刘季率军攻破武关后，遵怀王旨意，严禁掳掠扰民，一路畅行无阻，直至开到这峣关时，方才遇到阻遏。

　　刘季正欲急遣两万兵力进击峣关守军，张良却道："此时关中虽乱，但秦兵尚强，其关险要，切不可硬攻。"

　　刘季道："若非硬攻，能当如何？"

　　张良道："听闻那峣关守将原为屠户之子，市侩之人易以利动之。沛公不若先陈兵关口，使人携五万人之食，且于各处山头遍张旗帜，增疑兵作佯攻之势，再请郦食其持重宝前去利诱守关之将，如此软硬兼施，秦将或可叛。"

　　"若是其将欲叛，而士卒不肯从，则该当如何？"

　　"士卒从或不从，本就无关紧要。利诱其将，非为收降其军，只为乱其军心，制造混乱。其时，沛公只需趁其懈乱，一举出击，则峣关立可破也！"

　　刘季这才恍然，不由拊掌大笑："是也，是也！我只知强攻，却不知巧取，子房真乃吾之智囊也！且不知子房那锦囊中，还藏有多少妙计，何以总能在关键之时得出奇谋，真不愧这名中'良士'也！"

　　张良道："良策再多，却不及一位从善如流之主。便如这世间，千里马虽常有，而伯乐不常有也！"言罢，二人一齐纵声朗笑。

　　此后，果如张良所料，刘季之军顺利奇袭破关，于蓝田再败秦军，遂沿霸水而下，不久便抵至咸阳东南郊，驻军霸上。秦廷再无丝毫转圜之机。

时已十月，恰逢秦历新年岁首。往常这时，国中皆热热闹闹祭祀神祖、悬挂桃符，辞旧迎新。可今年此时，朝野上下冷冷寂寂，未得一丝欢声笑语，咸阳城内外，人户已逃去一半，余下黔首皆心怀忐忑，姑且度日，自不会去预备什么新年物什，因为自这一年起，大秦国号便再也不复存在。

那咸阳郊外，一辆白马素车，自城门内缓缓驶出。忽而，秋风掠过，黄叶簌簌抖落，一片残叶似离群之马，独自飘飘荡荡，落于一函青铜匣上。一人以手轻轻拂去叶片，将那匣子握得更紧，此人正是嬴婴。眼下，他正颈系天子绶带，立于这马车当中，端然捧着那封存帝王玺印的盒匣。马车后跟着一众文武朝官，一行人朝霸河西岸轵道亭而去，那里有等着受降的楚军。

非子获封秦地，襄公八年开国，孝公十九年称霸，始皇二十六年一统天下，这一幕幕，不断于嬴婴眼前闪现。一想到延续了五百七十一年的基业就要在自己手中终结，嬴婴心头便泛起一股酸苦，此般滋味，世间怕是无人能懂。他深自叹了口气，抬头望向天边，远方迁徙之雁，正由个"人"字形，慢慢聚拢，渐次排成个"一"字形。

有道是：帝业历由百代筑，衰亡寥寥怎堪评。欲知关中如何迎来新主，诸君且听下回分解。

第二十五回 关中喜迎三章法 新安悲闻万魂哀

却说受降仪式才一结束，刘季便领一路人马直驱咸阳城中。不意此生再次踏足咸阳地界，比之之前所感竟有如云泥之别。那刘季六年前来此，不过一平民徒役，惶惶匍匐于至高无上的皇帝脚下，而如今，他身佩帝王印玺，已然成了这关中大地之主。

前往咸阳宫途中，只见街上店肆大半紧闭门户，触目所及，皆萧瑟败落之景。路旁往来黔首，稀稀寥寥，脸上或恐惧，或忧虑，或茫然，但无一例外都渗着份苦楚。刘季心想，秦统之时，有严刑酷役之苦，秦灭之时，又有战乱颠沛之苦，兴时苦、亡时苦，这天下万民何日才能真正得享太平盛世？正想时，不知何处窜起阵稚童之声："你们就是来抢杀我们的兵吗？"

刘季低头一看，发现是个孩童正在街边昂首望向他道："我家隔壁的小豆子跟她爹娘走了，她原哭着跟我说不想走，可她爹娘告诉她，会有好多很凶很恶的兵要来，他们会抢走家里的东西，还会杀掉她和弟弟。"

刘季听了这话，心中甚有些不是滋味儿，他对那孩童道："小娃儿，你且放心，我们既不会抢你家东西，更不会伤害你们。若是有人敢欺负你们，你还可以来告诉我。"

见那孩童脸上半信半疑，刘季翻身下马走至他面前，即解下随身佩玉道："若是有人欺负你，便带着这玉来军中找我，我定然为你做主！"

那孩童这才眉开眼笑道："我这便回去给小豆子写信，让她赶紧回来！"说时便飞快跑开了。

刘季遂命人再次传令军中将士，尽力安抚城中父老，严禁侵掠黔首，违者立斩不赦！

不知不觉间，刘季一行已驱马来至皇宫门前，便又见着了那矗立于此的金人巨像，此刻其已不再高大可畏，而成了一个个臣服于脚下的忠实护卫。刘季不觉纵马大笑，长驱直入。

入宫后，眼前所见之景，端的是让这一众叹为观止。仰观正中，丹陛叠次仿若天阶，玄龙盘柱栩栩腾空，三重庑顶飞檐如冠，其下正殿峥嵘巍峨，气宇轩阔，似帝王耀临天下，俯瞰人间。再瞧两旁，飞桥复道横生叠出，连殿通阁参差错列，直似那鲲鹏展翼南北，遥邈无际……

众人搜肠刮肚，想尽力寻出些赞美之辞，却终是力有不逮，徒留惊叹之声此起彼伏。刘季愣怔良久，恍惚以为自己闯进了那九天阊阖之中，遂不自主翻身下马，结结实实狠跺了几下，这才相信双脚仍踏在尘土之上，遂喜道："走！都随我去看看这大殿中，是番什么稀奇模样！"说时即带头冲进秦宫正殿。

将士们皆迫不及待，跟着冲往各宫室府库抢掠其中珍宝美人。只因前时刘季三令五申，不得抢掠民众，他们直是憋了整整一路，如今终可放开手脚，一时间，便似那洪水猛兽，一发不可收。唯那萧何看得长远，以为此金银之物其价只在当时，而国之图档策籍，其来日之值却是无可估量，遂撇开众人，独自带了队亲信随从，依次去往丞相府、御史寺等中枢机构，速将其中律令、档案、图籍等重要文书搬运出来，满满当当装了好几车。

此时军中清醒之人，自然还不止萧何。那张良一直跟在刘季身边，听闻刘季想就此入住秦宫，便急急去寻樊哙，对其陈以利弊，望樊哙能随他一同说服刘季。

　　樊哙虽只是个沛县城中杀狗宰羊的屠户，肚里全无半点文墨，但其性格耿直，深明大义，此时已娶了吕雉那女弟吕嬃，便与刘季又多了层连襟之情，绝对是个能说得上话的人。

　　那樊哙听了张良之言，直觉得有理，遂答应与他一同前去面见刘季。

　　刘季当下正于寝殿摆弄各色珍玩宝器，并未注意到樊哙与张良一前一后走了进来。樊哙大步走上前来，喊了声"大哥"。

　　刘季听得喊声，便兴冲冲展示道："你二人来得正好，快来瞧瞧这副金铁玄甲！"说时用手"铛铛"两声敲去。

　　那樊哙向来快人快语，不顾旁的，开口便道："大哥切不可入住这秦宫之中啊！"刘季闻言却是一愣，心中有些不悦，略转头瞟了眼樊哙。

　　樊哙又道："这秦宫里处处皆是富贵，迷人眼、蒙人心。想那嬴氏老小若不是被这富贵蒙了心，不知餍足，又怎会落得这般下场？我樊哙一介粗人，说不出什么大道理，却也听说只要开始用象箸，便要配那玉杯，继而着锦衣、筑广厦，无休无止。如今大事未定，怎就贪得这般富贵？大哥平日常自叨念当年咸阳服役时遇着的那帮弟兄，这一路行来，不单未劫掠分毫，路遇贫苦老弱时，还散予些军中物资给他们，说是要还那帮兄弟当年情义，大哥可还记得这些？"

　　刘季这才转过身来，双手背立，正面二人道："怎么，这是要将我当纣王来谏吗？我军当下守约入关，依约便是关中之主，将士们一路风霜浴血，享些珍宝富贵又算得什么？那黔首疾苦我自是记得，我刘季便是拿了这些金玉宝器，也断然不会被蒙了心！"说时，将手中刚戴上的那枚龙纹玉指握得更紧。

　　张良眼见气氛不对，便开口道："沛公所言极是，却不知沛公是否想过，若今日收了这珍宝，住了这秦宫，便再享不了几日荣华，若想让众人皆得长久富贵，便只能暂且退去。"

刘季怪道："哦？子房何出此言？"

张良道："如今我军入得关中，而诸侯之军尚在关外，不日便要入关。联军之首鲁公项羽，向来心高气傲，曾向怀王自请攻关，怀王不但未允，还将攻关重任交付沛公。而今沛公顺利入关，多少趁其巨鹿之便，是以那鲁公心中必有不平，此番前来尚不知是敌是友。若其见沛公已将秦宫珍器搜掠殆尽，又堂而皇之入住其间，心中必愈激越愤恨，最终怕是难免一战。"

樊哙忙在旁帮腔道："是也！大哥可是自料能抵御这数十万诸侯大军？"

"哼！我自谨守怀王之约，他项籍能奈得我何？"

张良又道："若是此前倒还好说，自鲁公手刃卿子冠军宋义代领其军，巨鹿一战中，又所向披靡令诸侯畏服，继而，二十万秦军亦被逼降服。其如今手握数十万大军，早已是今非昔比，沛公真以为怀王仍能镇得住鲁公？"刘季闻言默然踟蹰。

张良复道："即使只有万一之变，却也不可不防！依臣之见，不如先退至霸上，若无事，则定约而还，若有事，则趁便而备，进退得宜，方是稳妥之举。"

樊哙趁机道："大哥不如就此退还诸般财物宝器，封存府库宫室，便也给关中黔首们做出个模样，以示与那些贪残之徒划清界限，此后安抚民心也能更便利些！"

至此，刘季终于点头应允，遂默默褪下拇指上那玉指。

在正式退出咸阳前，刘季召来当地吏员乡老，带上一支百余人的卫队来到城内街市中央。

十余名士兵围住当中露台，面向四方而立，人手一只铜锣敲得梆梆响："大伙儿都聚一聚啊！都赶紧来聚一聚啦！"街上黔首不知何事，纷纷闻声而来，四周顿时围得水泄不通。

见人已来得差不多了，那刘季一步跨上当中露台，面对下方男女老幼道："在下刘季，前奉楚怀王之命，与诸侯相约，先入关者王关中。今在下有幸先入关，与父老子弟相会于此，自有番肺腑之言说与各位。吾等同为秦民，受秦苛法重役刻削，怨望日盛，故今所前来，是为父老除暴安良，不敢有所侵扰。请诸位放心，军中若有任何人行侵掠之事，诸位尽可前来告我，我刘季必严惩不贷！"

台下有造势之人带头喊道："将军真乃仁义之师啊！"听着这一声喊，不少人也都跟着应和起来。

刘季继而道："秦法繁苛，黔首莫能尽知，甚或触法而不自知，甚或连坐而遭无妄之灾，皆为滋事扰民之根源，吾今在此允诺，除却秦苛法，代以约法三章：杀人者死，伤人及盗抵罪。"底下人群立时爆出阵阵欢贺之声。

待声音稍歇，刘季又道："明日，我军便离开咸阳，还军霸上，只待各诸侯至而定约，适时再返回咸阳与父老高会庆贺！"

关中秦人皆大喜，纷纷牵羊执酒来飨军，刘季俱谢而不受。大伙儿越发欢喜，都巴不得这位沛公赶紧来做关中之王。

且说另一边，项羽所率诸侯联军正逼近函谷关。因新增了二十万降军，整个部队行军速度大为减缓。为防秦兵关前生变，项羽近日常到降兵营中巡视，恰巧看见一身戎装的虞姬也在此走动，目光似是在搜寻什么，但因忙着与几位将军商讨入关之事，一时也无暇过问。

这夜，项羽正与亚父范增在主帐内推演沙盘，却见虞姬径自闯了进来。项羽正待发作，却隐约望见其脸颊似挂着泪痕，想到虞姬平日并非无礼无矩之人，怕是有什么相当紧要之事才会如此，便先冷静下来等她开口。

那虞姬见范增在此，欲言又止，项羽便请范增先回营休息，择时再议。范增走后，虞姬还未开口却先跪在了项羽面前。项羽见此，一股爱怜之情涌上心头，赶紧上前扶起虞姬道："虞儿这是为何，有事尽可与我说！"

虞姬缓缓抬头，一串泪珠涟涟落下，颤声道："妾、妾在营中见到了杀父仇人！"

项羽闻言大惊，回想起虞姬这几日反常行径，当下便明白了，遂道："虞儿只管与我说，项籍既曾许诺要为你报杀父之仇，定然不会食言！"

虞姬听他如此说，心中稍安，这才道："父亲去后，妾曾多方打探，终于得知仇人名姓，那人现为秦军将领。近日将军收降了秦军，妾便在其中问询，凭着些零星线索，竟当真寻到了那奸人所在！"

项羽闻言，一面安慰虞姬，一面遣人按其所述暗中查探，查知是个秦军将尉，确证无疑。当下便命人随便寻了个由头，把那将尉悄悄带了来。

那将尉刚一入帐，帐中所伏兵卫便一拥而上，两人上前将其手脚缚住，一人以布条将其口角处紧紧缠实，再由两人在后把持。确认无碍后，兵卫出帐向项羽回禀。

项羽遂牵着虞姬入帐，问道："可是此人？"

虞姬走近几步一看，身子不觉有些颤抖，说不出话，只不住点头。项羽遂拔出佩剑交给虞姬："如今，此人性命便是你的，你要怎样处置都行！"虞姬看向项羽，项羽朝她点了点头，虞姬遂接过剑，朝那人走去。

那将尉看着眼前来人，一股似曾相识之感陡然掠上心头，目中顿显错愕惊慌，猛力挣扎，却哪里动弹得了，喊得出声？

虞姬直直盯视他道："我长得可有几分像我父亲，是吗？"潜匿心底的恨怒，于此刻聚成一股力量，全数凝于剑端，虞姬骤然扬起手中利剑，不偏不倚，一剑贯心。

这一剑刺去，却似噬尽了虞姬所有气力，握剑之手顿时松脱开来，身子瞬间瘫软在地。项羽忙去扶住虞姬，虞姬在项羽怀中且哭且笑，那项羽心中则是既怜惜又心疼，遂对一旁士兵道："快去处理干净，切记，不要闹出动静！"

几个士兵确认那人已气绝，便将尸体抬出去，就着夜色草草埋了。

常言道，天下没有不透风之墙，任凭此事处置得再为隐秘，也断不会不着痕迹。若只是个普通兵卒倒还好说，一个秦军将尉忽然消失不见，怎会无人觉察。自降楚之后，秦军上下本就极为敏感不安。秦于六国，历来有着灭国世仇，那诸侯大军中，不少人都曾亲历国破家亡之痛，平日只要一有机会，便对秦兵非打即辱。尽管军中严禁虐俘，可那秦兵自己也清楚，这血海深仇哪里是说禁就能禁得了的。可这次情况有些不同，此前最多打骂一顿，如今一个大活人竟这样凭空消失了，不少士兵都说，这将尉定是被楚军给杀了。此事一时在秦军中传得沸沸扬扬，挑动起每一个将士极为敏感的神经。加之眼看就要入关，大部分降兵皆为关中之人，此时内心愈益矛盾，既盼着早日返还故乡，又害怕诸侯军对亲友屠杀报复。

那项羽作为联军统帅，自是时时监察着降兵动态，他注意到最近常有些秦兵成团聚于一处，窃窃私语。遂遣人暗中探听，得知他们所言，无外乎抱怨章邯投降，害怕联军对付关中亲眷之类，便知此事已到了不得不解决之时，遂召集范增、黥布等人至帐中商讨对策。

黥布道：“此前与秦军约降，一大原因是粮草后备不足，我军不愿恋战，可如今收降二十万众，不但粮草消耗更快，还需分派部分军队时时看管他们，兵力也削弱了。”

蒲将军道：“确实如此，这眼看就要入关，若是攻关之时，降兵倒戈相向，在背后插上一刀……”

项羽点头道：“这便是我日夜担忧之事，如此说来，便只有永除后患了！”

一旁范增却反对道：“将军，杀降不祥，若杀秦降卒而入关中，势必不得人心，且此举与那坑赵之暴秦又有何异？”

“亚父之意，项籍明白，但两位将军所言，正是眼下困境。我已连番观察多时，如今兵近关前，降兵心绪愈加不稳，已显出反抗之意。若攻关之时秦兵临阵倒戈，前后夹击，则后果不堪设想。眼下以攻关为要，否则无谈以后！"项羽此番已然顾不得许多，这函谷关就在眼前，其与已故叔父及整个项氏家族，蛰伏隐忍十数载，便是为了即将到来的这刻，无论如何也不能在最后一步功亏一篑，任何不安定、不确定皆应扼杀于微，以保万无一失。

当夜三更，黥布与蒲将军受命领兵，突袭了秦降兵营地。除章邯等几位主将与楼烦骑兵部队外，整整二十万降卒，被尽数击杀坑埋于新安城南。

正是：草菅岂止二十万，更兼父母妻儿心。未知那项羽、刘季关内如何相见，诸君且听下回分解。

第二十六回 霸上夜酬和欢语 鸿门险宴魄惊心

却说项羽处理完秦军降卒，便领四十万大军一路开赴函谷关下。这才得知，那刘季不仅先行一步进入咸阳，还派兵封锁了函谷关口。项羽登时大怒，本欲直接率军踏平函谷，但因范增献计，便允其一试。

那范增遂速遣人抵至关前，扬言以薪柴火攻。守关卫士本是楚人，自料不能抵御，权衡之下选择开关放行，诸侯联军遂顺利通关。

如此，沛公刘季自领十万军屯于渭水与霸水间之霸上，鲁公项羽率四十万军驻于骊山与渭水间之鸿门，两处楚军旌旗招招，遥遥相望。

那范增遣人前去打探刘季动向，知其受降后先进了咸阳宫，不久却退了出来，宫内府库财物竟一律未动，不单如此，关中黔首对其亦多有赞誉。范增敏锐觉出，刘季此举绝非泛泛之辈可为，如此下去恐成气候，遂对项羽道："刘季此人贪财好色，今入关后财物无取，美人无犯，如此反常，背后必有更大图谋。吾又使人望其气，皆为五彩龙虎之形，此乃天子之气，望将军务要警惕，急击勿失！"

项羽闻听范增之言，心中亦生警觉。正巧这日，军中来了位密使，自称是受沛公军左司马曹无伤派遣。使者面见项羽，一股脑儿便将刘季入关后行动计划，及其闭关拒守欲称王关中之意，尽数报告项羽。项羽直听得火冒三丈，当即下令军中紧急备战，次日便要发兵攻剿那刘季。

听闻项羽军令已下，一人眉间忧色顿起，却道此人是谁？便是那项羽季父项伯。项伯近日得知，其恩友张良此时正在沛公军中。项羽欲攻刘季，项伯并不反对，但张良之命却不得不保，思量再三，项伯决定连夜赶至霸上，秘密知会张良。

那张良对此虽早有预料，闻讯之时却仍吃了一惊，惊的是，项羽行动如此突然，此次若非项伯，怕是只有束手待擒的份儿。可即便预先得知，若两方一旦动起兵戈，胜负之数绝无悬念。张良大可以就此随项伯安然离去，可他心中却已打定主意，无论如何要保下刘季，遂对那项伯道："今日事态危急，兄长不顾险难，亲身来告，张良心中感激不尽。只是，我现下跟随沛公，若不告与其知，于公于私，皆有违忠义，故还请兄长许我将此事禀告沛公。"

项伯面露难色，不知如何是好。张良复道："愚弟深知兄长所虑，此为军机要密，本不便相告，但兄长是仁德长者，此番特来提点，便是念在你我二人过往相交之情，不忍见我身首异处。然则，人同此心，心同此理。我受韩王之命，前来送沛公入关，且我与沛公相知相重，亦不忍见其身陷险境而独自脱逃，若良真乃如此贪生怕死、忘恩背义之人，岂非辜负了兄长这番深恩厚义？"

项伯心中动容："贤弟所言甚是！"

张良拜道："多谢兄长，还请兄长在此稍候。"遂前往刘季帐中告知此事。

刘季闻言大惊失色，慌乱间，一把抓住张良手臂，连声追问："子房啊子房，眼下如何是好，可还有转圜余地？"

张良安抚其道："沛公且先莫急！这拒关自守之计，是何人所言？"

刘季怒曰："便是那着瘟的黄口小儿鲰生！前日里，那厮与我说'守关拒诸侯，便可自王于关中'。如今想来，莫非是有意要害我不成？"转而道："来人，速与我将那该死的鲰生押上来！"

张良忙阻道："沛公且慢，眼下尚有更紧要之事。今既知兵不敌鲁公，则请速与项伯言明，此乃虚妄之谣，君实不敢背鲁公也！"

"哎呀，子房不说，我险些误了大事啊！"刘季稍自镇定，遂问道，"那项伯何以特来告你？"

"臣与项伯早年有交，项伯尝杀人，臣隐其于下邳避祸，故今日特来告我。"

"君与项伯孰长？"

"项伯长于臣。"

"好，请君为我邀项伯！"刘季转念一想，即道，"且慢，我自去请！"

张良遂引着刘季来到项伯面前。刘季将项伯延请至主帐，以事兄之礼相待，即备好酒宴将其请于首座，先自举杯道："愿兄长福祚无双，寿比南山！"

项伯亦扬觞道："沛公客气了，沛公请！"

两人来回喝了一轮，刘季遂放下酒杯，笑道："小弟对兄长仰慕已久，今日得见，实乃三生有幸！观项兄风度翩翩，英姿神貌，以左尹之位定东阿、战巨鹿、降秦军，勇武非凡，实非我等凡俗之人可比，可想兄长教养出的儿女必也是人中龙凤，天下无双。说起这儿女，小弟家中尚有一儿一女，均未及婚配，未知令郎与令爱，可还有未婚配者？"

项伯心中听着受用，口中却谦道："沛公实乃过誉，小儿才疏，小女貌寡，幸得好人家垂怜罢了。不过说来，家中确有一子尚未婚配。"

刘季闻言大喜，连连击掌道："如此甚好，如此甚好啊！今日，我与兄长一见如故，相谈甚欢，若能再约为儿女亲家，那便是再好不过了！只不知，小弟能否有此高攀之幸啊？"

张良见此，亦在旁说合道："若能如此，真当是喜上加喜之事啊！"

那项伯便应道："沛公若不嫌小儿才德不济，自然甚好。"

刘季大笑："兄长真乃宽厚爽直之人，我在此敬亲家一杯！"遂又是一番觥筹交错。

见两边已寒暄得差不多了，刘季才道："说来惭愧，弟乘鲁公之便，幸得早入关。然入关后秋毫不敢犯，又籍吏民、封府库，以待鲁公。弟遣将守关，只为拒盗贼、防异变，实为鲁公而守也！万望兄长陈以实情，弟实不敢背鲁公之德！"

项伯道："吾侄项羽，为人公允守礼，吾知之矣。沛公尽可放心，若事果真如此，其必不会使沛公蒙此不白之屈。"

"哈哈哈，有兄长在，小弟自然放心！"

项伯遂又嘱了一句："沛公切记，明日务必早至军营，亲释其间误会。"

刘季赶紧道："小弟谨记兄长之嘱，明日定当早早前往谢罪！"

且说几轮推杯换盏下来，那项伯见刘季行止大度，言语恭谦，又加上张良在旁不断说合，心中便已信了八九分。他遂连夜赶回军中向项羽言明，又说刘季入关有功，人有功而击是不义之举，并转达了其明日将亲往拜会之意。

项羽正当年轻气盛之时，其实也并未怎么将刘季放在眼中，论兵力、论武略，那刘季甚而都算不得对手。他当下一心只想顺利入关，只要刘季甘愿让出入关之名，其是否真作此想，又有什么紧要？再者，自项梁战死后，这项伯便成了他唯一至亲，有道是血浓于水，季父之言亦不可罔顾。于是项羽决定，且待明日，听听那刘季来时如何说，若其真愿奉自己为王，还则罢了，若不愿，再发兵不迟。

次日鸡鸣刚过，沛公便带了张良、樊哙、夏侯婴、纪信、靳强五名亲信及百余随从，一起赶往鸿门军营。

那鸿门营寨，靠山面水，中军居于正中，余军分列两翼，远望可见月牙之形，是谓月营阵。一行人还未靠近，便听得营中晨起操练之声，直是震彻山谷。那猎猎旌旗漫山遍野，金甲鳞光晃晃耀目，仿佛军阵一动，便能撼山塞川。这四十万大军，气势宏大，果真让人望之生寒。待到营前，又见大小营房相延数里，一望无际，刘季等人竟一时失了准向，不知该往何处，一路连番打听才寻到了项羽帅营。

一见面，刘季便连连谢罪："臣下与将军同袍而战，多得将军神力破秦，臣有幸趁便入关，心中敬服将军之功，故入关无敢犯，以待将军。不料，今小人间言，令将军与臣有隙，实是臣之罪责也！"

那项羽见他言行卑从，便也放下些戒心，直言："此乃沛公左司马曹无伤言告，不然，无以至此！"

听闻是曹无伤告密，刘季心中暗骂不止，面上却笑曰："此人必是因前时触犯军令，被臣严加责罚，心中有怨，故而在将军面前诬告于我，让将军看了笑话，实在惭愧，惭愧！"

项羽道："无妨，军中总有些促狭小人，沛公不必放于心上！"

刘季忙道："多谢将军雅量海涵！"

几番言谈过后，项羽感觉尚可，便令人准备酒席，欲留刘季同饮。

宴上，项羽、项伯背西面东，坐上席；范增背北面南，坐次席；刘季背南，面对范增，再次席；张良背对帐门，面对项羽、项伯，陪坐末席。其余近侍兵卫，皆侍立一旁。

席间，刘季一直言辞谦卑，并主动提出奉请项羽入关主持局面，项羽也就渐渐打消了动兵之念。可那范增屡次朝他递去眼色，并数以玉玦示意，玦，谓"决"矣，项羽虽心知其意，却只当未见。

范增毕竟年长阅丰，以其所见，那刘季绝非等闲之辈，眼见这火星才刚冒起，若不就势捻灭，他日若当风一吹成为燎原之势，就再难扑灭了。范增越想越是心急，遂借口出帐，叫来项羽从弟项庄，使其借舞剑之名趁机击杀刘季。

那项庄即入内请为祝酒，祝酒毕，又顺势请求舞剑助兴。得项羽应允后，项庄即挥剑起舞，起势一招行云流水，周旋于场中，继而直逼沛公座席方向，只在周遭三五步内运剑。

那刘季明显感到隐隐寒意自锋刃间传来，顿觉如坐针毡，遂略略挺身，手心不觉渗出汗来。正想要寻个什么借口离席，却见那项伯先一步起身走至当中，抽出随身佩剑与项庄共舞。项庄每每转至沛公一侧，项伯即以剑顺势驳开，让那项庄始终无法下手。

张良在一旁看得真切，心中焦急不安，遂借口出了营帐，寻到樊哙，将里头危情据实以告。那樊哙本就是个壮烈性子，一听这话，哪里能忍得，遂带剑持盾就往帐里闯。帐前守卫见他这副汹汹气势，立刻上前阻拦。樊哙也不多废话，直接以盾牌左右一撞，两个守卫"扑通""扑通"，相继跌倒在地。

这闯帐的动静闹得太大，当中舞剑那两人顿时停了下来。座上项羽定睛一看，只见门前威立一高头壮汉，须眉斜指、目眦尽裂，正直勾勾瞪视自己，遂不觉按剑挺身道："来者何人？"

张良抢先答曰："此乃沛公参乘樊哙。"

项羽一挥手道："真乃壮士也！来人，赐卮酒！"

樊哙拜谢，举起卮杯豪饮而尽。

项羽笑道："好！再赐彘肩！"

来人将彘肩奉上，樊哙以盾牌置地为俎，接过大块生彘肩，搁于盾牌之上，半跪于地，以剑代刀切割起来，那力道、手法皆异常娴熟。众人见他大口咀嚼，大口吞咽，颇有种不拘豪气，不觉投去了赞赏目光。

项羽遂大笑曰："壮士可还能再饮？"

樊哙却一抹嘴道："死且不避，几杯酒水算得什么？"即起身正面项羽道："此前怀王与诸将约'先入关中者王'，今沛公入关破秦，毫末无犯，而待将军。劳苦功高如此，将军未有丝缕封赏，且欲诛有功之人，此举与那暴秦何异？"

项羽默然不答，只道了声："坐。"

那项庄舞剑，招招锋芒毕露，项羽岂能看不出？可其未加阻止，何

213

故？只因刘季之死活，根本于他无碍。但如今这话既已说开，便也只能就此罢了。

众人又略饮得两轮，刘季也借口要去茅房。起身之时，他故意装作醉酒不稳，引得樊哙连忙上前搀扶，两人遂一起出去了。

有顷，见刘季未归，张良知事必有变，遂道："将军，沛公怕是酒醉不便，臣请去寻。"便也出得帐外。

且说张良径往茅房处寻去，见樊哙正立于门前。樊哙暗告张良，沛公已与夏侯婴等人往霸上去了。张良这才放下心来，两人商议，为防项羽派人来寻，便让樊哙继续守在门前，张良入厕伪装以掩人耳目。

再说那席间，余下三人又饮过几轮，见那沛公还未回来，项羽便遣了爵卿陈平去问。陈平来到营中茅房，见了樊哙道："在下陈平，将军见沛公迟迟未回，担心其身体欠佳，特命我前来照看。"

樊哙有意高声应道："沛公无碍，只是喝得多了些，正在里间醉呕，劳烦这位兄弟，先回去禀明鲁公，好教鲁公安心。"里头张良一听，便跟着发出些声响来作掩饰。

陈平素来心思缜密、体察入微，细听一阵便知其中之人并非刘季，他虽是头次见到那沛公，却看出其人不拘礼节，而里间之人似乎过于斯文克制，想来，应是那张良。

陈平虽已看破，却不愿点破。只因今日这场鸿门之宴，他已瞧得真切，那沛公性情豪放且能屈能伸，其身边之人护他，皆由情义而非敬畏，这使陈平不由暗生了钦慕之意，遂笑曰："如此，在下便放心了。但看样子，沛公这一时半刻还回不了，想来眼下帐中酒气正酣，在下也正好借此之机，四处透透气去。"

张良在内闻听此言，知道那陈平是有意相助，心感此人体察之能实在非比寻常。陈平走后不久，张良便走了出来，与樊哙问起那陈平相貌特征。

陈平果遵其言，有意在外磨蹭了好一会儿，才回报说四处都不见沛公。

估摸着沛公等人已行至安全之处，张良这才重返帐中。进帐之时，张良有意向四周扫了一眼识出了陈平，随后面向席中三人拜谢道："沛公不胜酒力，怕扰了各位兴致，已先行一步离开，特命在下代为谢罪！"遂朝外招呼一声，两名士卒分别手捧锦盒入内。

张良道："沛公命在下代为奉上白璧一双，献与将军，玉斗一对，献与亚父。"

项羽道："回去烦请代我多谢沛公美意。"

张良应诺拜去。前脚才走，范增便将那玉斗置地，当着项羽面前一剑狠劈下去，玉斗顿时碎成数瓣，遂丢下句"竖子不足与谋"，愤然转身离去。

那另一头，刘季拼了命逃回军营，头一件事，便是亲手处死了曹无伤。

正是：千辛万苦入关功，一宴杯酒转瞬空。欲知那沛公将得个什么名分，诸君且听下回分解。

第二十七回 百年宏业付一炬 十九诸侯易新天

却说鸿门宴后，西进再无阻碍，项羽遂带了满腔仇火，一刻不停直赴咸阳。

说起这项羽心中之恨，自其出生之日便已埋下种根。彼时，楚国正处于秦国凌威之下，其祖父、父亲、叔父相继死于与秦交战之中，亲族之血泪渐次灌起道道壕沟，深不可逾，国破家亡之耻痛日益筑起面面城墙，坚不可摧，此方城垒深植于心，与筋骨相融、血脉相连，根深蒂固，非与身俱灭不可和解。那项羽恨秦之切，兼及秦人、秦室、秦家！

渡渭后，项羽即令大军洗劫咸阳，并告军中将士：所掠财物，不必禀明，皆可自持。这一声号令，直似张开了馋兽之笼，那诸侯将士由上而下，个个面露贪残、目现凶光，整座咸阳城顿时笼罩于腥风血雨之中。

便在此刻，两个兵卒破门闯入一幢民户，肆无忌惮搜掠财物。屋中妇人吓得面色苍白，惊惶失措，一把抱住小儿瑟瑟蜷于屋角。可那小童忽从妇人怀中挣出，跑去一兵卒面前举起块玉佩喊道："骑马那军爷说了，若是有人敢欺负我们，就拿这玉去找他！"兵卒闻声低头看去，一瞧那玉，顿时眼放精光，伸手便抢。谁知那小童死死拽住不肯撒手，兵卒即操起长矛，妇人见状急急冲来护住，瞬间，长矛贯透了母子身体……

城中四周哀号求告之声撕心裂肺，弥弥不绝，任谁听了都不免三分恻悯，可那项羽听到耳中，却浮出一丝称心快慰。想至眼下，始皇与二世皆已入土成灰，项羽便把一腔怒火直指废秦王嬴婴。

却说嬴婴得知诸侯大军进城，并未逃走，而是沐浴更衣，做了最后一次祖祭，便于府中静待。楚兵来时，正见其一身华服博冠，端坐堂中，却似有股不怒之威。

楚兵随即一拥而上，将嬴婴缚押至项羽马前。只听一声怒吼，项羽夺过一旁护卫手中长铍，猛力刺入嬴婴胸膛，遂令：凡嬴姓子孙，一个不留！把那惨叫嘶喊尽抛诸身后，他携了诸侯将领与亲军部队，直奔咸阳宫去。

这面前壮阔绵延的宫室在那项羽眼中，哪里是什么富丽堂皇，不过是一块块带血的砖石木瓦。风过处，墙角檐端皆发出阵阵呜咽，如啜如泣，如怨如诉。其时，深埋心底的火种被这风引燃，迅疾化为一把烈焰，从胸腔直冲瞳目，又自眼中喷射而出，继而，焚起整座秦宫、宗祠，连带着那未完工的阿房巨殿，一道葬身火海。这火势自廊腰缦回，噬吞檐牙，连绵三百余里，整整三月未熄……

且说这一番烧杀掠尽后，项羽便开始规划大军回程线路。听闻项羽有东归之意，谋士韩生前来进言："将军，如今既已入得关中，何不就势定都于此？"

项羽道："秦人于此经营数百年，此处尽是秦地残风恶俗，何如我楚国之地纵情恣肆？"

韩生遂道："楚疆自是辽阔壮伟，但关中之地更有其得天独厚之处，将军容禀，"说时将怀中一幅关中舆图徐徐展于案前，以手指示道，"关中乃四塞之地，西有散关、东有函谷、北有萧关、南有武关，其北、西、南三面靠山，东面临河，其中八百里平坦开阔、河流纵横，是世所罕见之沃土平原，实乃易守难攻之金城天府。秦统以来，又大修直道、驰道，自咸阳通达四方，水路可沿泾、渭，陆路……"

还未待其说完，项羽便抬手打断道："先生之言，我已知晓。只是，富贵不还乡，便如锦衣夜行！定都之事，我自有决断，先生不必多言！"那韩生闻言，只得收起舆图，悻悻退下。

　　这关中条件之优越，项羽自然不可能不知，只是，他从未想过要在此定都。一来，其一心挂念楚国故土，更兼眼下楚政之基，仍在怀王治下彭城，唯有返归彭城才能夺回权柄，坐实诸侯霸主之位。二来，怀王曾与天下诸侯约，先入关中者王，若于此定都，终归名不正言不顺，必落人口实。而况入关之前，其已将关中之地许封三位秦降将，也正因此，前时焚屠咸阳，手段虽则残酷不堪，却也并非毫无道理。只是，这话自然不能，也无必要对一谋士直言。

　　可那韩生如何能体察得出项羽这番思量，他只瞧见，关中这块儿油滋滋莹亮亮的膏腴肥脂，就这么被弃如敝履，不禁私下愤曰："真乃沐猴而冠，小儿见识！"这话不日便传到项羽耳中。项羽见这韩生如此愚陋，想来是不堪大任，便使人将其扔进沸锅，活活烹死。随后，他便遣人将入关之事还报怀王。

　　却说怀王此前听闻项羽领军入关，便知大事不妙，如今再看这奏报，心中愈发泄气，似乎其上每一字皆能吸精噬气，直至看完最末一字，那熊心浑身气力似被抽干一般，黯然瘫坐于王榻之上，其心内明了，自己已再次失却掌控之权。那项羽势壮飞速，着实令他始料未及，想来这由始至终，他都低估了项羽之力，更好似忘了，这乱世之中，从来只讲兵势，不讲忠信。所有一切，仿若黄粱一梦般匆匆掠过，待醒来之时才发现，锅里黄粱竟是从未熟过。

　　熊心眼神空茫，不知该把目光投向何处。眼前朝廷，已是空空如壳，其预感到自己即将再度成为牵丝傀儡。想至此，熊心喟叹不已，却仍强自振作精神，决然落笔书下：如约！

　　那项羽收到"如约"二字，自是勃然大怒，便当着楚使，将怀王手

218

谕猛力摔下，简册顿时碎散一地。

"怀王熊心，本自吾叔父项梁所立，既无尺寸之功，何得主约？定天下者，诸将与项籍是也！"

那使者闻言，面上白一阵，又赤一阵，默然瑟缩在下，不敢直视项羽，只跟着唯唯应和。

于是，这年正月，项羽佯尊楚怀王为"义帝"，以"古之帝者地方千里，必居上游"之说，欲将其远迁至郴县孤立，并派人促其尽快动身。

这怀王无权无势，只一张迁令便可打发，可那各路诸侯该如何安置，却是个棘手难题。项羽遂撇开众人，独与范增、项伯、项声、项佗等人聚于议事厅中商议。

厅中已将大案撤除，布好广筵，四边叠上毡席，一卷巨幅舆图铺展于中，几人依次围图而坐。

待众人坐定，项羽手指其中道："此乃方今天下之形胜舆图，今日请诸君到此，便是商议如何分封诸侯之事。分封之事与天下局势息息相关，可谓牵一发而动全身，不可不慎重。这分封之要，首在制衡，次在公允，具体是如何施行，还望诸君各抒己见！"

范增道："将军既已决定返都彭城，则楚地预备如何划定，想必心中已有决断。"

项羽遂抽出随身佩剑，以剑锋在图上指画道："我欲以东郡、砀郡、淮阳郡、薛郡、四川郡、东海郡、东阳郡、会稽郡、鄣郡共九郡[1]，为西楚之地，自为西楚霸王，以镇天下诸侯。"

范增诧不解其"西楚"之意，项羽由是道："那义帝之楚，乃其熊氏之楚，此西楚则为我项氏之楚。我项氏久居下相之地，下相又在彭城之西，故名西楚。亚父以为如何？"

范增心中为着迁逐义帝一事，始终有些介怀，尚犹疑未应，倒是项

1.西楚九郡具体为哪九郡，目前仍存有争议，此说集合史学界众家之论，谨备一说。

伯在一旁笑道："这西楚之名，甚好！"

范增遂另起一话头道："若欲威震诸侯，则必要消除诸侯坐大之隐患。西楚既已定，则肘腋之患便首推齐国。"说时倾身向前，以手指画道："齐之地，疆域广阔，渔盐富足，春秋之时曾居霸主之位，其势不可轻忽。现下，田市虽为齐王，但权柄实操于齐相田荣之手。田荣一脉为田氏庶支，其兄弟三人以一腔勇武复齐，齐王田儋战死于魏，田荣便驱逐齐人所立故宗室之后田假，转而自立田儋之子田市为王。那田安由此与田荣不睦，同将军田都叛荣救赵，又与我军一同入关，其功既高，其势亦不在小，此二位正可与之分齐。"

项伯道："田安乃齐王建之孙，亦是宗室嫡系，在齐地仍可聚引民心，可借此与田荣相抗。那田都以田荣麾下副将而叛，亦与之势不两立，据此利用，可分而制之。"

项羽默然忖思片刻，遂道："将齐地分胶东、齐、济北三国。徙封齐王田市为胶东王，领胶东郡；齐将田都封齐王，领临淄、琅琊二郡；田安封济北王，领济北郡，如何？"

项佗赞道："妙极！以田都为齐王，夹于嫡庶之间，可谓挑起三方混争，相互消耗，齐之内斗指日可待！"

范增复道："魏国地处中原腹地，沃野千里，交通纵横，亦是可坐强之隐患。老夫见将军此前已虑及此，划了魏地陈、砀两郡入楚，则安置魏国之时，便须得考虑如何不让那魏豹心生怨怼，兼而缓冲魏楚边境之冲突。"

项羽道："亚父所言，我亦有所思虑。既占了他魏豹两郡，便将赵国之上党、太原二郡还他，将魏分西魏、殷两国，徙封魏王豹为西魏王，领上党、太原与河东三郡。那赵将司马卬，此前率先攻下河内，迫使秦军出降，可封其为殷王，领河内郡。"

范增道："嗯，有此殷国作缓，便可免去西楚与西魏直接相交。"

项佗遂道："那赵国被割两郡，是否也要依样还回两郡？"

项伯应道："那赵王歇，本是张耳、陈馀二人所立，实无甚权势，划割其两郡亦无甚大碍，应虑及者非赵王，而是那张耳、陈馀。他二人早有称王之心，且声望势力不可小觑，今只将此二人妥善安置便可。"

项羽道："季父所言不错，此番张耳既随我入关，且遣部将申阳立下大功，我便成他之愿，予其邯郸、巨鹿、恒山三郡，封恒山王。并徙封赵王歇为代王，领代、雁门、云中三郡。至于那陈馀，既未随同入关，便不予分封。"

范增却道："老夫以为，陈馀该封！"

项羽问道："为何？"

范增曰："将军可想过，恒山国与西楚比邻，何以制之？那陈馀便是制衡之要。陈馀本应随同入关，只因巨鹿一战与张耳反目，一气之下隐遁而去。据吾日前所遣之人回报，陈馀现下就在那巨鹿郡南皮县中栖身。"

项羽恍然道："亏得亚父提醒，险些错失了一步好棋！如此，便封陈馀为南皮侯，许他南皮周围三县之地，让其与张耳自阋于墙。"

范增道："嗯，燕国之封，亦可借用此法，燕将臧荼受韩广之命救赵入关，可据此功封其为王，以分裂燕地，相互制衡。"

几人商议过后，遂决定将燕地分为燕、辽东两国。徙封燕王韩广为辽东王，领右北平、辽西、辽东三郡；封燕将臧荼为燕王，领渔阳、上古、广阳三郡。

那项佗遂指向西楚以西一块道："那这韩国……"

项羽道："韩国地小势弱，不足为虑，韩王成未立尺寸战功，依理不该封王，姑且留给他块颍川郡，日后寻机吞掉便是。再往西，便是三川郡与南阳郡。那赵将申阳，一马当先攻下河南，截断秦军最终退路，是逼降秦军之关键一环，依其功封为河南王，领三川郡。至于这南阳郡嘛……"

一旁项声接道:"南阳郡如今被王陵所据,强取无益,最好设法拉拢。"

项羽道:"嗯,此事可容后再议。"

接着,那项羽提出要在西楚以南划分故楚地,封置数个诸侯国,以做后方保障。这几位诸侯王,必得是可靠可信,又有军功可服众之人。经一番商讨,众人最后决定敕封"三王一侯"。

首先是那番君吴芮。吴芮于当地本就有无法撼动之势,又曾率众佐战,故封其为衡山王,领衡山郡;次为当阳君黥布。那黥布作战勇冠三军,深得项羽信重,且又是吴芮之婿,便自然更多了道保障,故将其封为九江王,领九江郡;再是楚柱国共敖。其人忠直勇武,入关前已领兵攻下南郡,就势封为临江王,领南郡;最后是那吴芮部将梅鋗,封台侯,食邑十万户。

听得要封梅鋗十万户,那项佗讶然失语道:"只听说有十万户之王,却未听说还有十万户之侯的?"

项羽闻言笑而未答,项伯遂接过这话道:"这十万户,不过是口头应承罢了,最终竟得几户,便要看他梅鋗自己。那梅鋗于岭南一带雄踞多年,其属地以南即南越王赵佗领地。故秦之时,赵佗与任嚣受命南攻百越,其后赵佗趁势割据南越,并于此深耕多年,和辑百越,颇受南越之民拥戴,势力非同小可。梅鋗若能争获其地,其地虽则为之所得,其势则可为我西楚所得。"

项佗却又问:"可那梅鋗本随刘季一同入关,而非随我军入关,为何要予他封侯?"

范增道:"一则,梅鋗本是那番君吴芮之将,此人豪义重情,与吴芮是挚交,此前西进也不过是受吴芮之命,封其为侯,亦是拉拢番君之意。二则,刘季率先入关降秦,乃是不争之事实,但若承认其功,依约便该许封其为关中之王,而梅鋗亦有入关之功,今大彰其入关之功,同时便是削弱那刘季首功。"说至此，范增面色忽而凝重，随之望向项羽："说至刘季，老夫一向以为，其乃将军之极大隐患！"

未待项羽开口，那项伯念着与其结亲之情，于旁驳道："刘季为人谦和宽仁，颇有长者之风，何况，单凭他现下兵力，何足与我为患，范公怕是过虑了。"

范增即道："左尹莫忘了，若依先前之约，刘季便该是关中之王，可关中之地早已许封了三位秦降将，若是左尹，心中可会善罢甘休啊？"见项伯一时语塞，范增又道："老夫一生阅人无数，只稍观其相，便可略知其人。那刘季面宽仁而心深沉，此前入主秦宫，珠玉宝器秋毫未取，又与秦民约法三章，恤抚上下，可见其志不在浅短。此时虽未成龙虎之势，但若不加制约，日后必成难以根除之大患！"

项羽道："亚父多番提醒，我亦有所防备，我正欲将其遣入汉中、巴蜀之地。使雍王章邯领陇西、北地两郡并咸阳以西，塞王司马欣领咸阳以东，翟王董翳领上郡，以此三秦王锁制之，其间又有天险巨脉阻隔，谅他便是插翅也再难飞出这关中。"

范增问道："将军预备予其巴、蜀与汉中郡？"

项羽道："有何不妥？"

范增道："制人之法，不单灭其势，亦要攻其心。老夫以为，不若先以'巴蜀亦属关中，且为天府粮仓'为由，将巴、蜀二郡分封予之，而将中间汉中地留出，暂不封许任何人，待刘季主动前来请地时，再顺势将汉中加封予他。此一招，便是攻心之计，先将之狠狠打入谷底，再施手拉持一把，借此或可稍解其心中怨愤。"

项佗道："范公怎知刘季必会前来请地？"

范增道："刘季或许看不出，但倘若其身边之人俱不明此中之意，那这刘季便也不足为虑了。"

项羽道："好，此事便依亚父所言。"

至此，项羽与范增等人商定，正式废弃"怀王之约"，但仍借义帝之名，据当前七国势力范围兼以入关军功为参，将天下划分为十九国，正式裂土封王。

十九王分封且毕，诸侯便待陆续就国。在此之前，项羽又秘密召来三人。此三人为九江王黥布、衡山王吴芮与临江王共敖。那项羽召之前来，是有项隐秘任务交付他们。

虽说此时"义帝"已然是个空壳，但名分上于西楚霸王项羽而言，却始终是个障碍。如今义帝自彭城南下前往郴县，所经之路只能是九江、衡山、临江三国之一，故项羽召来三王，令其秘密击杀义帝。三人遂当面歃血立誓，务使义帝不得抵达郴县就位。

正是：机关算得制衡术，反教卿卿生祸心。欲知诸王就国情形如何，诸君且听下回分解。

第二十八回 汉王就国锁偏隅 连敖处斩险还生

却说刘季得知自己只封得那鸟飞不进、鹰旋不出的巴、蜀两郡，当即气得直骂娘，扬言眼下便要与那项羽干一仗。樊哙一听，更是直接操起了家伙，卢绾见状，赶紧上前阻拦。

虽说众人心中个个激愤难平，却更加明白，以当下兵力要对抗西楚霸王，莫如以身饲虎，而这沛公也不过只是当众发泄发泄，撑得个脸面而已，故那曹参、周勃等人，亦跟着上前劝慰起来。

见这众人骂的骂，劝的劝，一旁张良却是十分镇定。张良对于术略计谋素有洞悉，他已看出些端倪，心中思量，如此一块膏腴之地，却悬置其中无所归属，显然太过扎眼，无论是否有意为之，十之八九是可以争取来的。

故张良决定先顺势于暗中活动一番，遂将刘季所赐黄金珠宝等悉数奉出，赠予项伯，托项伯说服项羽将汉中之地也一并封给沛公。

项伯便将这黄金珠宝尽数带到项羽面前。项羽望着那金翠锦绮，叠似小山，笑曰："亚父之计果真奏效，寡人之前还担心那刘季看不出来，要白白舍了这汉中郡呢！这些财货，季父只管安心收着，他们送来多少，季父便收下多少。若论起来，这也算得是亚父赠予季父之礼，季父来日若要单独宴谢亚父，可莫忘叫上侄儿作陪啊！"项羽心知项伯与范增向

225

来有些不睦，便想借机缓和缓和二人关系。

项伯也只得道："我明日便备下盛馔，宴请大王与范公。"

且说项羽现下，已将汉中比邻之关中封予章邯、司马欣与董翳，于暗中形成了控遏汉中的三道防线，并授意三人务必严防死守，小心留意一切动向。既已留足后手，项羽便将那汉中郡增封给汉王刘季。

得了汉中郡后，刘季算是暂息了怒火，遂带着一众将士前往汉中就国。那张良将汉王一行送至褒斜道口，再往前，便是通往汉中之栈道，其只能止步于此。

临别之时，张良私与汉王道："项王对大王始终心存疑虑，大王军过褒斜道后，请即刻烧毁其中栈道，将动静闹得越大越好。一来，可绝关中诸侯盗匪之兵侵袭，二来，以此向项王昭示绝无返还关中之心。如此，或可保得一时安宁，为大王争取时机。"

刘季紧握其手，言辞殷殷："自你我相识以来，子房殚精竭虑，为寡人筹谋划策，若非子房相助，寡人恐难入关封王，子房当真不随寡人同去汉中吗？"

"承蒙大王知遇之恩，臣时刻感铭于心。只是，臣生为韩人，肩负复兴王室重任，今韩王被困于项王身边不得就国，国中形势未定，恕不能随大王同往。"

刘季心中自然清楚，却也更明白，此一去，便如被锁入深水险山之中，再难踏足关外，遂含泪叹曰："此番一别，不知何日才能相见！"随即吩咐侍者，"快去拿酒，再将寡人准备的礼物拿来。"

不多时，几名士兵便将一箱箱金玉罗绮用马车运来，一眼望去，足有张良赠予项伯的两倍之多。

刘季遂道："子房为寡人说下汉中所费颇多，此份恩义，寡人无以为酬，只能略备些薄礼，还请子房务要收下！"

张良闻言，便不作推迟，拜道："大王既如此说，臣就此谢过大王！"

刘季遂端起一杯酒，递予张良，张良双手接过道："只要大王心中不自困，便无人能困住大王，山水迢遥，相逢未远！"

"好！借君吉言，再会有期！"

两人对饮一觥，就此作别。

待三万人马尽数通过褒斜道，末端殿后的队伍即点起火把，火焰迅速铺满栈板。霎时间，一条火龙腾空而起，瞬间吞噬了整条栈道。

那汉王遥望着身后冲天浓烟，又望了望这周身削石巨峰，心内久久不能平静。虽说多了块汉中之地，却丝毫不能消减这心头之恨。

说起来，那分封的十九王中，人人都只争多不厌足，心有不平的自是不少，可这刘季无疑是最冤的一个。其遵守"怀王之约"，带兵率先入关降秦，本应占据最为优渥之地，成为关中之王，可那项羽，仗势抢了他的功劳不说，还将其"流放"至与关中毫不相干的偏狭一隅。更不提在其预备就国之前，项羽还强行剥了他入秦后受降的十万秦军，只予之留了当初随同入关的三万本部兵马。

只不过，出乎那项羽意料的是，各路诸侯军中竟有不少慕从之人，甘愿跟随刘季一同前往汉中就国，人数足有三万之多。这帮慕从之众各自商定好后，便陆续自关中子午道前往汉中。

列位看官可知，这其中竟有谁？便有那项王郎中韩信。

这韩信自加入项梁军后，历经了东阿大战、定陶大败、巨鹿大捷……自一寻常兵士小卒，渐次晋升为项羽身边侍卫郎中。成为那亲近侍卫后，韩信多次据其对军事兵法之感悟，提出谋略策法，却皆未得采信重用。时日一久，他亦逐渐看清，那项羽是个勇武俱佳却刚愎自用之人，自己埋于其下必不会有什么出头之日，遂开始萌生去意。趁着此次裂土封王，天下时局再次大动，那韩信也为自己做了次抉择，亦如当年应募参军一般，遂自楚营偷偷潜出，加入这前往汉中南郑的队伍。

且说这六万人，先后到得汉中一瞧，心中却不免沮丧悔叹。整个汉中，

227

只有中间一块狭小平原，向南面巴蜀望去，其间有大巴山相阻，朝北面关中望去，其中又隔着秦岭巨脉，唯余五条狭窄蜿蜒之山间小道可穿行。这五条道路，几乎是与外界仅有之连接，而目下，已然失去了最为便利的褒斜栈道。

那汉王本部将士，多是关东砀四地区之人，其家眷亲友皆在故乡日夜盼其凯旋。只是，任谁都未曾料到，这仗是打胜了，却被封到这么个鸟不拉屎之地，人人心中都憋着口怨气，更不必说那后来归附的诸侯兵，一时间，逃跑兵将络绎不绝。尽管军中严令，擅逃者一律处死，其同伍官长以连坐论处。可逃跑之人，仍是只增不减。

没过多久，那韩信也动起了逃走的心思。不过，他倒并非是为了回乡，早已孑然一身的人了，去哪儿并不重要，其真正在意的，是仍不见崭露头角之望。从前在那项羽身边，好歹能当面说上一两句，可如今身为汉军连敖，并不在汉王左右行事，反而连面见汉王都成了难事儿。

韩信早在投奔汉王之前，便对汉中形势做过详析。他亦曾于鸿门宴上见过这位沛公，凭其所感，依这汉王性格，绝不可能一辈子甘守汉中，可若要打回关中，就非得事先周密筹谋不可。为此，韩信将数日所思写作一策，欲献与汉王，可一连多日，便如石沉大海，未得丝毫动静。韩信遂又上书二次、三次……结果还是一样。如今这番景象，不禁又让其想起那被项羽弃置的献言策，这韩信便又日渐灰了心，遂暗中与几个要好弟兄商议，趁着月黑风高夜，远走他处。

只是，近日军中防控甚严，几人未寻到合适时机，尚不敢轻举妄动。可谁料，几个同伍士兵却先自顶风出逃，又很快被守卫发现，当下就被抓了回来，捆缚于营狱中。那韩信受此牵连，遂也一同被抓捕起来。

消息报到汉王处，汉王断然道："传令下去，将昨夜抓回逃兵与涉事官长悉数处斩，命太仆夏侯婴监斩！"

次日午时，刑场四周之警卫，依次列备，当中空地朝东摆置着两座刑台。这刑台原本面西而置，只因汉王感念这些逃兵东归之心，想着死刑虽不可免，但若能让其面朝故土方向而去，多少亦算得一种慰藉。

近日处决逃兵太多，周围地上血渍尚未完全洗净，已是新渍又覆旧渍。两名剑子手早已候于刑台旁，神情冷峻漠然。太仆夏侯婴正立于监斩台中，一丝不苟盯着台下那两列人犯。

待人犯皆次就位，夏侯婴即令："验身！"押解士兵遂一一核验人犯相貌、名姓等项。

有顷，只听得回报："十八名人犯俱已验明正身！"那行刑官顾向夏侯婴，夏侯婴略一颔首，行刑官一声令下，两旁鼓声遂急促敲起。这鼓声听似熟悉，却又极为陌寒，本该是战场上冲锋军号，此时却成了刑场上催命哀号，那场中人犯禁不住战栗，有几个已不自觉微微抽泣。

两名剑子手分别将当头两名人犯押跪在地，一手持刀，一手把其头按入刑具当中。只听"唰唰"两声，行刑台上瞬时射出两道寒光，恰巧直直晃入那韩信眼中。两枚首级应声而落，鲜血飞溅数尺。韩信身子忽地一震，心道，绝不能就此白白送命！

且说前头六组已一一受刑，下一个便要轮到韩信。剑子手正欲按住其头，不想那颈项却如顽石般强硬，非但按不下去，反倒见其忽地挺身昂首，直面左侧监斩官夏侯婴道："汉王不欲夺天下耶？何斩助其夺天下之人也！"夏侯婴闻言一惊，遂快步走了过来。

这些年中，那夏侯婴跟着刘季，也学了些识人辨才之术，知道口出惊人之语者，往往不可小觑。他见那韩信，不过二十出头的年纪，体格健硕，眉宇气度稳健疏阔，便亲自上前为其松绑，邀到一旁相谈。

待听完韩信一番大势见解，夏侯婴大为赏惜，许诺要保下他荐于汉王。

刘季与夏侯婴本乃过命之交，知道夏侯婴向来重情轻利，从未开口讨要过什么恩赏，此番却为个不相干的军吏求情，倒让他颇为惊讶。这份情面自然不能不予，故而不仅赦了韩信死罪，还将之拜为治粟都尉，已算得是异常的恩典。只是这段时日，汉王正为安定军心之事焦头烂额，对于这韩信，并未有什么深入了解的兴致。

刚经历了死里逃生，又晋升为治粟都尉，韩信眼里似乎又瞧见了些希望。这治粟都尉之职，说来虽算不上高，却常能与统领后勤事务的汉相萧何公事往来，如此，倒也不失为一条门径。那韩信遂勤思勉力，不在话下。

再说那张良，自送别汉王入了褒斜道后，便立即返身去追项王一行，只因韩王韩成如今被迫与项王同行就都，尚不知如何情形。

可怜那韩成一见张良，一股酸苦之泪再抑不住，直往上涌，遂牢牢抓住张良之手，却又欲诉无言。张良眼见此状，不知是发生了什么事，正欲寻一两个身边人来问，却发现韩王原先亲近侍臣，通通被撤换为了项王之人。如此一来，张良便隐约猜得了几分，略略安抚过韩成后，即赶去面见项王。

那项羽见了张良便道："汉王已入了汉中了？"

"是，汉王特意嘱臣代谢大王加封汉中之恩典，并使臣禀报大王，待大军一过褒斜道后即刻烧毁栈道，再不踏足关中一步。"

项羽"嗯"了一声，似是得意，又似不信。

张良憋了半晌，终开口问道："那韩王……"

"韩成如今已非韩王，寡人已将其贬为穰侯，颍川郡也已收归西楚。"

张良不禁愤然道："臣斗胆，敢问大王为何贬黜韩王？昔日，诸侯相约复六国而共灭秦，如今暴秦已灭，五国尚在，而韩国独被废弃，大王就不担心其余诸侯就此心生离惧之意吗？"

项羽怒道："今暴秦已灭，天下大势亦变，前为六国，今则为十九王。寡人分封，平允公直，谨据灭秦之功而定天下秩序，那韩成未立纤毫之功，不当称王，若不当称王之人称王，诸侯才真当离心生变！若有何人心存异议，可教其与寡人当面对论！"说时那一双重瞳之目凛然威视张良，锋芒足慑人心。

张良见此，知道多说无益，便默然退下了。其心知项羽废贬韩王意在侵吞韩地，而自己此前助汉王入关，恐怕亦是其中之由。想至此，张良不觉心生忧愧，他已能隐隐预见，韩成之命恐将危矣。

话分两头，却说自大军到达汉中后，这汉中之地人口忽骤增数万，大半还都是不事生产的军士，仅一日口粮消耗就不计其数，调运粮草之事便成了当务之急，也成了那汉相萧何近来极为头疼之事。

这日一早，萧何便来到粮仓，查检存粮保藏并督促调运事宜。平日这时，此间十分安静，只有些值守仓人与戍卫，今日却有些不同，老远便听见一阵"唰唰"声此起彼伏。萧何循声放眼望去，只见每间粮室外都有几名士卒，正往墙上刷涂着什么。

见萧何一行走来，众人都停下手中活计向丞相行礼。萧何遂向一名仓人问道："这是在做什么？"

那仓人见问，便答道："回丞相，我们在给这粮室外墙刷上脂水，室内再涂上草药水，这样外可防水，内可防虫。"

萧何严声道："这脂水和药水是何人所配？可能确保安全？"

"回丞相，这都是治粟都尉想出的法子。几日前，都尉已在几个粮室中试验过，效果极佳，下令这几日便要将所有粮室都刷涂上。"

"便是那新来的韩都尉？"

"正是。"

"他人现在何处？"

"正在仓中。请丞相稍待，我这就去将韩都尉请出来。"

那韩信听闻是丞相来了，连忙出来拜见。萧何这是头次见到韩信，特意细细打量了一番，见他身形壮健步履稳重，面容清廓疏朗，隐隐感觉与寻常武将有些不同，遂道："韩都尉不必多礼，听那仓人说，这些都是你想出的法子，不知配置这脂水与药水的方法，你是从何得知的？"

"回丞相，末将不过是照着家乡人用的土法子，再依据这汉中气候做了些调整。"

"哦？都尉是哪里人？"

"末将是淮阴县人。"

"嗯，那淮阴可是个水沛物丰的好地方啊，想必韩都尉对于水运之事极为熟悉吧？"

韩信听得如此说，知道萧何有与之深谈之意，遂道："末将确实在水边长大，不敢妄称极为熟悉，不过确有些了解。"

"如此甚好，都尉可愿带我四处看看，我们边走边说。"

"丞相请！"

那韩信遂领着萧何，到各处粮仓一一查检，又将粮草各项进出数目核对清楚。萧何发现，仓管之法已有了些新变化，事无巨细皆规定得细致且周全，不由对韩信大加赞赏。其间，韩信还趁机向萧何进献数策，其中有关如何利用水路运粮，如何节省人力、减少损耗等法，直引得萧何连连赞叹，大感相见恨晚。

自此，那萧何只要一得空便来找韩信聊天，两人常常从军事后勤不觉聊到天下时局。尤其是那韩信对汉中地理形势之见解，及其反攻关中之建策，屡屡使萧何感到出人意表。萧何遂将前于秦宫中所收存之图籍文书示予韩信，其上详细载录了汉中、巴蜀一带民籍风貌等信息，大大完备了韩信的反攻之策。

这萧何识得韩信之大才，亦多次向汉王力荐，可那刘季却始终不温不火。韩信自然知道萧何在汉王身边的地位分量，心下沉吟，若是连萧何的推举都不顶用，那自己在此怕是彻底没有什么盼头了。如此一想，那韩信便又动起了逃跑的心思。

有道是：世间已得千里马，可怜君王尚未识。未知韩信此番逃跑将引出一段怎样佳话，诸君且听下回分解。

第二十九回 萧何夜月追韩信 "逃兵"高坛拜将军

却说那日，萧何与韩信约好，晚间处置好公事便去寻他，想听听其对郡县兵防守备的看法。

直至夜已近深，那萧何手头公事才了，遂独自骑马前往韩信住处。到那儿一看，却见户门未闭，屋内漆黑一片。萧何轻推开门，唤了几声，见无人应答便朝屋内走去。就着月光，只见屋内正案中赫然摆着那治粟都尉印绶，其旁还留有封书信，心内顿生不祥之感，遂即点灯照看，竟是韩信留给自己的辞别信。萧何迅速展信览阅，见信上只说了些感激临别之语，并未交代去处，直急得连连叹道："韩信啊，韩信！"当下遂什么都顾不得，立即纵马去追。

那路上，萧何一直思考韩信会往哪里去。想来北入关中是不太可能的，西边有高原阻遏自然也不可能，南边巴蜀又仍属汉地，故唯一可能，便只剩往东了。若要往东去，最便捷之径应是先出城往南，走米仓道穿大巴山，再沿南江东下。其实那萧何心里也把不准，只能不住祷念，希望这猜测没错。

却说汉王宫中，军士正向刘季报告，丞相萧何夜间独自一人，疾驰出城去了。那汉王听闻，又急又气，一把摔了手中杯盏："还愣着作甚！赶紧派人去追，不惜一切代价也要追回丞相！"

军士领命去后，刘季兀自捶胸顿足，喃喃自语道："萧何啊，萧何，你如何也跟着一起逃了啊！这不是要去了我半条命吗？"

再说那萧何，紧追了一日一夜，其间只歇马喝了几口水，连饭都没来得及吃上一口，一气儿追到了两角山与米仓山间夹岭。直至夜间，就着那皎洁月色，才远远望见了韩信身影……

这两日间，汉王是茶不思，饭不想，心头更似被刳去了一块儿，没着没落，坐立难安，直至听门外有人报说，丞相回来了！

刘季瞬时大喜："快，快让丞相来见我！"随即又赶忙定下心神，整了整衣冠，静坐等待萧何。

一见萧何，汉王心头虽喜却仍作佯怒道："大胆萧何，寡人有何对你不住，你竟也要跟着一起逃？"

"禀大王，臣蒙大王深恩，自不敢遁逃，也绝不会遁逃。臣只是去为大王追国士了！"

汉王怪道："国士？哪里来的什么国士？！"

萧何道："是那治粟都尉，韩信！"

汉王顿时有些哭笑不得："逃走的将士何其之多，丞相皆不顾，深夜疾驰竟是为了追一个治粟都尉？"

萧何遂朝上郑重一拜："正是，此人便是臣多次向大王举荐之能士。眼下，大王若欲久居汉中，则韩信无足轻重，若大王意在进取，则臣请大王务要亲见韩信，听其面呈对策！"

座上汉王虽有些气恼，却更是诧异。萧何之沉稳持重，他最是了解，究竟是怎样一个人，能让他如此急追猛赶，竟连告知自己一声都顾不及？遂道："罢了罢了，寡人明日便召来见上一见，若真如丞相所说则罢，若不是，你二人，寡人一并处罚！"

萧何喜道："臣谢过大王！"

第二日，汉王果依言召见了韩信。那韩信来时，汉王正箕踞而坐，

234

随意叉开两腿，语气轻忽道："丞相近来数举都尉，不知都尉有何大计可教与寡人？"

那韩信并未正面回答，却是从容问道："大王以为，方今天下，最强者可是项王？"

汉王脸上掠过一丝不快："是又如何？"

韩信又问："大王自以为悍、勇、仁、礼四者，比之项王如何？"

汉王沉声道："不如也。"

只见韩信恭然一拜，道："大王恕罪，臣亦以为大王不如也。然臣侍项王日久，可为大王言其人。项王一声叱咤，可震慑千人，诚勇悍也，然其不能任贤断谋，故此仅为匹夫之勇也。项王恭敬仁爱，言貌有礼，人有疾痛必问，饮食与同，诚仁爱也，然其吝名惜利，人有厚功而薄赏，故此仅为妇人之仁也！"

汉王听得如此说，脸上渐露悦容，端身正色道："都尉请坐，坐下说话！"

韩信坐定后道："如今项王背义帝之约，独霸天下，自据善地而封诸侯，人皆有怨，是失诸侯之心也；项王所攻之城，皆屠戮残灭，四民不附，是失黔首之心也；今又弃关中而居彭城，遗险要与人，是失东门之钥也。然则，项王之失，实乃大王之得。是以，项王虽外强，实则内弱，而大王虽貌弱，实则中强也！"

一番话引得那汉王兴致顿起："哦？如何个中强，都尉且说来听听！"

"关中三秦王，本为降将，欺其众二十万降诸侯，至新安尽被项王坑杀，关中黔首由此恨齿切切，一则对项王憎且惧，一则对三秦王怨且恨。而大王入关，秋毫无所犯，与民约法三章，又善抚之，关中父老皆望大王而不得，益怨也。大王若能乘此将士东归之心，一鼓作气，北向而东进，全此关中父老之愿，则天下大定，指日可待也！"

汉王连连击股道："好！好啊！都尉之言醍醐灌顶！若非丞相，寡人差点就失了成事之臂膀啊！"遂端起案上茶杯，"寡人以茶代酒，敬都尉一杯，共饮此杯后，还请都尉教寡人反攻关中之策！"

接着，那韩信愈益滔滔不绝，从反攻策略讲到治军之策，引得刘季时而惊叹时而激赏，不住叫好。两人从日上三竿，直谈到夜月高悬。

且说此夜，那汉王兴奋得一夜未眠。次日一早，他便命人速请萧何。

那谒者才领命半盏茶工夫不到便回了，汉王正待要问，却一眼瞧见萧何正随其身后而来。萧何道："臣正欲前来拜见大王，谁知路上便撞见了大王谒者。"

汉王笑道："哈哈哈，这国中除了丞相，还有谁能与寡人如此心意相通啊！"这笑声舒朗畅达，一听便知是由衷之喜。

萧何心中遂有了几分定数，便道："大王以为韩都尉之见解如何？"

"谋虑卓绝，确实不凡！"

"那大王以为，可拜大将否？"

此言一出，汉王忽默然不语，面显犹虑。萧何遂进一步道："臣心知大王所虑，此般跃迁确属前所未有，恐怕诸将心中不服。但请大王细思，一来，若大王以为韩信返定三秦之策确然可行，则此事便需从长计议筹备，是长远而非眼下之功，非其亲自统筹执行不可；二来，大王入汉以来，三万诸侯将士因敬慕大王而自愿跟从，韩信便是其一。此三万众不远千里追随大王，乃因大王宽仁慷慨，皆望日后能于大王手下谋取高爵厚禄，只是，其众非大王起兵之元从，其心尚不可量，对大王亦难全信全仰，故入汉以来，逃归者甚多。若大王此番大封韩信，则其众便知大王举贤用能实不拘亲疏次第，此亦为收归人心之举；这三来嘛……"萧何说至此，有意顿了一顿。

汉王急道："三来如何？"

萧何遂往前走近数步，低声道："三来，此三万众之中，鱼龙混杂，各国之觇谍细探必夹杂其间，密切监视我汉国动向。那韩信原不过项王身边一侍卫，实乃寂寂无名之辈，旁人并不知其才能，若大王今拜其为大将，则各诸侯必以为我汉国无人，继而放松警惕、骄纵轻敌，到时我军便可抢占先机，打它个措手不及，这便是兵法所言'攻其无备，出其不意'之计啊！"

汉王闻言大笑："丞相与那韩信待得久了，竟也开始谈兵论道了！好，就拜大将！"

萧何知道汉王素日里不拘惯了，又特意强调："大王谨记，此番不仅要拜大将，还得礼数齐备，大肆宣扬。"

"行，就依丞相所言！"随即召来宫中太卜占卜吉时，又向全军传下令去，说是要封拜汉国大将军，却又不明示是何人。

众将士闻讯，皆有十二分的纳闷，这刚入汉中之时，汉王便依功封赏了文臣武将，近日无战，又无甚大事，怎么就突然说要封大将军了？更不知这位受封的大将军究竟是何许人也。军中上下一时揣测纷纷。

这日午后，几个小兵闲来无事，躺在草地上晒太阳攀谈。天空明净阔远，有流云几许，自缓缓往东边行去，四周皆是高山巨脉，连绵无际，纵是仰面望天，那峰峦山尖也仍能插入视野，似要将人永远困锁于此。

其中一个忽道："这次汉王封将，兄弟们觉得会是何人？"

"自然是建成侯曹参，曹将军下城最多，负的伤也是最多。"

"依我看，该是威武侯周勃。周将军弓马娴熟，屡立奇功，与建成侯也不分上下！"

"不对，我觉得是临武侯樊哙！临武侯向来作战勇猛，鸿门宴上那一吼，真乃肝胆俱佳，更不说他与大王还是连襟，关系自然更亲。"

"必定是建成侯无疑！"

"不用说，一定是临武侯！"

……

几人意见不一，说时便争论起来。那头前一人倏地起身坐直道："咦唉唉，都先别争了。既然各有所属，不如一道打个赌如何？"

众人一听这邀赌的话头，顿时来了兴致。

"赌就赌，我用一个月的饷钱押建成侯！"

"那我押临武侯！"

"我押威武侯！押俩月！"

"别急别急，咱一笔笔来记上，省得到时赖账……"

且说那汉王既答应了要慎待此次拜将典礼，便开始像模像样地筹备起来。先是命人找来城中最好的工匠，平地筑起个一丈有余的拜将坛，又让那郦食其依例编排出一套拜将之礼，自己耐着性子学了几日。在正式拜将前，汉王还特意斋戒、沐浴，各种礼数一一齐备。众人见一向不拘小节的汉王，此番竟是如此大费周章，由是既对那封将殷切期盼，又如堕五里雾般摸不着头脑。

拜将当日，韩信身披簇新戎装，首佩武弁大冠，同汉王执手自那拜将高坛拾级而上，身后乍起一片哗然。

"怎会是这个毛头小子？！"

"此人是谁，为何我都不认得？"

"他不是才从死囚升成了治粟都尉吗？大王现下又将他拜为大将，竟有什么来头不成？"

"他能有什么来头，听说不过就是项王身边一个小侍卫而已。咱大王莫不是被那项王吓怕了，连这么个小侍卫都要当宝似的供起来？"

"真不知大王是如何想的，这将我等置于何地啊！"

……

众将虽只敢小声在后议论，但七嘴八舌的，一时间便似炸开了锅。竭力猜测了这许多天，谁也未曾料到，汉王如此大费周章要拜封的大将，竟是个名不见经传的小都尉，这自不是他们想要看到的。眼前那么多随汉王披荆斩棘、浴血沙场的将士，都未封得这大将，一个中途归附没几日的毛头小子，又未立过尺寸之功，凭什么就能受封大将？这众将心里自是没一个肯服气的。可另一边，那追随汉王来汉中的诸侯兵将们，心头却是另一番思量，他们眼见此情此状，嘴上虽未说什么，心中却对这汉王多了份信重，亦少了份怨悔不安。

萧何见那下头已喧噪得不成样子，便道："肃静！"底下人群这才渐次安静下来。

汉王却不顾众人异议，从容登坛后，自面西而立，韩信面北而立。四周矗立的大纛旗，于风中猎猎翻飞，汉王手持钺首，将其柄递予韩信道："从此上至天者，将军制之。"继而又手执斧柄，将其刃递予韩信道："从此下至渊者，将军制之。"

那韩信依次接过钺、斧，道："臣闻国不可从外治，军不可从中御。二心不可以事君，疑志不可以应敌。臣既受命专斧钺之威，不敢生还。愿君亦垂一言之命于臣，君不许臣，臣不敢将。"

汉王道："准！"

随后，汉王领着韩信依次拜祭天、地、四方，韩信又向汉王行了三拜之礼。一套繁缛礼节过后，汉王转身面对众将，临视下方一众狐疑面容，眉间不觉显出些许得色，即对众人道："今日正式册封韩信为我汉军大将军，此令绝海不变，撼山不移，传将印、虎符！"

谒者复传曰："传将印、虎符——"

侍从听令，遂将备好的金印紫绶与黑漆镶金虎符置于木案，双手奉至汉王面前。汉王拿起印绶，亲自系于韩信腰间，又将左半虎符交于其手中。

众将虽极不情愿，但仍依礼祝道："恭贺大将军！"声音稀稀拉拉，若有似无。

那韩信却全不在意这些末枝小节，他只见这梦寐以求大施拳脚之机，如今就在自己手中握着。外间那些驳杂之声，他已全然听不见，只感到手中虎符灼灼如火，浑身皆炽热燃烧起来。

　　都说是"新官上任三把火"，那拜将后的韩信，根据"依托关中秦地，逐步并吞天下"之战略，将这头一把火烧到了军制改革上。其一改汉军原所依凭的楚制，照着之前秦军编制规章重申军法、整训兵士，使军队上下焕然一新。这第二把火，便是下令封锁汉中与关中间所有出入道路，完全断绝与关中之联系，为那第三把火做准备。而那第三把火，正于酝酿中等待时机。

　　有道是：路遥知马力，烈火见真金。毕竟这韩信第三把火烧得如何，诸君且听下回分解。

第三十回 田荣叛反统三齐 韩信备战出汉中

却说一则消息忽自齐地传出，犹如一道平地惊雷，把那深埋泥土下蠢蠢欲动之心，尽数炸起。

田荣反了！

要说这事儿，还得从田荣与项羽那过往恩怨纠葛说起。其二人之不和，由来已久，且越积越深。当初，那项梁领兵奔赴东阿击败章邯，救出田荣，按理说，田荣应感激涕零，知恩图报，可当项梁大军被困定陶之时，其一心争权夺位，不愿出兵相救，最终项梁战死，那项羽也就此与他结下了仇怨。其后，项羽又杀了与齐交好的宋义、宋襄父子，田荣自然更不愿派兵援战，双方梁子便越结越大。那田荣自携齐王田市独据一方，既未参与援赵，又未随同入关，项羽封王之时自不会将其考虑在内，遂直接摒弃田荣，将齐将田安、田都分封齐王与济北王，反将原齐王田市迁为独领一隅的胶东王。表面看似迁贬田市，实则是为了对付其背后操权者——齐相田荣。

那田荣乍闻封迁一事，自是怒不可遏，当即摔案道："我田氏之齐，何得小子染指置喙？！"遂强逼田市留在临淄，继而整兵秣马，只待齐王田都来此就国。

田都实未料到田荣已备下一手，军队还未入城，便中了埋伏，很快被击得溃不成军，情急之下，只能逃奔楚国去了。

打退了田都，田市本可以继续做他的齐王，可那田市天性胆小，害怕这么一来，西楚不久便会派兵征讨，遂日夜担忧，以致食不甘味，寝不安席，甚而觉着那王座就似块滚烫炭火，直教他坐也不是，站也不是。就此煎熬了段时日，田市竟偷瞒着田荣离开临淄，前往胶东即墨就国去了。

田荣得知，勃然大怒，遂迅速集结军队，亲自领兵直冲即墨，把那田市一刀结果了。

眼下，齐地大半俱为田荣所控，唯余济北一域兵力未及。听闻那魏人寇首彭越正隐没于巨野泽一带，田荣便遣使授彭越将军印绶，令其北上击杀济北王田安。

那彭越在项羽分封以前，本凭着数年经营，于魏国东部占有一席之地，但因常年皆是单独行动，从未参与诸侯联盟，也未随同项羽入关，故其先盘踞之地被项羽直接纳入西楚国境，由此心生不满。田荣正是看准这点，料定彭越必然不会拒绝。

果然，彭越爽快接了将军印绶，随即挥师北上。得了这彭越襄助，田荣旋即回马向西，顺利攻下济北郡。只是，这一路打去，田荣因暴怒杀红了眼，为清除田都、田安拥趸势力，便不分青红皂白，累及了齐地不少城池与无辜百姓。

待依次吞并三王地盘后，田荣干脆自己做起了齐王。至此，由项羽一手所建分封之秩，在不到三月时间，即告破灭。可那田荣之野心，还远不止于此。

却说这日，田荣将彭越召至跟前，命其即日前往济阴，进攻西楚。彭越刚领受完虎符，忽听谒者入殿来报："大王，南皮侯使者求见。"

田荣道："请使者入殿。"

那使者上殿拜道："臣夏说，拜见齐王！"

"贵使免礼，请入座。"说时示意彭越也一同入座。田荣遂对夏说道："贵使远道而来，不知所为何事？"

夏说道："陈侯听闻大王一统三齐，特命臣前来恭贺！"即吩咐随从将礼物一一搬至殿中，"南皮狭乡僻壤，不似大齐这般国土广袤、渔盐富庶，纵倾域内三县财货，仍只备得这区区薄礼，实在惭愧，还望大王不要见笑才是！"

"贵使这是哪里话，陈侯客气了。寡人以为，陈侯德高望重，战功显赫，与那恒山王张耳亦不相上下，理应分土封王，怎奈那项籍措置不公，将他困于恒山国三县之中，寡人亦为其哀愤不已！"

"大王所言极是！"夏说道，"陈侯心有不甘，却苦于兵力不济，唯有日夜喟叹。今见大王勇逐三王，一统齐地，遂感佩不已，有意与大王共谋大业，只不知大王意下如何？"

田荣闻此，心下已有几分明了，遂道："如此说来，寡人且听听陈侯之策。"

夏说道："若大王愿分兵相助，陈侯自领兵攻恒山、联代王，此后共为齐西之藩屏！"

田荣顾向彭越："将军以为如何？"

彭越道："若当如此，则齐、恒山、代三国合力，便可控扼西楚之北！"

田荣大笑："哈哈哈，好！那便请贵使回去告诉陈侯，寡人愿分兵助陈侯破袭恒山！"

"臣代南皮侯拜谢大王！"

得了这齐军襄助，那陈馀便从恒山境内撕开道裂口，直驱国都襄国城下。

那恒山王张耳不虞此变，正自宫内惊慌无措，恰逢谒者来报："大王，陈馀遣人送来手书一封。"

张耳急道："快呈上来！"

243

接信之时，张耳心中五味杂陈，只见那信上道：

恒山王谨鉴：

悉闻足下裂地封王，夙昔之志得偿所愿，然愚鄙之人终难为君祷贺。遥念当年，你我同起于微，共奋于时，今日足下金玉加身，志得意满，而吾徒困于三尺之地，夙夜怀忧，唯恐刀兵倾覆，朝不保夕。每每子夜梦回，往事历历在目。

昔时，足下豪气纵横，慷慨俊逸，吾心甚慕，遂誓随足下，侍如父长，足下亦引我为至交知己。随之，你我同蒙国破家亡之痛，共担亡遁天涯之苦，死生相依，肝胆相照。固以为，此情可比管鲍，兼胜伯牙子期，未料巨鹿一战，方知数载厚谊竟不抵肚腹寸尺之隔。足下疑我之心，夺我之印，使吾如坠寒渊，如入鼎镬，终致分道扬镳，形如陌路。

今日析离人，往事何堪忆！谨以此信作结，你我恩断义绝。

吾以此书敬告，明日辰时，率军攻城，生死一战，再无袍泽。

陈馀字

张耳览毕，只觉怅然若失。那陈馀之笔力，已不似从前那般恣意洒脱，字字都似深藏仇怨，浓重得晕化不开。哪承想，昔日相依为命之人，竟会闹到如今兵戎相见的地步，数年情义，最后只剩了这一纸薄缣。但陈馀所言不错，若扪心自问，他张耳对其又何曾全然推心置腹呢？

那张耳遂拿起案头一漆木盒，缓缓打开，从中取出半只虎符，对手下侍从吩咐道："速调玄虎骑！"

这支玄虎骑，张耳从就国恒山之日便开始秘密训练，本就是预备用来对付陈馀的。只不过，训练时日尚浅，战力还不知几何，若真当战场对阵，只怕胜数尚少。

却说翌日辰时，陈馀准时来攻，其果如信上所言，亲自率军猛击，丝毫不留余力。一时间，喊杀声弥天盖地，城周四处可闻。

那玄虎骑兵力尚弱，气势尚浅，很快败下阵来。眼看城门就要攻陷，张耳只得速携家眷，准备弃城而逃。临走前，张耳急召几个心腹近臣，暗与之曰："陈馀素来习儒，不会滥杀无辜，其如今只欲取孤之性命，尔等与之有旧，尽可安心留下，待得来日再作谋算。"

那张仲道："大王只管安心离去，臣知道该如何行事。"

张耳走后不久，国都旋即陷落。陈馀遂将代王赵歇重立为赵王，自己继任代王并兼领赵相一职，却并不就国，只将代国交予国相夏说打理，自留于赵王身边行事。

今事至此，已远违西楚霸王当初所愿。听闻田荣并吞三齐后，竟还敢派兵向西楚攻来，那项羽雷霆暴怒，即派萧公角前去阻击彭越，同时明发西楚霸王令，速召各国军队前来讨伐田荣。临江王共敖、衡山王吴芮率先应令，亲自领兵赶来。

有道是，几分忧愁，几分欢喜。这田荣叛反于项王来说，无疑是个棘手之乱，而对那汉王而言，却是个绝佳的反攻之机。可话又说回来，自汉中入关中，绝非易事。两地间横亘着绵延八百里之秦岭巨脉，山势高峻险峭，欲直接翻过绝无可能，唯一方法，便是穿过山间那五条古道。而这五条道路各有其险，即便汉军能顺利通过进入关中，等待他们的，还有把守关中的三秦王。便在此时，韩信点燃了那第三把火！

时至七月，正当仲夏转入季夏，骄阳仍自如火，蝉虫噪声不绝，随之一同焦躁的，还有身在雍都废丘的雍王章邯。

日前，章邯收到消息，称汉军沿汉水西进，抵至陇西一带，曹参一部已攻占了下辨县，另一路樊哙部则继续北上，向陇山以南之西县、上邽方向进军。那章邯连灌了四五口凉水，强使自己冷静下来，于案上摊开一卷舆图，欲摸清汉军主力真实行军路线。

早在汉军烧毁褒斜道时，章邯便敏锐觉出，此举实乃欲盖弥彰。其后，汉军新封大将韩信，又命人封锁两地间所有通道，便更加重了这层疑虑。如今，齐地田荣反叛，项王正广发召令欲领兵北伐，自然无暇西顾，这便为那汉军反攻送去了最好时机。

章邯以手指图，由东到西，依次划过关中与汉中相连的五条道路。心下想，东边子午道，其出口在司马欣塞国境内，三国之中，塞国为四塞要地且实力最弱，出子午道后，向北不远便是咸阳，向东不远便是霸上，极可能是汉军主力所选进军路线。

子午道以西，渐次为傥骆道、褒斜道、陈仓道与祁山道，四道出口均在雍国境内。那傥骆道，只是条狭窄难行的小道，无法作为大规模行军路线，章邯想时，随手拿起一只小盏，反扣住此条道路。

褒斜道在汉军入汉时即被烧毁，于此反攻之可能虽小，但此道自古便是沟通咸阳与汉中南郑的官方要路，其道阔可行军，不能不防。章邯那握盏之手在空中犹疑片刻，最终仍未扣下。

陈仓道为五道中较常使用之一，可经由汉中境内大散关过故道县，抵达关中陈仓，亦可能是汉军主攻方向。

祁山道在最西，也最为迂回深远，要先沿汉水西北行，经下辨、西县，过祁山经上邽，再翻越陇山，沿汧水至陈仓，才算是入了关中境内，汉军如今所行，便是这祁山道。章邯遂于此略作思顿，汉军如此辗转到达上邽，自己只速速派兵驻守陇山以西，便可顺利进行阻击，而那汉王必也知晓这点，由此看来，此道该不是汉军主攻方向，章邯又以小盏盖住此道。

如此一来，便只剩子午道、褒斜道与陈仓道。那章邯不敢有失，遂理好头绪，重新开始思索。这一次，其目光最先落至中间褒斜道上，心下遂道，汉军若选择褒斜道，必得重修栈道，可一旦重修栈道，我军便能立时知悉并进行防备，那汉军不但无法抢占先机，反而会落于被动。即便汉军真开始修建褒斜栈道，恐怕也只是有意布列疑兵。章邯遂不再

246

犹豫，落盏扣住了褒斜道。而陈仓道目下还不能完全排除，但最大可能仍是子午道。

章邯遂决定兵分三路，一部前往陇西阻击，一部前往陈仓谨防汉军突袭，再自率主力部队驻扎于废丘附近，随时准备支援塞王司马欣，同时也可看顾陈仓方向。如此想定后，他遂吩咐长史道："即刻拟书，将汉军集结欲出之事报告项王，命人快马传书，不得贻误！"长史即应诺而行。

章邯遂脱下外袍，换上昔时那铁甲戎装，又顺手操起架上长戟。一披甲执兵，一股久违之感瞬时环绕其周，章邯不觉以拇指细细摩挲长戟握杆处，见那老旧磨痕皆尚在，一丝安然遂自指尖传至心间。恍惚片刻，章邯且自定了定神，遂昂首阔步往中军大帐去了。

自被封雍王后，章邯仍坚持穿戴秦时衣冠，每每谈及始皇便口称"先帝"，并让雍城仍保持岁时宗庙祭祀传统。此时距秦灭国，尚不过数月，回想起来，却仿若隔世之遥。曾经之叛秦，实属无奈，但今时此刻，那章邯仍想拼力守住脚下这片秦土。

且说营中士兵，远远望见雍王身披玄袍精甲，一路英姿飒踏，如一阵疾风掠过，遂慌忙修整军容在两旁列定行礼。各部将军接到命令，皆急急从四方赶往中军大帐。

待帐角落下，四周戒严，两旁士兵便渐次散去，各自成团小声嘀咕起来。

"这才没消停几天，怎么又升起大帐了？"

"可不是？唉，一升中军帐，必定又有大仗要打。"

"听说，是那汉王要从汉中打出来了。"

"我当是啥事呢，要我说啊，让那汉王回来挺好，按理他也该是关中王不是？"

"嘘，这话可别瞎说啊！"

"怎的，你心里不是这么想的？咱不是还差点儿就跟那汉王去了汉中嘛！"

"想不想的有啥用，这世道下，咱不过就是个草芥子，不管它哪方的风，何处的雨，都只有默默挨着的份儿，能好好活着就算谢天谢地了，还能由得了咱？"

"哼，谁做这关中之王我不管，只不能是那章邯，若不是他，我大哥和那二十万秦兵也不会……"旁边两个士兵一听这话，吓得赶紧伸手将说话那人嘴巴捂住："兄弟啊，我们都知道你大哥死得冤，但这话日后可千万憋肚子里头。唉，不说了，不说了，咱偷偷喝两杯去，等那头将军们商量完，只怕又没有安稳日子啰！"

却说那汉中正逢秋意乍起，一带秋水映穹苍，缀点几许浮云，自山岭间绵延穿流而过。四周山峦满覆黛青翠绿，其间暗生出微微明黄，那明黄随风萌动，蓄势待发，似要从这沉沉苍翠中破茧而出。

正午之时，日头余烈已将晨时微凉尽数驱散。南郑军营内，汉军刚举行完誓师大会。军中上至将领，下到士卒，人人都铆足了股劲儿，一想到就要打回关中，将士们心头就有股炽热升腾，那热气渐渐渗出化作两颊汗珠，此刻恐已无人能分清，那汗珠，究竟是因骄阳暑热，还是因胸中炽热。

汉王一身铠甲戎装，正威立于高台之上，当着众将，亲手将右半虎符交至韩信手中，随即紧握其手道："寡人今将统军之权交予将军，即日起，我汉军将士悉数为将军调遣，将军有何谋定，尽可放手放胆，无须瞻前顾后。切记，返定关中，成败在此一战！"

韩信接过虎符，凛然郑重道："谢大王恩信！我韩信今日于大王与众将士面前立誓：不破关中，誓不返还！"继而，转身面对众将，将两半虎符严丝合缝拼在一起，高高举起："众将听令，虎符既合，大军即行！"

汉王眼瞧韩信背影，暗以拇指不断摩挲手掌，那指掌间有处凹痕，

248

便是方才紧握虎符所留，此时正散发隐隐灼痛。

正是：恃乱进取攫良时，大军一出见真章。欲知汉军此战能否返定关中，诸君且听下回分解。

第三十一回 汉军谋战定关中 楚兵挞伐陷齐垣

却说自雍王章邯处发出的急报，此时已送至项羽手中。那范增坚称汉军乃最大隐患，建议趁其未出之时即刻率军直扑关中，以绝后患。

可项羽自有番考量。其以为，关中之地尚有三秦军镇守，且不说汉军能否成功击败那三秦军，纵使其有此兵力，一时半刻也绝无可能拿下关中，故此患尚不及眼前。而眼下，三齐尽归了田荣，陈馀又已拿下恒山，携赵、代与齐联手，时刻威胁着西楚北境。更不说那彭越现已侵入了西楚境内，若不就此还击，各路诸侯还真当西楚国门无界，任谁想进便能进，此后这西楚霸主还如何威慑诸侯，控御天下？再者，若论田荣与刘季二人，项羽自然更希望能早日手刃那负恩小人，以告慰叔父在天之灵。是以，其坚持先集中兵力征伐齐国，再挟得胜之势扑灭汉军，遂遣人回复章邯，务必坚守关中，将汉军钳制于汉中。

不久，雍王便得探报，汉军果在秘密修复褒斜栈道。

章邯由此愈加坚信其先判断，遂把注意力全部转至子午道口。果然，未过多久，塞王司马欣便紧急遣使求援，称灌婴所率汉军已攻占子午口，杜县告急！

章邯收到急报，再不迟疑，即刻亲率主力自废丘赶往杜县。就在此时，陈仓那边来报：汉军一部正大肆进攻故道县！章邯确信此乃汉军故布疑

250

阵，遂只命雍城、陈仓一带驻军前去支援故道，自己引军继续赶往杜县。

不几日，陇西方面又传来军报，称进驻陇西郡之汉军，已主动退至西县、下辨一带。几乎同时，陈仓紧急来报：汉军主力打着"汉"字旗与"韩"字旗开出陈仓道，现已攻占故道，包围陈仓！

章邯这才痛悔失算，慌忙掉头向西日夜急奔。还未至城下，他远远便望见陈仓城头已遍布汉军旗帜，章邯急令全力攻城。

面对汉军严阵以待，雍军仓促进攻，很快便落于下风。加上军中士气低落，士兵并无战心，章邯临阵指挥之时，明显感到士兵应令迟缓，犹如一盘散沙。这使之不由生出一丝慌乱，即便从前张楚军破关突袭、自己临危受命之时，他亦未曾有过此感。

面对首攻不利，章邯只得引军退回都城废丘整顿，同时让其弟章平领一部人马驻守好畤一带，他又命大将赵贲率军前往咸阳驻防。

那汉军大将韩信，遂抓住时机，统领主力部队趁胜沿渭水东进，直逼废丘方向。又命曹参、樊哙领兵追击章平一部。这曹参、樊哙，皆是百战猛将，两人所率之部势如虎狼，直扑好畤。章平见状，急令紧闭城门，不敢出城交锋。

便说此时，那塞王与翟王亦得到消息，迅速调军前往废丘支援。待得塞、翟两军来援，雍军军势一时大振，章邯遂率部而出，于城西迎击韩信。

双方交战正酣，雍军探马来报：主力侧翼遭遇汉军突袭！

这突袭汉军哪里来？原是那围困好畤的曹、樊两军紧急受命，南下折返突击，打了雍军个措手不及。

雍军侧翼遭袭，队形迅疾溃散，首尾失去联系，全军顿时大乱，不少士兵趁乱逃窜。此时，汉军中又传出"归降汉军者，与我军同待"之呼，临阵倒戈之士遂源源不断，由是禁斩不绝。章邯眼见此景，急令全军迅速撤回废丘城中。

曹参见雍军退走，即率部回围好畤，这才知章平趁其南下突袭之机，已自城中突围遁走。遂与樊哙二人趁势东进，击破赵贲、内史之军，顺利拿下咸阳。

捷报频频传至汉王帐中，刘季喜不自胜，便将"咸阳"更为"新城"，以示辞故鼎新之意。遂勉励各军趁胜追击，他许诺得胜之后，誓与全军将士庆功大飨。

汉军各部均奋起而击，那曹参、樊哙即携连战连捷之势，又马不停蹄赶往子午道口，与其处灌婴配合迅速占领塞国都城栎阳。三秦守军一时纷纷倒戈，塞王司马欣与翟王董翳先后投降，关中大局落定。

这关中滚滚尘埃已定，那关东战局却正蓄势待发。

却说西楚彭城，项王正于校场内阅兵点将。此时，西楚与临江、衡山之军，并九江王黥布遣偏将所携四千兵马，俱已集结完毕，整装待发。项王即令，大军五日后起行。

在正式出征之前，那项王仍有件事尚待私下处置一番。虽说穰侯韩成如今已无权无势，但其佐臣张良向来与汉王交好，且又极为足智多谋，若日后与韩成逃回韩地复起，再与汉王联手，则可谓后患无穷。为保后方安平，项羽便打算于出征前秘密诛杀韩成。

这日一早，张良正起床更衣，忽闻下人来报：穰侯殁了！

张良闻此噩耗险些瘫倒在地，他强自定了定神，急忙穿戴完毕驰往穰侯府查看。到那儿却发现，府门已被护卫军层层把守，严禁任何人靠近。门前不远处围满了好事百姓，挤在一堆议论纷纷。张良细听了几句，只听得说是前夜里，穰侯府上忽进了盗贼，那盗贼十分猖狂，直接破门而入，与护院守卫一番厮斗，见人就杀。最后府内尸横遍地，无一幸免。

张良一听，心下便已明了事中蹊跷。一则，这彭城乃项王脚下，城中治安一向良好，断不会有盗匪猖獗如此，能随意进出城门。二则，把守府门之护卫军，乃是宫中护卫非官署护卫。如此看来，穰侯之死绝非

252

意外，而幕后之人是谁，自也是一目了然。

张良心中痛惜愧悔，不觉忆及从前常与韩成一同秉烛夜谈，讨论治国安民之策的情形。那韩成虽不擅武事兵戈，但宽和仁爱，常施惠民之政，深得韩地民众爱戴，若非经此之祸，假以时日必会成个明主仁君。想至此，张良又忍不住向穰侯府中望去，却知自己性命如今亦握于他人之手，若就此硬闯进去，当下便会授人以柄。更何况，韩成之死既成事实，眼下只能先强忍悲恸，想法儿保住性命再说，遂不再逗留，返身纵马回府。

他刚至府上，便有管家来报，说是汉王遣人送了信来。

张良见信共有两封，一封是汉王予他的手书，一封则为请转项王之报。张良阅毕手书，得知汉军已成功反攻关中，心下便生了往投之意，即理好冠带，欲进宫将另一封呈报项王，兼探一探项王口风。

项王得信，略扫了眼道："此竟比我西楚探候来得还快，只怕是有备而来吧？"

张良道："汉王虽返关中，但其主动禀明大王，且特嘱臣向大王谢罪，一再允诺，今只履约入定关中，此后谨据关内，绝不敢东出，可见……"

项羽即打断张良道："穰侯之事，卿应已知晓。"

张良不防此言，身子忽地一颤："回大王，臣早间已闻此事。"

"寡人对此甚感哀痛，已下令全城严查，势必找出元凶，以告慰穰侯。"

张良闻言既悲且怒，一字一顿道："若穰侯在天之灵得知，必当前来拜谢大王！"

项羽道："既为人臣，寡人便准你为其守丧，以全卿忠义之名。即日起，特准你专意在府守制，其余一切均无须过问！"

"臣……谢大王恩典。"

"卿若无他事，便可早回府准备，守制之礼多繁，寡人稍后便派几个得力之人，与你驱使。"

张良拜退之前，暗与一旁项伯递了个眼色，项伯随即会意，略颔首以应。

待张良退下，项羽冷哼一声，便将那信撇至一旁。他自是不信刘季会就此止步关内，如今看来，这信与那烧毁栈道的把戏如出一辙，便是"此地无银三百两"之意。遂与范增商定，以霸王之名，急令黄河两岸诸侯分筑两道防线，以防汉军东进。为此，项羽特封部下郑昌为韩王，与河南王申阳一道，构建三川—颍川之河南防线；又命魏王魏豹及殷王司马卬，紧急加强守备，建立河东—河内之河北防线。

待一切布置好后，项羽正式率军自彭城开拔，此时田荣已侵入西楚境内东郡，楚军即直奔成阳迎击田荣。那项羽对田荣蓄怒已久，遂借着这怒火，狠狠予之一记迎头重击，三下五除二就将田荣军打回齐境之内并紧随其后穷追猛打。

此番是田荣头次与项羽正面交锋，其之前便曾听闻那项羽于巨鹿战中何其神勇，却只当是流言成虎不可尽信，直至今日一战，方知项羽作战当真骁勇难当，遂不敢恋战，一面还击追兵，一面狼狈奔逃。岂料，途经平原县时，那田荣忽遭县内军民合力围袭，死于混乱之中。这田荣死于齐民之手，也算是自食其果。

项羽遂顺势降下平原，随即一路北进，很快攻占了临淄，却在此时，燕国方面又传来消息。原是那韩广不愿徙国辽东，便与前往就国之燕王臧荼激战一场，最终臧荼击杀韩广兼吞辽东国，如今，燕地已尽归臧荼一人之手。

关中火起，燕地斗乱，这桩桩件件一时扑面而至，项羽心虽烦焦，可现下实在无力他顾，只能暂且都搁置一旁，等全力平定齐国再计。可如此一来，这种种堆积怒火，便一气儿都撒在了齐地之中。每每攻下一城，项羽便带头坑降卒、焚屋室、掳老弱，激起民怨沸腾不止。那田荣之弟田横，便利用齐地军民对楚军之愤恨，重新集结军队对抗项羽，使得项羽大军愈加深陷于此。

话分两头，那汉王刘季才在关中立稳脚跟，便打算让人去沛县将父兄家小接来。

自去汉中以后，刘季实同众将士一样，时刻惦念家中老小，却因当时人心未稳，每日忙于稳定军心、安抚国民，一直无暇顾及。回想自沛县起兵，除了四弟刘交一直跟随左右，其余父兄妻儿相别至今已有三载。每念及此，那汉王都免不了一阵思乡愁楚。当下遂想，要至沛县必得先出两关，如今函谷关外便是河南国与韩国，河南王申阳势必不会借道，更不用说项羽刚封的那位韩王郑昌了。而出武关便是南阳郡，南阳目下正是王陵地盘，虽说王陵之前仍不愿随同入关，但王陵之母亦身在沛县，找他同行必不会推辞。如此思定，汉王便让薛欧与王吸带上自己手书，率队往南阳找王陵会合，再一同前往沛县。

如汉王所料，那王陵果然应允。有了王陵协助，队伍顺利通过南阳，可才一迈入西楚淮阳郡，即被楚军阻击于阳夏一带，一时无法前行。薛欧、王吸二人遂同王陵议定，暂于此处驻扎待后伺机而动，不在话下。

却说深秋之夜，月凉如水。张良定定望向院中池内浮映月影，想着数日前，那项伯曾来府中探访，其便同项伯说起逃离彭城之事，项伯答应为他预备所需之物，并约定今夜来此相见。

几尾锦鲤忽从那月影下穿过，搅碎这一轮玉盘，亦打断了张良思绪。便在此时，三声轻促扣门声，自东边角门处响起，继而，又是三声。张良知是项伯来了，遂立即趋步穿过庭院来至东门边，小心启闩开门，将项伯迎了进来。"这府内四处皆为眼线，只得委屈兄长从这角门入府，愚弟先自在此告罪！"

项伯笑道："贤弟这是说的哪里话，非常之时，自是小心谨慎为上。"

张良遂将项伯引入旁边一簇小竹林内。项伯拿出所携包袱，打开来一一嘱咐道："此中多是些衣物盘缠，最要紧的，是这行传，务必贴身收好。"说时便拿出行传递予张良,"这行传是我从一位身形与贤弟相仿之人手中购得,只是此人面貌断不如贤弟这般清俊,故还需委屈贤弟扮些日子'丑夫',这盒中便是那化装所用物什。"遂又打开包内一漆木小盒。

张良一眼便望见盒中有颗"痦子",当即笑道:"这不就是当初愚弟助项兄脱困时为项兄预备的嘛,兄长此番莫不是有意为之?"

项伯大笑:"常言道'一报还一报',这人之常言,不可不信呐!"两人共笑一阵,项伯遂将那包袱交到张良手中,"贤弟可是决定要去投奔那汉王了?"

张良道:"如今穰侯已殁,郑昌成了韩王,韩地是回不去了,那汉王与我也算知交故旧,想必不会亏待于我。"

项伯叹道:"贤弟如今之境遇,为兄亦感同身受,那汉王处,倒也不失为一个好去处。唯愿贤弟此去一路安顺,等到得关中后,务必遣人来信报个平安。"

"兄长请放心,待我安顿下来,即刻便告知兄长。"张良说时躬身一拜,"兄长今日搭救之恩,愚弟只当来日再报!"

项伯一把扶住张良:"贤弟快快请起,你我之间何须如此外道!若非贤弟当年仗义相助,我只怕早已殒命,又何来今日这尊荣富贵?眼看这时候不早了,贤弟赶紧理好行装,待天明城门洞开之时,便赶快出城去吧!"两人遂相互拜别。

张良送走项伯便回至内室,想到此番路远不便重负,余物都且不论,便只将那《黄石公兵法》装入囊中。

却说转眼间,又是年初十月,各地皆悬灯结彩,一派欢腾景象,唯有那义帝熊心,仍在行往郴县的孤凉途中。

自被"尊为"这义帝后,熊心日日抑郁难平。他原便知道,此前所结之恩怨,加上彼长此消的王权争夺,他与那项羽之间,注定只有一个

256

赢家。待被扣上这"义帝"空名，熊心便知，一切已经尘埃落定。其后不久，项羽便派人前来催其赶快动身，楚廷那些大臣纷纷见风使舵，不是出走另谋高就，就是要在彭城留待项王。这其中便有那叔孙通。

那叔孙通弟子问他："先生，义帝为君，我等为臣，当真不随义帝前去江南吗？"

叔孙通只略略一笑，反问道："诸位可想实现儒家礼乐抱负？"

"我等追随先生，谨习儒道，自是将此奉为毕生所求。"

"既如此，诸位便更需明白，礼乐在心不在形，君臣在义不在人。治世方有君臣统属，乱世只有霸主强权，只是霸主常变而势不变，故顺势之人方能霸，霸而后能定，定而后能治，故不拘于一君一臣而顺于势，方是立道之本。而礼乐唯有施于天下安平之时，方得其用，否则，便是糟践，于道无益，于世亦无益啊！"末了，又道，"吾属习儒家之道，非为殉道，而为扬道，只有先保得其身，方能保得心中礼乐！"

诸弟子道："学生谨遵先生之教！"

叔孙通遂背转过身，望向南方喃喃自语："义帝此一去，恐怕……"

那南方天际，此时正当日薄西山，落霞火红一片，眼看灼烧过后，须臾便要燃尽。距离最近之亭传还有段路程，那义帝一行仍在林间穿行，只望天黑前能赶至落脚处。

初冬时节，天色较以往暗得更早，熊心眼见天边残阳烬尽，一阵寂凉随之而生，遂不觉拿出那支牧箫，其声幽幽咽咽，连绵不绝，随行之人听闻，皆不免怅惘落泪。

忽而，箫声惊断！一阵逼仄之气裹挟寒风，自四面八方围拢而来，一群蒙面黑衣人倏忽闪现于前，个个带刀持剑，将其团团围住……

正是：夺名但知弑旧主，固位不豫制新王。欲知那汉王如何再出关，诸君且听下回分解。

第三十二回 汉王东出破防线 陈平西归入汉营

却说数日后，黥布自九江国给项羽发去一封密报：旧人已上路，大王请放心！

收到此报时，项羽仍在齐地，即予那黥布回了封信，再度勒令其速速率兵北上增援。可黥布仍以身体抱恙为由，请辞不从。

看官切莫以为，这九江王如今何等硬气，竟连西楚霸王之令都敢屡屡推拒，实则其心中已生了虚怯。那黥布原只想，这"刑而王"之愿既已实现，心下便也无甚更多欲念，况如今生活安乐舒顺，谁还想再过回那风餐露宿、刀口舔血的日子？是以，其自一开始便称病推拖，只略遣了四千人前去助战。可那项王哪是缺这四千人马的主儿？他看中的，是这黥布领军作战的能力，遂紧接着一次次派人前来催促，黥布却是接二连三推拒，到如今，便真有点骑虎难下了。

那黥布遂想，项王是个猜疑心极重之人，自己在此节骨眼儿上接连数次辞拒，其心中必有怨怒，说不好已暗生了嫌隙，等着秋后算账呢！想至此，黥布不觉有些心悸，愈发不知该如何是好了。

再说那关中现下，局势大体已安，只有两处尚未完全平定。一是那章邯仍在废丘坚守顽抗，尽管汉王多次遣人劝降，章邯始终只有四字：宁死不降。二是前时突围而出的章平，正于各处集结残部继续抵抗，但

258

于汉军而言不过小打小闹，无足轻重。

如此，那汉王便开始谋划东进之策。说来也巧，便在此时，两位故友先后到来，便好似困倦时有人送来了枕头，妥帖又及时。

这头一位，是那张耳。此前，陈馀与齐军联合进攻恒山国，张耳兵败出逃，不知该往何处去。本欲前去彭城投靠项王，却意外得知汉军已顺利入主关中，转念一想，若论及私交与秉性，刘季自然更胜项羽，两相权衡之下，便决定来此归附汉王。而这另一位，便是那张良。张良自逃出彭城，便径直往西来投汉王。汉王见到张良，自是喜出望外，当下便将其封为成信侯，留于身边谋划。

两位故友到来，于那汉王真可谓如虎添翼。如今黄河以南的首道屏障，便是那河南王申阳，申阳曾为张耳亲随部将，若由张耳出面劝说，这东进之首步，十有八九便可顺利跨出。汉王遂亲自率军开出函谷，驻扎于三川郡西之陕县，欲先张兵势迫压申阳，再让张耳前去说合，如此软硬兼施，定能一举拿下河南。

不出所料，那申阳并未多作犹豫便答应归服汉军。此后，汉军顺利开过三川郡，逼近第二道屏障——韩王郑昌驻守之颍川郡。

张良原为韩司徒，对韩地情况颇为熟悉，其遂向汉王道："先韩王在时，省刑薄赋以抚韩民，韩地人人拥戴，称道不已。今项籍无端杀害韩王，又强立郑昌，人心未附，正当反击之时。臣思量多日，有一人可荐为将，不知大王意下如何？"

汉王道："子房所荐何人？"

张良道："臣欲荐之人，乃是韩信。"

"韩信？那韩信此时正领兵围攻废丘，又兼关内驻守之任，恐怕……"

"大王，此韩信非彼韩信，"张良道，"臣之所言，乃韩襄王之庶孙韩信。其前与大王一同攻关，随入汉中，此人身长力健、勇武有谋，且为韩王室之后，可堪攻取之任。"

汉王略一思索，便道："嗯，此人确可一用。"即令将那韩信任为韩太尉，命其率军进攻郑昌。

韩太尉信遂领一支汉军进入颍川，韩地之民纷纷望风归附，由此很快拿下十余城。加上汉王亲率主力协助，不出一月时间，便拿下了整个颍川郡。眼见局势尽数倒向汉国，韩王郑昌无奈出降，汉王顺势将韩太尉信封为韩王，统领韩国军队随同作战。

顺利突破这河南防线后，汉王并未急攻冒进，决定先领军返回关中休整。

回至关中后，依旧案牍无闲，汉王与那丞相萧何商议，要利用这段时日，于国中实施安民定邦之措。这首要之事便是迁都，汉王令将都城自南郑迁往栎阳。那栎阳在咸阳建都前便是秦都，其地势险要，交通便利，且更近关东之地。如今咸阳宫城内，仍是一片狼藉，实不堪用，栎阳城中却保留着原先宫室殿阁，又经塞王司马欣整修，此时可直接迁都，便能省却不少兴修土木之工。

继而，汉王决定于境内实施大赦，遂向国中发告，开放原来秦时皇室园林苑囿，任黔首采伐耕种。那城头诏示一出，关中黔首皆大喜过望，纷纷于街巷奔走相告。

对于巴蜀汉中之地，汉王也未曾忘记，特令免除其地两年赋税徭役，关中从军之户免除一年赋役。遂又命人重筑社稷坛，于正月间亲主祭祀，以祈汉国风调雨顺，黎民安泰。

于此诸国策推行之时，那窜于陇西、北地一带的章平残部亦渐次被剿灭，章平遂成汉军俘虏。如今只剩章邯仍在据城顽抗，但在韩信大军持续围攻下，已分明显出后力不继之态。

待稳固了大后方，汉王便再次东征，欲一举突破河北防线。

汉军大张旗鼓开过临晋关，朝黄河边蒲津渡而去，于河西岸驻军扎营。汉王立于岸边，望着汤汤河水由南向北奔流而去，河上一道竹索浮桥仿如巨龙卧波，那对岸便是西魏军重兵把守之蒲坂。汉王心绪激越，直指那浮桥道："想当年，秦昭襄王建此河桥，横跨天险，直捣魏地，让那魏王甘愿匍匐其下。今日我汉军借此雄主之威，再度伐魏，必能长驱直入，席卷西魏！"

张良道："汉军气贯长虹，自能旗开得胜！不过，臣闻兵法常言'不战而屈人之兵，善之善者也'，若能得不战之法，岂不更为上佳之事？"

卢绾道："军师快说说，有何好计策？"

张良道："那魏豹原为魏王，领兵助项王破秦入关，然项王分封天下之时，却夺其旧地两郡而补之以赵地两郡，又分其所领河内郡予司马卬，迁魏王之号为西魏，凡此种种，魏豹必心有不平。若能因而用之，则西魏亦可不战而胜也！"

卢绾笑道："此话有理，那便派个能言善道的去试试，那郦老与那陆生都生了副巧舌利齿，任凭让他俩谁去磨磨牙，省得日日在我这逞舌逗闷儿。"

汉王遂道："郦食其老谋稳重，陆贾伶俐圆通，便让陆贾去吧！"

于是那陆贾便受命领了十来随从，携上厚礼去与魏豹商谈。魏豹果然爽快答应加入汉营，共同对付项羽。有了魏豹支持，汉军顺利开过河东郡，直逼最后一道屏障——殷王司马卬所领河内郡。

偏巧，那司马卬与河南王申阳一样皆曾为赵将，于是刘季故技重施，再请张耳去策反殷王。司马卬见河南王与西魏王都已归附汉王，项王此时又不在西楚，念及殷国地小兵寡，四下无援，真打起来也不是对手，便也顺势归附了汉军。

汉军这一向，如三千尺瀑飞流直下，横扫黄河南北，势不可遏。自汉中反攻至今，不过八个月而已。

那汉军破除河南河北防线之事，已星夜兼程送至项王面前。

项羽直感到一股前所未有之焦灼，心悔终是小瞧了那乡野鄙夫。尽管此时仍脱不开身亲往对付刘季，可无论如何不能再放任不顾，遂连夜召来范增。

尽管于防备刘季一事上，项羽并未时时听取范增建议，但那范增常自有所防备。自鸿门宴上刘季脱逃，范增便遣专人打探，时刻紧盯那方动向，在随入汉中的三万诸侯军中，亦顺势安插进不少暗探，此前那黄河两岸筑防之策，亦是这范增的主意。只是，此番就连他都未曾料及，汉军竟如此迅速便突破了这两道防线，看来这刘季，远比他所想的更难对付。

项羽此时已无心寒暄，便直入主题道："如今魏豹、司马卬相继叛楚，亚父以为该如何是好？"

范增原已想好应对之策，遂道："老臣以为，司马卬本属赵将，赵将统魏地，无法立威立信，不若择军中魏人另编一军，再选任魏人为将，则殷地或可下。"

"那以何人为将合适？"

"老夫举荐陈平。"范增道，"陈平本是魏人，老夫观察已久，其人足智多谋，可担此任。"

项羽遂额首应允，即令封陈平为信武君，率一支魏人所组军队，前去收复殷国。

却说那陈平受命果不负所望，轻而易举便迫使司马卬又一次倒戈。只是，陈平前脚刚率军离开，后脚司马卬旋即易帜，再次倒向了汉军。那陈平刚受了封赐，都尉印绶尚未佩稳，便遭此不豫之变，进退两难。因害怕项王处罚，遂连夜封存了印绶与赏金，独身一人抄小道逃离楚国。

陈平心中已打定主意，要西去投奔汉王。自上次鸿门宴上一见，刘季便给他留下极深刻之印象。且素闻那汉王有长者气度，好招贤纳士，此前韩信在汉封将之事早已传遍各处，虽说此事在西楚国中曾引出不少咂笑之声，但陈平慧眼独具，由此识出汉王用人之器量。韩信原在项羽身边时，陈平就曾予以注目，知其胸藏大志，腹有奇谋，只不得机会施展，后来听说韩信追随汉王拜封汉将，陈平亦有了几分心动。而此次东隅之失，或能收之桑榆也未可知。

疾行了数日，那陈平来到一处黄河渡口，见河边泊着艘小渡船，便向那船夫招了招手。船夫将船划来，陈平随即一步跨了上去。

路上，那船夫多次乜斜着眼，暗自打量陈平，见其容貌白净，气度不凡，想是什么有钱人家的后生，心中遂起了歹意，一个劲儿将船往无人处划。陈平隐隐觉察到船夫心思，遂当着船夫之面，大大方方脱下外衣，故意抖了两下，再系于腰间，帮着一起摇桨。进而又与那船夫攀谈起来："老哥，如今这营生可也不好做了吧？"

船夫叹道："可不是，你看看如今这世道，有哪家的日子是好过的？这王那侯的，四处争斗不休，无论哪家独大，受苦受难的总是咱平头百姓，这便是老话说的'神仙打架，小民遭殃'，但凡能勉强糊口，就要谢天谢地啰！"

陈平跟着应和了两句，又问："老哥家中有几口人？父母可都健在？"

"上有双亲，下有儿女，一家子就指着我手上这点儿营生呢！"

"高堂尚在便是福气啊！"陈平说时叹了口气，"您别瞧我这模样，我可没有您的福气，自小父母早丧，只有一位兄长，从小跟着哥嫂生活，一家人全靠那几十亩薄田过活，一样也不好过。后来大哥还为着我的事把嫂子赶了出去，便只剩了我兄弟俩相依为命。"

"哦？那是为啥？"

陈平苦笑一声："其实也算不得什么大事儿，那乡邻见我自小生得白净，便向我大嫂打笑说：'这娃儿吃了些什么好物，生得如此白嫩，竟胜似那未出阁的大闺女！'我嫂子便回道：'有甚得好羡慕，不一样是粗糠粝米，也就是看着体面，有这般小叔子，还不如没有呢！'我自

263

小在哥嫂家中寄食，嫂子心里多少有些怨言，原也应该，可大哥知道后气不过，硬要将嫂子逐出家门，怎么说都拦不住。唉，说起来仍是怨我，白生了副好皮囊，却没有那好命！"

船夫听得如此说，便确信他身无长物，渐渐打消了劫财念头，反跟他聊开了。陈平又说起乡里社祭，自己因分肉均匀，常被推选分发祭肉云云。船夫也把自家那些欢喜事、糟心事拿来与陈平说。陈平这才知道，那船夫弟弟前年死于战场，姐姐去岁染疾无钱医治，也去了，如今其父卧病在床，一家人也不过是饥数餐才饱得一顿。

两人闲聊间，船便靠了岸。陈平身上本有些散钱，却特意卸下佩剑上那玉璏递予船夫，称要以此来抵船资。

"不妥不妥，今日相遇即是缘分，你与我那弟弟也是一般大，不过一趟船钱而已，哪里就值这么些？若是手头不方便，就算了。"那船夫经此一路相谈，与陈平颇感投缘，又想起此前那谋财邪念，心头有些愧疚，是以坚决不愿收。

"老哥莫要推迟，我如今也无甚长物，唯有这玉剑璏还能换些钱物，若老哥真将我看作弟弟，便也让我尽份心力，拿去给家翁把病瞧好才是要紧事啊！"见陈平如此说，那船夫心头一热，眼里泛酸，答应着收下了。

陈平于是告别船夫，提剑上岸，径往河内修武县去了，其不久前率兵攻伐司马卬时，得知汉军主力正屯驻于此。

一进修武城中，便见四处都贴着汉王广纳贤才的告示，陈平便知自己来对了。经几番打探，陈平得知信陵君之孙魏无知，眼下正跟在汉王身边做谋臣。那魏无知恰是其故友，陈平遂想法子联系上魏无知，请他向汉王举荐自己。魏无知欣然应允。

三日后，陈平与其余六人一道接受汉王召见款待。宴饮过后，陈平刻意留了下来，走至汉王面前肃然拜道："臣有话欲面陈大王，此话恐不便留过今日！"

汉王细细打量陈平，见其身姿高俊，面容温润，看着甚而有些眼熟，便道："足下席间曾自述名姓，寡人记得是叫陈？"

"回大王，在下陈平。"

方才席间人众，刘季未曾特别留意，此时再听这名字却忽而一惊："可是鸿门宴上之人？"

陈平道："正是。"

话止于此，两人皆已心知肚明。

那鸿门宴后，张良曾向刘季提及陈平暗中相助一事，刘季由是暗将此姓名记于心中，遂道："快请入座！"

陈平落座后直切主题，将这些年在项王军中所见所察之细密隐晦事一一讲出，便当作此番拜谒之礼。其中不少，皆是刘季此前不曾探觉之事。

刘季见他心思细腻活络，便问道："你在楚国，所任何职？"

"回大王，臣原为都尉。"

刘季心下忖思，如今军中功臣宿将不少，大多居功自傲甚难约束，而这陈平恰是个毫无干系的局外人，自己眼下正缺个心腹，以行控察之事。此外，这陈平又对西楚内事了如指掌，若借此组织一支谍探安插于西楚朝堂内外，必会对今后汉楚交锋大有助益，遂道："即日起，寡人命你为汉军都尉，掌护军、监军之事，如何？"

那陈平一听便心领神会："臣拜谢大王！臣今后定不遗余力，唯大王之命是从！"

有道是：虽言山石可攻玉，岂非他山不惜石？欲知那陈平如何作为，诸君且听下回分解。

第三十三回 义帝死冤得昭雪 大军檄讨破楚都

　　却说那陈平上任后，果然没有辜负汉王期望，其自于暗中搜集那些功臣宿将的把柄，专挑其错处，挨个儿敲打，搅得那一帮老将怨声载道，个个都恨不得将他立刻踢出汉营。此中最为恼怒者，当属那樊哙。

　　樊哙向来忠勇豪直，最是厌恶背后手脚，又时常仗着自己功高，无所忌惮，故总被陈平揪住不放。

　　且说这日，樊哙听闻自己又被那陈平参劾，气便不打一处起。记得上次遭参才不过旬日之前，已害他被罚去一年俸禄，这次不知又要怎样，樊哙越想越恼，再不愿忍，遂气冲冲直闯入汉王帐中。

　　汉王正自批阅奏策，忽听得一声吼道：“大哥今日若不废了陈平那小儿，便干脆直接收了我的将印，这窝囊将军不做也罢！”

　　刘季一听便知樊哙所为何来，遂操起简册往他面前一摔，破口骂道：“你他娘说的是个甚鸟话？若是嫌这汉国将军窝囊，尽早滚蛋，回去做你那屠狗将军去！”众侍者吓得纷纷叩拜，直呼“大王息怒”。

　　樊哙性子虽暴，却一向敬重刘季，见刘季这下是真发火了，知道自己话说过了，便缓下语气道：“可不是我不想当这将军，是陈平那厮逼人太甚！自他来我军中，整日里正事不做，只似个短命长舌妇般，专在背后造谣生事、挑拨离间，尤其针对咱这些老兄弟们，这军中已被那厮

266

搅得乌烟瘴气，将士们日后哪里还有心思为大王卖命？"

刘季道："那陈平若是恶意构陷，你尽可来告我，寡人必不会放过他。可他说你滥行职权，无视军规任意拔擢，难道冤枉了你？"

樊哙一时语塞，心中也知陈平所说确是事实，自己做事常凭义气喜好，从不顾及军中规制。尽管如此，他仍是气不过，遂昂首拍胸道："我樊哙只知道，咱兄弟自沛县起兵，这一路走来，不知挨了多少刀箭，蹚了多少条血路，才一起打下这土地。本是一条心、一股劲，可如今，单凭一个外人几句话，大哥的胳膊肘怎的就独独向外头拐了？"

"听你这话，可是在责备寡人如今变得不明事理，不讲情义了？"

"我可不敢，大哥如今是汉王，赏罚刑杀不过是翻掌之间。"

那刘季见他眉间怨气快要拧成一股绳，忽笑道："你还有何不敢，从沛县出来的这帮兄弟中，就数你最是那天不怕地不怕的！"

樊哙见刘季笑了，便就势把话说开："那何以从前大哥从未与我计较这些，如今却要开始计较了？"

"寡人一向以为，你虽是屠户出身，又未曾读书识字，却最是明理，可如今怎的也如此糊涂起来？"说时一招手，示意樊哙坐来一旁，"你所言不错，你大哥我确实变了，但这变是不得不变。不光是我变了，你们不也一样变了？萧何、曹参原不过县吏，如今却摇身变为我汉国的丞相、将军。周勃原来日日织薄曲，给人吹鼓送丧，你则在市井中屠狗贩肉，如今你们可还做这个？"

樊哙立即驳道："大哥说的是身份地位之变，不是心变，我樊哙不论此生穷苦也好，富贵也罢，对兄弟的这份忠义绝不会变！"

"你说得不错，人之变，有外在形变，有内里心变，你道大哥变了心，这是只知其一，却不知有些变，是为变而变，有些变，却是为不变而变呐！"

"大哥这是说的甚意思，都把我绕晕了。"

"那大哥今日就与你说几句肺腑之言。"刘季一挥手，将侍从皆遣退下去，遂道，"自入关以前，无论实力、心志，我都从未想过要争什么天下，不过预备做个关中王，可那项籍偏不让我做这关中王。自被逼往汉中后，我汉军众将士就已别无选择，要么就此困死汉中，要么拼死反攻关中。可一旦决定返回关中，便是在向那西楚霸王宣战，于是这天下就变成不得不争了。然事到如今，早已非国土之争，而变为生死之争。想当年，兄弟们自芒砀山出来，跟着陈王起义，假若败了，大不了再逃回山中就是，可如今要与那项籍争强，若败了，便只有死路一条，这情势变了，心念就得跟着变。可若要与那项籍争强，我汉军便得先有能争天下之力，于是这形制也得跟着变。你想那秦军，当年何以能横扫六国，一统宇内？只因其军制严正，军纪严明，故能成虎狼之势。之前，我让韩信以秦军之制整训我汉军，如今已略见成效，但这军纪之风，依旧散漫随性。所谓上行下效，若军中老将们不做出个样子来，又如何让下头兵士信服？那你道此变，该与不该？"

樊哙笃然道："嗯，是该变！"

刘季复道："这形制、心念虽变，却皆是为践行往昔出山时许下那诺言，要带弟兄们过上好日子。我刘季不论是从前的沛公，还是如今的汉王，抑或日后成了霸王、帝王……"说至此，刘季顿了顿，伸手将地面拍得"啪啪"作响："这脚下踏的，都是你我兄弟共同打下来的江山！"

樊哙闻言殷殷动容，遂挺身退了两步，叩地稽首道："是樊哙错了，请大王责罚！"

刘季笑道："起来吧，我这大哥也有责任，此次便罢了，若再有下次，两番并罚，到时可别怪我这做汉王的翻脸无情！"

君臣二人遂相视一笑。

且说汉军在修武已休整了段时日，汉王便令继续进军，由平阴津渡河至洛阳，遂整日间与张良、陈平等人商议东进之策。

268

却说这日，汉王携侍卫随从出城巡查，正行在路上，远远就见一老者从路旁趋至中央，当路拜伏哭喊："求大王为义帝申冤！"

刘季闻声赶紧驱至近前，下马扶起那老者。老者自称董公，声称义帝已遇刺而亡，其幕后主使便是西楚霸王项羽。刘季闻言大惊，忙拉着董公细细询问。

那董公称，暗杀之事本极为隐秘，但其族中一人恰为九江王身边近侍，故而知晓些内情。他遂将所知之事，尽数告予汉王。

刘季当即捶胸顿足，口念"义帝"，纵声大哭。随行侍从见此，便跟着一起掩面呜咽。

哭过一阵后，董公开言劝慰了几句，又道："大王赤胆忠心，应约入关，那项籍却悖逆无道，不得人心。楚国本为天下诸侯所奉，义帝既崩，则需贤良明主承继其统。大王既意在东方，则必使世人知晓项籍人臣弑主之真面目，申明东伐之大义名分，如此天人共襄，则大王之业可成！"

刘季闻言立时转悲为喜道："好！先生深明大义，真乃孤之贵人也！"遂紧握董公之手，不住称善。随即命人安顿好董公，立刻掉头回城，准备为义帝发丧。

回城后，汉王即大发讣告，将西楚霸王项羽刺杀义帝之事公诸众，又在城中最显眼处搭设灵堂，召集全城军民同服缟素。同时，快马传令关中、汉中、巴蜀，让汉国所有臣民共为义帝举哀三日，期间严禁婚嫁宴饮。

那义帝丧仪，亦由汉王亲自主持，往来一应大小事务，汉王皆亲身过问，衣不暇解。出殡那日，上万甲士披麻扈从，前后白幡绵延，将大道两旁蔽为万丈白垣。汉王在前扶枢发引，悲声不绝，众人闻见，都道汉王是忠义之君。

待义帝冠服既葬，汉王便向各诸侯广发讨伐檄文，其文曰：天下共立义帝，北面事之。今项羽放杀义帝于江南，大逆无道。寡人亲为发丧，

269

诸侯皆缟素。悉发关内兵、收三河士，南浮江汉以下，愿从诸侯王击楚之杀义帝者！

此檄文一出，那些对项羽分封心怀不忿的诸侯，纷纷加入汉王东进讨伐阵营当中。至此，汉王与项王之位望，瞬时逆转，那汉王俨然成了承继楚之霸统的主公。

就在东伐联军阵营日渐壮大之时，赵、代方面却一直不见动静。汉王心知，要拉拢赵国与代国，关键得看代王陈馀。那陈馀以代王身份兼任赵相，实则握有赵国大权。此前，汉王已遣使往赵面见赵王与陈馀，欲邀其一同加入东伐大军。陈馀却替赵、代两国做出回应，只一句话：见张耳之首，即刻发兵。

这陈馀要笼络，张耳也要力保，怎么办？刘季思来想去不得其解，还是陈平想出了条权宜之计。计称，先于国中寻出个与张耳样貌相仿之人，再花重金买下其首级送给陈馀，只要能唬过这一时引之发兵便可。汉王便觉此计可行，遂命陈平负责此事。

陈平私下派人去寻，于民间找到几个容貌近似张耳之人。其中一个，为给自家孙儿治病，甘愿以死换取酬金。汉王遂予之重金，取了此人首级。待首级送去赵国前，汉王特意请了张耳前来辨识，连其本人都说是像极。料定可以唬得陈馀，汉王便让使者快马加鞭，将函封首级送至赵国。

当那满面血污、貌似张耳的首级奉至陈馀面前时，那陈馀欣喜之中又泛出些空寂。赵王欲将此首级挂于城头示众，陈馀却力阻下来，反将之好好安葬，并祭下了三杯薄酒。

赵、代既已答应加入东伐大军，汉王麾下那声势浩大的联军阵营就此成行。其间，有故塞王司马欣、故翟王董翳、故恒山王张耳、河南王申阳、韩王韩信、西魏王魏豹、殷王司马卬、代王陈馀、赵王赵歇及襄侯王陵等。大军号称五十六万，兵分三路，浩浩荡荡向那西楚之都彭城，全速开赴。

且说说这中、北、南三路大军，如何行进。

那当中一路为汉军主力，由汉王亲统。以张良为军师、陈平为监军，周勃、靳歙、卢绾等将各率所部统归于汉王麾下，再联合张耳、韩王信与申阳军，一同自洛阳出发，经三川东海道一路东进，直逼彭城。北路以汉军将领曹参、樊哙、灌婴、郦商等为主力，联合魏豹、司马印军队及陈馀所领代军与赵军配合助力。北路军沿黄河北岸行至围津渡河，计划攻取东郡、薛郡等地，堵截项羽军归路，并南下协助中路军攻取彭城。南路则由前时被楚军阻于阳夏之王陵、薛欧、王吸统领，计划攻取阳夏后与中路主力会合，共同进击彭城。

此三路大军，各自行进又相互配合，皆进展得十分顺利。中路军一路东进，经外黄一带时，那彭越自愿领三万人马来归，汉王即拜其为魏相国，合并其部一同东进，很快抵达彭城以东。北路军由东郡连败西楚将领龙且、项佗，直打到薛郡瑕丘，实现了既定堵截目标，随之分出主力一部，南下与中路军会合。南路军亦顺利攻取阳夏，向着彭城方向而来。

三路大军成功会师后，汉王举旗一声令下：进军彭城！大军遂如滔滔洪水，朝着彭城方向漫卷而至，将沿途城垒、箭矢、壕沟、刀兵……尽皆吞噬进去。

眼见大军进展如此顺利，那刘季恍然间便觉自己确乃天命之子。由此不禁忆及当初与百余兄弟在芒砀山间举荆火起事之景，谁能料到，不过转瞬之间，自己便已成了这近六十万诸侯联军之统帅，而那西楚霸王之都，也已成了囊中之物，主宰天下似乎唾手可得！

待得联军进入彭城楚宫，不少西楚朝臣皆望风转投至汉王门下，那叔孙通亦携了百余弟子前来归附。如此一来，刘季更将平日谨约审慎全都抛诸脑后，自以为己是万臣朝拜的天下霸主，再没有什么能阻碍其宏图之业。

在那项羽寝宫中，刘季又见到上次秦宫里那副金铁玄甲，甚而还有那日从拇指上褪下的玉扳指。一想到这些珍宝原本就该属于自己，却白白被项羽侵占把玩了这些时日，曾经那得而复失之痛重又涌上心头。刘季越想越恨，誓要将此连本带利尽数夺回！遂带领军士将那楚宫中美人宝器抢掠一空，又于宫中彻夜纵酒高会，接连三日，军中醉舞狂歌不绝……

再说那项羽，本自指挥军队与田横对战，却于战场上得知楚都城破，霎时如五雷轰顶，青筋暴起，须发尽竖，身旁之人见状，皆不由瑟瑟退缩。

心头积愤此时已快要撑爆胸腔，项羽眼望两军交锋处，却看谁都似刘季那洋洋得意的小人嘴脸，于是再忍不得，遂怒吼一声，亲自提戟披挂上阵，一骑劈开千军，势如疾风霹雳，连斩数员大将。楚军将士受此鼓舞，亦愈杀愈勇，生生将对方中军吓退。

待田横撤了军，项羽已无心恋战，恨不能生出双翼立即飞回彭城，将刘季那言而无信的小人碎尸万段！却也顾不及追击败军，即刻下令收兵回营，急召身边谋臣及临江王共敖、衡山王吴芮密商。

与众商讨过后，项羽决定明面上放出消息，说自己仍留在齐国攻打田横，暗中迅速集结一支轻车骑兵，昼伏夜行，钳马衔枚，火速朝彭城方向潜回。

正是：群狼纵闯山王穴，惹动猛虎怒惊风。毕竟项羽能否夺回彭城，诸君且听下回分解。

第三十四回 霸王铁骑救彭城 诸侯败师断睢水

　　却说旭日东升，彭城外东北驻营，一汉军守卫洋洋展伸双臂，揉了揉惺忪睡眼，往汉王主帐前行去。见那帐前守卫便道："兄弟辛苦，换班了！"值夜守卫声气怠懒，闷沉沉应答一声便欲回去小憩片刻。

　　此时那主帐内汉王正听着军探回报，其问："还是探不出项军动向吗？"

　　探子道："禀大王，仍是觉察不出行军痕迹。"

　　汉王不禁再次确认："东、南、北三路大军，可都已经驻扎好了？"

　　"各路均已驻扎待守，任楚军走哪一路，都能来个迎头痛击！"

　　"好，下去再探。"汉王挥了挥手示意其退下，遂顾向一旁陈平道，"你那边探得如何？"

　　陈平道："回大王，所安插探子皆称，项王如今仍在齐地与田横对抗。但臣以为，依照项王性情，得知楚都城破，定然不会无动于衷，极可能是刻意隐瞒了消息。"

　　"抓紧时间再探！"

　　"诺！"

　　那汉王亦知，项羽此时应已在返程奔袭路上。虽然齐楚间一直未能探得楚军明确动向，但其回程路线，极可能是经阳都—启阳—兰陵—傅阳一线至彭城东北而返，故将汉军主力设于此处，最为稳妥。即便他项羽不走此线，北面薛郡、南面四川郡、东面东海郡也自有大军埋伏。再度回味了一遍自己这布防，刘季得意捋须，心道，如今，就等那项羽来自投罗网了！

却说是夜，斥候急急来报："楚军突袭了彭城西边萧县，断了我军归路和粮道！"汉王闻言大惊失色。

众人无论如何都未料到，项羽竟会率军绕道直插后方！联军人马众多，粮道一旦断绝，无疑是致命之击。汉王急道："快！传令本部大军迅速集结，再派人往其余三路传令，即刻整军西进，阻击楚军！"那斥候领命，飞速前往传令。

各部军营收到急令，皆慌忙整军夜行。

次日清晨，项羽军于彭城之西整装待劳，迎击人困马乏的诸侯联军。三万西楚铁骑迎阵冲杀，其势之迅猛如虎豹出山，锐不可当，诸侯联军望之胆寒，连连后撤。随即，隆隆战车强势袭来，将骑兵冲乱的人马分割包围，各个击破。精骑袭前，车阵压后，直打得联军毫无还击之力，相继倒戈散逃。

这一路厮杀下来，已是尸横遍野，戈戟成山。联军溃不成阵，被逼至睢水北岸，退无可退。此时，楚军再发全力，猛然一击，那背水败兵纷纷被逼落水，滔滔睢水竟一时为之断流……

此时，另一路汉军刚退至彭城，即被追赶前来的楚骑团团围住，那汉王刘季恰在其中。眼见数次突围不成，身旁随护接连倒下，楚兵兵戈数次划过眼前，情势千钧一发，那刘季心中忽生惧怯，难道今日真当命绝于此？

许是那汉王实在命不该绝，便在此刻，一阵狂风自西北而来，漫卷起路旁沙石土木，掀翻屋上茅顶，霎时间，天昏地暗，万马齐啸。楚骑队伍阵脚大乱，汉军护卫遂趁机拥汉王突围脱逃。

274

于此万幸之中捡回一条性命，刘季一路拼命狂奔，片刻不敢停歇。快到沛县时，他心头忽念起家中老父妻儿想顺道回去接了再走，便携这数十人直奔城中。

待回府一看，竟已人去屋空，一片狼藉。问了邻人才知，一队甲兵已先行至此，将太公、吕雉等强行掳走。刘季即赶往二哥住处，二哥一家也早已不知所踪。

刘季便知这定是项羽那厮干的龌龊勾当，止不住破口大骂道："直娘贼！挨千刀的腌臜毛头！"心中由是忿悔不迭。可如今手头没了兵马，又有追兵在后穷追猛赶，眼下断不容片刻耽搁，想起内兄吕泽自领了队人马驻守下邑，便预备先与之会合再说，遂一步跨上夏侯婴驱驾的马车，携护卫随从急急往下邑方向逃去。

一行人方至郊外，忽被一阵孩童啼哭吸引。只见那路旁一女孩手牵一男童，正自一面走一面哭。刘季定睛一看，顿时喜出望外，这不正是自己那一双儿女吗？当下急急将两小儿揽上车，一问才知，是吕雉拼死相护，这才使他二人逃了出来。

两个孩子见到爹，更止不住委屈啼泣，眼泪便似那断了线的珠儿，唰唰不止。刘季正安抚着，却听后面马蹄声逐渐逼近，遂赶紧抓牢车前扶轼，让两个小儿分立左右抱住自己双腿站好，急促夏侯婴加快御车。

那夏侯婴原为沛县司御，驾得一手好车，自随刘季起兵后，便成了其专职司御。刘季曾打趣儿，说他驾车是行云流水，迅捷如飞，便是百余匹骏马在后疾驰也追不上，没想到如今，竟是一语成谶。

后方追兵越驱越近，刘季急得破口大骂，眼看那骑兵就要追来，为减轻车马负载，刘季一股脑儿把车上东西全都扔去，可距离丝毫未能拉开。两个小儿吓得哇哇大哭，刘季闻声更加烦乱，情急之下一咬牙，一狠心，先将女儿抱起扔出车，又一把将儿子也扔了下去。

夏侯婴见状，立刻勒马跳车疾跑回去，一左一右挟起两个孩子返回车前。谁知那刘季值此存亡之际，只想保命，竟如是再三，夏侯婴便三番停车救回二子，让俩小儿牢牢抱住自己脖颈，这才重新御马出发。

车上刘季急得哇呀大叫，抽出佩剑直敲车轼，几次扬言要杀了夏侯婴。夏侯婴却并不理会，镇静施展出多年练就的娴熟御术，辗转腾挪，忽闪忽避，不断扰乱后方骑兵追击步伐，终于将之渐次甩脱。

待行至一隐蔽偏僻处时，刘季命人清点人数。其亲随护卫，目下已所剩无几，但好在张良、夏侯婴几人尚在，一行人终得顺利抵达下邑。

一见到内兄吕泽，刘季便强拉其手悲号不止，痛诉这一路多次险入虎口，又告知吕泽，其女弟吕雉已被项军掳去。随后又让两个孩子给舅父讲述当日情形，那俩孩子一说起娘，又开始哭得稀里哗啦，直听得吕泽抓心挠肝，跟着妹婿一起痛骂项羽。吕泽遂一口答应，将军队指挥之权交予刘季。

虽说这汉王眼下未有一兵一卒，直似个孤家寡人，但毕竟其声望仍在，尚有逆势翻盘之望。那刘季得了军队，便在心中做了番深想。眼下，其余几路情况尚不明确，照那日战场上情形来看，临阵畏降之人必然不少，便单就汉军而言，也不敢保证这人心有多齐稳。平素无事相安时还好说，如今四海内风云重起，时势再度逆转，十九路诸侯皆陷入新一轮角逐分割之中，尤其自己此番几乎一败涂地，汉军内若有人趁机动心思，也未可知。与其如此，倒不如主动割利相邀，集聚能者，结成力量同盟。想定之后，刘季便将眼下所有将帅召集来道："寡人愿以关东为酬，却不知谁可共取天下？"

众人闻言皆有些惊愕，不知汉王意在何处。

见其下一片疑虑默然，刘季便将话又挑明了些："眼下情形，诸位皆已看见，势险时艰，客套虚言便不必再说了，荐己举人皆可，无须有何顾虑，若真能有助取关东者，寡人愿与之同分天下！"

张良深感汉王之意，遂率先开口道："大王，臣斗胆举荐三人。"

"子房请讲！"

张良道："自破关降秦后，这天下势力便分两部，一为项籍分封之诸侯王，一为未入分封之独立豪勇，其尤以彭越、王陵为首。而自大王东进征讨以来，那诸侯始为楚汉两方阵营，故成今日天下之三方势力。大王若欲取天下，便得善用己方之良才，割扰彼方之联结，兼拢独立之势力，故臣所欲举荐者，便分属此三方之中。"

"言之有理，且说说此三人为谁？"

"此三人，一为大将军韩信，其可将众兵、行奇谋，能独当一面；二为九江王黥布，其人骁勇善战，实为项籍之臂膀；三为魏相彭越，其用兵机敏灵活，游移迅疾，亦可用也。此三者若能得善用，便可与共夺天下！"

吕泽道："若说韩信、彭越，只需大王一声号令，倒是不难，可那九江王本是项籍所封，其岳丈衡山王吴芮又常在项籍身边行事，如何能说得动他？"

张良道："臣此前从护军都尉陈平处得知，项王攻齐之时，曾数次遣使命九江王亲随出征，但九江王屡屡称病推托，项籍由此心生不满。此次大王东进，九江王未发一卒相助，可见其与项王已心生隔膜，若借以挑拨，便可笼而用之。"

刘季沉思片刻，心中已大体拿定主意，遂问众将意见，众将皆称"全由大王定夺"，又问内兄吕泽，吕泽亦称可。

且说此三人中，韩信正于关中留守，只需派人送去手谕一封即可。彭越此时尚不知逃往何处，但要联系也非难事。唯有那黥布，毕竟是深得项羽器重的大将，能否归汉还不好说，必得派个伶俐可靠之人前去游说。可若论人选，眼下自己身边实在无人可用，刘季这一时也犯了难，又想到下邑之地距彭城不远，亦不可久留，只能先领兵西撤再说。

一路上，刘季都在嘀咕这事儿，想到自己堂堂汉王，如今竟连个辩

277

士都派不出，愈加烦躁恼怒，忽指向身边道："庸鄙便如尔等，无一人能与寡人共谋大事，徒废口粮，要之何用？"

近前一名叫随何的谒者听闻，当即明白汉王所指。他早听得汉王一路叨念，自己也于心中筹谋多时，遂趁机上前毛遂自荐道："臣愿为大王出使九江。"

刘季闻言一愣，方才无头无尾随口一言，这随何竟能从中体察自己心思，想来是有几分能耐，遂又想到随何平日也算聪敏谨慎之人，不妨使其一试，便道："好，勇气可嘉！寡人便与你随从二十，同往九江国。"随何遂领命而往。

却说彭城一战后，诸侯联军死的死，降的降，原先何其声势浩大，如今便何其狼狈不堪，五十六万大军在西楚三万精骑面前顷刻土崩瓦解，一败涂地。那代王陈馀得知张耳未死，便与汉决裂，司马欣、董翳相继倒戈，殷王司马卬战死，河南王申阳下落不明，西魏王魏豹领兵退往本土方向，魏相彭越带余部流窜到河道一带……

虽说诸侯个个未能讨得便宜，可那项王亦非大获全胜，就在其回兵收复彭城之际，北地田横击败其所立齐王田假，又将故兄田荣之子田广立为齐王，自任齐相，田假被迫再次逃往楚国。

此时距天下分封还未足两年，短短数月间，历经诸侯叛乱、都城陷落，再回至彭城，项羽心中亦五味杂陈。其独自登楼远眺，却见城外万物繁茂、草木葳蕤，城中街巷空寂、墙屋破败。忽而，楼头一阵凉风袭来，项羽遂觉委顿不堪，脑中空白一片，只木然吹着那风。

且不知过了多久，项羽忽觉身子一暖，回头一看，原是虞姬立在身后，为他搭上了一件披风。

虞姬遂走至项羽面前，一面结系衿带，一面柔声道："大王可还记得这披风，是你我初见之时，大王身穿的那件。妾一直记得，那日，夕阳正好，大王身骑乌骓，披挂执剑，英姿飒飒，好不意气风发！"

项羽望了眼虞姬，虞姬又道："妾给大王讲个故事可好？"项羽目视远方，点了点头。

"记得小时，一个暮春时节，阿娘带我去登山踏青。娘同我说，那山上风景极美，尤其是那夕阳晚景，十分醉人。妾当时便满心憧憬，只想快快登上山顶。可那山路却甚是恼人，眼见着距山顶只差几许，却兀地接了段下山路，好不容易快要接近，又眼睁睁瞧着那路往旁边绕去了。妾当时只觉有些丧气，便问阿娘：'娘，这山顶竟还能不能到了？'阿娘便笑道：'虞儿别急，登山鲜有陡直而上的，因太直了便上不去，越是高峻之山，其山路便越是迂回曲折。'于是我便跟着娘又那么上下迂回了几次，终于登上了山顶。到那顶上一看，四野开阔，无拘无阻，极目远眺去时，正撞上天边夕阳衔山，那霞彩将半面穹苍映得红彤彤、亮灿灿的，霞光穿透层云之时，便将那云也染上了金色……"虞姬说时忽满目惊喜道，"大王快看，那日的晚霞便似这般好看！"

项羽顺她手指方向望去，果见天际云破处漏出一丝霞彩，正好映照在虞姬侧颜之上。明光柔柔，勾映出那俏秀脸廓，眼睫上也似镀了层莹亮星子，一阵风过，两鬓柔丝于霞光中闪动飘曳，项羽心底顿觉被这柔光点亮，不由展颜而笑。

话分两头，那汉王带兵西撤，一路紧急派人联络各部，收集残兵。张耳与韩王信于途中与汉王取得联系，几部逐渐汇成一路，直退至荥阳才算暂且安定下来。那曹参自彭城一路清除叛军、击退楚军，此时也已抵达荥阳。

经此一役，前时于彭城宫中争相归附汉王的西楚朝臣，几乎又一朝散尽，唯有那叔孙通带着百余弟子，自愿跟随曹参队伍前来奔赴汉王。到得荥阳后，叔孙通特意准备多日，欲携此一众弟子前去拜见汉王。

便说这日，那叔孙通引了诸生前来。诸生头戴章甫之冠，身着逢掖之衣，一见汉王，忙行了个儒生之礼。汉王最近正因战败之事心绪烦乱，平日里又最是恼这副儒生派头，乜斜眼一瞧，登时火冒三丈，一把上前将其头上圆冠撕扯下来，猛摔于地："无知竖儒，最是惺惺作态，手不得挽弓，身不能披甲，要之何用？"

叔孙通忙跪地伏拜："大王所言极是！臣等浅陋无知，冒犯大王，请大王息怒！"汉王瞥了眼叔孙通，一脚踏碎那圆冠，冷哼一声，走了。

待隔日再见时，汉王竟发现那叔孙通并其一众弟子，已褪去一身儒服，转而换上楚制短襦长冠，遂不觉心悦而笑："通达时务，倒还不算腐儒。即日起，便在寡人身边做个博士吧！"

"臣谢大王恩典！"

有道是：绝处险幸存一命，可待东山再起时。欲知汉王如何重振旗鼓，诸君且听下回分解。

第三十五回 随何巧言策九江 灌婴衔命铸汉骑

却说荥阳近来阴雨连绵，那汉王刘季的心情，也如这天色般晦暗沉郁。这一月来，一直忙于撤退遁逃、集合散部，甚而都无暇颓丧，如今看着各路人马渐渐聚集，总算能暂歇下口气，那前时压抑心底的百般情绪，一时间尽数喷涌而至。刘季遂将自己关在屋中，回想起兵以来种种，是既傲，又丧，又气，又愧。

卢绾见刘季几日不曾出门，心知其此番定是受了莫大打击。那卢绾最是了解刘季，知道他自小便是这般，但凡遭了重挫，即深自锁闭不愿见人，因怕他一人憋闷出什么毛病来，卢绾便邀了张耳，带着酒菜前去开解。

那刘季正自忧闷，忽听得屋外道："今日天朗气清，不知屋中之人可愿赏脸共饮一杯啊？"一听便知是卢绾。本欲寻个由头拒绝，可那卢绾已抢先一把推开屋门爽利进了屋，门前守卫亦早已见惯，并不加拦阻。

卢绾命人在厅中将酒食摆好，即将侍者尽数遣退，遂进了内室将窗前帐幕一一掀开。阳光肆意铺落进来，屋内顿时亮亮堂堂，刘季精神亦随之一振，遂缓缓起身，凭几斜倚。

张耳此时也进了内室，对刘季道："听闻汉王近日身子不大爽利，今日未经通报擅自叨扰，先在此谢过一罪！"

刘季连连摆手唱叹："大哥此言岂不折煞我也！是我刘季愧对大哥，本欲一举拿下西楚，再替大哥夺回恒山，谁料竟落得如此田地，如今还有何颜面见大哥啊？"

张耳径自走去拿起架上单衫，给刘季披上："大王今既还认我这大哥，我便斗胆僭称大王一声贤弟，也与贤弟说几句兄弟间的体己话儿。尤记得当初，贤弟与卢绾兄弟来我外黄，我见你二人单凭着股豪勇之气，不惜跋涉千里而来，心中感佩，便将你二人邀入门下，才有了此番兄弟之谊。可如今，贤弟却早非昔日那'刘三'，既尊为汉王，坐拥千里江山，受万民朝拜，又怎可同日而语？反倒是愚兄我，一败如水，幸得大王广厦之荫，暂避风雨。再者说来，这天下大业，哪有一蹴而就的，如今连关中都已是大王囊中之物，还怕不能东山再起？"

卢绾接着道："说的就是，大哥这是发的哪门子愁来？如今这凄凄艾艾的模样，那不知道的，还当是演的哪出曲子戏哩！嘿，这要真是啊，我卢绾可头一个喊退钱啊！"

刘季听得这话，是又好气又好笑，两脚趾顺势夹起只鞋履直朝那卢绾飞去。卢绾却略一闪身，轻巧躲开，又笑着俯身拾起那鞋给刘季穿上。

衣履穿戴好后，张耳便将刘季引至厅案前坐下道："关中乃四塞之地，人都称其'利则出攻，不利则入守'，想那秦国不也是先得了关中，才据以蚕食侵吞天下的吗？几十代秦王，胜了败，败了又胜，这关中之地便如那不倒青山，但有青山在，还愁没柴烧？汉王如今得了这宝地作后盾，愚兄恭贺感佩还来不及，说什么惭愧啊！"

卢绾道："大哥这话说得甚好！只是，今日且不论这些，咱兄弟三人可是太久没在一块儿喝酒了，定要来个不醉不休！"说时，便将几人面前羽觞斟满，率先举起杯来，"据说这可是整个荥阳城中最好的酒，今儿一早，特地让军中弟兄驾了辆车运了好些来，那祝酒虚辞便不说了，二位大哥赶紧尝尝！"

刘季一饮而尽，不觉赞道："确是好酒！"待几口下了肚，那心头阴云亦随之消散不少，须臾，复又呢喃道："但要照着丰乡酒，却是差了分意思。"

卢绾笑道："那是自然，这世上何处酒能胜过咱丰乡的？"说时心下一动，遂向张耳使个眼色，"唉，只是可惜，张耳大哥还未曾喝过那丰乡佳酿呐！"

张耳随即会意："若照二位贤弟之说，此生若不能品一品那丰乡美酒倒是极大憾事了！"遂看向刘季，"不知愚兄能否有幸向贤弟预讨得一杯啊？"

刘季道："大哥放心，待我来日重新打下丰乡，这头一件事，就是请大哥去喝上回地道的丰乡酒！"

"好！"张耳一击案道，"今日卢绾兄弟作证，愚兄自此便日日等着贤弟那杯丰乡美酒了！"由此满堂纵笑不绝。

三人推杯换盏，相谈甚欢，直喝至深宵时分，便借着酒劲儿，就地倒头睡去了。

且说次日一早，刘季最先醒来，只觉脑袋仍有些昏沉，便瞧见那二人正伏于席上酣睡，遂缓慢起身放轻脚步，绕过满地狼藉杯盘，推门走至院中。

一阵晨风迎面拂来，刘季顿觉神清气爽，体内似有股强劲儿瞬间注满全身，恍然间竟有种脱胎洗髓之感。

正所谓人心悦，喜事来。这刚起不久，那萧何与韩信从关中所遣信使便接连而至。萧何于信中道，其已在关中征发新兵、调集粮草，现下军队已押运粮草上路，不日即达。韩信则称，其正亲率汉军自废丘赶来增援。

刘季阅后大喜，那宿醉昏沉也随之一扫而尽，即唤醒张耳、卢绾，又召张良、曹参等人至前厅，将此喜讯告知众人，共商下一步作战策略。

众人见那汉王精神奕奕，神采如昔，亦皆感劲力十足，踊跃谋策。

　　未得多久，萧何所遣粮草军队便如约而至。韩信亦率汉军一部抵达，并提出以关中为据，建立成皋—巩县与敖仓—荥阳—索亭—京县两道重兵防线，欲依靠敖仓与关中粮食供给，抵御楚军西进反击。

　　此防守之策果真奏效，那西楚追兵很快被汉军阻击于京、索一带，暂且无法前进。加之汉相萧何一直留守关中，一面有序安治国中吏民，一面继续征发新兵、募集粮饷，为关外汉军提供后方支持。汉军战力遂自逐步恢复，不在话下。

　　却说自夺回西楚都城，项羽便立誓要一鼓作气攻入关中，永除后患。此番得知楚军被阻于京、索间不得前进，便欲从南面南阳郡入手。

　　那南阳是楚汉间一块战略要地，其毗邻三川郡，控遏武关门户，一直由王陵把持。故要拿下南阳，关键得看王陵之心属。之前，项羽派人去沛县掳劫汉王亲眷时，特别授意将王陵之母也一并接了来。此时，项羽便欲以陵母为质招降王陵，遂遣人传信告知。

　　王陵得知母亲身在楚营，赶忙派了使者前去交涉。

　　使者到达楚营面见项王，于堂中见陵母朝东而坐，精神尚可。便欲提出条件与项王商谈，可那项王不愿听其多言，只同他道，只要王陵肯附，即刻送还其母。

　　使者无法，只得先回去禀明王陵再行决断。离开之时，陵母前来送行，对那使者道："烦请替老身转告我儿，汉王是个宽厚长者，让他一定尽心随奉，勿因老身而持二心！"说时即向两旁观望，暗自怀中掏出块巾帕，其间事先包了封帛书，"烦劳将此转交我儿！"

　　待目送使者去后，陵母即转身回至楚营，寻见位佩剑士兵，暗趋其后，趁其不备一把抽出佩剑。那士兵还未及反应，便见陵母已伏剑扑地而亡。

　　项羽闻知此事勃然大怒，这陵母一死，招降王陵之事便彻底没了希望。为消此怒恨，其命人将陵母尸身掷于巨釜当中，滚煮至烂透，方才罢休。

另一边，使者向王陵转述陵母所言，又将那巾帕呈上。王陵识出此乃母亲贴身之物，遂一把抓过，帛书随之掉落，王陵迅速俯身拾起帛书，抖展开来，只见其上道：

吾儿见信安。

吾儿展信之时，为母已先行去寻汝父，汝切莫伤悲。吾儿自小好侠任气，素爱结交豪杰俊士，那汉王亦曾以兄事汝，为母视其宽仁大气，事汝豪义，待吾亦敬谨，是可托之人。方今天下双雄相争，人心多思归汉，为去汝念持之心，为母已自绝于楚，愿吾儿勿再犹疑，谨奉汉王。为母与汝父自九泉之下，必会护佑吾儿岁岁长康！

母绝字

王陵阅罢，霎时泪如泉涌，洇湿缣帛。良久，他双手微颤，将信小心展平，摆于堂中朝东位置，重重磕下三个响头，即遵母训，收拾兵马投奔汉王去了。

话分两头，那九江王宫中，一场欢宴即被打断，气氛忽自焦愁凝重起来。只因项王再度遣使传令：九江王黥布即刻发兵，协助西进攻汉，不得推脱延误！

那黥布得令，却不知该如何是好，遂失了宴乐兴致，遣散乐舞，独自踱步忖思。忽闻守卫报说，太宰求见。

黥布道："让他进来。"

太宰陶舍拜曰："禀大王，日前抵达那汉使随何，有话让臣代转。其称，大王之所以不愿面见他们，必是以为楚强汉弱，而他正因此而来，请求大王听其面呈数言，若在理，则大王得利，若无理，则弃市亦无悔也！"

黥布略想了想，当下正无头绪，倒不妨听听那汉使如何说，遂道：

"那汉使现在何处？"

"正候于宫门之外，随时等待大王传唤。"

"传进来吧！"

不多久，谒者便引汉使随何及几名侍从来至大殿。随何依礼拜道："臣随何受汉王之命，特来拜会大王！"

"汉使请入座！"

随何落座后即道："臣斗胆，请问大王为何如此亲近项王？"

那黥布虽不知此话意欲何在，却仍道："寡人跟随项王起兵征战，又为项王亲封，故以臣事之，有何不妥？"

"大王所言，至情至理！"随何道，"臣有数言，欲请大王分辨。一则，项王伐齐，身先士卒，为臣之责，理应率九江之兵尽随左右，然项王屡召大王遭拒，大王仅发以四千卒，却不愿亲身相随。再则，彭城破时，项王分身乏术，正是大王举国之兵日夜倾力助战之时，然大王独领兵数万，而作袖手之观，这便是大王口中'臣事'之理吗？"

黥布被戳中痛处，既气恼又愧窘，便干脆沉色不应。

随何复道："大王欲养兵蓄力之意，臣深以为然，但如今项王已对大王心存猜忌，大王对此必亦心知肚明。眼下，汉王之势日盛，且有意诚邀大王共结联盟，若大王仍想保身全国，实当背楚归汉！"

黥布不禁冷笑道："那汉王才经彭城一败，仓皇西逃，何来日盛之说？"

随何道："盛衰本相依也，项王悖义帝之约在前，弑诛义帝在后，大义丧却，诸侯离心，此为项王之势衰也。汉王虽败彭城，然其据有关中，保归民心，今退守荥阳，兼领敖仓，处易守难攻之势，而楚军东来疲敝，千里深入且粮草不继，必不得长久，此为汉王之势盛也。如此，大王仍以为项王强而汉王弱吗？"

黥布沉吟半晌，方道："那依你之见，该当如何？"

"汉王曾有言在先，愿以关东为酬，寻可共取天下者。楚军势猛，但力不长久，大王若愿发兵相助，拖留楚军数月，其时，汉王取天下之势可成，必然信守承诺，裂地封土！"

"何以凭信？"

随何呈上汉王手书道："此手书为凭！"

黥布查看过后，内心仍有些犹豫不决，便欲先稳住这汉使，再思酌一二，遂道："寡人以为此计可行，但万望足下密守约定，此事只你我可知！"

那随何常侍汉王左右，察言观色之力自是非同一般，当下便觉出了黥布心思，便想那太宰曾言，项王使者如今亦在九江国中，这九江王必是因此有所顾虑。遂先当面应承，继而派人密查楚使动向，预备相机行事。

却说翌日早间，那楚使又至宫中谒见，急促九江王尽快发兵攻汉。黥布正自苦思拖延之辞，却见随何不经通传径直闯入殿中，直面楚使道："九江王业已归汉，足下何须再言！"

座上黥布愕然一怔，那楚使更是讶然失色，慌忙起身拜别。

楚使前脚才一离开，随何便走至九江王近前道："事已至此，使者若归，于大王不利，臣请大王诛之，与汉并力击楚！"

黥布眼下已是无路可选，遂只得答应。

再说汉王那边，自打退楚军追击后，荥阳之危暂解，汉王终能得空思索该如何增强汉军战力。那彭城战事，已在其心中复演多次，至于为何会惨败，刘季以为，一是未料到项羽军回程路线，疏于防范；二是诸侯联军看似气势浩大，实则离心离德，犹如一盘散沙；三是楚军战力强劲，尤其是那支楼烦铁骑。

看官却问，此楼烦铁骑竟是何来？且听我慢慢道来。

那楼烦本是北方游牧之族，人人长于马背，精于骑射。项羽那麾下精骑，本为蒙恬征伐匈奴时所收募，实乃骑兵之劲旅，其后随王离南下协助章邯，巨鹿战后，便与二十万秦军一同归降。坑杀降卒之时，那项羽有意将之保存下来，并于日后严加训练，辅以最精良之战马装备，才成了如今这横扫五十六万大军的精锐铁骑。

是以，刘季一想到战场上那楚军铁骑，铁甲如冰，兵锋似箭，一股寒意便扑面而至，遂不禁打了个寒噤，西楚铁骑之狠烈迅猛，真可谓使其毕生难忘。再反观汉军，莫说是铁骑，却连支像样的骑兵队伍都没有，实力如此悬殊，又怎能不败？

那汉王不觉紧攥拳头，"咚"的一声捶在案上。

却说日头当空，正是仲夏时节。天气热烘烘的，稍动一动，便会渗出些汗来，不少士兵遂趁着闲暇空隙，纷纷下到河中洗澡。

那河边旷地上，校尉骆甲正自刷洗马鬃，却听一人一马迎面而来，抬头一看见是李必，遂招呼道："嘿，李兄也来洗马了？"

"可不是，今儿个天好，也无甚事，带着我这兄弟来爽快爽快！"说时拍拍马背，遂问道，"骆兄那马，上次受的箭伤可好了？"

骆甲一面仔细刷洗，一面道："已经好了，唉，这老兄弟跟了我这么些年，想当年咱做骑兵将校那会儿，可是没少替咱挨刀箭！"

李必道："谁说不是呢，当年跟着骑兵队伍出战，咱俩这马总是一股脑儿往前冲，跟比赛似的，拉都拉不住，咱也就只能提着胆气跟着往阵前冲，哈哈哈……"两人不觉纵声大笑，遂一面洗马，一面闲聊。

待日落时分，李必与骆甲才牵马回到营中。一士卒远远望见，急匆匆跑上前道："李校尉、骆校尉，您二位可算回了，汉王谒者传车已在营前等候多时了！"两人闻言将马交付随从，赶紧去见谒者。

李必见那谒者便道："实在抱歉，烦劳谒者在此等候我二人，不知有何要事？"

谒者道："汉王有令，请两位校尉即刻前去面见！"

骆甲问："却不知汉王何事传召？"

谒者道："并不甚清楚，两位一去便知。"遂引李必、骆甲至汉王帐前，先依例入内通报，而后掀帐让两人进去。

二人拜道："臣李必、臣骆甲，拜见大王！"

汉王道："不必多礼，二位请坐！"

待两人落座，汉王遂道："听说，二位今日去河边洗马啦？"

李必、骆甲纷纷道："臣不知大王相召，擅离职守，请大王降罪！"

汉王摆手笑曰："二位皆是老骑将，爱马、护马乃分内之事，何谈擅离职守啊？既如此，寡人便更放心将此事交予你二人了！"

两人面面相觑，不知汉王所言何意。李必遂问道："不知大王所言乃是何事？"

汉王道："今日请两位校尉前来，是想共商组建汉军骑兵一事。二位原是秦骑兵将校，想必对骑兵编制、训练等事颇为熟习，不知二位可愿担任骑将，主持组建之事啊？"

两人不觉对望一眼，李必道："大王欲组建骑兵，实乃深谋远虑之举，只是臣等本为关中秦人，因仰慕大王而追随左右，若贸领汉军，恐怕难以服众！"

骆甲也附和道："臣亦是此意，还望大王另择亲贤，我等誓必尽心辅助！"

刘季遂想了想，以为此二人之话不无道理，只是不知这人选一时该何处去寻。那李必察出汉王之虑，便道："若是大王目下没有合适人选，臣可否斗胆推举一位？"

"李校尉但说无妨！"

"臣以为，将军灌婴颇为适合。"

刘季心想，那灌婴无论性格、胆略俱皆出众，又是两人之官长，若将其任为骑将，再以李、骆二人为辅，既不耽误组训骑兵，又可服众，不失为两全之策。于是，当下便决定拜中谒者灌婴为中大夫，任为骑将，负责组建骑兵之事。

说起这灌婴，其原为砀郡睢阳街市上一丝布小贩，性情却是机敏刚勇，不甘于这贩布卖丝的行当，一直望能闯出番大业来。那刘季被楚怀王任为砀郡长之时，灌婴便弃商从了军。此后在军中屡立战功，不多久便蹿到了刘季跟前，成为其身边一名亲信爱将。灌婴在众将中年纪尚小，加之体貌精悍，因此常被老将们戏称"灌小儿"，恰巧应了他名中"婴"字，那灌婴倒也乐得应承。前不久，汉军反攻关中之时，韩信特嘱其独领一军，佯出子午道，又配合主力部队一举拿下塞国，李必与骆甲便是那时跟塞王司马欣一道降的汉军，之后便成了灌婴部下。

那灌婴闻知汉王任命，自是欣然受命。其以李必、骆甲为左右校尉，简择原秦军骑兵旧士，开始组建汉军首支骑兵部队。

六月，关中大饥。

汉王决定亲回关内安抚国民，并对后方之事做番部署。其令将关中饥民徙至蜀、汉之地就食，又将少子刘盈立为太子驻都栎阳，以安定民心，同时增兵各处关塞隘口，加强防备。这一应事宜安置妥当，却仍有个日久之疾尚待处置。

这位看官猜得不错，这日久之疾，便是那废丘城内章邯守军。

那章邯自退入废丘至今，已坚守了十月有余。虽说对汉国已构不成什么威胁，但总算是困扰后方之患，如此扎眼的肉中之刺，那汉王早欲将之连根拔除，此番又逢关中蒙饥，便再容他不得。于是，汉王下令，务要速战速决剿除雍军。

正是：纵于危时易道辙，却困四垣守肝胆。未知那章邯命数如何，诸君且听下回分解。

第三十六回 赔妻折兵魏王成汉虏 背水一战韩信破赵国

上回书说到，汉王欲一举除掉废丘城内雍军。那韩信遂心生一计，称可借当年秦军水淹大梁之法，引水倒灌废丘。汉王听了却心生犹豫，想到若依此计，则城中军民必难逃一劫，而那废丘之城，恐怕真要成座"废丘"了。

却说雍都废丘，乃是座七百年的古城，西周之时，懿王所都犬丘，即是此城。秦统后，始皇因忌其王气，故更名"废丘"。

汉王一番慎重思量，也无甚更好计策，遂采纳韩信之计，却特意交代，淹城前务必再三劝降，即便水已灌城，只要那雍军愿降便立刻断水受降。

韩信遂领命引兵而去。其犹记三年前，项梁、章邯两路大军首阵对圆，自己恰在阵中，早听闻秦将章邯威名赫赫，欲一睹其雄姿，奈何自己当时不过一无名小卒，尚冲不到敌将近旁，一仗下来也只是远远望过那大纛帅旗。便至汙水战后，章邯率军而降，韩信作为项羽近卫，终得睹章邯一面，却不见勃勃英姿，只见了靡靡潜然，韩信却知，那章邯非败于战事，实败于乱政，故对其既存敬惜，又极欲真正战胜他一回。

却说汉军已抵废丘附近，韩信遂加紧指挥军士于白水上游筑坝蓄水，并接连遣使往城中劝降，章邯却始终咬牙坚挺，丝毫不曾松口，直欲死守到底。

这关中之地季夏常多暴雨，这几日，白水上游水位猛增，此时那天边，乌云浓厚，层层翻涌，倏忽间便要压城。忽而，一道闪电骤然撕裂黑沉天幕，随即一声轰隆巨响震颤六合八方。霎时间，风雨大作，撼海摇山。

那韩信所待之时，终于到来，其看准时机断然下令："开坝——引水——"

巨流汹汹，自高处就势而下，直扑废丘城中。

章邯紧握双拳，立于角楼之上。眼见滔天大水自远处奔袭而至，冲倒城墙，纵横肆虐，将房屋、人畜瞬时卷噬其中，当年那二十万降卒被坑杀之景再度浮现眼前。章邯心内一阵绞痛，颤巍巍自怀中掏出那封降书，其上字字千钧血泪，竟重得有些拿不住。眼前狼藉覆狼藉，耳畔嘶吼没嘶吼，他忽而不知，此般坚持，究竟是对是错？却终是再撑不住，掩面泣涕不止。

良久，章邯缓缓抬首，满面泪水须臾便被冲了个干净，他用手抹去眼周雨水，将目光望向咸阳方向，随即拔出佩剑，自刎而死。

见主帅自尽，城中雍军纷纷高喊投降。韩信即下令关闭水坝，并派人前往城中救助百姓。

至此，关中后患总算解除。可这一波既平，一波又起，前方忽传：项王亲率楚军主力奔袭荥阳！

为免两线作战，那项王下令杀死逃归西楚的田假，与田横达成暂时和约，以便转过头来一心对付汉王。

大战一触即发，汉王令丞相萧何继续留守，辅佐太子驻守关中，遂自与韩信马不停蹄赶往荥阳，迎击项军主力。

此时，有一人却坐不住了，便是荥阳汉营中那西魏王魏豹。魏豹以母疾为由，立即派人去书一封向汉王请行回国，赶在汉王抵达荥阳之前，匆忙启程离开。

刘季本以为，魏豹只是胆小怯弱，谁料那魏豹前脚刚过黄河，转头便下令封锁黄河渡口，并对外宣称脱汉归楚。

得知魏豹复叛，刘季怒骂不止。可骂归骂，骂完后还得面对现实，如今西楚大军压境，不宜额外树敌，只能先忍下这口气遣人去探探那老贼口风，或许仍有转圜余地，遂召郦食其，使其前往劝说魏豹。

那郦食其来到魏国见到魏豹，还未及说什么，魏豹却先道："足下来意，寡人已知，人生一世，如白驹过隙，乐而自在为上。汉王为人轻慢侮人，詈骂臣子如奴仆，吾实不愿复见也！"

郦食其正待再言，魏豹断然止之曰："寡人心意已决，若足下不再劝言，便请留下享用一席薄宴，若非如此，则恕寡人无可奉陪！"

那郦食其与魏豹总算曾在一处待过，平日虽无甚交往，却也能看出其并非如此刚决秉性。心中虽纳闷，但见其话已至此，便只能起身告退。

郦食其所料不错，魏豹实则早已暗中与项王联系。项羽意从北、中、南三线力压汉军，这西魏便是北线上关键一环。作为脱汉条件，项羽答应魏豹，遣项佗率部前来魏国增援，故其才有了这般底气。

返回荥阳之前，郦食其特意在魏国逗留了数日，由此与汉军安插之细作取得联系，摸清了西魏军事实情，这亦是来此之前其与汉王商定好的。

回去后，郦食其便将魏豹之言如实禀于汉王。

刘季见魏豹如此不识抬举，便欲兴兵征讨，誓要给那魏豹些颜色看看，遂问郦食其："现任魏军大将是何人？"

郦食其答："柏直。"

"哼，乳臭之儿，何能与韩信抗衡！"遂又问，"骑将是谁？"

"冯敬。"

"此乃老秦将冯无择之子，虽是贤才，却无法抵御我将灌婴！步将呢？"

"楚将项佗。"

汉王遂面显得色，捋了捋须道："派曹参去就是。如此，寡人便放心了！"忽又记起件事儿，复道："寡人记得，那魏豹有一宠姬，时常带在身边，似是叫薄姬？"

郦食其道："正是，那魏豹常与人说，曾有相士为薄姬相面，惊叹其有母仪天下之态，故而十分宠幸。"

汉王笑道："好，此番灭魏后，务让韩信将此薄姬与寡人送来，寡人便成全了其母仪天下之相，哈哈哈！"遂令拜韩信为左丞相，任此次征伐大将，以曹参、灌婴为副将，同领步兵与新建骑兵一同北向攻伐魏豹。

且说那河东郡与三川郡间的黄河渡口，时下已被魏豹封锁，韩信便先引军向西，绕行至河西临晋之蒲津渡，扬旗击鼓作渡河之势，有意要让对岸魏军知晓。那魏豹见状，即携魏军主力及赵、代援军于对岸河东蒲坂重兵布防。

韩信自小于淮阴之畔长大，水性极佳自不必说，尤擅临水作战，再辅以虚势奇谋，常常能达到出其不意、攻其不备之效。当那魏兵皆以为汉军意欲从临晋借索桥渡河之时，韩信却早已暗遣曹参领一部人马北行至夏阳，利用木柙夹缚罂瓿，搭设浮桥过河。

渡河之汉军，即绕至蒲坂驻军背后，迅速攻下安邑，切断其军往返都城平阳之道。便在此时，驻于临晋之汉军，趁机一举渡河，与曹参军前后夹击蒲坂魏军，魏军连连败退，魏豹狼狈奔逃，奔至桓县之时，终被曹参军所擒获。

至此，西魏灭，境内三郡属汉。

虽攻灭了西魏，目下局势于汉军而言，并不容乐观。那韩信派人将魏豹及其母、嫔妃、子女等一并装入槛车押往荥阳，将汉王亲点的薄姬另以锦车相送，同时，还让人给汉王带去了份奏策。

奏策称，彭城战后，各路诸侯纷纷望风倒戈，燕、齐、赵、代等诸侯皆转入西楚阵营，黄河以北尽数属楚，而黄河以南，汉军仅剩韩王信与九江王布为盟。眼下项王又亲自领兵来攻，荥阳防线尚可抵挡一阵，却无法打开局面，故开辟河北战场实乃当务之急。如今西魏已破，正可借此当头之势，一鼓作气拿下赵、代之地，进而横扫燕、齐。待河北平定，即南下绝楚粮道，继而西进会兵荥阳，则事可成也。书末，韩信向汉王请兵三万，自言愿领兵战河北，牵制楚军。

汉王阅罢奏策，即与张良、张耳等人私下商议，认为此略可行。张耳便觉此乃夺回恒山之良机，遂自请协助韩信，带领增拨的三万兵马前往与之会合，共同率军北上攻代。

前后不过月余，那韩信、张耳所领汉军，直入代郡，击破代军，擒杀国相夏说，太尉冯解敢亦顺势归降。韩信随即领军回太原郡，驻扎于井陉道西，谋算下一步如何拿下赵国。

此间一脉山色，雄奇峻伟，绝处藏秀，那韩信一手背立，一手搭剑，直朝井陉东望去。眼前是千里绵延之太行山脉，时下正值深秋，漫山层林尽染，云雾缭绕，群山镀映斜阳，如披霞彩仙衣，巍峨耀目。韩信却无心流连此般美景，其目之所向，乃是太行山后那沃野千里。

却说二十五年前，其时韩信亦才出生不久，秦国尚在横扫六国，秦将王翦便经由这"太行八陉"之一的井陉道穿越太行山，深入至赵国境内。韩信遂陷入沉思，想象着当年秦兵那千军万马，是如何越过高山峡谷，一举攻破赵国……

此时赵国国中，赵王与陈馀均已获悉，汉军攻代后即奔赵而来，现已驻于井陉道口，随时可能出动，陈馀遂召集部将前来会商。

那广武君李左车，出身将门战历丰富，据此提出断其辎重，于井陉狭道中前后夹击之策。可陈馀自小习儒，对这类狡计奇谋向来不甚瞧得上，其以为，赵国军力数倍于韩信，且汉军长途奔袭，人马疲敝，只需正面交战便可制敌，远轮不上这些花招巧计。再者，汉军月前刚刚袭破代国，此等奇耻大恨，必得光明正大还报回去，誓要以绝对军力碾碎那狂妄小儿，让那黄口小儿见识见识，他陈馀可不是这般好惹的！

却说陈馀自收降恒山国后，刻意疏远张耳原先一众近臣，却独留下了张仲。陈馀一直以为，张仲是他二人一手培植的亲信，殊不知，那张仲自始至终，只是张耳一人之心腹。此番筹划过后，张仲即将陈馀调兵遣将之部署，据实传递给张耳，张耳又将此告之韩信。

韩信听后暗自窃喜，却不为其他，只因那井陉道狭窄崎岖，车不得方轨，骑不能成列，大军过时，前后拉伸数十里，而粮草辎重在后，一旦遇袭，则前不能战，退不得还。显然那赵将李左车已将此情形一眼看透，幸而陈馀未听其言，否则，此战只怕颇为棘手。

如此，韩信便再无顾虑，即率军自井陉西口开拔，走至距东口约三十里处，突然下令全军停止前进，就地埋锅造饭。

那士兵一边埋锅，一边纳闷道："这申时才过不久哩，今儿咋这么早就让咱吃饭了？"

旁边一伙兵道："你们刚来不知道，咱这位将军，向来不循常理，估摸着怕是有啥大行动哩！"

"你说会是啥行动啊？"

"嗐，管那么些哩，这将军的心思哪里是咱们能寻思着的？不然，咱不都做将军去了？咱只管啊，吃饱就睡，养精蓄锐！"

夜深更阑，四周一片静寂，山间不时传来鸱鸮号叫。

"嘿，醒醒，兄弟们都快醒醒啦！"

被叫醒的士兵正摸不着头脑，不约而同诧问："咋，咋啦？"

那传令兵道："快起来，叫上那没醒的兄弟，要准备出发了！"

士兵们揉揉惺忪睡眼，用力晃晃脑袋，将那朦胧睡意与迷蒙困惑，暂且尽数甩开，这才慢悠悠起身整理装备。

与此同时，韩信正对着两千精骑仔细作着吩咐。待布置妥当，那骑士每人携一面汉军旗帜，策马扬鞭朝东而去，须臾便没入夜色之中。

296

这时，全军皆已整束完毕，韩信自于军前作最后动员："今日破赵后，全军大飨三日！"

听得说今日破赵，将士心中俱是不信。但疑归疑，将军有令却不得不行，便只听一声令下，大军趁夜开拔，继续向井陉东口潜行。

一过井陉口，眼前便是滔滔绵蔓水。韩信即令全军，片刻勿停，迅速渡河。接到渡河命令，不少士兵便犯起了嘀咕。

"河对岸就是赵军营地，将军却让咱渡水，这是什么道理啊？"

"是啊，咱虽没读过甚兵书，但也听说过'半渡而击'不是？"

"可不是，就算是渡了河，迎着赵军背水而战，不也是死路一条吗……"

一将领见此，厉声催促道："都嘀咕什么呢？还不快走！"众人只好硬着头皮继续往前去。

却说陈馀同几位赵军将领，此时正于营垒上密切监视。一将军提议："不如让全军准备，待汉军半渡之时出击。"

陈馀却道："不急，让他们过河。汉军此番既欲自投罗网，何不干脆成全了他们，将其一网打尽？"

眼见汉军于眼皮下渡了河，即在岸边列起阵来。

见那韩信要背水摆阵，陈馀不禁讥笑不止："自古兵家有言，'背水阵为绝地，向坂阵为废军'，这愣头小儿连这个都不知，就敢出来带兵打仗？听闻那张耳此番也在军中，如今可也真是老迈昏聩了，竟能容得如此荒唐行径！"旁边几位赵将，亦随之哄笑。众人打心底里觉得这韩信不足为惧，唯有李左车在旁紧锁眉头，默然无语。

迎着旭日清光，汉军摆好战阵。韩信即遣人多次搦战，赵军皆不作回应。那韩信由是亲率一路中军，主动向赵营发起进攻，赵军以逸待劳，予以猛烈还击。

不过几合交锋，眼见汉军已抵御不住赵军攻势，开始慌忙后撤，军旗与兵戈沿路弃了一地。赵军却是越发斗志昂扬,猛追不舍,守营兵士见那汉军遗落下的满地旗鼓兵甲,心痒难耐,忍不住纷纷出营争功。

就在此战局一边倒时,前夜秘密奔出井陉口那支骑兵部队,早已伏于附近山冈,密切注视战事变化。那骑将灌婴见赵军营中士兵几乎倾巢而出,便知时机已至,即令奔袭赵营!

一队铁甲汉骑自山上俯冲而下,于朝阳映照下,如一道金光射向空巢。顷刻间,汉骑已占据整座赵营,继而,将营壁上赵军旗帜尽数撤下,迅速换上汉旗。

此时,那汉军中军一部,已被赵军追击至河岸边,遂与前军背水阵列合力抗击。被逼至这绝地,人人都不得不拼死抵抗,激发出以一敌三之勇,陈馀这才悔叹轻敌大意,此前不但错估了汉军兵力,还低估了那韩信的谋略胆识。眼见一时难以取胜,陈馀只好下令鸣金收兵,先回军营再作打算。殊不知,前方之事,更令其始料难及。

赵军匆匆撤兵,还未至军营,远远便望见营头赤红汉旗兀自迎风招展!陈馀不禁瞠目结舌,将士们更是惊惶不定,人人皆以为汉军已成功偷袭赵营,一时束手无策,不知道该进还是该退。正骚乱间,前方营中忽冲出支精骑部队,马蹄扬尘蔽日,势如狂风翻浪,再往后望去,韩信所率汉军即要逼至跟前。那赵军顿时陷入前后夹击,窜逃之众,不计其数。

眼见赵军已是败如山倒,陈馀遂彻底放弃抵抗,携一队护从直往南边逃去,张耳独领一支汉军在后步步紧逼。途经鄗县之时,陈馀被汉军追兵重重包围。

一声"立斩不留"随疾风而至,又顺势带走那浓重血腥与恩仇。陈馀死后不久,那赵王歇亦被汉军俘获。

是夜,汉营内欢天喧地,正如约举办庆功盛宴。全军上下皆对韩信感佩不已,称其为"兵仙",将士纷纷争着向这位"兵仙"敬酒,韩信一一谢过。

宴后，那韩信又独备了一席，命人将赵将李左车带来帐中。韩信事先以千金悬赏，点名要生擒广武君李左车。李左车是当年赵国名将李牧之孙，自有军事世家之武略风范，韩信看中其老练睿智，对于陈馀不用其计，始终觉得既庆幸又遗憾。

两名士兵将李左车缚押而来，韩信不禁怒斥："谁让你们如此对待李将军的？！"即叱退左右，亲自给李左车松绑，又将其请至上座，自己陪于次席。

那李左车本觉自己一个败军将领，受此上礼太过唐突，慌忙推辞，但见韩信诚意相敬，还虚心向他讨教，便也就真心实意与之交谈起来。

韩信复举杯道："敬李将军！"

李左车忙双手捧杯："不敢不敢，多谢将军！"

韩信道："有何不敢，李将军自是当得！在下曾拜读过将军所作《广武君略》，所获颇多，实是敬佩不已！将军经验丰富又智谋远虑，若非那陈馀未听将军之言，如今之胜负，实未可知啊！"

"韩将军过誉了，所谓智者千虑必有一失，愚者千虑必有一得，在下不过是千虑之愚者，将军才真当是意气风发，奇谋深虑，令在下甘拜下风！"

韩信一拱手道："李将军实乃过谦！将军为人刚正爽直，韩信便也不瞒将军，汉军近日便欲进攻燕、齐，还望李将军能指点一二。"

李左车遂回礼道："韩将军言重了，若将军信得过，在下便斗胆多说两句。"

"李将军请讲！"

"此番一战，将军名震天下，如今军势正盛，自是难逢敌手，但连番作战，兵士疲敝，欲速下燕齐恐也不易，一旦陷入相持，大军粮草恐不能支持。依在下愚见，不如先按兵休整，抚绥赵民，只作强攻之势震慑燕地，同时遣使往说，软硬兼施，必可降下燕地，齐国亦自当望风而附！”

“好，便依李将军所言！”韩信道，“不知李将军可愿留我汉军之中？”

见其言辞恳切，诚心相邀，李左车遂道：“在下本败军之俘，承蒙将军不弃，自当尽心竭力！”

韩信喜道：“好好好，李将军请再饮一杯！”

数日后，据李左车之策，韩信往燕国遣使说和，燕王臧荼果然表示愿意附汉。

眼下赵国已破，燕国亦已归附，韩信便欲遣人前往荥阳回报汉王，并请立张耳为赵王，镇抚赵地。

正是：莫轻年少初无名，背水恰堪拟沉舟。毕竟汉王如何筹划，诸君且听下回分解。

第三十七回 黥布失国奔荥阳 张良智语开茅塞

却说荥阳汉营，一军士正向汉王递上奏报："大王，左丞相军中送来捷报！"

汉王速速展阅，遂大喜道："好好好，痛快淋漓，痛快淋漓啊！"心情瞬时舒朗无比，似是那积日块垒忽被人移了去，"这韩信真乃运兵奇才，太仆与丞相果真慧眼识人啊！"

一旁夏侯婴笑道："那也得大王善用人才行！"

汉王闻言愈觉爽快，转而对近侍吩咐："着人手抄一份，给栎阳的丞相送去，让他也跟着畅快畅快！这些时，多亏得萧何在后方支持，征兵转输之事未得片刻松懈，却硬是咬牙坚挺，想必心中所承之重亦与寡人无二，实属不易啊！"

夏侯婴道："是啊，前方大军所费颇巨，后方百姓又亟待安抚，这一桩桩一件件，皆为劳神忧心之事，丞相却能处置得井井有条，实在难得！"

汉王欣悦不已，当下便拟旨封张耳为赵王，并任恒山郡守张苍为代相，以备边寇。

汉王得此捷报之所以如此高兴，实因近日这黄河以南之战事极其不顺。自打项王亲率大军前来，汉军那锐气便似被锉刀锉过一般，转而深陷守势，只依靠关东两道防线勉力抵挡楚军攻势。而九江国那边亦频频告急，眼见就快守不住了。

自那黥布答应发兵助汉，至今已有半载，日日身处项声、龙且的连番攻击之下，日子着实不好过。不单如此，其岳丈衡山王吴芮，亦因此被项羽褫夺了王号，便干脆南迁至长沙之地发展势力去了。

楚军兵多势猛，黥布实在抵挡不住了。城破那日，其顾不得妻儿，只带了随身护卫，与汉使随何一道慌忙抄小路逃往荥阳。途中竟又得知，妻小被楚军杀害，回想自己往日风光，再看看今日这狼狈模样，黥布由是后悔不迭，可如今后悔又有何用呢？

一到荥阳，黥布立即前去面见汉王。谒者引其入内之时，刘季正坐于床边洗脚。

黥布陡见此景，既惊且恼，悔恨之情登时被推至极点，心道：大丈夫可承受国破家亡之痛，哪能受此戏辱！遂满心满脑皆是忿悔，以至那汉王问话时，并不知自己究竟答了些什么。

自汉王府中退出，黥布便不自觉握上剑柄，恨不能即刻抽出剑来自尽，可汉王谒者还在一旁，那谒者受命要领他去府邸歇息。黥布只得暂时忍耐，心想，纵是要死，也不能让人白白看了笑话。

可当谒者引他来至府前，黥布那心情，却似从无底深渊直冲九霄云汉。只见那楼宇门庭，宏阔气派，府中器物一应俱全，规格制式谨据王制而行，甚而比之那汉王府也并无二致。这一落一升，直让黥布觉得汉王属实是仗义的，由此全然一扫想要自绝之念，转而欣然接纳了。

待得了汉王援兵，黥布即派人前往收集九江残部，合为一军，随之于荥阳一带对抗楚军。

先前，那西楚大将龙且被制于九江对付黥布，待攻克九江后即速速前与项羽合军。楚军势头一时强盛无两，接连朝汉军发起猛攻，竟一举拿下敖仓，断了汉军后勤之道。

眼下敖仓失守，进攻又一轮强似一轮，汉王由是坐立难安，想到张良在外办事未归，便急召郦食其前来商讨。

那郦食其以商汤周武作喻，一番皇皇大讲后即提出"分封六国"之论，欲使汉王重封六国诸侯以削弱项羽势力。

刘季此时便如沉湖溺水，已无法慢条斯理去分辨，只能随手乱摸乱抓，无论什么草，抓住一根便是一根。听了这郦食其之言，觉得似有几分道理，当下便让人赶制六国印章。

便说几日后，张良外出归返，前来拜见汉王。

刘季正用着饭食，见张良来了，一把将其拉至一旁案前坐下，即命人上了套食具菜馔。

张良心中牵挂大军粮秣之事，开口便问："听闻如今粮道被截，不知大王近来如何筹谋？"

刘季见问，便将郦食其之策说与张良。张良急道："万万不可！若真行此策，大王一世功业怕是要毁于一旦！"

刘季忙丢下碗箸，倾身而前："此话怎讲？"

张良道："臣请以此箸为喻。"说时自箸筒中抓出把漆箸，"昔日，商汤伐夏桀，封其后于杞，是能制桀于死地也，大王今能制项籍于死命乎？"

刘季答曰："不能。"却不知张良所言何意。

张良又道："此为一不可也！"遂将一根漆箸摆在了两人座席当中，复道："武王伐纣，封其后于宋，是能取纣项上之首也，大王今能取项籍之首乎？"

"不能。"

张良道："此为二不可也！"便将那第二根漆箸接着摆于刘季面前，遂道："武王入殷，表贤者商容之故里，释智者箕子于囚牢，封圣人比干之墓土，大王今能如此乎？"

303

"不能。"

"此为三不可也！"由是继续摆放漆箸，"再者，武王散殷之巨桥粮、鹿台钱，以资贫民，今大王能乎？"

"不能。"

"此为四不可也！周灭殷后，改兵车为行车，倒置干戈覆以虎皮，以示偃武修文，今大王能如此乎？"

"不能。"

"此为五不可也！昔者，武王休马华山之阳，今大王能放战马于南山乎？"

"不能。"

"此为六不可也！再者，武王释牛于桃林之阴，以示不复输运军备，今大王能如此乎？"

"不能。"

"此为七不可也！"张良道，"今四海豪杰志士离乡别亲，皆从大王，其日夜所望，不过随大王夺取天下，裂地封赏。若复六国，游士各还其乡，各归其主，则大王谁与同力，共赴峥嵘？方今天下，西楚势强，若复封六国，谁能保证六国诸侯不再望风附强？此为八不可也！"遂放下手中最后一根漆箸，"大王请看！"

那刘季顺着张良手指方向一看，八根漆箸于席上赫然拼出一个"否"字来！

汉王既惊又诧，随即反应过来，直骂道："竖子老贼，险误我大事！"遂急急朝外喊道："快来人，传令匠作间立刻销毁六国封印！快！"

望着当中那"否"字，张良亦若有所思。其曾散尽家财，豁出性命，欲灭秦复国，可如今复起韩国之机会就在眼前，却被自己亲口否决，不觉一声讪笑。可这一路而来，所见所感所思，又使之不得不承认，统一大势如流，是任何一国皆无力阻挡的。他想复国，魏人想复国，赵人亦

304

想复国，六国之人无不想复国，可真正复起之后呢？天下又要陷入无穷无尽之纷争，强者连横噬弱，弱者合纵攻强，循环往复，无休无止，无一人可脱身其外。或许，统一天下才是对万民最好的结果。想至此，张良脸上不由露出释然一笑。

这六国是不打算再封了，可眼下困局却还在，众人一时都想不出什么好计策。张良劝说汉王，不如先以荥阳为界，与项王求和，东属楚、西为汉，待脱出困境，再谋反击之策。

汉王便一面命人拟约，一面派人去广武将陈平调回。

话说此前，汉王将陈平调往韩王信军中任亚将，只因军中诸将原就对陈平监视告密之行多有不满，自那彭城战败后，更是借题发挥，认为陈平未尽到护军之责，没能提前探得楚军回程路线，以致汉军大败，遂纷纷谏言让汉王罢黜陈平。汉王为安抚众将，只能先将陈平调离身边，暂避风头。如今面临危局，众人皆束手无策，汉王便欲召回陈平，以备策问。

听闻汉王打算再度起用陈平，那周勃与灌婴携了一帮老将前来劝阻。

周勃道："大王，陈平其人，面冠玉，美姿仪，却不过金玉其外，败絮其中。臣闻陈平少时居食兄长家中，曾背其兄而与嫂私通。食兄之谷而盗兄之妻，不类食君之禄而背君之事耶？如此忘恩负义之人，万不可信任重用，愿大王明鉴！"

灌婴亦道："威武侯所言甚是！臣亦闻陈平先事魏，事魏不容而附楚，附楚不成又归汉，一臣奉三主，可谓反复无常之小人。大王予以护军之重任，信重若此，陈平却不思尽心竭力报效国主，反肆意收受诸将贿赂，金多者得善言，金少者得恶语，以致军中贿乱丛生，乌烟瘴气。如此不忠不义不直不信之人，实不堪用，万望大王明察！"

余下诸将亦纷纷进言附和。

汉王听完众将之言，内心亦有些许动摇，即道："诸位所言，寡人已知。诸位且先退下，此事，寡人须得再好好思酌一番！"

待安抚诸将退下，汉王即命人传召魏无知与陈平二人。

那魏无知先于陈平而来。

汉王语带嗔怒道："当初，寡人让你举贤荐能，你为寡人举荐的，便是这般欺兄盗嫂、背主贪金之人吗？"说时，一把将弹劾陈平的奏章摔于魏无知面前。

魏无知俯身拾起那奏章，略略一扫，又一一放回案前摆好，退回道："回大王，臣与陈平相识数载，确不敢称对其知根知底，亦不知奏章所言是否句句属实，但臣所荐曰能，大王所问曰德。譬如，今人有柳下惠坐怀不乱之正，有尾生抱柱而死之信，却无益于胜负存亡之数，大王用之乎？"

见汉王不语，魏无知又道："诸侯纷争相持日久，臣受命进贤举能，只察其才具能利于国家否。若其能助大王成万世之业，即使盗嫂受金又何足道哉？"

恰好此时陈平亦到了外间，听得那句"盗嫂受金"，便知汉王对他仍存疑虑，遂径入拜见。

汉王见了陈平便道："都尉来得正好，寡人刚好有一事不明，想要问问都尉。听闻都尉曾事魏、赴楚，今又归汉，寡人只知一人独有一心，却不知，这一人也可有三心吗？"

陈平道："回大王，臣先事魏王，怎奈魏王不能用臣之谋，故而去魏奔楚。后又事项王，却知项王其人少恩寡信，虽有奇士而不能用。臣素闻大王宽厚得人，选贤任能不问出身，天下豪俊遂千里奔赴归事大王，浩浩汤汤如水之就下，平亦为其中涓涓细流。且臣离魏去楚，正说明魏、楚之君皆不如大王，无法与大王长久争胜，大王正应为此而喜，为何反以此为忧呢？至于受金之事，乃因臣去楚之前分毫未取，净身前来，故不受金无以为资，若大王以为臣之计策尚有可取之处，则用之，若无可用者，金、印具在，大王可随时收回，臣只求乞骸骨还乡而已。"

"既如此，都尉之金可自行留下，但都尉之印，寡人此番却不得不收回了。"

魏无知闻言一惊，正待为陈平再辩说两句，却见汉王忽笑道："即日起，任陈平为护军中尉，赐百金！"

"臣谢大王恩信！"

却说汉王此前听取张良之言，打算暂与西楚请和休战。那请和书送至楚营时，项伯与范增恰都在项王身边。

那项王便问："汉军求和一事，季父与亚父怎么看？"

项伯道："楚兵远道来攻，久而疲敝，加之食用难继，不如先准其求和，休兵还都。"

"不可！"范增断然道，"刘季狼子野心，有饕吞天下之意，如今我军势强，先下敖仓，又绝其粮道，汉军难以为继，故来求和，此正是我军进击之良机，绝不可再纵虎归山！"

项羽有些犹豫，项伯与范增所言皆是实情，若继续进攻，旷日持久，粮草后勤是个大问题，可若就此议和，一想到刘季偷袭彭城之事，又实在心有不甘。

范增见项羽踌躇不定，便道："大王难道不记得，当年刘季入汉中时，烧毁栈道以示绝无返心。不过数月，又集结部队暗度陈仓，大举反攻关中。占据关中后，来书言称自己不敢东进一步，不过数月，又广发檄文联络诸侯共犯西楚，此人奸猾无信，反复无常，若今日放过，来日必又卷土重来，后患无穷啊！"

范增一席话，让项羽不再踌躇，当下决定拒绝汉军请和，继续进攻。

汉王闻知，心下直似热锅蚂蚁，焦灼不已，再想到汉军已被困荥阳半年有余，便急道："打又打不过，和又和不了，这下可如何是好？"

陈平遂道："项王待人恭敬，行赏却极为悭吝，身边将士久而生离心。反观大王，虽傲不拘礼却慷慨仗义，正是彼之短乃我之长也，大王只需以己之长攻其之短即可。"

汉王道："快说说，如何以己之长攻其之短？"

陈平道："天下不好利者，鲜矣！纵然项王亲信皆重礼敬义，但难保其身边之人不求财逐利。再者，项王为人多疑冲动，易受谗言蛊惑，若大王愿拿出黄金万两，臣以此为资，多方活动，内则笼络我军将士，外则离间西楚君臣，如此，则大事可成半！"

汉王略作思忖，又问张良："子房以为如何？"

张良道："这离间之计，倒尚可一试。只是如今军费所耗甚巨，国库紧张，这黄金之资绝非小数！"

"只要尚可一试，便放手去试！"汉王遂向陈平道，"寡人与你黄金四万斤，不问出处，许你便宜行事之权。"

陈平拜道："多谢大王信重，臣定不负所托！"

有道是：用人不置猜疑事，离间施于有间心。欲知陈平如何施计，诸君且听下回分解。

第三十八回 楚王中计失谋臣 汉君诈降再脱身

却说依陈平之计，此番离间之最终目标，乃是离间范增与项王。

范增早前便已堪透刘季，力劝项羽严加防范，尽早铲除，并始终为此出谋划策，常给汉王一方造成极大阻碍，陈平深明此要。西楚国中，就资历地位而言，能与范增抗衡的，唯有项伯，那项伯恰与张良有旧，又与汉王约有婚姻，便是此次扳倒范增之关键人物。陈平由是斥大量钱财，变着花样儿贿赂项伯，项伯一概不拒，欣然接纳。

那项伯亦自有番考量，其与范增平日就常各执一词，心内其实有意排挤范增，如今汉王来求，既卖了人情，又顺了心意，还壮了资财，如此一举三得，何乐而不为？此后，其便时常在侄儿项羽面前说些范增的短窄，那项羽听得多了，也开始对范增起了疏离之意。

与此同时，陈平在西楚国中大量安置内线，四处散播谣言，称将军钟离眛、龙且等人，因不满功高无赏，暗中勾联汉王意欲叛楚。又将这话"无意"传去项王耳中，那项羽本就是个多疑之人，如此一来，更是对身边亲将猜忌连连。

经多番暗察贿赂，陈平锁定了几个汉王身边所伏的西楚密探，却并未直接将其揪出，转而以反间之计放出消息，使其以为范增与汉王暗中联络，由是将消息传予项王。这诸般活动，皆只是暗中交易，明面上，汉王仍派人与项羽交涉和谈，而项王也终于正式遣使来访。

却说那日，楚使来汉，汉王命谒者先引其至馆舍稍歇，待晚间安排酒宴接风。

楚使一行抵至馆舍便由几位侍女分引，前往各自住处。打头的一位青衫侍女，独领那楚使穿过庭院，径至当中一所正屋前，即上前两步推开门扇，退于一侧道："大人今日仍住这间，请！"

使者敏觉，即问道："却不知，此'仍'字怎说？"

青衫侍女微微抬首，偷偷打量了使者一眼，神色慌忙道："大人恕罪，是奴婢眼拙，竟将大人认成了之前那位楚使大人。"

使者心下顿生疑惕："哦？你所说那位楚使，是何时来的？"据其所知，项王近时并未曾派其余人来。

"回大人，约摸半月之前。"侍女略顿了顿，复道，"这馆舍是汉王专为招待西楚贵使备下的，各类器用都是最好的，大人有何吩咐可随时传唤，奴婢先去为大人准备茶水饮食。"

那使者闻言，心头更是疑窦丛生，难道项王此前已密遣过使者？但面上不好多问，只待侍女退下，才遣了随从于暗中打探。

数盏茶后，那随从回报："属下借故与几个侍女攀谈了一会儿，据说，半月前有一位楚使到访，至于究竟是否受项王差遣，几人却含含糊糊说不清楚，只听得说，汉王以极其隆重的太牢之宴，招待了那位使臣。"

"哦？"楚使始终觉得事有可疑，遂一面派人再探，一面满腹狐疑至汉王府中赴宴。

快到宴厅时，迎面飘出阵扑鼻烹香，楚使不觉想起那"太牢之宴"，心道，不知汉王今日会预备些什么佳肴美味。遂疾趋两步，入得厅内一看，心下便凉了半截，别说什么牛、羊、豕"三牲"了，大案中只摆了些极寻常粗简之食，瞧这规格，便是民间一般中等人户所食。

汉王道："贵使一路远道而来，甚是辛苦，汉国比不得西楚，国力

310

所限，只尽力备得些粗茶淡饭，还望贵使莫要嫌弃！"

"大王说的是哪里话！这满席琳琅，土肴家珍，更是别有一番况味！"楚使面上虽唯唯应和，心头却羞恼怫郁，便更欲知晓那得享"太牢"之神秘使臣究竟何许人也。宴后，楚使匆匆回至馆舍，将派出打探之人召来详询。

那人道："臣晚间出去探问，此间之人除了说不知，就是一副讳莫如深的模样。不过，最终还是被臣给'诈'了出来！"那人脸上略显得色，遂凑近使者耳边悄声道："那人原是范增的使者。"

楚使闻言大惊，却不知是计，便将此番所见所闻尽数回报项王。

项羽得知，惊怒交加，又想起此前多有密报，提及范增与汉王暗通款曲，本来还心存疑虑，如今听了这话，便不由得不信了。遂立即召来范增，勉强说了些年老功高之语，又赞誉感激了一番，继而话锋一转，称亚父身体时常抱恙，自己日夜担忧，不如先回彭城好生将养一段时日。

项羽这话虽说得处处敬谨委婉，但在范增听来，句句都似利刃剜心，范增知道，项羽这是欲使其主动请辞离去。近来的风言风语，范增自是早有耳闻，那项羽此般疏远，他亦不会不觉，更何况，识人断事数十载，又怎会看不清项羽之秉性？说到底，还是心有不甘，气郁难平。其一生清高傲骨，相信清者自清，始终未曾辩白过一句，可如今话已至此，无论是清是浊，皆再无强留之必要了。

那范增遂道："谢大王体恤，老朽年迈多病，恐无法再奉侍左右，还请大王准臣告老还乡。"不待项羽开口，又道了句"望大王好自为之"，即转身而去。

次日，晨光熹微，范增遣退项羽安排的一应车马护从，只带了几名亲随，便离开了楚营。走至郊外旷野之时，忽感到一阵前所未有之悲凉，只觉天地广阔无边，却不知该往何处而去。那范增原是居鄛人，一行人便先朝着居鄛方向行去，一路走走停停，行进得极为缓慢。

这几日间，范增不断忆起过往种种，从跟随项梁起兵，到薛县之会、拥立怀王，再到东阿之战、巨鹿之战、分封诸王……绝望、懊丧、不甘、愤恨，所有情绪纷至沓来，将整个人填斥得满满当当。范增不知自己究竟行差踏错了哪一步，以至于落得如此境地，不觉日思夜想，始终无法释怀。

这一路风餐露宿，日晒雨淋，加之因思虑过重而寝食不安，致使范增连日病咳不止，胸中滞气于背上郁结生疮。随行侍者眼见其羸弱之体迅速干瘪，都劝他先留在驿馆好生将养，可那范增执意要走，他已想好，要去寻老友南公。

只因前夜，范增忽梦到那日与南公竹间对弈之景，南公那句"在西不在东"不断于脑中萦绝回响。

范增遂拖携病体，勉力支撑，却不许人搀扶，独自拄杖在前，种种情景于脑中接连闪过：二十万秦卒凄厉惨叫，咸阳庶民悲号求告，烈火熊熊吞噬秦宫，义帝死前绝望哀戚……这桩桩件件他都曾亲历，明知是错却未能制止。

那旷野平地间忽起了阵风，四周草木皆随之摇曳，便在此时，范增停住脚步，身子瑟瑟抖颤："不在西东，在人心啊……"

随即一声仰天长啸，他猝然倒地……

却说转眼已是项羽分封后第三个年头，这年五月，楚军重又蓄力猛攻荥阳，荥阳城危在旦夕！

此时，汉王等人正被困城中。为了脱困，陈平献上一计："臣先自营中放出消息，称汉军粮绝欲降，教一人假扮大王由东门出城投降，以迷惑楚军，待其守备松懈之时，大王再率一队轻骑，自西门突出。"

汉王遂急问："何人可假扮寡人？"

"臣愿前去！"众人循声望去，竟是将军纪信。

汉王眼望纪信，心下有些迟疑。那纪信一直随之左右，曾与他一起共赴鸿门，又数次同历生死，颇是忠信。

纪信见汉王不语，遂道："大王无须挂虑，臣跟随大王多年，承蒙大王看重，一直随侍左右，既了解大王脾性行止，又与大王身形相仿，绝对是不二人选！"

念及多年情义，汉王仍是不忍："纪将军可知，此一去，便是九死一生！"

"大王恩信青睐，臣感铭于心，大丈夫固有一死，能为大王尽忠，是臣之幸！"纪信言辞切切，遂郑重伏地一拜。

汉王立即上前扶起他，心中动容："兄弟之义，刘季终生不忘！"

是夜，纪信免冠素服，佩上王印，乘上王驾，由两千卫士簇拥自东门而出，往楚营方向缓缓驶去。开路谒者一路高喊："汉军粮尽，汉王出降！汉军粮尽，汉王出降……"

这汉王投降的消息，立刻便于楚军中散播开来。楚军将士个个既惊又喜，以为战事结束，终于可以回家了，纷纷山呼"万岁"，响彻夜空。不少人从四面聚往城东门至楚营之道旁，既欲一睹汉王真颜，又想围观受降阵仗。

那另一头，汉王正作紧急吩咐，将守城之任交付御史大夫周苛，又委任将军枞公与魏豹为副将协同守备。待诸事安排妥当，汉王借由一支轻骑掩护，向荥阳西门突出，直奔成皋去了。

那项王本自营中翻阅策报，忽听帐外四处高喊"汉军降了"，遂几步跨出营帐，急令军中将士各守其位，勿要惊乱，又命人牵来乌骓，当下披挂上马，疾驰出营，前去验看真伪。

见那汉王车驾自远处缓缓驶来，项羽一时还辨不分明，遂速速打马前驱，逼停车驾喝开护从，亲往近前查看。只一眼便识出，那乘舆当中执旗巍立之人，哪里是什么汉王，分明是那纪信，心下立即明白，这又是刘季声东击西之诡计。但见那纪信如此忠勇，不觉心生敬意，即对其道："将军若愿投我麾下，寡人可保将军尊荣更胜从前！"

纪信决然道："只愿为汉鬼，不愿做楚臣！"

项羽一怒之下，命人焚了汉王车驾，连同纪信一起烧死，随即回营集结精兵，直往西追去。

刘季才到成皋不久，见势不妙，又马不停蹄一路向西，一口气直逃入关中才罢。成皋旋即被楚军攻占。

才至关中，汉王便欲迅速调集军队反攻成皋。便在此时，谋士袁生前来劝阻。

"大王莫急，臣以为，楚汉围绕荥阳，相持相争已逾一载，局面始终无法突破。即使再下成皋，也不过重复经历一城一池之得失，不但毫无助益，反自徒耗兵力。"

汉王道："足下所言，寡人如何不知？可若非反复拉锯，何来破局之法？"

袁生遂道："臣以为，大王不如先领兵南下出武关，其时楚军必来阻扰。待楚军一至，大王便回关深壁坚守，同时遣人联络几路将军，协同进击，使楚军兵力涣散、疲于奔命，汉军以逸待劳，待那时再一举出击，便可夺回成皋、荥阳之地。"

刘季细细思量，认为袁生之计看似迂回，却不失为一项远计，遂与黥布一道领兵出武关，于宛、叶间行军收兵，佯作夺回九江、迁至西楚后方之架势。那项羽果真上当，急急率兵前来阻止。待西楚大军一到，汉王立即率部折返关内，坚守不出。

此时那楚军主力，一部围攻荥阳，一部牵制于武关，正当后方兵力空虚之时。刘季知彭越正于砀、东海二郡间游击徘徊，遂遣人传信，令其趁虚而入。

彭越遂一路进抵至彭城东南之下邳，与驻军项声、薛公部大战数合，屡占上风。楚军连战连退，彭越愈战愈勇，不久，楚都彭城告急，项羽

314

焦急万分，马不停蹄率军而返。

那彭越虽擅游击，本身兵力却不强，其目标并非彭城，只为配合汉军搅扰楚军后方，使得项羽首尾难顾。遂待那项羽一回军，便又率部三两下窜入林泽隐蔽，直如泥鳅一般，个儿虽不大，却狡猾难以应付，一走就冒出头，一来便钻入泥，端的让项羽恨得牙痒齿麻。

那汉王却乐见其窘，趁着项羽回军当口，突出武关，一举收回成皋。本以为荥阳亦可暂得喘息之机，可西楚霸王哪里是好惹的？被那彭越与汉军联合戏耍了一番后，其血气冲涌，越发劲儿狠，即身先士卒，率军猛进，一鼓作气攻下了荥阳。城中守将周苛、枞公被俘，那魏豹则因此前反复倒戈之行，已先被周苛等人以防患为由处死。

项羽欲以授将封户为条件劝周苛归降，周苛不但断然拒绝，还扬言项羽若不赶快投降，不日便要成为汉虏。

项羽闻言大怒，命人把周苛投入鼎镬，活活烹死，又将枞公一并处死。那韩王信眼见二人惨死之状，遂答应归降楚军。

拿下荥阳后，项王又顺势进击成皋，直逼得汉王再次由成皋落荒出逃。

汉王车驾一骑绝尘，由路中疾驰而过，道旁草木皆被扬尘蒙上层层灰黄。夏侯婴一面驾车，一面问道：“大王此番欲往何处？”

“北上，去修武！”

原是韩信破赵后，项羽特意遣一部楚军北渡黄河数击其军，并收魏、代、赵三国残部，以配合主力进攻荥阳。其时，韩信、张耳为抵御楚兵援助汉王，将大军驻扎于黄河附近修武一带。

刘季心下思忖，此番败逃，自己又陷入无兵无马之境，而那韩信在河北战场正当风生水起，手中兵强将猛，是眼下能匹敌楚军之力，必得先拿下其手中兵马才能借势翻盘。只是，韩信如今已然坐大，未必肯心甘情愿交出兵权，为稳妥起见，此事断不能明目张胆进行。

于是，刘季特命人将车上王旗缨饰等物撤下，换上旄节，一路轻装简行，隐匿行踪，谎称是前来传令的汉王使者。奔逃数日后，君臣一行终于来到修武。眼看夜幕将至，刘季对夏侯婴道："今夜暂不入营，只在附近传舍借宿一宿。"

夏侯婴不解道："这是为何？我等日夜奔驰不休，却为何要白白耽搁上一晚？"

刘季神秘一笑："夏侯兄明日便知。"

正是：大势当道无敌友，权利临前寡君臣。欲知那汉王有何计策，诸君且听下回分解。

第三十九回 权主修武夺将印 郦生北上说齐君

却说第二日，天还未亮，夏侯婴便驾着马车驶至军营辕门。

守卫士兵立刻持戟上前："来者何人？"

夏侯婴道："吾等奉汉王之命前来传诏，还请兄弟行个方便！"遂让人将符节递上。

那守卫仔细验过，即将符节归还："营中不可乘骑车马，还请大人移步下车！"刘季遂自车中走下，一守卫又道："将军此时恐尚未起身，还请大人稍待，小人这便前去通传。"

刘季阻道："且慢，汉王此番命我等前来，本极为机密，万不可声张，劳烦兄弟指路，我等自行前去即可。"守卫闻言即开路放行。

一入营后，汉王便迈开大步，风风火火朝主帐方向走去，正于营间穿行时，恰迎面遇上曹参、灌婴二人。

曹参一眼识出汉王，正待行礼却被其止住。

"曹兄仍是一如往昔，每日晨起习练，一丝不苟啊！"汉王说时又看了眼灌婴，"这是后继有人了啊，哈哈哈……"

曹参道："大王说笑了，大王此番亲自前来，不知所为何事？"

汉王正色道："事态紧急，稍后详述，你且与我同往大将军帐中。"又对灌婴道："还劳灌将军通知各部将领，速往中军大帐集合，切记，不要动用旗鼓！"

"末将领命！"

此时，那韩信、张耳等人皆在酣睡之中，刘季先后入得二人帐内径直去寻虎符印信，遂一把紧攥手中。

韩信、张耳二人，相继被这响动惊醒，起身时却早已望不见踪影，恍然间还以为是在梦中。待听得手下侍卫形容，才约略猜知，必是汉王将符印夺了去。待稍自清醒，二人慌忙披衣整襟，径往中军帐赶去。

此时，汉王已将军中事重新安排就绪，人事调配妥当。眼见张耳与韩信匆匆赶来，便不等他二人摸清情况，端然正色道："今起，迁代相张苍为赵相，辅佐赵王巡行赵国，安抚赵地百姓。任大将军韩信为汉相国，由左丞相曹参、御史大夫灌婴协助，于赵地征兵整编，随后东征齐国！"那二人为汉王威厉所慑，不及细思，皆忙不迭领命称诺。

继而，汉王亲率军队南下，临河驻扎于小修武，并在此召集此前逃散的将士部众。之前因情势危急，汉王无奈撇下诸将独自潜逃，又念及为自己殉身的纪信，心中多少有愧，尤恐人心有失，于是每来一路人马，皆亲自出营迎抚。

不多久，大部将士都已陆续归营。听闻彭越趁项羽攻占荥阳、成皋之机，再度率部自山泽间复出，西渡黄河进击东阿，斩杀了楚将薛公，汉王便欲就势拔营渡河、反攻荥阳，遂令大犒军士，特召太尉卢绾与族弟刘贾以授命部署。

汉王道："如今彭越正在东边打得火热，寡人预计，那项籍不日便要率军回击，现特命你二人为将，整军备武，趁此之机一举收复荥阳！"

两人还未及应令，一旁郎中郑忠却道："大王，臣有话说。"

"讲！"

"臣以为，大王不必急于回攻。楚军千里深入，其弊在于粮草。人言大军一日无粮战力削半，两日无粮则战力殆尽，若是三日无粮，则崩

318

溃于前！彭将军常袭楚军后方、断其后备，是掐其命脉也，故屡屡引得那项王不得不亲身折返，却囿于军力所限，每战必走，未能持久。若大王能派军配合彭将军袭扰楚军后方、断其粮道、分其兵力，必可将楚军引至缺食少粮、腹背受敌之境。其时，莫说荥阳，便是天下，也尽在大王股掌之中！"

卢绾便道："郎中之言在理。若就军中后勤运力而言，一民夫随军转粮，可供一兵士半月之食，两人供一兵，可延至一月，但若三人供一兵，必是老弱罢转输，谨就西楚国力而言，已至上限。自彭城至荥阳，大军行进尚需半月有余，若非楚军占据敖仓、就城而食，必难再西进一步，其后勤军备乃其七寸之处，正如大王当年斩蛇之要害，打便要朝此猛打！"

刘季略作思量，便道："既如此，传寡人之令，命卢绾为主将，刘贾为副将，领两万步兵并五百骑兵，渡河入楚支援彭越！"

"臣领命！"

既得了汉军援兵，那彭越遂摒弃先前"小打小闹"之战法，预备敞开手脚大干一场。便将主攻矛头对准东郡、砀郡一带，一口气连下十七城，先断楚军回程主道，继而烧其粮草，直逼得项羽不得不再次掉转马头，收拾这烂摊子。

离开荥阳之前，项羽紧急做了番安排。将此荥阳防守之任交予钟离眛，又将成皋托付给大司马曹咎与长史司马欣。那曹咎是项家旧友，项羽知其性情易急易躁，临行前特加嘱咐："若汉军前来挑战，大司马务必坚守不出，寡人十五日内必拿下那厮，前来会合。"曹咎满口应诺，项羽即领军而去。

却说前时，汉王急于夺回成皋、荥阳，却遭袁生与郑忠连番谏止，此时汉王反倒不急了，欲向西构建巩县—洛阳之新防线。可据此防线布守，实为战略退缩，若再欲往东推进，便难了，这可急坏了那郦食其。

"眼下天赐良机，大王不谋重夺荥阳、成皋，这是要打道回府了吗？"

汉王勃然作色道："先生一大清早赶来，便是要向寡人问罪吗？"

郦食其道："大王眼下所行，尚不待老夫多言，只怕就要等来项王问罪了！"

"你这老贼，信口胡诌，前日里蛊惑寡人分封六国，寡人尚未与你了账，如今又来大放什么厥词？"

郦食其丝毫不惧，只道："有道是，王以民为天，民以食为先。敖仓被楚军侵占多时，我军备受掣制，如今项籍于那荥阳、成皋布下重兵，却疏于防范敖仓，此正是我军反夺之良机，大王不思进取，却一心西退保身，岂非要将天下拱手让人？"见汉王面上愠色一时换了虑色，郦食其复道："双雄不能并于世，正如二虎不能并于林。楚汉对峙，长久未决，以致天下不定，民生多艰，男不得安耕，女不能安织，是以民心无着。若大王趁此之机攻取敖仓，重筑荥阳防线，加强黄河守备，据地利以彰显平制天下之势，则民心必然归附，诸侯亦竞相依服！"

汉王遂展颜笑曰："先生此言，真乃醍醐灌顶！快请入座，再与寡人细细说来！"

郦食其走至一旁席上坐定："大王若要重振威势，一举击败那项籍，光是重建荥阳防线，自然不够。"

"先生有何高见？"

"眼下，河北之魏、代、赵皆已平定，燕国亦已归顺，唯有齐国仍独立在外。田齐宗族历来强盛，齐地又偏远背海，独据一隅易于成势，且其土与西楚交壤，若是强攻，旷日持久兵费无算不说，又恐推与敌营，徒增他势。大王不如命臣奉诏出使，说服齐国联合抗楚！"

汉王道："先生说齐有几分把握？"

郦食其道："不成功，便成仁！"

汉王一击案，心内又燃起了希望，若这郦食其真能说下齐国，则黄河以北尽皆归汉，整个局面就能顺势扭转，遂道："好！寡人即刻拟诏，请先生东说齐国！"

郦食其走后不久，汉王即令组织兵马，准备进攻成皋。

那陈平曾为楚军旧部，知曹咎其人性情躁急，便提议道："大王可将军队驻扎于汜水之畔，再派人日夜挑衅，那曹咎必然出兵应战。待楚军半渡汜水之时，再一举击之，便可大破其军！"汉王点头称善。

陈平复道："此中关键，便在如何将其激出。"

刘季嘿然一笑："这有何难？"即转头吩咐，"赶紧去军中寻几个粗俗能骂的，先送来给寡人调教调教，保准骂得那老贼坐立难安！"

陈平笑道："此事若得大王出马，必然马到功成！"

汉军不日便开至汜水之畔，大军自于原地扎营，同时遣一队人马先行渡河，径至城下骂将起来："曹老龟，二两胆，缩在城中孵软蛋。曹老龟，不敢战，汉军一来吓破胆……"

起先，曹咎还谨遵项王交代死守不出，可后来城下搦战之人越骂越难听，极尽辱骂之能事，甚而捉来一群乌龟，将曹咎及其父兄之名尽刻于龟甲，踢来踏去，戏耍不止。

如此咒骂了五六日，那曹咎实在受不得，再不顾司马欣阻拦，一怒之下，亲自领兵冲出城去。那边汉军早有准备，立即奋起迎上，击溃楚军。

成皋城破，那曹咎与司马欣二人，自感有愧于项王所托，相继自杀而亡。

汉军一举攻下成皋，便朝向敖仓而去，不在话下。

再说项羽前时率军东返，很快顺利拿回陈留，却在外黄遇到阻碍，急命人围攻数日后，外黄才开城投降。

那外黄本属西楚之地，此番降了敌军不说，又公然助敌拒楚，项王自然大怒，便令将城中十五岁以上男子悉数缚往城东坑杀，一个不留！

众将士得令即往抓捕，城中顿时陷入一片混乱。

"军爷军爷，我今年尚未满十五啊！"

"未满十五？我见你却似有十六七了！"士兵不由分说，将那少年缚了去。

"这位军爷，求您放过我吧，我真的才十三啊！"

"军爷，我二哥他今年真的才十三！"

"别废话，先跟我回去再说，再废话连你一起抓了！"

……

那项王正在城头监视城中状况，忽听得城下传来一句高喊："若城中男子尽被坑杀，大王纵然得回这死城，又有何用？"

项羽低头一看，见是个十来岁的少年，正被几名士兵拦在城下，遂对随从道："带他上来。"

两名士兵押着那少年，来到项羽面前。

"小儿，你是何人？"

"回大王，小民是外黄令舍人之子，亦是大王西楚子民。"

项羽闻言，忽觉眼前这少年颇有几分与众不同，便问道："寡人只下令坑杀这城中十五岁以上男子，为何于你口中就成了死城了？"

"回大王，兵士抓人并不查户籍，只凭眼力，又因害怕大王责罚，故只敢错抓，却不敢错放。城中若除幼弱妇孺外尽皆被坑，此后，男子无力生产，女子无心耕织，如此，与死城何异？"

"寡人下此令，只因外黄降敌拒楚，如此叛民，寡人要之何益？"

"外黄子民从未想过叛楚，只是那彭越兵力强劲，百姓手无寸铁，无力抗争，只能诈降以待大王。那敌军以刀兵胁迫城中青壮守城，众人为保性命，亦只能被迫听从。人人日夜盼望大王解救，好不容易盼来了大王，可大王却要下令坑杀城中子民，岂非寒了众人之心？"

"你今年多大？"

"十三。"

"年纪不大，勇气倒是不小！你今日前来，便是为求寡人放过他们？"

"小民此番，既是为家中父兄，也是为外黄之民，但更是为了大王！"

"哦？此话怎讲？"

"大王此番东归，意在荡平逆乱。由此往东十余城，如今皆被彭越所下，若各县闻知外黄之事，必惊恐不已纷纷顽抗，大王再要下城，便难了。"

"哈哈哈哈……"那项羽忽笑道，"如此说来，寡人确实再无理由拒绝。来人，传寡人之令，尽数赦免城中男子！"

少年喜道："大王若常得如此，则四海之民尽皆归心，大王便可无往不利，一统天下！"

项羽笑道："小小年纪，口气倒不小，这天下岂是这般好得的？且不说一统天下，单论王霸四海，何其之难啊！罢了罢了，同你这小儿如何说道，快去与你那父兄团聚去吧！"

少年拜道："多谢大王！"

却说那齐国，眼下正当炙手可热，只因楚汉两方皆欲拉拢其为盟友。那田氏本无意卷入其中，只想保守独立，可眼前形势逼人，容不得置身事外，只能选边站。

对于西楚与汉国，齐相田横与齐王田广叔侄俩，心里都有一杆秤。若论起来，田氏与项氏间素有些纠葛，且眼下看来，西楚气势渐被汉国压过，局面似乎正在逆转。可那汉将韩信所率大军，现已于国境西部集结，随时可能东进，齐国已遣将军华毋伤、田解领二十万大军于历下驻防，准备迎击汉军进犯。故而，归汉还是附楚，田广与田横还未下定决心，直至听闻那汉使郦食其来访。

齐王于宫中接见了汉使一行，一番寒暄过后，郦食其便在大殿中讲陈方今天下之势，兼及比对楚汉争雄之优劣。座上齐王与一旁齐相皆对此闻而不言，此乃明眼所见，却非其心之所欲，其目下最为看重的，是汉王之诚意能有几何。

那郦食其遂道："老夫于赴齐途中得知，汉王已重夺成皋并据有敖仓，可见汉军东进之势，已如奔流难遏。回想汉王返定三秦至今，兵势劲猛如有神助，可谓占天时；据关中、领两隃，扫河北、战河南，引河津、控太行，可谓据地利；诸侯之兵纷至慕从，骁将有韩信、灌婴之众，谋士有张良、陈平之属，可谓得人和。大王慧眼可鉴，如此天时、地利、人和，岂不为大势所趋？汉王今命老夫前来，便是欲与大王共享这大势，汉齐今日联合抗楚，来日便可同享天下！"最后两句，郦食其有意提高了声量。

齐王道："汉使所言，寡人业已知晓。只是，汉军尚在我齐国以西徘徊集聚，这让寡人如何相信汉王合盟之诚？"

"大王不曾想，此正为汉王合盟之诚啊！"郦食其道，"汉王遣军于此候待，只等大王一声令下，若大王同意与汉为盟，则汉之援军即刻便为大王驱遣，共谋伐楚大事！"

"倘若寡人不同意呢？"

郦食其笑道："大王英明贤睿，对眼下时局一目了然，老夫确信，大王断然不会拒绝！"言下之意显而易见，齐国若是不应，那援军自然便成了敌军。

齐王见田横在侧示意，便道："合盟事关重大，须得从长计议，汉使此番远道辛劳，且请留下共与欢宴！"

有道是：但见群雄共逐鹿，不闻独保世外身。毕竟齐国如何抉择，诸君且听下回分解。

第四十回 楚汉旌招峙广武 齐国帜落易新王

却说三日后，齐王思虑妥定，决定与汉联盟，遂将历下驻防之兵力改为南下攻楚之预备军。

此时黄河西岸，那韩信正率数万新军前往平原津渡，忽听得探子来报："将军，汉使与齐交涉成功，齐王已答应联汉攻楚！"

韩信沉思良久，遂道："传令下去，全军停止进军，就地扎营！"

韩信虽下令驻军，心头却是踌躇难定。毕竟于赵地征兵整训数月之久，眼看渡过黄河便可抵齐境，就此作罢总觉心有不甘，不如先观望一阵，若齐国真心联盟，再行定夺。正想时，蒯彻来了。

那蒯彻自打为范阳令徐公献策投降武臣后，便一直在燕、赵间活动，前阵子见韩信收复赵地，遂将所撰《隽永》上呈自荐。其以纵横论辩之道，将多年心得感悟收录之中，韩信阅过称赞不已，便让他做了身边谋士。

偏巧，这蒯彻也生了张舌灿莲花的嘴，见郦食其三两下说服齐国，心下便暗自较了分劲儿，遂对韩信道："将军辛苦整军数月，如今战阵还未摆开，却被个儒生抢尽了风头，在下为将军不平。"寥寥几语，尽说到了韩信心坎儿上。

蒯彻又道："将军领兵浴血奋战，一年才下赵国五十余城，那郦食其仅凭巧言令色，不日便说下齐国七十余城，这数年沙场征战、出生入

325

死，到头来竟不如那儒生的一张巧嘴吗？"

韩信越听越觉愤懑难平，此前那汉王不声不响夺了其兵权，这口气也只能闷吞，好容易在赵地重建了支队伍，正预备大战一场，当中却又杀出个郦食其来。这便似胸中一股猛劲儿积蓄已久，正欲喷薄而出，却被一块大石当口堵死，怎得好受？遂愤然道："如今齐国已答应联盟，还能有何办法？"

"将军本奉诏攻齐，今汉王并未下令让将军休兵，将军又有何顾虑呢？"

此话确当！那韩信心想，即使现在继续进军，汉王也挑不出他任何错处，唯一不妥便是，于情不合。心中略做了番挣扎后，他转念一想：此番若能一举攻下齐国，让齐国直接属汉，莫不比与齐联盟来得更加稳当？遂拿定主意，秘密遣兵渡河，给那齐军来个措手不及。

且说齐王正于宫中再次飨宴汉使，商讨对楚之策，两边觥筹正欢，忽闻历下军中急报：汉军渡河，突袭历下！

齐王一时惊惶无主，望向田横。那田横青筋暴起，怒视郦食其道："竖子无信！前言和盟交欢，言辞凿凿，我军才一撤防，今朝便速来偷袭，刘季果真奸邪小人！来人，速将此一干人等抓起来！"一众侍卫即一拥而上，逮捕了汉使一行。

田横即命人将一口大釜搬上殿来，架柴烧滚。殿中顿时热气翻腾，十余侍卫立于釜旁，额上汗珠滚滚不止。

齐王道："将那老匹夫带上来！"

郦食其即被五花大绑押上了殿。

齐王便道："你若能说服汉军退兵，则饶你一命，若不能，便将你投入这釜中，活活烹死！"

郦食其本未料到韩信会擅做主张，但转念一想，即明白了韩信心思，知道此事已扭转无望，遂于鼻中冷哼一声道："今大局已定，天下必属汉王，乃公绝不再为尔等多费口舌。尔等今日若决意要伺候乃公沐浴，乃公便就不客气了！"

齐王怒一挥手，两个侍卫一前一后，将郦食其举过头顶，扔进了滚滚沸水之中。

那汉王闻知郦食其被烹，不觉痛心疾首，大骂韩信："竖子小儿，此番若攻下齐国便罢，若攻不下，寡人必将这厮碎尸万段！"

却说自赦免外黄后，项军一路所经之城纷纷争相归降，此前彭越所占那十余城皆已顺利夺回，只是那彭越又趁机溜走了。此间，项羽连番收到成皋失守、荥阳告急的军报，遂不得不放弃追击，匆匆赶回荥阳。

听闻项王率军而返，汉王紧急放弃围攻荥阳，转而往北退守广武东，以便就食敖仓。不久，项王亦领军追来，与汉军隔涧对峙于广武西。

说起这广武山，可不寻常。其东西间，有一道山间豁口，将汴水的一支引来，形成道深涧，自北悠悠南淌纵贯其山，一眼望不见尽头。这道广武涧，便是战国时魏惠王为沟通黄淮水系、主持开凿的鸿沟运河。

适逢深秋，广武山间，朱黄翠黛各自斑斓，季夏之苍郁已渐次疏落，四面山峦于辽阔之外，更添了旷远。放眼东西，黄面镶红之楚旗与赤面镶金之汉帜，于两边山头迎风招展，隔涧相望，仿若示威。

且说这日，项羽自楚营走出，来至广武山头，身后紧随一众将领。一旁传令兵遂吸饱口气，高声朝东喊道："今日天气甚佳，项王请汉王出营一见！"

山东头那汉王闻声而出，众臣亦紧跟其后。刘季遂望向对面楚将，大笑道："项王今日好兴致啊！不知此番阵仗，是欲邀寡人赏景，还是作赋啊？"

"寡人今日特为汉王备上了一份厚礼！"项羽即转身吩咐，"抬上来！"

只见三个侍卫并一屠夫，合力搬来张厚木肉案，一人多长，摆在当前，其后一众士卒缚押着老少数人紧随而至。

刘季把眼定睛一看，仅依身形衣裳辨出，当头两人正是老父刘太公与发妻吕雉，其后是二哥刘喜及嫂侄。那嫂侄因受了惊吓，正不住挣扎哭喊。

自离了沛县，刘季便再未见过家人，多次欲接都未接成，不料如今竟在此番情形下相见，心中不觉泛起酸楚，险些落下泪来，却竭力忍住，口中仍笑道："不知项王要如何送我这礼啊？"

项羽并不应答，只命人将太公先行抬上肉案，一旁屠夫正竭力磨刀，霍霍之声于山间回荡不绝。刘季听得心头刺挠不已，却仍自含笑而待。

待屠夫磨好刀，项羽方厉声道："尔若再不投降，寡人便就地屠煮了太公！"

不料那头刘季却一击掌道："好啊，此礼甚好！想当年，你我二人同受命于怀王，约为兄弟，吾父便即汝父，若烹吾等之父，可勿忘分兄弟一杯肉羹啊！若是能多撒些葱姜末儿，那便再好不过了！"

项羽听得怒气上涌，正欲下令宰了太公，一旁项伯却阻道："自古成大事者，抛家弃亲不可胜计！刘季此人混赖不拘节，听其口气，此法恐于之无碍，且贸然杀其亲眷，徒增怨怒，了无益处，反落个不仁不义之名，倒不如先留之性命，择时而用。"

项羽遂听从季父之言，命人将太公一行又押回军营。刘季见状，暗自长吁了口气。

却说两军在此相持，于楚军尤为不利。汉军军营以东便是敖仓，粮草供给自无须忧虑，楚军却需从西楚国内转运粮秣，跋山涉水，补给深长，途中还不时遭致侵扰，军中时常缺食少粮，只能速战速决。为使那汉军应战，项王多次派出勇士于山前示威，射杀了数名汉军士兵。汉王见状，亦遣出一楼兰骑士，连射楚军三员勇士。

谁知那项羽一怒之下，竟身披银铠，手执长戟，亲自御马上前搦战。

那楼兰骑士不知来人是项王，依旧搭弓放箭。说时迟那时快，利箭破风而至，却只听当的一声，短箭被长戟格去一边，深深插进一旁土石之中。项羽虎目圆睁，怒吼一声，其声震彻山谷，吓得那楼兰骑士慌忙掉头，急急跑去禀告汉王。

刘季闻言着实一惊，不知楚军阵中何时添了如此一员猛士，前往探查才知竟是项王亲身前来，遂心下暗喜，知那项羽此刻定是焦灼万分，急不可耐。但仅凭汉军眼下兵力，恐无法与其正面硬刚，为今之计，便是尽量拖延时间，以静制动，等待韩信那边消息。

却说自郦食其惨遭烹杀，那韩信便知自己再无退路，须得拿下齐国才能交差，遂全力猛攻，一路气势如虹，从历下直杀至齐都临淄。

那田广与田横见势难抵敌，遂商议分散撤退。齐王田广往东退守高密，齐相田横往西撤去博阳，守相田光往南却守城阳，将军田既往东屯驻胶东。与此同时，齐王紧急派人前往西楚求援。

项羽收到齐国援书，急命项佗为主将，龙且、周兰为裨将、亚将，即刻率部前去救援。

一想到后方不稳，齐国又为汉军所侵，项羽便越发躁急，再按捺不住，遂召集群臣将领，再次来到山头对汉王喊话："如今天下纷扰，只因你我二人争斗不休，为天下生民计，项籍今日邀你刘季一决雌雄，愿汉王勿再瑟缩不前，做那龟头小儿！"将领们亦在一旁叫嚣作势。

那头刘季却呵呵一笑："承蒙项王抬爱，只是我刘季宁斗智力，不斗蛮力啊！"说时朝旁挥手示意，张良遂将一方布帛递了过来。

刘季展开布帛，清了清嗓，念道："项籍之罪有十：吾等同受命于怀王，约为'先定关中者王'，然籍负约，迁吾于蜀汉，此罪一也；籍从卿子冠军援赵，矫诏杀之而自擅其位，此罪二也；救赵本当还报，然籍擅劫诸侯兵入关，此罪三也；不顾王约，入秦烧宫室、屠黔首、收私财，此罪四也；强杀秦降王婴，此罪五也；诈坑秦卒二十万于新安，而

329

王其将章邯、司马欣、董翳，此罪六也；徙逐六国故地之主而王诸将，使臣下争相叛逆，此罪七也；逐义帝出彭城而自都之，又诛韩王夺其地，此罪八也；使人阴弑义帝于江南，此罪九也；为人臣而杀其降，主约不信，为政不平，大逆无道，天下难容，此罪十也！"刘季一口气念完，收起帛书道："寡人举义兵而从诸侯诛残贼，使刑余之徒击公足矣，又何苦与公单挑？哈哈哈哈！啊——"

正当刘季得意大笑之时，众人却见其忽而弯腰大呼："无耻小贼，竟暗箭擦伤吾趾！"

原来那项羽怒急又无可辩驳，便随手操起劲弩，从对面射来一支暗箭。

樊哙一听，即朝对面山头怒吼："好个龟孙儿，众目睽睽下，暗箭伤人，这便是自家坐实了贼子之名！行此苟且事，算甚的本事，有种的，便来与我樊哙单挑！"周围一众兵士也跟着起哄叫骂。

那汉王身边群臣忙围拢上前查看，这一看才知，汉王哪里是什么脚趾中箭，分明是胸口中箭！众人一时慌了手脚，刘季却以手示意不要声张。

左右急搀起汉王，汉王耐着剧痛，背身挺立，还刻意跛跳几步以示伤在脚趾，便从容往营中行去。一入帐内，再撑不住，立刻传唤军医，幸而有盔甲挡在胸前，箭头未入太深，未害性命，鲜血却是汩汩难止。

张良见汉王如此，虽于心不忍，却不得不在旁提醒道："如今正是极为敏感之时，军中将士尚不知大王情形，恐生异心，臣请大王带伤巡视，既安军心、防细作，亦释楚军之疑。"

刘季胸口一阵剧痛，口不得言，遂握了握张良手臂，以示应答。略躺了一两个时辰，便强撑着起身于军中整训巡行，还特意吩咐要将声势做大让楚军知晓。却怎料，一番巡行过后，那胸前伤口开裂，伤势愈发严重，为掩人耳目，刘季只得暂离广武，先回成皋好生休养。

经旬日调养，伤已好得差不多时，汉王又趁便回了趟关中，于都城栎阳大设酒宴，款待城中父老，又命将故塞王司马欣之首悬于街市示众，以此一敬一儆，拉拢栎阳民心。继而，他对那丞相萧何特行了一番安抚嘉赏，并嘱咐其加紧征募兵粮，如遇紧急，不必通报，便宜行事即可，随后便赶回广武大营。

再说那北上援齐的楚军，已与退守高密的齐王会合，两军归并一处，号称二十万众。

那楚军名义上主将是项佗，实际统帅却是龙且，这在西楚军中早已是心照不宣之事。一谋士向龙且提议，不如先高壁深垒，以齐王之名派人往齐地各处联络，各地若知齐王安在，楚军来援，必然合力攻汉，而汉军千里深入异地，被四面合围，粮草不继，不久必然败降。

此言不乏道理，可那龙且却嗤之以鼻。其乃项王麾下公认的猛将，自随项氏起兵以来战场几无败绩，前时又与项声一起击败了勇将黥布，势头正是无两，而那韩信，不过是个不受重用的小小郎中卫，他自不会放在眼里。况韩信所部，不日便要抵至高密，听闻对方不过寥寥数万，若纵其肆意围城岂不可笑？更不论，此番若能击退汉军，其功至少可当齐国之半，那时，他便有底气去向项王邀功。回想这些年，自己虽战功赫赫，却始终屈居于项氏族人之下，那项佗、项声之辈，不过仗了个姓氏，实乃碌碌庸将，自己又怎甘久居其下？

且说韩信所率主力，已进抵潍水西岸驻扎，曹参、灌婴所部亦随之前往会合。龙且遂率齐楚联军，直奔潍水东岸，欲先发制人，渡水进击。

那韩信已细勘过高密地形，特意选在水边屯驻，打算再次利用水性制敌。其已先命人备好万余只麻袋，鼓鼓囊囊填满沙砾，再秘密运往潍水上游，静待龙且前来。

听闻龙且已于对岸布阵，预备渡河来袭，韩信遂令士兵连夜用沙袋堵塞上游河道，下游水势一时变得浅缓见底。

次日一早，汉军便趁晨雾未散，迅速搭桥渡河，摆开战阵。龙且见状，心下大喜，这汉军竟主动背水而来，岂非自投罗网？遂抓住时机，指挥大军全力出击，速将汉军逼至水边。

汉军一面还击，一面渡河撤退，不少人还来不及踏上浮桥便直接掉入水中，幸而水流不深，但河水湿冷刺骨，仍不免瑟缩打颤。

龙且眼见汉军狼狈撤退，遂喜道："吾固知韩信小儿怯弱不堪！"当即率军全力涉水追击。

便在此时，潍水上游士兵得令，速将沙袋搬开。霎时间，河水滔滔如瀑，倾泻而下。那河中追击的士兵还不及反应，瞬时就被水势冲倒，裹挟着卷往下游去了。已渡了河的，便就此与主军断了联系，直似无头苍蝇般惊惶失措。几个将领强自镇定，尽力维持，却丝毫无法稳定军心。

那韩信早已做好准备，只待此时掉头猛攻，杀得齐楚联军毫无招架之力，四散溃逃。

可怜龙且一代骁将，就此亡于混乱之中，那主将项佗、亚将周兰亦相继被俘，余下将士纷纷投降汉军。齐王田广于对岸观战，见此楚军败阵，便只顾仓皇逃命，自往莒县去了。

汉军收拾完战场，立刻分兵追击。一支向东，攻破即墨，斩杀将军田既，一支向南，攻破莒县，诛杀齐王田广。那灌婴所率汉骑行动最为迅疾，先是虏得守相田光，继而又往博阳西击田横。

田横听闻齐王已死，便自立为王，还击灌婴。汉骑兵势劲猛，不过几个回合，便逼得田横败退嬴县，继而又逃出齐境，自往彭越军中避难去了。

却说汉王在广武营中日望夜盼，终于盼来这定齐之捷报，遂一把抓过使者呈报，速速阅看。起先还喜笑颜开，不住称好，可到后面几句时，却不由眉头紧锁，怒恶之色登时跃上眉宇。

却是为何？原是那韩信在书中提到，齐国南面临楚，诈伪无常，请求汉王许其为假王，暂行齐王之政以安抚齐地民事。

汉王"啪"的一声，将奏报摔于案上："那韩信竟想做假王？！"正待发作，忽觉身后陈平碰了碰自己脚趾，正要回头之时，一旁张良赶紧附耳过来道："大王息怒，如今我方正处困局，树一敌不如多一友，大丈夫能伸能屈，不如就势立其为齐王，以免离心生变啊！"

汉王闻听此言，立时会意，遂改换颜色对那来使道："大丈夫要做便做真王，做什么假王？"即派张良为使前往齐地，正式册封韩信为齐王，同时附上旨意，让韩信亲为郦食其敛尸厚葬，意借此提点。

那项王不日亦得知败讯，此等噩耗于其不啻一道平地惊雷。痛失一员得力大将不说，齐国又被汉军占了去，后方正当空虚，齐土又与西楚比邻，项羽似感到一双彤彤炬目，正于背后虎视眈眈。

正是：本自天下霸王主，跋前疐后状何堪。未知项王如何应对，诸君且听下回分解。

第四十一回 趋大势三国难鼎立 毁和约双雄终对决

却说齐国败亡，项王顿感脊背一凉，面对这腹背受敌之境，竟自有些惶惧不安起来，遂忙派了武涉为使前往齐地，欲劝说韩信保持中立。

那武涉来到齐国，面见韩信，先是为其详析了当前处境，继而陈说三分天下之利，直言汉王为人猾而无信，意在天下，绝不容旁人与其分四海，眼下之所以立韩信为齐王，只因当前还受着项王胁制，一旦齐汉联盟战胜西楚，则韩信必将首当其冲。

韩信却称，其曾事项王，官不过郎中，位不过执戟，言不听、计不用，故而归汉。汉王却授其为上将军，言采计纳，又晋封齐王，信重何以过此？如此而背之，是不义之举，遂谢绝了项王之意。武涉见其言语坚决，未留余地，只好悻悻而去。

武涉走后不久，那蒯彻亦相机前来。

"臣闻大王今日得闲，不如让臣为大王相上一面，如何？"

韩信听说，顿时来了些兴趣："先生竟会相面？"

"臣年少时，曾随一相师习过一段。"

"不知先生相人之术论如何，可先说与寡人听听。"

蒯彻从容将须道："有道是，忧喜显于容色，贵贱藏于骨相，成败取于决断，以此为参，万相难失其一也！"

韩信略颔首道：“如此，便请先生相寡人之面，看是如何。”

蒯彻将眼扫过左右道：“大王之相，切不可对人言。”韩信会意，即屏退侍从。

蒯彻遂走至近前，仔细审看了一番：“相君之面，不过封侯，且危而难安……”又绕至其身后，“相君之背，却是贵不可言！”

韩信奇道：“此话怎讲？”

蒯彻徐步返前，面对韩信道：“秦末之时，黔首苦于暴秦之患，陈胜、吴广振臂一呼，天下豪杰并起，赢粮而景从。秦亡之后，楚汉继而相争，天下战乱，无辜赴死，民生凋敝。楚人雄兵自彭城而出，追及荥阳，春秋三载，得失反复，困不能进；汉军据山河之险，一日数战，往来奔赴，却无尺寸之功，所谓智勇俱困于此也。气愈挫，粮愈竭，生民怨，无所归，此祸非贤圣如大王者不能止息！当此关节，楚汉之命悬于一线，则此线之端握于大王之手，大王属汉则汉胜，与楚则楚捷，是以双方俱竭力拉拢大王。臣为大王计，此时应顺天下民心，鼎足而止战，分立诸侯，割大削强，则天下莫不归德而臣服也，愿大王熟虑三思！”

韩信默然良久，道：“先生之言无不入理，但汉王待吾甚厚，以其车载我，以其衣衣我，以其食食我。寡人听闻，乘人之车，必共人之患，穿人之衣，必怀人之忧，食人之粮，必同甘共苦，寡人名中有‘信’，又怎可背信弃义呢？”

蒯彻道：“天与弗取，反受其咎，时至不行，反受其殃！大王重信讲义，臣感佩不已。然当今世乱，遵信守义而成大业者，实未得见也。赵王张耳与故代王陈馀之事，世人皆知，二人布衣之时，引为刎颈之交，誓约同生共死，后因巨鹿之事生怨，怨而生隙，以致相与攻伐，誓不戴天，引为天下笑谈，何也？欲壑难填，人心难见也！”

见韩信不言，蒯彻又道：“再者，越大夫文种，挽国之危亡，助勾践灭吴称霸，最后也不过落得鸟尽弓藏，兔死狗烹。若以交友而论，大王与汉王不及赵王、陈馀，以忠信而言，亦不比文种、勾践。且臣听闻，勇略震主者身危，功盖天下者无赏，大王领汉军反攻关中，继而破魏、徇赵、服燕、定齐，已怀震主之勇，挟不世之功，归楚，则楚人不信，附汉，则汉人慑恐，唯有鼎立三分，方能……"

韩信忽打断道："先生之言，寡人已知，待寡人慎重考量过后，再与先生答复。"实则是怕再听下去，自己便要为之说服了。

待那蒯彻走后，韩信一人独坐良久，其目光不觉落入掌心，遂忆起淮阴水边那位漂母。自己最为潦倒困顿之时，那漂母曾与他数月饭食，故心中一直惦念不忘。而眼前这一切尊荣富贵，皆受惠于汉王，其又怎能做出如此忘恩负义之事呢？即便抛开信义不说，要想背汉，也须得好生掂量掂量。遂又将手掌翻覆过来，盯着那手背沉思，自己如今缺少亲兵嫡将，麾下又有不少汉军将士，倘若当真背汉，自乱自斗必不可免，这结果，怕是也未可知啊！想至此，那韩信不觉攥紧拳头，心下再不迟疑。

几日后，蒯彻欲再来劝说，韩信便干脆避而不见。那蒯彻心下明了，认为韩信势难长久，不多时便装疯离去了。

却说韩信为支援广武汉军，遂遣灌婴率骑兵南下攻楚。眼明之人一看便知，齐王韩信公然拥汉，天下局势已自倾向汉王这边，就连远在北貉、燕地之骑，都纷纷望风来附。那汉王底气由此愈足，遂许黥布以淮南王头衔，命刘贾领军助其前往淮南略地。

这时，赵国忽传来赵王张耳病故的消息。汉王由是悲恸难抑，不禁忆及彭城落败之时，张耳、卢绾二人前来开解自己，那日，自己曾信誓旦旦承诺，假以时日，定要请张耳去喝一回地道的丰乡美酒。可如今，丰沛仍在西楚掌握之中，却是连敬一杯祭酒也不能了。汉王遂深自喟叹，眼下时局，自己尚不能离开荥阳，无法亲往扶柩送丧，只能于此为张耳办场丧仪，遥寄哀思。

这张耳突然病故，使刘季顿感人事无常，心中愈加惦念楚营内那父兄妻嫂，遂派出辩士陆贾，前往交涉议和休战、放归亲眷等事。

谁知，那项羽想都没想，便一口回绝了。

陆贾悻悻而返，汉王又气又急，遂将手下谋士辩客尽数召来，并许诺，若有能和谈成功者，立时封侯赏金。

只是，众人见那陆贾，何等机敏善辩之人，竟也挫败而还，心内便都没了把握，场中一时陷入沉寂，气氛滞凝难堪。众人怕汉王发怒，都尽力想说些什么，却又不知如何开口。正僵时，谒者忽报："外间一人求见大王，自称有和谈妙计献上！"

汉王面色黑沉，对底下一众辩士道："滚滚滚，都滚下去！平日就数尔等最会耍嘴，关键时候都成了群哑猴！"遂让侍者将那人带了进来。

来人五六十岁，一身旧褐长袍，五短身材，皮肤黝黑粗糙，浑似个田舍翁，哪里有半点辩士该有的气韵风度？那刘季一看，心下便凉了半截，心道，莫不又是来骗吃混喝的？可一想到如今全然无计可施，便只能先耐下性子，且听他说些什么。

那人恭恭敬敬施了一礼，道："在下侯生，深知大王所忧所虑之事，特来与主上分忧！"

"无用虚言就免了，且说说有什么办法！"

侯生从容道："在下斗胆，向大王借马车一辆，骑士十名，驰往楚营，傍晚时分，便请大王备下酒菜，与太公接风洗尘！"

"哼，说得倒是轻巧，寡人手下辩士陆贾，何等巧舌利齿之人，前日里不照样灰头土脸而回，你这老儿，莫不是想拐带寡人车马而逃吧？"说时，轻蔑瞥了眼侯生。

那侯生却不急不恼，慢条斯理道："昔者有毛遂自荐，为平原君所轻，众人所嘲。却不想，平原君门客三千，唯毛遂一人，义正辞严，当廷震慑楚王，终促成楚赵之盟，使那平原君不敢再以貌识人。大王若以貌取人，何以点将不用陈平，筹谋不用张苍？"一席话，堵得刘季哑口无言，

337

便觉此人当有几分能耐，遂立马换了副颜色，忙请那侯生入座。

侯生这才将预备劝说项王之言，如此这般，与汉王说了一番，直听得刘季连连击股称善。当即备好马车十乘，骑士百余，正式授命侯生持节出使。

项王听闻汉王那边又派了人来，本不欲再见，但禁不住项伯劝说，勉强同意见上一面。

怎知那侯生上来便道："在下听闻，汉王之父刘太公，如今是大王手中俘虏，大王可挟太公而制汉王，在下为大王贺！但汉王此前遣使请求大王释还家小，大王却直言相拒，还扬言要烹了太公，在下又甚为大王所不取！"

项羽怒曰："寡人与汉王对战争强，他自不敌，输其亲眷与寡人，既为手中俘虏，生死便自然由我，何容一竖儒前来说三道四？若再放肆妄言，寡人便连你也一同煮了！"

"大王息怒，在下今虽为汉使，但本自一江湖过客，所持所想，不过为庶民百姓，进而为四海天下，楚汉之争孰是孰非，于我实无大碍。大王且听在下一语，若有可取之处，于大王有利，否则，便将在下与太公一并煮了也不迟！"见项王不再言语，侯生便道，"大王以为，汉王是否真心想接回太公？"

"哼，其若不想接回太公，着你来此为何？"

"大王此言差矣！"侯生道，"大王请细想，彭城战时，汉王败逃，后有追兵将至，汉王却数将其儿女推下马车，前日，大王扬言烹煮太公，汉王也不过笑言要分取一杯肉羹。由此可见，汉王夺取天下之意甚决，抛子弃父亦在所不惜！狠决如汉王者，父兄妻儿对其并无甚要，故大王仅以其家眷相胁，甚无谓也。然汉王数遣使而来，亦并非真心讨要，不过于人前做戏，以此置大王于不仁不义之地啊！"

见那项羽脸上怒色渐隐，犹疑之色却未尽消，侯生复道："大王请再想，汉王率先破关降秦，却被封往蜀汉之地，起先只如无事一般，待到反攻关中之时，便宣斥大王背约负信。再者，义帝遇难江南，汉王宛若不知，至东进攻楚之时，便宣称大王弑君悖义。而如今，汉王意欲故技重施，大王扬言烹杀太公，汉王只是不顾，待太公一死，汉王必传檄天下，尽告大王之不仁不德，随后集结众人共讨之，大王以为如何？"那项羽未答，却陷入沉思。

"在下以为，大王理应释还太公等人，休战和议。如此，则汉王理屈词穷，而大王尽可昭告四海，为黎民安生、天下安宁，大王愿化干戈为玉帛，弃战言和。如此，内有施仁义之情，外有和天下之义，那汉王也再无兴兵中伤之口实！"

项羽至此方道："先生所言甚善，那便请先生回去告知汉王，寡人愿订约休兵，待回归彭城之后，必送还太公！"

侯生却道："大王且慢！大王岂不闻'日久生变'？若汉王以为此乃推托之辞，转而遣齐王出兵南下，汉军当前迎阻，今楚军将士疲敝、粮草匮乏，若受此前后夹击，恐进亦难、退亦难也！古来智勇之人，贵在当机立断，大王不如即刻订约，送还太公，主动之权仍在大王之手。继而以鸿沟为界，西为汉、东为楚，据此建'东帝'之号，休兵养士、囤积粮草，以待时局。那汉王毕竟日老，精气渐衰，而大王正当风华，身强体健，可谓来日方长也！"

侯生之见实鞭辟入里，加上那项伯亦从旁说合，项羽当即拟书，又命人准备宴席，直与侯生、太公大饮了三日。军中上下听闻要休战回家，皆振奋欢喜不止。

且说三日后，侯生带回项王订约之书，双方遂约好会盟时日地点。那项羽答应，一旦约成，便立刻送还太公等人，同时要求汉王释放项佗、周兰等将。

汉王由是大喜，便封侯生为平国侯，大赏金银丝绢，欲留于身边任用。哪知第二日，汉王欲召见侯生，着人传唤时却发现，所有封赏之物，皆原封不动摆于馆舍之中，而那侯生早已不知去向。

果真是，江湖自有漂泊客，来去匆匆无影踪。

却说时值楚汉相争的第四个年头，暮秋九月，双方正式签订盟约，以鸿沟为界，中分天下。

那日盟约过后，汉王特意返回营中，褪去戎装，换上一身华服，又让军中备好锣鼓仪仗摆开十里长阵，迎接太公、吕雉等人归来。

远远望见那车马驶来，刘季遂弃驾御马疾驰近前，继而快步奔至车前，搀下太公，郑重一拜道："儿不孝，让老父遭此祸难，请父亲当面责处！"

再看那太公，早已是涕泪纵横，激动得无法言语，只不住摆手抹泪。

刘季遂又四处寻望吕雉，见她单立一旁，衣束发髻虽仍齐整，面容却瘦削，身形也越发羸弱，身上那件玄薰合欢襦裙，还是成亲后不久自己特为她挑选的，原本十分合身，如今却显得宽大当风。那刘季不觉心头一酸，一把上前拥住吕雉，唤了声："雉儿……"

那吕雉在楚军二载有余，日夜担惊受怕，却始终未掉过一滴泪，吐过一句怨，直至听到这一声唤，心中所有委屈顿时化为泪水，似断线珠子般唰唰下坠，怎么都止不住。

刘季自封得汉王后，纳了不少姬妾，比吕雉年芳貌美的自是不少，却对吕雉始终心存一份独有之敬。今日见此，心中更是既愧又怜，遂抱着吕雉痛哭了一场。

议和之事，总算告一段落，项王遵照和约，不久便领军向彭城退去，汉王亦打算撤回关中。便在此时，张良与陈平前来谒见。

张良率先开口道："如今大王亲眷已平安归来，再无后顾之忧，敢问大王，下步如何打算？"

"寡人自当是守约休兵，先回关中再作打算。"

陈平道："如今汉国已据天下泰半，而楚国粮匮兵疲，大王莫非真要放弃眼下这天赐良机，纵虎归山？"

汉王道："听你二人之语，定是有备而来，但说无妨。"

张良遂道："眼下，西楚已罢兵而去，正当防备松懈之时，若我军趁势东进，奇袭其后，再联合齐王南下阻截，首尾相应，必能一击致命！"

"臣亦是此意，"陈平道，"今四海人心所思，唯一也，天下万民所盼，唯安也，故三国无可鼎足，双雄终难并立，唯贤主御合一统，方是天下所愿。且看大王眼下，军备要隘已俱，能臣良将尽集，大势既成，又占定先机，可谓盖世莫敌！"

汉王却略作虑色："可这才订约即毁约，只怕……"

陈平道："前时，项籍入关毁约，大封诸侯，将大王逼入汉中狭地，其既背约在前，大王又何必与之信诺？况大王年壮力强，正富其时，若撤回关内，将此胜势弃若敝履，数载既往，那项王储积日盛，正值春秋，胜负恐再难料定。此天赐之机，望大王急击勿失！"

刘季遂想，如此二人所言，眼下之机千载难逢，若是错过怕是再无下回，自古成大事者不拘小节，礼、义、信、约乃强者所定，成王败寇，何足道哉！遂一击案道："好！去他的鸟约和盟，即令汉军整兵秣马，寡人亲自送其上路！"

次月，汉军单方毁约，汉王率兵突袭返程楚军。楚军上下皆始料未及，只能仓皇应战，边打边撤。项王被迫领军退至启封、陈留一带。

忽听探子报曰："大王，前方紧急来报，东归彭城之路，已被彭越南下截断！"

又一探子紧随其后："大王，彭城紧急来报，齐王韩信已率军接近彭城一带！"

形势危在旦夕，项羽当机立断，即令全军火速向南撤至陈县。

那陈县所在之淮阳郡，仍在西楚治下，又较少遭致战火波及，是眼下相对安定之地。其郡之南，乃临江与九江，临江国素来忠于西楚，而九江郡则为楚将周殷所控，其郡之东，即为楚都所在四川郡。此为楚军当下最佳避处。

项王引军退入陈县后，即遣大将钟离眜领一部人马于北面固陵驻守。汉军才一追至固陵，便遭钟离眜所部当头迎击，被迫退至北边阳夏一带。

那汉王再次因领军独战受挫，遂紧急遣使传信齐王韩信与魏相彭越，命其务于约定之时赶赴固陵会师，一举歼灭楚军。

且说好容易挨到约定那日，韩信与彭越一个没来，却等来了项羽大军突袭。汉军一时难以抵敌，只能退至阳夏城中坚守待援。

汉王遂召来张良，急道："这韩信与彭越，为何迟迟不肯前来？"

张良道："大王毋急，此正说明楚军命数将尽！"

"此话怎讲？"

"大王细想，齐王与魏相为何不愿前来？乃是其心中明白，此番已是最后一战。此战过后，大王可遂愿夺得天下，但大王此刻却未许之任何封赏，其自是不愿前来。只要大王明言当初承诺，与其共分天下，二人自然争相前来会战。"

"若依你之见，如何封赏才妥当？"

"臣以为，那魏人彭越，原有称王之心，今魏王豹死而无后，大王可将睢阳以北至谷城划归魏土，封彭越为魏王；再将陈县以东至东海郡许以齐王，全其统领故土之愿。如此，则二人为己之利而战，楚军立可破也！"

汉王遂道："好！照此拟旨，速遣人前往传令！"

不出张良所料，那韩信与彭越收到诏令，即刻整顿兵马，部署军事。韩信特将曹参留下，镇守齐国，以灌婴所领骑兵为先锋，亲率主力出击，一路势如破竹，接连攻下薛县、沛县、留县，继而俘虏楚柱国项佗，一举攻占了彭城。随后，沿西进路线，顺利拿下萧县、相县、鄪县、谯县、苦县，直奔阳夏而来。那彭越军也在此时抵至陈县附近，只待大军会合。

且说三路大军顺利会师，汉军气势猛增，即刻开出阳夏，直冲固陵，击退钟离眜。随即攻克固陵、包围陈县，陈县守将利几投降。

项王由是被迫率主力继续南下，本欲渡淮入淮南休整，哪承想，此时淮南之形势，已瞬息大变。

那刘贾与黥布，已早先一步包围寿春，刘贾借黥布故九江王之威势，劝降了镇守九江的西楚大司马周殷，周殷遂倒向汉营，将九江之地拱手送还。刘贾、黥布、周殷，三军汇为一处，迅速渡淮北上，直至陈县以东城父。楚军顿时陷入四面包围，情势急如星火！

项羽心知，终极之战已迫在眉睫。遂趁着汉军合围前，急速领军东去，由项县抵达新郪，再由新郪抵至蕲县。此时，汉军追兵已然迫近，项羽即迅速勘察蕲县地形，于那垓下旷野中分兵布阵，准备等待已久的终极决战。

正是：天下竞逐越五载，不知其鹿入谁家。毕竟楚汉终战如何收场，诸君且听下回分解。

第四十二回　霸王别姬尘埃定　大风歌起泪沾襟

却说楚汉之争，累累然已越五个春秋。这五年间，最初不可一世的西楚霸王，逐渐失却钳制天下之势，其盟友接踵倒戈相向，大片险土要冲连番丧失，最勇猛之将士，最睿智之谋臣，皆相继离之而去。即便如此，那项羽仍堪称所向披靡、未尝一败，今虽逼至一隅，身边尚聚有十万江东子弟精兵。遥想当年，巨鹿之战，项羽以楚兵五万冲锋在前，对抗秦军二十万众，彭城之战，又以三万精骑，大败诸侯联军五十六万。如今再次面对六十万联军，这十万大军，犹可一战！

且说韩信所率三十万齐军，由东、北两路南下，朝垓下合围，汉军自陈县追击而至，与北上刘贾、黥布所部合为三十万，分由西、南方向包抄，四路大军逐渐围拢会聚。鉴于此前数次对战项羽之败绩，汉王此番主动退居次线，将六十万大军指挥权交予韩信手中。

楚汉双方遂约定时日，于垓下决一死战。

寒风凛冽，自远方山谷吹至垓下平原，风过处，百草枯败偃伏。阵阵旌旗猎猎振响，混杂着战马嘶鸣，由四方进逼而来。一股股热气，自人马鼻间喷出，迅速冷凝成雾，于铠甲银光之下凝成白霜，久萦不散。西楚霸王项羽，持戟佩剑，跨于乌骓之上，目光直射不远处汉军前军方向。

那前军将帅韩信身后，列有六十万军所筑前、中、后三重纵阵。

344

前阵中军十万，由韩信亲自统领，左军十万，由部将孔蓁率领，右军十万，由部将陈贺率领。此一重阵后，乃是汉王亲自统率的十万中军方阵。其后，分别是将军周勃所属十万左后军，及将军柴武所属十万右后军，即为第三重后卫阵。

此时，那楚军中军阵前，乌骓马陡然一声长鸣。其昂首阔立，右蹄微曲点地，作迎头冲击之势，众马亦按捺不住，发出低沉怒吼。

项羽知道，时机已至，即发号进军。

进军号令既下，楚军帅旗骤展，各部指挥战旗纷起并扬，战鼓隆隆、将士喊杀如潮水般涌向汉军阵营。前军将士在大将钟离昧率领下，个个似离弦之箭，追逐冲锋鼓音，猛击奋进。两翼精骑驰如疾风，倏忽袭至汉军前军两侧。

韩信所部侧翼突遭此楚骑猛击，金鼓旗帜被夺，阵形随之动摇，遂速向后方撤退，钟离昧趁此之际率前军大肆深入。项王抓住时机，亲率主力中军出击，项伯所部后军亦紧随其后，欲一举击溃韩信军。

楚军三路并进，气势如虹。汉军前部无力招架，迅速没入后备军阵之中。那前军后备军阵即刻收拢，严丝合缝，似一面山墙，截住楚军追击步伐。继而，箭矢迸射如雨，直朝楚军扑面而来。说时迟，那时快，汉军前阵左右两军迅速上前，击溃两侧楚骑，转而攻向中军侧翼，不断朝其后方移动，速将项伯所率后军与主力部队截开。

便在此时，韩信所部已整顿完毕，即联合左军孔蓁与右军陈贺，一同向楚军发起总攻。十万楚军深陷汉军分割包围之中，全军拼死力战，杀伐之声响彻不绝，楚旗纷纷染血倒下，军阵溃乱无法成形，最后突围者，已不足两万。

夜幕降临，垓下城中楚军将士仍自收拾着残兵败甲。忆及日间一战，将士们个个哀叹不止，夜色虽浓，却掩不住眼中悲戚。忽而，一阵楚地吴歌自东城外传来，随之，四面皆响起楚歌吟唱之声，于此寂静夜色，愈显幽凉。那歌中依稀唱道：

九月深秋兮，四野飞霜。

天高水涸兮，寒雁悲怆。

最苦征战兮，日夜彷徨。

披坚执锐兮，骨立幽荒。

……

城中将士都忍不住思念故乡，从军一别数载，不知家中父母可康健，儿女又长至多高，识得几字，妻子是否还会时常想念自己。也不知是谁先放声大哭，众人听闻，便忍不住一起落泪。

城外楚歌萦绕，城内悲声四溢。

那项羽本自军中巡视，闻见此情此景，一时悲从中来，再待不下去，随即转身一头扎进了营帐。

不多久，虞姬带了两名侍女，端着些酒菜入得帐来，遂让周围侍者尽皆退下，亲手将杯盘一样样摆至案上，又将一钟酒放在当中道："大王，妾今日要敬您三杯！"说时，便将面前两只羽觞斟满。

项羽抬头望向虞姬："为何？"

虞姬笑而未答，自端起杯来："这第一杯，敬谢大王救命之恩！"言毕，倾杯而尽。项羽虽不知其意，却仍跟着饮了一觞。

"这第二杯，敬谢大王为妾报得杀父之仇！"随即又是一饮而尽。项羽亦跟了第二杯。

"这第三杯，虞儿愿大王英姿风茂永似初见！"遂饮下第三杯，眼中盈盈闪动。

项羽端视这眼前面容，柔美且坚毅，一如初见那般，心中不觉动容。自日间战败，其心底便如垓下荒野那枯草地，将死不死，该生不生。虞

346

姬那目色含光深澈，于额间朱红花钿映衬下，越发熠熠灼灼，仿若一道火焰直贯心底，使项羽不觉久久凝视，只望能将心里那片枯草点燃焚尽。

项羽遂道："好，项籍便跟了这第三杯！"随即豪饮而尽。

虞姬笑道："大王您瞧，妾今日特意为大王烹制了家乡菜，有腊牛腱、煎团鲂、蒸三宝、金蜜饵……大王且多用些，妾为大王献支歌舞！"遂起身褪下雪白锦缎长袍，露出当中朱色广袖留仙裙，一步一曳走至当中，唱道：

风云起兮，勇士聚。

暴秦没兮，楚国兴。

夜未央兮，重逐鹿。

风永茂兮，势永昌！

……

那虞姬一面吟唱，一面轻旋，舞姿时而铿锵，时而柔媚。其身形灵动，如素雪回扬，步态轻盈，若水仙凌波，红袂飘扬，似霞光初绽，皓齿丹唇，若芙蕖出水……那一舞一曳，一颦一笑，尽是风华流光。

此曲原为虞姬数年前所作，亦是这些年来项王最爱之曲。

一曲毕，虞姬回至案前，倚于项羽身旁。那项羽此时已连饮数觞，有些微醺，便伸手拥住虞姬道："虞儿，孤也为你吟一曲，如何？"虞姬轻轻颔首，项羽遂吟道：

力拔山兮，气盖世。

时不利兮，骓不逝。

骓不逝兮，可奈何。

虞兮虞兮，奈若何！

虞姬凝望项羽侧脸，不过而立年纪，那脸上却已布满风霜蚀痕，心头便仿若针刺一般，本不忍再看，却又忍不住深深看了最后一眼。随即缓缓起身，绕至案前，端然委身一拜："妾想再为大王献曲剑舞，请借大王宝剑一用！"

项羽觉出虞姬说这话时，眼中似有分决绝，却只一闪而过便消失不见，那项羽只当自己酒醉神迷，并未多想，遂解下佩剑递去。

虞姬接过剑，转身朝前迈出数步，褪下剑鞘，静静凝视剑脊。那剑脊寒光于烛火映照下，分外耀目，虞姬以手轻轻抚过，举手扬袂，翩然起舞。

那宝剑在其手中，仿若行云流水划过，两旁烛火亦随剑气隐隐闪动，虞姬一面舞剑，一面唱道：

汉兵已略地，
四方楚歌声。
大王意气尽，
贱妾何聊生。

一曲终了，虞姬手中剑刃顺势划过颈项，身子伴着铿然一声，随宝剑一同落地……

眼前一幕，让项羽始料未及，遂惶然起身奔向虞姬，慌乱间撞倒了身前桌案，杯盘狼藉坠地。

项羽抱起虞姬，那鲜血正从脖颈处汩汩流出，颜色比之舞裙更艳，瞬时便于襟前染出朵鲜红芙蓉。项羽用手强力按住伤口，嘴里不住唤道："虞儿，虞儿……"

怀中虞姬缓缓抬首，声息微弱道："大王之恩，妾无以……为报，只、只能以己之血，为大王祭雄兵……明、明日一战，愿大王，风采如

348

昔，所过披靡……"那声音越来越小，直至凝于嗓中，再听不见。

项羽怀抱虞姬痛哭不止，感受其身体由温热，转至冰凉。

不知过了多久，直至一盏烛火燃尽，熄灭了，项羽才略回过神，遂用手拾起地上那剑，割下虞姬发间一缕青丝，贴身揣入怀中。

待安顿好虞姬尸身，项羽当即点了八百近卫骑兵，冲破汉军包围，连夜出城往南去了。

平明之时，汉军方才确知，夜间突围那支骑兵队伍，竟是项王所率。汉王即命灌婴领五千精骑前往追击，下令务要截杀项羽等人，一个不留。

项王一行此刻已渡过淮河，八百骁骑于突围奔逃中，已失却大半，如今只剩了百余人。进入阴陵县时，队伍迷失方向，遂问道于路旁一老农。那老农认出西楚旗帜，故意指路将一行人引往沼泽方向。

不多时，灌婴所率骑兵亦追赶前来。那老农远远望见汉旗，挥手便喊："唉——将军，那位将军！"灌婴听见喊声，遂打马上前询问何事。

"将军可是在追赶楚军？"

"正是！老伯可知那一行往哪里逃了？"

老农伸手指道："那处有一沼泽，我适才故意将他们指往那边，这时候估摸着仍困在那儿呢，将军速速前去，定能赶上！"

灌婴一拱手道："多谢老伯！"遂引军急追而去。

且说项王一行刚自沼泽脱身，却见灌婴已率众追了上来，遂急率余下骑士往东，入东城县中，此时身边只余了二十八骑。

身后汉军紧追不舍，马蹄扬尘蔽日，滚滚而来。项王速往四周察看，只见旁边一座小山，山顶平缓，四面均有斜坡，即道："所有将士听令，上山！"

一声令下，二十八名骑士猛向山顶冲去。

登顶后，项王面对众骑道："项籍起兵至今，八载有余，身经七十余战，未尝一败，故能雄霸天下。今日，项籍愿为诸君快战，一战溃围，

349

二战斩将，三战夺旗，愿诸君尽知，此为天之亡我，非战之罪也！"

项王遂从容布阵，将此二十八骑划为四队，分向四方，以七人为组，作环形布列，静待汉军。

此时，汉军追兵已至山脚，项王遂手指山下汉旗道："我先领一队，为诸君斩一敌将！"又指向东边三处高地，"余下三队，另由三方突围，集于彼处！"

众骑皆应诺而行。

项王遂自率一队骑兵，猛冲下山。山脚汉军猝不及防，瞬时被这楚骑打乱阵脚。那项王趁势斩下一员汉将首级，即抓起首级，直奔东边第一处高地。楚军骑士见状，备受鼓舞，纷纷振臂高呼。

骑将灌婴迅速重整队形，直朝东边三处高地追来，遂令五千骑士分作三队，分别包围三处高地。项王则趁汉军包围未成之际，自领两队人马疾驰而下，冲入汉军阵中，斩杀数十人后，突围至第二处高地之上。继而如法炮制，又率三队人马奔驰而下，一阵冲杀，斩杀汉军骑都尉一人，随之抵达最后一处高地会合。进而清点人数，仍余二十六骑。

项王于马上凛然问道："今日之战，如何？"

众骑道："皆如大王所言！"

项王遂带领这最后二十六骑，就势突围，往东南而去，直至东城县乌江亭边。眼前茫茫乌江，再无去路。

那乌江亭长正于岸边泊舟，知来人是项王，便道："此一去可至长江，眼下乌江唯臣掌有船只，还请大王速速登船渡江！"

项羽却翻身下马，对那亭长道："项籍今日已抱必死之心，又何须再渡江？想当初，八千江东子弟兵，随我渡江西进，如今无一人生还，即便江东父老不怨，我项籍又有何颜再见江东父老？"即转身对众骑道："有愿渡江而去者，项籍绝不阻拦！"

二十六名骑士齐声应和："臣等誓死追随大王！"

项王遂道："好！"便将手中缰绳递予亭长，"承蒙足下厚爱，此宝驹名为'乌骓'，与我征战沙场数载，疾驰如风，所向披靡，实不忍让它随我而去，今日有缘，便赠予足下，望足下好生相待！"

亭长见众人心意已决，只能接过缰绳，长叹一声，将乌骓牵上船，划桨离去。

众人亦纷纷卸下鞍鞯，将战马放生。项王与此二十六人背倚乌江，结成环阵，直面汉军。

只听项王一声号令，二十六名楚兵，奋勇争先冲入敌阵。人人皆以赴死之心应战，身披重创仍血战不退，右手被斩，便以左手持戟，腿部中箭，便以单膝拄地……

这一仗，真战得是气尽力竭，却又酣畅淋漓。

此时，项王已身负十余创，渐感力乏不支，遂直面眼前一汉军骑将道："来人可是旧友吕马童？"

那吕马童忽被项王点名，身形不觉一颤，慌忙避开其目光，望向一旁郎中骑王翳，手指项羽道："快！这便是那项王！"

项羽也不管他，只道："听闻汉王赏千金、封万户，换我项上人头，既是故人，今日便成全了你！"随即举剑自刎。

远处江面之上，传来乌骓阵阵嘶鸣……

那项王才一倒地，周围汉军将士便争相前来抢夺尸首。数十人一拥而上，相互践踏格杀。最终，那王翳取得其首，郎中骑杨喜、骑司马吕马童、郎中吕胜与杨武将项王尸身肢解，各自抢得一部，带回军中讨赏。

汉王见了项王尸身，大喜若狂，遂笑道："本王许你五人千金之资，万户之侯！哈哈哈哈……"

项羽一死，这天下便已入了汉王彀中。

虽说汉王日夜盼那项羽速死，但与之相争相斗数载，虽为敌手，亦堪称盖世无双，其对项羽有惧、有恨，却也有敬。早年间，楚怀王曾将项羽封为鲁公，汉王便欲以"鲁公"之名，将其葬于封地鲁县。不过，汉王作此安排，尚有另一层深意。

那鲁县原为鲁国都城，数百年来，承周公之遗绪，继孔子之遗风，人人皆以为君守节尽忠为责。其时，楚国各地早已或降或克，唯鲁县死守不下。若换作从前，刘季定会不择手段强攻，便是围也要围至其气尽粮绝，但经此一番旷日久战，刘季心中所感良多，首要一则便是，人心所向即大势所趋。一想到自己即将成为天下之主，四海之内皆为子民，这心胸度量，自然也要配得上这壮阔江山。

是以，那刘季将项羽首级当众示于鲁县父老，告知其鲁公已死，封君关系既解，便不必再为之死守。他又亲自为项羽主持丧仪，以鲁公之制将其安葬谷城，继而，对项氏一族，皆做了妥善安置。

随后，汉王即率众赶至东郡韩信大营，再度上演一回"军中夺印"，将韩信手中兵权一把夺回。待整编完毕，汉王迅速还军定陶，并遣卢绾、刘贾南下进攻临江。

却说临江国第一任临江王共敖，曾是项羽所封十九诸侯之一，共敖死后，王位便由其子共尉承继。自楚汉相争以来，众多诸侯皆于两方阵营中反复横跳，唯临江国始终拥护西楚，即便项羽已死，西楚之地尽数降汉，那临江王始终未有丝毫惧怕，遂独自面对攻袭大军。只是临江现下已然孤立无援，无法抵御汉军大胜之势，都城江陵遭围数月后，终被汉军攻下。

汉王五年正月，天下大定。

汉王召集各路诸侯及将相大臣，于定陶集会。会上，以齐王韩信为首，诸侯群臣联合上疏，拜请汉王上尊"皇帝"之号。例行三推三让后，刘季顺从众意，接受皇帝称号，并更名为"刘邦"。

那即位所需一应礼仪，刘邦皆交由博士叔孙通及其弟子，并特加叮嘱，务必删繁就简。

二月初三这日，天朗气清，定陶城北汜水之阳，刘邦登坛祭祀天地，于百官众臣瞩目之下正式即皇帝位，将国朝定名为"汉"，都城设于洛阳。

汉皇诏曰：义帝无后，齐王韩信习楚风俗，徙为楚王，都下邳。立建成侯彭越为梁王，都定陶。故韩王信为韩王，都阳翟。立番君吴芮为长沙王，都临湘。番君之将梅鋗有功，从入武关，故德番君。淮南王布、燕王臧荼、赵王敖，皆如故。

即位大典后，汉皇特遣王陵、周勃、樊哙等人赶赴郴县，建义帝陵，祭祠告慰。

话说数年之后，汉皇击败淮南王黥布叛军，回程途经沛县留居数日。遂命人于沛宫中置酒，召县中父老乡友一同载歌纵酒。

那日，举县如临盛大节庆，万人空巷，俱往沛宫会聚。宫中熙熙攘攘，云集若市，众人列席，依长幼坐定。殿中几案鳞次，席若长龙，直向殿外延伸开去。案上杯盘罗列，楚看珍馐琳琅满目，觥筹交错与欢庆呼贺之声，不绝于耳。

汉皇端坐正中，命侍女六人同奏编钟之乐，其余笙、箫、笛、琴等，各和列其旁。

一曲黄钟大吕律起，如九天阊阖浑然顿开，人人骤然屏息，凝神静待。那乐声由远趋近，又由近及远，时而雄浑激荡，时而清越灵透，其味悠长，更胜盘中珍馐美馔，其韵隽永，更比杯中丰乡佳酿。众人纷纷沉醉其间，飘飘然如聆天阙仙音。

一曲终了，其下两人持杯而前，为汉皇祝寿："愿吾皇万寿无疆，吾朝国运永昌！"

刘邦此时已有些微醺，自拿起案上青玉耳杯，恍惚抬首，眼望二人，却不觉大吃一惊：韩信？！彭越？！

其心中一怔，持杯之手蓦然一抖，杯中酒险些洒落出来。但随即一股穿堂风拂面而来，带走不少酒气，遂清醒过来，看清眼前之人不过两个布衣平民，又想起那楚王韩信与梁王彭越，此前已被自己处决，这才稍自安定。但继而，一股酸楚涌上心头。

看看席下众人早已目酣神醉，刘邦遂独自起身，跟跄走至筑前，左手按弦，右手执尺，自击筑而歌。歌至泪下数行，遂召县中孩童百二十人，教其自作之歌，歌曰：

大风起兮云飞扬，
威加海内兮归故乡，
安得猛士兮守四方！